U0868746

岳麓書社

读名著　选岳麓

古典名著普及文库

阮籍集

朱海燕　注译

岳麓書社·长沙

图书在版编目(CIP)数据

阮籍集/朱海燕注译.—长沙:岳麓书社,2021.5

ISBN 978-7-5538-1384-4

Ⅰ.①阮… Ⅱ.①朱… Ⅲ.①古典诗歌—诗集—中国—魏国②古典散文—散文集—中国—魏国③《阮籍集》—译文④《阮籍集》—注释 Ⅳ.①I213.612

中国版本图书馆CIP数据核字(2020)第187188号

RUAN JI JI

阮籍集

注　　译:朱海燕

责任编辑:陶嵘玲

责任校对:舒　舍

封面设计:罗志义

岳麓书社出版发行

地址:湖南省长沙市爱民路47号

直销电话:0731-88804152　0731-88885616

邮编:410006

版次:2021年5月第1版

印次:2021年5月第1次印刷

开本:890mm×1240mm　1/32

印张:10.75

字数:300千字

书号:ISBN 978-7-5538-1384-4

定价:30.00元

承印:长沙市宏发印刷有限公司

如有印装质量问题,请与本社印务部联系

电话:0731-88884129

出版说明

中国古典名著是中华优秀传统文化的重要载体，今天人们要学习传统文化，如果说有所谓捷径可寻，那恐怕就是直接阅读古典名著了。长期以来，为大众读者出版古典名著的普及读物一直是本社的重要使命。约三十年前，我们便出版了“古典名著普及文库”，收书五十余种，七十余册，蔚为大观。这套书命名为“普及”，首先是因为采用了简体字横排的排版方式。当时的古典名著图书，以未经整理的影印本和繁体竖排本居多，大众读者阅读有障碍，故本文库的推出，确有普及之效。其次，我们提出要让读者“以最少的钱买最好的书”，定价远低于当时同类型品种。基于此，这套“普及文库”迅速流向读者的书架，销量极大，功在普及不浅。

当年这套书，所收各书都是文言文全本，无注释，不翻译，对于今天的大众读者来说，已经很难起到普及作用了。而且，读者如果仅仅出于品鉴、入门的需要，也无须通读大部头的全本古籍。因而，我们推出这套全新的“古典名著普及文库”，在选目上广泛听取国内名校学者们的建议，收录经、史、子、集四部之中第一流的名著一百余种，邀请学有专攻的学者精心注释、翻译，并加以导读。篇幅大的经典，精选菁华，篇幅适中的出版全本，个别篇幅小的，则将主题相近的品种合刊为一册。

我们希望有更多的人能够买得起、读得懂中国的古典名著，接受中华优秀传统文化的滋养。这一套轻松好读又严谨可靠的普及文库，便是我们努力实践这一理念的结果。

前 言

阮籍（210—263），字嗣宗，陈留郡尉氏（今属河南）人。他的父亲阮瑀是“建安七子”之一，与曹操关系密切。他本人是“竹林七贤”的领袖人物，也是当时名士的代表。

阮籍生当魏晋易代之际，目睹了政治风云的险恶无常；同时，他又身处权力斗争的旋涡地带，不得不在曹氏和司马氏两大势力的彼此倾轧、消长中小心翼翼地寻找一条生路。一方面，由于他父亲与曹操的交情，无论从道义还是良心上讲，都注定了他和曹魏集团之间有着难以割舍的情义，这一层关系是内在的，是不便直说却人人皆知的；另一方面，他的身份和在士林中的影响，又使得他成为司马氏重点网罗的对象。阮籍的一生就是在这两者的牵扯、纠缠和对抗中艰难度过的（当然，他内心的郁闷、痛苦更为深重）。因此，也逐步形成了他矛盾而复杂的个性特征。这些在他的诗文（尤其是五言咏怀诗）中刻下了深深的印记。

魏晋是“文学自觉的时代”，这就意味着文学已成为当时文人自觉抒写性情的形式。在阮籍的诗文中，最具个性色彩的是他的五言咏怀诗和《大人先生传》。前者深刻反映了真正觉醒的主体意识与社会现实之间的摩擦、碰撞以及那种无处不在的沉重感，这一沉重感几乎是与生俱来的，它贯穿于八十二首咏怀诗的全部，也贯穿了诗人的一生，让人感受到诗人那颗易感的心曾经怎样努力地在希望与绝望间做着挣扎和搏斗。所有这一切，阮籍都把它浓缩在诗里了。后者的风格则迥然不同。它以充分的自信，从傲视万物的高度尽情描摹、刻画了个人理想（同时也是时代理想）的极致，文中渗透着一种超越时空的自豪感，整篇文章的格调明快、爽朗，如风行水上。不过，在阮籍的文集中，也有歌功颂德、委婉曲折的应酬之作，比如《为郑冲劝晋王笺》《辞蒋太尉辟命奏记》等。据《晋书》本传记载，《为郑冲劝晋王笺》是他在醉酒之后被叫醒而临时草就的，可是文章思路严谨周密，丝毫看不出醉后失态的痕迹。显然，阮籍是异常清醒的，"醉"不过是一种搪塞的借口，一种自我保护的方式而已。对他本人而言，醉与醒并无本质的差别，醉的时候不见得比醒着更麻木、更糊涂，清醒时也未必就比醉中更痛苦。只是在面对旁人时，醉比醒要少一些心理负重罢了。

也许有人会说：阮籍不是以"大人先生"自诩吗？像他这么通达洒脱的人，应该知道文章不过是游戏之笔，完全没必要当真。诚然，"大人先生"乃是阮籍理想人格的象征，它形象地反映了飘逸、空灵、不食人间烟火的"魏晋风度"。然而，这只是事情的一个方面。另一面则是不堪隐忍的重压和屈辱，以及重压下沉默的固执与倔强，正是这些使得飘飘欲仙的魏晋风度重返人间，进而落实为一个个真实的血肉之躯。认真和执着往往也需要付出高昂的代价，一曲《广陵散》把一颗孤傲高洁的灵魂托升到天堂，只是因为嵇康比阮籍更耿直、更执拗。

其实，阮籍还有着比诗文更为卓越的表达方式——行为譬喻，这使得他成为同时代士人当中最具代表性也最为丰富饱满的一位。《晋书》本传上说他"时率意独驾，不由径路，车迹所穷，辄恸哭而反"。他把无路可走的孤独绝望表现得如此淋漓尽致和具有震撼力，这在我们的文化史上是绝无仅有的。从这里可以看出阮籍是何其地认真，甚至到了认死理的地步。《晋书》还说他"能为青白眼，见礼俗之士，以白眼对之"，碰到情投意合的知己，方才现出青眼。这正是阮籍的智慧——在适度的范围内，最大限度地表达自己的爱憎，却不致因此招来杀身之祸。正像他的文集中既有出自本性的诗篇，也有用于应付的无聊之作一样，他的矛盾性同样表现在一系列的行为方式当中——他一面以方外之士自居，母丧时不戒酒荤，一面“举声一号，因又吐血数升。毁瘠骨立，殆至灭性”；他不乐仕宦，却又迫于压力接受了蒋济的征召，甚至故作姿态向司马昭表示愿意出任东平相；他“口不臧否人物”，却以“青白眼”区别待人，乃至“观楚、汉战处，叹曰：‘时无英雄，使竖子成名！’”……后代的士人之所以能从阮籍身上获得无数的启发、感悟与共鸣，根本原因恐怕即在于此：他的矛盾性——软弱与刚强，率真与多疑，放荡不羁与小心谨慎，彼此交错在一起。对于这一点，阮嗣宗本人早有清醒的认识，他曾告诫自己的儿子阮浑：“仲容（阮籍的侄子）已豫吾此流，汝不得复尔。”《晋书·阮籍传》称阮浑“有父风，少慕通达，不饰小节”。一般人，包括阮浑，都只看到了阮籍作为名士的表面，却不知背后的不得已和危险，对于个中滋味阮籍有着切身体会，他不愿自己的孩子重蹈他的覆辙。倘使嗣宗在天有灵的话，不知他是否同意这样的看法。

阮籍的著述，除了上面提到的以外，还有一些赋、论。他的赋，诸如《清思赋》《首阳山赋》《东平赋》《亢父赋》《猕猴赋》《鸠赋》，有的想象瑰丽、气势磅礴，有的短小精悍、笔锋犀利，充分显示出作者的文学才华。从总体上看，这些作品给人的印象质朴、自然、清朗，没有后世那种雕琢、堆砌的通病。嗣宗的论，可以说都是些理论性色彩很强的哲学专论。《乐论》是他较早的作品，从中可以看到他曾经怀有多么热切而中肯的济世之志——通过音乐达到天下大化，这正是儒家一贯的主张。至于《通易论》《达庄论》和《通老论》，都不同程度地涉及了哲学的本体论，力图从形而上的高度来面对与洞察世事人生。这也从一个侧面透露出阮籍重要的性格特征——一方面，他追求如大人先生一般的清虚、空灵和高蹈；另一方面，对于脚下的土地以及身边的现实，他一刻也不能释怀。故而前人说：“读籍诗者，其知忧患乎！”实际上，这句话不仅适用于阮籍的诗，对于他所有的作品都具有同样普遍的意义。

现在，把阮籍的诗文汇集起来，加以注释、翻译，为的是让更多的人了解这位杰出的天才和他所处的时代，同时也向这位古人表示由衷的敬意。但是，由于本人水平有限，疏舛之处在所难免，恳请各位方家指正。

目 录

诗

赋

笺

奏记

书

论

传

赞

诔

帖

文

诗

咏怀[1]（五言八十二首）

其一

原文

夜中不能寐，起坐弹鸣琴。
薄帷鉴明月，清风吹我襟。
孤鸿号外野，翔鸟鸣北林。
徘徊将何见，忧思独伤心。

注释

1 阮籍《咏怀诗》共八十二首，不是一时所作。后人在编辑这些诗篇时，根据总的印象加上了“咏怀”这个题目。阮籍生活在魏晋易代之际，统治阶级内部的权力斗争是残酷而血腥的。在阮籍四十岁那年，司马懿杀了何晏、邓飏两位名士，后来又杀了夏侯玄。《晋书·阮籍传》就写道：“魏晋之际，天下多故，名士少有全者。”处于这样的政治高压之下，他一方面只能佯狂避世，另一方面对于世事、现状又不能无动于衷；这样，内心的苦闷、矛盾、愤激和感喟就时时寄托在这些诗作里了。阮籍的《咏怀诗》把他本人的创作天赋和文学造诣发挥到了极致，成为后人推崇备至的千古绝唱。不过，这些诗的意旨都很隐晦，在表现手法上往往托之以求仙访道、香草美人，就连颜延之、沈约这两位与阮籍时代较近的著名诗人，也只能笼统地说一句“忧生之嗟”。从总体上看，这些诗作大抵反映了诗人不满于现状却又无法摆脱的郁闷心境，抒写了青春已逝、壮志难酬的怀抱。诗中常常萦绕着浓厚的人生无常、全身远害的低沉调子。

译文

夜已深了，我还是难以入眠，
只好起身独坐，轻轻拨动着琴弦。
月光如水照在薄薄的帷幕上，
清爽的夜风徐徐掀动着衣襟；
一只孤零零的鸿雁在空旷的野外哀鸣，
月夜的北林中有鸟儿缓缓低飞，
我独自徘徊都看到些什么？
除却忧郁绵长的思绪之外徒有伤心。

其二

原文

二妃游江滨[1]，逍遥顺风翔。
交甫怀环佩，婉娈有芬芳。
猗靡情欢爱，千载不相忘。
倾城迷下蔡[2]，容好结中肠。
感激生忧思，萱草树兰房[3]。
膏沐为谁施[4]，其雨怨朝阳。
如何金石交，一旦更离伤。

注释

1 《列仙传》中记载：江妃二女在江汉之滨游玩时，遇见了郑交甫。郑心里十分爱慕，却不知她们乃是仙人，于是请求她们把玉佩送给自己。郑把玉佩珍藏在怀里，走出几十步以后才发现玉佩不见了，转身回望，两位仙人也突然消失了。

2 **下蔡**：见宋玉《登徒子好色赋》："臣东家之子，……嫣然一笑，惑阳城，迷下蔡。"下蔡，县名。

3 **萱草**：忘忧草，又名鹿葱、宜男、川草。

4 **膏沐**：指妇女润发用的油脂。

译文

江妃二女漫游于江汉之滨，
意态娴雅，顺风而翔。
郑交甫怀揣着二女赠予的环佩，
他年轻英俊，气质如兰。
倘使两情欢爱、情意缠绵而悠长，
那么，千载之下依然会铭记心上。
容颜绝代往往令人痴狂、倾倒，
为之付出全部的真心与热情。
于是，感激与忧思相随而来，
甚至渴望凭借萱草来使往事淡忘。
精心的装扮究竟是为了谁？
满腹幽怨，仿佛盼望着甘霖却盼来了太阳。
曾经是如许坚贞牢固的情意，
一旦离弃，倍添感伤。

其三

原文

嘉树下成蹊，东园桃与李[1]。
秋风吹飞藿，零落从此始。

繁华有憔悴[2],堂上生荆杞[3]。
驱马舍之去,去上西山趾。
一身不自保,何况恋妻子。
凝霜被野草,岁暮亦云已。

注释

1 班固《汉书·李广传赞》:“谚曰:‘桃李不言,下自成蹊。’” 比喻实至名归。
2 **繁花有憔悴:**班固《答宾戏》:“朝为荣华,夕为憔悴。” 意思是指世事无常。
3 **荆杞:**荆棘、枸杞等长刺的恶木。

译文

春日里桃树李树枝叶婆娑,生机盎然,
树下有人们来回踏出的小路。
当秋风卷起飞藿的时候,桃李也开始凋零了。
世事原本无常——
你看,朝华夕谢,曾经是殿堂楼榭的地方,
　　如今已遍生荆棘。
赶快驾着马儿离去吧,
去到首阳山下追随先贤的足迹,
连自身都毫无保障的人,
哪里能顾得上妻小。
枯败的野草上挂满了严霜,
唉,眼看着一年又走到了尽头。

其四

原文

天马出西北,由来从东道[1]。

春秋非有托[2]，富贵焉常保。
清露被皋兰，凝霜沾野草。
朝为美少年，夕暮成丑老。
自非王子晋[3]，谁能常美好。

注释

1 **从：**就。沈约云："由西北来东道也。"

2 **托：**止，尽。

3 《列仙传》："王子乔（晋）者，周灵王太子晋也。好吹笙，作凤凰鸣。游伊洛之间，道士浮丘公接以上嵩山。"后于缑山乘白鹤驻山头数日，举手谢时人而去。

译文

产自西北的天马，
没料到会匆匆踏上通往东方的路途。
人生在世，富贵与贫贱宛如春秋之交替，
　　周而复始，无止无休；
春日里水边的兰草上滚动着露珠点点，
待到秋风扫过之后干草叶上却结满了寒霜；
曾几何时，
　　风华正茂、英俊倜傥的美少年，
　　转眼已是老态龙钟、白发苍苍。
凡世的人们啊，
怎能像仙人那样青春永驻、美好常在呢？

其五

原文

平生少年时，轻薄好弦歌[1]。
西游咸阳中[2]，赵李相经过[3]。
娱乐未终极，白日忽蹉跎[4]。
驱马复来归，反顾望三河[5]。
黄金百镒尽[6]，资用常苦多。
北临太行道，失路将如何[7]。

注释

1 **轻薄**：轻浮放荡。

2 **咸阳**：秦代的都城。

3 **赵李**：历来说法不一。根据上下文的意思，一说指游侠一类放荡不羁的人物。据《汉书·何並传》："轻侠赵季、李款多畜宾客，以气力渔食闾里。"供参考。

4 **蹉跎**：失时，虚度光阴。

5 **反顾**：回头看。 **三河**：河东、河南、河北的统称。

6 **镒**：一镒合二十四两。

7 这里化用的是"南辕北辙"的寓言故事，详见《战国策·魏策》："魏王欲攻邯郸，季梁闻之，中道而反，衣焦不申，头尘不去，往见王曰：'今者臣来，见人于太行，乃北面而持其驾，告臣曰：我欲之楚。臣曰：君之楚，将奚为北面？曰：吾马良。臣曰：马虽良，此非楚之路也。曰：吾用多。臣曰：用虽多，此非楚之路也。曰：吾御者善。此数者愈善，而离楚愈远耳！今王动欲成霸王，举欲信于天下。恃王国之大、兵之精锐，而攻邯郸，以广地尊名，王之动愈数，而离王愈远耳！犹至楚而北行也。'"

译文

遥想当初年轻的时候，
放荡不羁，兴趣所在唯有嬉戏歌舞。
也曾一度西游咸阳城，
终日来往的都是些游侠、近幸。
可是，这样纵情恣意的享乐还没有终了啊，
韶华已经悄悄溜走。
骑着马儿我踏上了归途，
在马背上频频回望三河。
钱财早就挥霍一空了，
却还在为太多的花费而倍感苦恼。
迷失了方向，我究竟该怎么办呢？
就像要南下的人儿，
结果倒走上了通往北方太行山的道。

其六

原文

昔闻东陵瓜[1]，近在青门外[2]。
连畛距阡陌[3]，子母相钩带[4]。
五色曜朝日[5]，嘉宾四面会[6]。
膏火自煎熬[7]，多财为患害。
布衣可终身[8]，宠禄岂足赖。

注释

1 **东陵瓜：**汉初人邵平，原本是秦东陵侯，秦亡以后，流落为民，种瓜于长安城东。瓜味甜美，俗称东陵瓜。

2 **青门:**汉代长安城的东南门。本名霸城门,俗因门色青,又称青门。

3 **畛:**田间的小路。 **距:**到。 **阡陌:**田地中间纵横交错的小路。

4 **子母:**瓜名。或指瓜大小相连。

5 **五色:**瓜名。《述异记》载:“吴桓王时,会稽生五色瓜。今吴中有五色瓜,岁充贡献。”

6 **嘉宾四面会:**指邵平瓜美,足以款待宾朋。

7 **膏火:**指灯火。这句诗的意思是说:灯烛因为燃烧发光而自受煎熬。

8 **布衣:**庶人之服,后世遂作为平民的代称。

译文

过去常常听人说起东陵瓜,
而今就在附近的青门之外。
瓜田间阡陌纵横交错,
大大小小的瓜相互牵着连着;
清晨的阳光映照在五色瓜上,
从四方慕名而来的朋友们围绕着它,
欢会在一起。
殊不知,灯烛是因为发光而自受煎熬呵,
钱财多了反倒会招致祸害。
粗茶淡饭就能一生平安到老,
恩宠荣禄岂可倚赖。

其七

原文

炎暑惟兹夏[1],三旬将欲移[2]。
芳树垂绿叶,青云自逶迤[3]。

四时更代谢，日月递差驰[4]。
徘徊空堂上，忉怛莫我知[5]。
愿睹卒欢好[6]，不见悲别离。

注释

1 **惟：**语气词。

2 三**旬将欲移：**谓六月之旬，将要进入秋季了。

3 **青云：**绿树垂荫的样子。 **逶迤：**弯曲而连绵不断的样子。

4 **差驰：**一作参差，意谓长短不齐，这里是说日月出没不齐。《文选》李周翰注："差驰，言相次而奔驰也。"

5 **忉怛**：悲痛忧伤。忉（dāo），忧心貌。怛（dá），悲惨。

6 **卒：**终。

译文

告别炎炎夏日，
时令就快要到秋天了。
树木蓊郁，纷纷伸展着茂盛的枝叶，
浓密的绿荫如青云一般宛转绵延。
随着春夏秋冬四季的交相更替，
日月也出没不齐，或长或短。
在空荡荡的殿堂里独自徘徊、踟蹰，
有谁能了解我的伤悲、忧虑呢？
多希望欢愉幸福常在，终始如一，
至于悲凄的别离，
最好是永生都别遇见。

其八

原文

灼灼西隤日，余光照我衣[1]。
回风吹四壁，寒鸟相因依[2]。
周周尚衔羽[3]，蛩蛩亦念饥[4]。
如何当路子[5]，磬折忘所归[6]。
岂为夸誉名[7]，憔悴使心悲。
宁与燕雀翔，不随黄鹄飞[8]。
黄鹄游四海，中路将安归[9]。

注释

1 **西隤(tuí)日：**西落的太阳。 **余光：**残余之光。

2 **回风：**旋风。 **因：**就。 **依：**托。

3 **周周：**鸟名。《韩非子·说林》载："鸟有周周者，首重而屈尾，将欲饮于河则必颠，乃衔羽而饮。"

4 **蛩蛩**(qióng qióng)**：**古代传说中的兽名，也作邛邛(qióng qióng)。据说蛩蛩岠虚和蟨是两种相互依存的动物，蛩蛩岠虚善走而不善求食，蟨善食而不善走。平时蟨以甘美的草叶供给蛩蛩岠虚，遇到危险的时候蛩蛩岠虚就背负着蟨逃跑。

5 **当路：**当仕路，指执掌政权。

6 **磬折：**身形曲折似磬。磬，乐器名，以玉石或金属为材料，其形曲折如矩。

7 **夸：**虚。 **名：**好名声。

8 《史记·陈涉世家》："嗟乎！燕雀安知鸿鹄之志哉？"燕雀都是小鸟，喻指胸无大志、目光短浅的小人物。黄鹄，指天鹅，亦即鸿鹄。汉高祖《鸿鹄歌》曰："鸿鹄高飞，一举千里。羽翮已就，横绝四海。横绝四海，当可奈何？虽有矰缴，尚安所施？"

9 **中路：**半途。

译文

夕阳西下，余晖落在我的衣衫上；
一阵阵旋风卷过四周的墙壁，
鸟儿在寒流中彼此紧紧偎依。
为了生存，周周鸟懂得叼住自己的尾巴
以免跌倒，
蛩蛩兽也学会了与蟨相依为命。
可那些在仕途上得意非凡的人们哪，
终日俯首帖耳竟忘了为自己留一条退路。
难道是为了追逐浮云般缥缈的虚名吗？
最终却免不了潦倒、悲伤。
我宁愿与燕雀为伍，
也不愿随黄鹄一道搏击长空；
黄鹄一飞千里，翱翔四海，
飞到中途之后又将归向何方？

其九

原文

步出上东门[1]，北望首阳岑[2]。
下有采薇士[3]，上有嘉树林[4]。
良辰在何许[5]，凝霜沾衣襟。
寒风振山冈，玄云起重阴[6]。
鸣雁飞南征，鶗鴂发哀音[7]。
素质游商声[8]，凄怆伤我心[9]。

注释

1 **上东门:**指洛阳城东最北头的城门。

2 **首阳岑:**位于洛阳东北的首阳山。周武王灭商之后,伯夷、叔齐义不食周粟,隐于首阳山,采薇而食,终于饿死在首阳山(与此诗中的首阳山无关)。诗人在这里是因为山名相同而联想到伯夷、叔齐的旧事。

3 **采薇士:**即伯夷、叔齐。薇,即巢菜,又名野豌豆,蔓生,茎叶似小豆,可生食或作羹。

4 **嘉树林:**《史记·龟策传》:"嘉林者,兽无虎狼,鸟无鸱枭,草无毒螯,野火不及,斧斤不至,是为嘉林。"

5 **良辰:**美好的时光。 **许:**处,所。

6 **玄云:**黑云。

7 **鶗鴂**(tí jué)**:**鸟名,即杜鹃鸟,"春分鸣则众芳生,秋分鸣则众芳歇"。

8 **游:**通"由"。 **商声:**五音中的商,按阴阳五行的说法属金,配合四时为秋。商声凄厉,与秋天肃杀之气相应。

9 **凄:**痛,悲。 **怆:**伤,怨。

译文

漫步走出上东门,
遥望北面高高的首阳山。
首阳山下有操守高洁的隐士,
山上是优美苍翠的大森林。
我所希冀的良辰究竟在何处,
凝想中浓霜已落满衣襟。
凛冽的寒风摇撼着山脊,
乌云滚滚在阴沉的天际升起。
大雁鸣叫着飞往温暖的南方,
子规发出声声哀啼,
　　仿佛在报告肃杀的秋天已来临。

秋风凄厉恣意摧残着一切生命，
我的心里满是哀怨和悲戚。

其十

原文

北里多奇舞[1]，濮上有微音[2]。
轻薄闲游子，俯仰乍浮沉。
捷径从狭路，僶俛趋荒淫[3]。
焉见王子乔[4]，乘云翔邓林[5]。
独有延年术[6]，可以慰吾心[7]。

注释

1 **北里**：古舞曲名。《史记·殷本纪》："（商纣王）于是使师涓作新淫声，北里之舞，靡靡之乐。"

2 **濮(pú)上**：谓濮水之滨，濮水一带地方。春秋时濮上以侈靡之乐闻名于世，俗称郑卫之音。《礼记·乐记》："桑间濮上之音，亡国之音也。"

3 **僶俛(mǐn miǎn)**：努力，奋勉。

4 **王子乔**：见其四诗注。

5 **邓林**：桃林。《山海经》中记载了"夸父逐日"的神话："夸父与日逐走，入日，渴，欲得饮。饮于河渭，河渭不足，北饮大泽。未至，道渴而死，弃其杖，化为邓林。"

6 **延年**：延长寿命。

7 **慰**：安。

译文

北里之舞、濮上之音妙则妙矣，
却容易让人沉迷其中，意志颓废。

那些轻佻、浅薄之徒终日四处游荡，
一味与世浮沉，同流合污。
要么走歪门邪道以为捷径，
要么醉心于花天酒地，荒淫无度。
他们哪里知道，
世上还有王子乔这样远离尘俗的得道之人，
驾着云雾在烂漫的桃林上自由飘飞。
如今王子乔已不复可见，
唯有他留下的延年术，
可以抚慰我心。

其十一

原文

湛湛长江水[1]，上有枫树林。
皋兰被径路，青骊逝骎骎[2]。
远望令人悲，春气感我心。
三楚多秀士[3]，朝云进荒淫[4]。
朱华振芬芳，高蔡相追寻[5]。
一为黄雀哀，涕下谁能禁。

注释

1 **湛湛**：水深貌。《楚辞·招魂》："湛湛江水兮上有枫，目极千里兮伤春心。"
2 **皋**：水边。 **被**(pī)：覆盖。 **骊**(lí)：黑色的马。 **骎骎**(qīn qīn)：马疾驰的样子。《楚辞·招魂》："皋兰被径兮斯路渐。"又，"青骊结驷兮齐千乘"。
3 **三楚**：古名江陵为南楚，吴为东楚，彭城为西楚。 **秀士**：有才能之人，或说指宋玉之流。

4 **朝云**:宋玉《高唐赋》中写巫山神女自称:"妾在巫山之阳,高丘之阻,旦为朝云,暮为行雨。"这里是指斥辅佐君王的左右之臣只知道诱导荒淫。

5 **高蔡**:楚地名。《战国策·楚策》载庄辛说楚襄王:楚国必亡矣。(黄雀)俯啄白粒,仰栖茂树,鼓翅奋翼,自以为无患,与人无争也。不知夫公子王孙,左挟弹,右摄丸,以其颈为招,昼游乎茂树,夕调乎酸咸……夫黄雀其小者也,蔡圣侯之事因是以。南游乎高陂,北陵乎巫山,饮茹溪之流,食湘波之鱼,左抱幼妾,右拥嬖女,与之驰骋乎高蔡之中,而不以国家为事;不知夫子发方受命乎宣王,系己以朱丝而见之也……这里是借蔡圣侯之事讽刺魏主追求荒淫享乐不计后患。

译文

长江水浩浩荡荡,滚滚东去,
滋养了两岸生意盎然的枫林。
水边的兰草渐渐覆盖了小路,
一匹青黑色骏马从路上疾驰而过。
远远望去,
这春日的风光令我黯然神伤。
楚地自古就多风流俊雅之士,
也不乏朝云暮雨之类的韵事。
那些红红的花朵散发出阵阵芬芳,
叫人心旌动摇,
高蔡的覆辙恐怕还会有人重蹈呢。
我为那些像黄雀一样无知的人们
感到悲哀呵,
泪水涟涟,如何能止住。

其十二

原文

昔日繁华子[1]，安陵与龙阳[2]。
夭夭桃李花[3]，灼灼有辉光[4]。
悦怿若九春[5]，磬折似秋霜[6]。
流眄发姿媚[7]，言笑吐芬芳。
携手等欢爱，宿昔同衣裳[8]。
愿为双飞鸟，比翼共翱翔。
丹青著明誓[9]，永世不相忘。

注释

1 **繁华**：形容人的美貌如春花之繁盛。

2 **安陵**：战国时楚恭王宠臣缠，因封于安陵，称安陵君。 **龙阳**：战国时魏有宠臣食邑龙阳，称龙阳君。这里以安陵、龙阳代指宠臣。

3 **夭夭**：美盛的样子。

4 **灼灼**：鲜明、光盛貌。《诗经》中《周南·桃夭》："桃之夭夭，灼灼其华。"

5 **悦怿**：这里是形容容貌光彩照人，令人赏心悦目。 **九春**：春季九十日。

6 **磬折**：见其八诗注。

7 **流眄**：流转目光斜视。 **发**：开。

8 **宿昔**：向来，往日。 **衣裳**：衣服，古时上曰衣，下曰裳。

9 **丹青**：丹，朱砂；青，青雘，青色土，可以染色，即现在的石青、白青之类的颜料。因为丹青不易褪色，故用以示信守。

译文

往昔安陵君和龙阳君因为美貌倍极恩宠，

宛若春日盛开的桃花李花，光彩照人。

他们的容颜比得过旖旎的春色，

令人心旷神怡，流连忘返，
但在君王面前却谨小慎微，
俯首折腰像遭了严霜的草木。
遥想从前，
目光流转，左顾右盼——真是千娇百媚，
言谈说笑，气质高雅——似幽兰吐出阵阵芬芳。
曾经同吃同住，如影随形，
也曾许下心愿：愿做双宿双飞的比翼鸟，
朝朝暮暮一起翱翔。
这誓言会像丹青一样永不褪色，
生生世世永存心间。

其十三

原文

登高临四野，北望青山阿[1]。
松柏翳冈岑[2]，飞鸟鸣相过。
感慨怀辛酸[3]，怨毒常苦多[4]。
李公悲东门[5]，苏子狭三河[6]。
求仁自得仁[7]，岂复叹咨嗟[8]？

注释

1 **阿(ē)：**大的丘陵。

2 **松柏：**古时候，常在死者的坟墓四周种上松柏梧桐作为记号。 **翳：**遮蔽。 **冈：**山脊。 **岑：**小而高的山。

3 **怀：**抱。 **辛酸：**辣味和酸味，喻悲痛苦楚。

4 **毒:**痛。

5 **李公:**指秦朝丞相李斯。秦二世时,郎中令赵高权倾一时,李斯被捕入狱,受尽酷刑,于是对第二个儿子说:“吾欲与若复牵黄犬,俱出上蔡东门,逐校兔,岂可得乎?”(见《史记·李斯列传》。)

6 **苏子:**指苏秦。苏秦曾游说诸侯,说服燕、赵、韩、魏、齐、楚六国合纵抗秦。 **三河:**指河南、河东、河北。苏秦以两周之地狭小,不足逞其志力,故去佩六国相印。

7 **求仁自得仁:**《论语·述而》:“子贡曰:‘伯夷、叔齐何人也?’子曰:‘古之贤人也。’曰:‘怨乎?’曰:‘求仁而得仁,又何怨?’”

8 **咨嗟:**叹息。

译文

我登上高处眺望四周的旷野,
北面有苍莽的大山。
松柏树长满了大大小小的山丘,
鸟儿啼叫着在林间穿梭。
如果贪图富贵就免不了感慨万千满怀辛酸,
哀怨痛楚也会接踵而来。
李斯曾经悲叹东门之行不复再有,
苏秦也以三河狭小而另谋高就。
假如人们都像伯夷、叔齐那样一心求仁,
　　最后定能修成正果,
那还有什么值得唉声叹气的呢?

其十四

原文

开秋兆凉气[1],蟋蟀鸣床帷。

感物怀殷忧[2]，悄悄令心悲[3]。
多言焉所告，繁辞将诉谁？
微风吹罗袂[4]，明月耀清晖。
晨鸡鸣高树，命驾起旋归[5]。

注释

1 **开秋**：初秋。

2 **殷忧**：深切的忧虑。

3 **悄悄**(qiǎo qiǎo)：忧愁的样子。

4 **罗**：质地轻软、经纬组织呈椒眼纹的丝织品，有生罗、熟罗的区别。**袂**(mèi)：袖口。

5 **旋归**：还乡。

译文

与初秋相伴而来的是凉爽的气息，
蟋蟀已在床脚的帐幔下开始了吟唱。
秋天的风物触动了长久以来深广的忧虑，
我的心中满是悲伤和哀愁。
万语千言向谁诉说。
夜里凉风习习，轻轻拂动着衣袖，
皎洁的明月洒下一片清辉。
拂晓时分，雄鸡鸣唱于高树之巅，
迎接崭新一天的到来，
这个时候我独自赶着马车，
开始了回乡的旅程。

其十五

原文

昔年十四五，志尚好书诗[1]。
被褐怀珠玉[2]，颜闵相与期[3]。
开轩临四野[4]，登高望所思。
丘墓蔽山冈[5]，万代同一时。
千秋万岁后，荣名安所之[6]？
乃悟羡门子[7]，噭噭今自嗤[8]。

注释

1 **尚**：通“上”。 **书诗**：指《尚书》《诗经》所代表的经典。

2 **褐**：粗毛或粗麻织的短衣，指贫贱者穿的粗布衣。 **珠玉**：喻内在修养之美。

3 **颜闵**(mǐn)：颜指颜回，字子渊，孔子弟子。好学，安贫乐道，不迁怒，不贰过，在孔门中以德行著称。闵指闵子骞，名损，子骞是他的字。少时，后母虐待他，冬天给自己的亲生儿子穿棉衣，却在他的棉袄里填充芦花。父亲知道后，准备休了后母。子骞曰：“母在一子单，母去三子寒。”父亲才打消此念。后母很懊悔，从此对待几个儿子都一样了。闵子骞因而以孝行著称。

4 **轩**：这里指窗。

5 **丘墓**：坟墓。

6 **安**：焉。

7 **羡门子**：传说中的古仙人。

8 **噭噭**(jiào jiào)：呼声。 **嗤**：笑。

译文

从前我十四五岁的时候，

志趣所好，唯有诗书。
虽然衣衫褴褛却极富内才，
我也每每以颜回和闵子骞自许。
有时推开窗子看看野外的风光，
或者登高远望，心里难免思绪万千。
你看——
那些高高低低、大小不等的坟墓
几乎遮蔽了整个山冈，
一代又一代的人都无一例外地走向这
共同的归宿。
千秋万岁之后，功名富贵早如烟云般消散，
不复可见。
我这才领悟到仙人羡门的超凡脱俗，
不禁耻笑自己俗不可耐。

其十六

原文

徘徊蓬池上[1]，还顾望大梁[2]。
绿水扬洪波，旷野莽茫茫。
走兽交横驰，飞鸟相随翔。
是时鹑火中[3]，日月正相望[4]。
朔风厉严寒[5]，阴气下微霜。
羁旅无俦匹[6]，俯仰怀哀伤[7]。
小人计其功，君子道其常[8]。
岂惜终憔悴，咏言著斯章[9]。

注释

1 **蓬池:**地名,又名逢泽,故址在今河南省商丘市。

2 **大梁:**战国时魏的都城所在地。这里借指王室。

3 **鹑火中:**指夏历的九月、十月。鹑火为星次名,南方有井、鬼、柳、星、张、翼、轸七宿,称朱鸟七宿。首位者称鹑首,中部者(柳、星、张)称鹑火,末位者称鹑尾。鹑火是周的分野。

4 **日月正相望:**即月圆之时,常指农历每月十五日,月大则在十六日。因为这一天日在东,月在西,遥遥相望。

5 **朔风:**北风。 **厉:**作,猛。

6 **羁旅:**寄居作客。 **俦匹:**伴侣,二人为匹,四人为俦。

7 **俯仰:**低头和抬头,泛指一举一动。

8 **小人计其功,君子道其常:**这两句是说君子行事必遵常道,而小人则计一时之功利,随物变迁。

9 **咏:**曼声长吟,歌唱。 **章:**乐竟为一章。

译文

我徜徉在蓬池之上,
回头遥望大梁城。
碧绿的水面扬起波浪啊,
旷野显得辽阔苍莽;
地上是奔跑的野兽,
天空有自由翱翔的飞鸟。
这正是九十月的光景,
圆月从西天升起,与太阳遥遥相望。
北风加重了寒意,
夜里已经降下了薄霜。
我寄居客中,身边没有一个知心的朋友,
每时每刻,心中都满怀哀伤。

追逐名利的小人为了一时的功利就会改变
一贯的主张，
只有真正的君子才坚守常道不为所动。
终归是要困顿萎靡的，哪能为此哀叹不已
止步不前，
曼声长吟啊我写下了这篇诗章。

其十七

原文

独坐空堂上，谁可与欢者？
出门临永路[1]，不见行车马。
登高望九州[2]，悠悠分旷野[3]。
孤鸟西北飞，离兽东南下[4]。
日暮思亲友，晤言用自写[5]。

注释

1 **永：**远，长。
2 **九州：**指冀、豫、雍、荆、扬、兖、徐、幽、营九州。
3 **悠悠：**遥远，无穷尽。
4 **离兽：**失群的野兽。
5 **晤：**见面。 **用：**以，因此。 **写**(xiè)**：**宣泄，排除忧愁。

译文

独自一人坐在空落落的屋子里，
谁能与我志同道合、友爱相亲呢？
走出家门，眼前是一条寂寥冷清的
漫漫长路，

路上不见行人也没有车马。
我登上高山之巅眺望九州大地，
空旷的原野漫无边际；
一只孤零零的鸟儿向西北飞去，
一只离群的野兽形单影只地往东南方走。
夕阳西下的黄昏时分，
我深深思念着远方的亲友，
多希望能见面畅谈排解我心中的忧愁。

其十八

原文

悬车在西南[1]，羲和将欲倾[2]。
流光耀四海[3]，忽忽至夕冥[4]。
朝为咸池晖[5]，濛汜受其荣[6]。
岂知穷达士[7]，一死不再生。
视彼桃李花，谁能久荧荧[8]。
君子在何许[9]，叹息未合并[10]。
瞻仰景山松[11]，可以慰吾情。

注释

1 **悬车：**古代记时，指黄昏前的一段时间。《淮南子·天文训》曰："日浴于咸池，是谓晨明。……至于悲泉，爰止其女，爰息其马，是谓悬车。"
2 **羲和：**神话中太阳的御者。这里指太阳。
3 **流光：**闪耀的光芒。
4 **忽忽：**倏忽，形容时间过得很快。 **冥：**天黑，夜晚。
5 **咸池：**东方的大泽，神话中的日浴之处。《淮南子·天文训》："日出于旸谷，浴于咸池。"

6 **濛汜**(sì):神话中指太阳落下的地方。濛,一作蒙。汜,水边。

7 **穷达**:困厄与显达。

8 **荧荧**:即灼灼,光艳的样子。

9 **何许**:何所,哪里。

10 **并**:合。

11 **瞻仰**:瞻望,仰视。 **景山**:大山。

译文

太阳已经走到西南方的天空,
马上就要落山了。
它的光辉曾经普照大地,
转眼间已是黄昏将晚的时分。
清晨,曙光映照着咸池的水面熠熠生辉,
傍晚,落日的余晖染红了濛水之滨。
那些或穷困潦倒或地位显达的士人们,
终究都会死去。
你看那灿烂的桃花李花,
又哪能常开不败呢?
志节高尚的君子在何方呵,
如今再也没有人会为天下大众着想,
　　这怎不叫人伤感啊。
唯有瞻望山上那些高大挺拔的青松,
才能稍稍慰藉我的情怀。

其十九

原文

西方有佳人,皎若白日光[1]。

被服纤罗衣[2]，左右佩双璜[3]。
修容耀姿美[4]，顺风振微芳。
登高眺所思，举袂当朝阳。
寄颜云霄间，挥袖凌虚翔。
飘飖恍惚中[5]，流眄顾我傍。
悦怿未交接[6]，晤言用感伤。

注释

1 **皎若白日光**：形容颜色美盛，如阳光般灿烂。
2 **纤**：细纹丝帛。
3 **璜**：半璧为璜。
4 **修容**：修饰之容。
5 **飘飖**(yáo)：即飘摇，形容飘动的样子。 **恍惚**：隐约不清。
6 **交接**：交往，接触。

译文

西方有位绝代佳人，
她的容颜宛若阳光般光彩绚烂。
身穿一袭纤罗质地的衣裳，袅袅婷婷，
身边是美玉做的璜佩，精巧玲珑；
容貌经过修饰之后更加衬出姿态的姣美，
微风徐来散发出阵阵幽香。
我爬上高处眺望思念的人儿，
举袖挡住早晨的太阳。
只见佳人的面庞在云际闪烁，
不时挥挥衫袖，乘风而翔；
她飘飘忽忽，若隐若现，我分不清
是真是幻，

目光流转，在我左右殷殷顾盼，
这样妩媚动人，我却从未与她接触过，
等到见面交谈，只是徒然让我感叹、心伤。

其二十

原文

杨朱泣岐路[1]，墨子悲染丝[2]。
揖让长离别[3]，飘飖难与期。
岂徒燕婉情[4]，存亡诚有之。
萧索人所悲[5]，祸衅不可辞。
赵女媚中山[6]，谦柔愈见欺。
嗟嗟途上士[7]，何用自保持。

注释

1 **杨朱：**战国时魏人，又称杨子，在墨子之后，在孟子之前。传说杨朱见到岔路就哭了，因为它可以往南，也可以往北。详见《淮南子》。

2 **墨子：**即墨翟，墨家学派创始人。相传墨子见练丝而泣之，为之可以黄，可以黑。详见《淮南子》。

3 **揖让：**本指宾主相见的礼仪。也指让位于贤人，以与征伐诛讨相对。

4 **燕婉：**形容温顺的样子。燕，安。婉，顺。

5 **萧索：**萧条，缺乏生机。

6 **赵女媚中山：**《吕氏春秋》上说：赵襄子把自己的妹妹嫁给代国的国君，然后去拜访代君并宴请他。赵襄子让舞者把兵器藏在舞羽之中。先以大金斗请代君饮酒，等他喝醉以后，遂反斗击杀了代君。舞者也拿出兵器把代君的随从全杀了。

7 **途上士：**指仕途之人。

译文

杨朱遇到岔路就哭泣,因为岔路可南可北;
墨子看见染丝而悲叹,因为丝可黄可黑。
一自舜禹礼让之后,
世情动荡不定,再也没有人遵循古礼了。
那些貌似温顺驯良的人,
实际上却在威胁着国家的安危存亡。
萧条、肃杀的景物人人见了都感到悲凉,
一旦大祸临头,谁都难以逃脱。
赵襄子曾以女色迷惑代君来达到自己的目的,
越是谦恭柔顺越发会受到欺凌。
唉,那班在仕途上奔忙的士人啊,
怎样才能保持自己的节操呢?

其二十一

原文

于心怀寸阴[1],羲阳将欲冥[2]。
挥袂抚长剑,仰观浮云征[3]。
云间有玄鹤[4],抗志扬哀声[5]。
一飞冲青天,旷世不再鸣[6]。
岂与鹑鷃游[7],连翩戏中庭[8]。

注释

1 **于心怀寸阴:**《淮南子》:“圣人不贵尺之璧,而重寸之阴。”

2 **羲阳:**一作羲和,即指太阳,详见其十八注。

3 **征**:行也。

4 **玄鹤**:《本草》曰:鹤有玄有黄,有白有苍。玄则鹤之老者。

5 **抗志**:高尚的志节。

6 **旷世**:时间长久。《史记·滑稽列传》:齐威王之时,淳于髡曰:"国中有大鸟,止王之庭,三年不蜚又不鸣,王知此鸟何也?"王曰:"此鸟不飞则已,一飞冲天。不鸣则已,一鸣惊人。"

7 **鹑**:鸟名,俗称鹌鹑。 **鷃**(yàn):鸟名,据说飞起只有一尺多高。

8 **连翩**:鸟飞貌,形容连续不断,前后相接。也作"联翩"。

译文

我珍视白昼的每一寸光阴,
无奈夕阳已经西沉,夜色悄然降临。
挥舞着袍袖,我细细抚摩腰间的长剑,
抬头观看天空云卷云舒,变幻莫测。
云中有苍老的松鹤在回翔,
志节高尚不时发出阵阵哀唳。
玄鹤一飞就能直上青天,
它长鸣一声之后一直久久沉默。
玄鹤怎会与那些鹑鷃之类的小鸟为伍啊,
这些小鸟只知道扑打着翅膀
在庭院里飞来飞去。

其二十二

原文

夏后乘灵舆[1],夸父为邓林[2]。
存亡从变化,日月有浮沉。
凤凰鸣参差[3],伶伦发其音[4]。

王子好箫管[5]，世世相追寻。

谁言不可见，青鸟明我心[6]。

注释

1 **夏后**：指夏启。《山海经·海外西经》："大乐之野，夏后启于此儛九代，乘两龙，云盖三层。"

2 **夸父、邓林**：见其十诗注。

3 **参差**：古代乐器名，指洞箫，即无底的排箫。相传为舜造，像凤翼参差不齐，故名。

4 **伶伦**：传说黄帝时的乐官，黄帝曾命伶伦制定了乐律。也作"泠纶"。《汉书·律历志》："黄帝使伶伦自大夏之西、昆仑之阴，取竹之嶰谷生……以为黄钟之宫。制十二筒，以听凤之鸣。"

5 **王子**：即王子晋，详见其四诗注。

6 **青鸟**：《山海经·海内北经》："西王母梯几而戴胜杖，其南有三青鸟，为西王母取食。"借指信使。

译文

夏后启已乘灵舆而去，不复可见，
逐日的夸父訇然倒下后化作了
一片蓊郁的桃林。
生存与死亡都是变化的形态，
如同日月的东升西落。
洞箫吹出凤凰般的清音，
乐官伶伦也用竹筒模仿凤的鸣声。
王子晋一生钟爱的箫管，
后人世世代代追寻不已。
谁说道不可见啊？
那翩翩的青鸟已经明了我的心意。

其二十三

原文

东南有射山[1]，汾水出其阳[2]。
六龙服气舆[3]，云盖覆天纲[4]。
仙者四五人，逍遥宴兰房[5]。
寝息一纯和[6]，呼噏成露霜[7]。
沐浴丹渊中[8]，照耀日月光[9]。
岂安通灵台[10]，游瀁去高翔[11]。

注释

1 **射山**：见《庄子·逍遥游》："藐姑射之山，有神人居焉……不食五谷，吸风饮露，乘云气，御飞龙，而游乎四海之外。"射山即指藐姑射之山，或称姑射山。

2 **阳**：山南水北曰阳。这里是说汾水从山南流出。

3 **服**：驾驭。 **气舆**：以云气为舆。舆，车。

4 **云盖**：盖即车盖，用来遮阳避雨。云盖，云做的车盖。 **天纲**：星名。《晋书·天文志》："北落西南一星曰天纲。"

5 **兰房**：兰香缭绕之精舍。

6 **一**：皆，全。

7 **噏**：同"吸"。

8 **丹渊**：神话中的地名，据说是月亮升起的地方。阮籍《大人先生传》曰："日没不周西，月出丹渊中。"

9 **炤**：同"照"。

10 **岂**：本作"恺(kǎi)"，安乐的意思。 **灵台**：指心。

11 **瀁**：漾的古字。"游瀁"是上承"沐浴丹渊中"的诗句来说的。

译文

藐姑射之山位于东南方向，

汾水清清从南面的山脚下流淌出来。
六匹虬龙驾着车飞驶，
车盖高耸几乎罩住了天纲星。
四五个仙人优哉游哉，
在兰气缭绕、装饰精美的殿堂里宴饮、欢会。
他们安睡休息时都一样笃厚调和，
呼吸的气息凝结成露珠、清霜。
沐浴在丹渊的碧波之中，
让日月的光芒轮番照耀。
心里充满了祥和安乐，
遨游嬉戏之后将乘风离去，高高飞翔。

其二十四

原文

殷忧令志结[1]，怵惕常若惊[2]。
逍遥未终晏[3]，朱华忽西倾[4]。
蟋蟀在户牖[5]，蟪蛄号中庭[6]。
心肠未相好[7]，谁云亮我情[8]？
愿为云间鸟，千里一哀鸣。
三芝延瀛洲[9]，远游可长生。

注释

1 **殷忧：**见十四诗注。 **结：**纠结，缠绕。
2 **怵(chù)惕：**戒惧，惊惧。怵，恐。惕，敬。
3 **晏：**晚。
4 **朱华：**指太阳。

5 **户牖**(yǒu)**:**门窗。户,单扇门。牖,窗户。

6 **蟪蛄:**蝉的一种,黄绿色,翅有黑白条纹。《庄子·逍遥游》:“蟪蛄不知春秋。”蟪蛄的生命很短,春生者夏死,夏生者秋死,故不知春秋。

7 **心肠:**衷情,心地。 **相好:**彼此亲密。

8 **亮:**信。

9 **三芝:**食之可以长生的仙草,名目不一。《抱朴子·仙药》中记载:参成芝、木渠芝和建木芝三种,服食可百日升天。黄卢子、寻木华、玄液华,此三芝服食令人寿千岁。 **延:**陈。 **瀛洲:**《史记·秦始皇本纪》:“海中有三神山,名曰蓬莱、方丈、瀛洲。”相传在渤海之中。

译文

深深的忧虑将我的思绪、心志
紧紧纠缠在一起,
时时处于惊恐、警觉之中,战战兢兢。
安闲自得的光景还没有完结啊,
太阳却忽悠悠落山了。
蟋蟀躲在门窗的旮旯角里欢唱,
蟪蛄的长鸣也打破了庭院的宁静。
我的心找不到亲近的地方,
谁能让我纠结的情绪得到舒张、伸展呢?
我只愿化作云间的鸟儿,
飞逾千里,发出阵阵哀鸣。

据说海中有座仙山瀛洲,
山上长满了灵芝仙草,
还是去远游吧,它终究会让人获得永生。

其二十五

原文

拔剑临白刃[1],安能相中伤[2]?
但畏工言子[3],称我三江旁[4]。
飞泉流玉山[5],悬车栖扶桑[6]。
日月径千里[7],素风发微霜[8]。
势路有穷达,咨嗟安可长?

注释

1 **白刃:**剑锋磨至白色,说明剑非常锋利。

2 **中**(zhòng)**伤:**阴谋诬陷别人。

3 **工言:**巧言。

4 **称:**言也。 **三江:**三条江的合称。《书·禹贡》:“三江既入,震泽底定。”

5 **玉山:**《山海经·西山经》:“玉山,是西王母所居也。”

6 **悬车:**见其十八诗注。 **扶桑:**神木名,传说日出其下。东方朔《十洲记》:“扶桑在碧海中。树长数千丈,一千余围,两干同根,更相依倚,日所出处。”

7 **径:**经过,行经。

8 **素风:**即秋风。

译文

即使拔剑出鞘,面对无比锋利的剑刃,
也不会伤害我一丝一毫;
唯有那些巧言的佞人,
远远地,总在背后诬陷、诽谤,
比真正的刀剑更能伤人。
清泉从玉山顶上飞流而下,

旭日升上了扶桑树巅；
从西到东，日月行经数千里，
秋风来临的时候也带来点点微霜。
人生在世有困厄潦倒也有富贵显达，
不要总是一味地唉声叹气，
　　叹息又怎能让生命延长？

其二十六

原文

朝登洪坡颠[1]，日夕望西山[2]。
荆棘被原野[3]，群鸟飞翩翩。
鸾鹥时栖宿[4]，性命有自然[5]。
建木谁能近[6]，射干复婵娟[7]。
不见林中葛[8]，延蔓相勾连。

注释

1 **洪**：大。 **坡**：阪也，指地形倾斜的地方。 **颠**：山顶。

2 **西山**：即首阳山，详见其九诗注。

3 **荆棘**：丛生有刺的灌木，常用以喻指危乱。

4 **鸾**(luán)：凤凰之类的神鸟。《说文》："鸾，亦神灵之精也。赤色，五彩，鸡形，鸣中五音。"古人以鸾凤的出现为瑞应，认为只有在国家大治、君王仁德的时候才降临人间。另有一说：与凤凰一类的神鸟有五种，其中多青色者为鸾。 **鹥**(yī)：凤凰的别名。一说：鹥身有五彩，花纹和凤凰一样，也是凤凰之类的鸟。

5 **自然**：天然，非人为的。

6 **建木**：神话中树木的名称。据说位于世界的中心点上，木高百仞无枝，日中无影，呼而无响，众天神由此上下。详见《山海经》《淮南子·地形训》。

7 **射(yè)干**:木名(一说为草名)。《荀子·劝学》:“西方有木焉,名曰射干,茎长四寸,生于高山之上,而临百仞之渊。”陶弘景云:“(射干)花白茎长,如射人之执竿。” **婵娟**:形态美好的样子。

8 **葛**:植物名。多年生的蔓草,块根可入药,也可制成葛粉供食用;茎的纤维,可制葛布。

译文

清早爬上大山坡的顶端,
在夕阳西斜的时候遥望夷齐隐居过的
首阳山。
只见:
原野上荆棘丛生,密密麻麻,
一群群鸟儿在暮色中翩翩飞舞。
而鸾鸟凤凰这些瑞鸟却远离尘俗和喧嚣,
彼此相守着安歇了,
其实,人生也各有天命,又何必强求呢?
建木高大挺拔、直上九霄,
没有谁能轻易靠近它,
小小的射干,花姿倒娇美可人。
君不见树林里蔓生的葛藤啊,
枝枝叶叶相互攀附着、纠缠着,
转眼之间就连成了一大片。

其二十七

原文

周郑天下交[1],街术当三河[2]。

妖冶闲都子[3],焕耀何芬葩[4]。
玄发照朱颜,睇眄有光华[5]。
倾城思一顾[6],遗视来相夸[7]。
愿为三春游[8],朝阳忽蹉跎。
盛衰在须臾[9],离别将如何。

注释

1 **周:**今河南洛阳、巩义一带。 **郑:**今郑州、新郑一带。 **交:**谓居天下之中心,四方交会于此。

2 **街:**四通的道路。 **术:**邑中的道路。 **三河:**见其十三诗注。

3 **妖冶:**艳丽。 **闲:**或作"娴",雅。 **都:**优美的样子。

4 **焕:**光亮,鲜明。 **耀:**照耀,炫目。 **芬:**众多的样子。 **葩:**华美。

5 **照:**一作发。 **睇**(dì):斜视。**眄**(miǎn):斜视,南楚称眄为睇。

6 **倾城:**《汉书 · 外戚传》中李延年歌曰:"北方有佳人,绝世而独立;一顾倾人城,再顾倾人国。宁不知倾城与倾国?佳人难再得!"形容容貌绝佳。

7 **遗:**偷偷地看。

8 **三春:**春季三个月。农历正月称孟春,二月称仲春,三月称季春,合在一起即三春。

9 **须臾:**片刻。

译文

周郑位于天下交会的要冲地带,
街道四通八达,与三河郡的每一个城市
相连。
那儿有容貌艳丽、举止娴雅的佳人,
光彩焕然,使人目眩。
你看她们——
乌黑的秀发衬托着无比妩媚的面庞,

眼波一转,光华四射。
旷绝人寰的美貌总向往着赢得世人的青睐,
众人默默地凝望也成为夸耀的资本。
正欲在生机盎然的春日去远游,
大好的时光却已在不知不觉中悄悄溜走。
荣枯盛衰都只是刹那间的事儿,
那么,离别又算得了什么呢?

其二十八

原文

若木耀西海[1],扶桑翳瀛洲[2]。
日月经天途[3],明暗不相侔[4]。
穷达自有常[5],得失又何求?
岂效路上童,携手共遨游。
阴阳有变化[6],谁云沉不浮。
朱鳖跃飞泉[7],夜飞过吴洲[8]。
俯仰运天地[9],再抚四海流[10]。
系累名利场[11],驽骏同一辀[12]。
岂若遗耳目[13],升遐去殷忧[14]。

注释

1 **若木**:神话中的一种树木,据说长在日入之处。《山海经·大荒北经》:“大荒之中,有衡石山、九阴山、洞野之山,上有赤树,青叶赤华,名曰若木。”郭璞注曰:“(若木)生昆仑西,附西极,其华光赤下照地。”

2 **扶桑**:见其二十五诗注。 **翳**:遮蔽。 **瀛洲**:见其二十四诗注。

3 **天途**:天上的路途。途,路。

4 **侔**(móu)**:**相等。一作仇。

5 **常:**指定数,天意。

6 **阴阳:**古人以阴阳解释万物化生的原理,凡天地、日月、昼夜、男女乃至内脏、气血都分属阴阳。

7 **朱鳖:**传说中的鱼名。《吕氏春秋·本味》:"醴水之鱼,名曰朱鳖,六足,有珠百碧。"《淮南子》:"朱鳖浮波,必有大雨。"

8 **夜飞:**指剑。《越绝书》:"阖庐无道……湛卢之剑去之如水,行秦过楚,楚王卧而寤,得吴王湛卢之剑。" **过:**离去。

9 **运:**移动,转动。

10 **抚:**安定。

11 **系累:**犹缚结、捆绑也。

12 **驽:**能力最低下的马。 **骏:**良马。 **辀**(zhōu)**:**车辕,用于大车上的称辕,用于兵车、田车、乘车上的称辀。

13 **遗:**忘却。

14 **遐:**远。

译文

若木的光华照彻西海,
扶桑树枝繁叶茂,像一把巨伞
覆盖着仙山瀛洲。
虽然太阳、月亮在天空中
走过的路径相同,
可它们的光辉却无论如何也不能相提并论。
是显达还是穷困,这一切自有天数,
成败得失又焉能强求?
何必效仿那些在路上嬉闹的少年,
手牵着手,肩并着肩,终日四处游荡。
阴阳的变化自古皆然,

谁敢说下沉之后不再有上浮的希望？
你看朱鳖已跃出水面，
　　湛卢之剑却潜入水中离开了吴地。
俯仰之间天地运转，物换星移，
　　　四海奔腾；
寄身于名利场中的人们，无从解脱，
宛如同一车辕下埋头赶路的驽马和骏马，
　　哪里还有什么分别？
不如抛却一切聪明才智，
远离功名，远离是非之地，
　　　方能消除内心深重的忧愁。

其二十九

原文

昔余游大梁[1]，登于黄华颠[2]。
共工宅玄冥[3]，高台造青天[4]。
幽荒邈悠悠[5]，凄怆怀所怜[6]。
所怜者谁子，明察应自然。
应龙沉冀州[7]，妖女不得眠[8]。
肆侈陵世俗[9]，岂云永厥年[10]？

注释

1 **大梁：**见其十六诗注。

2 **黄华：**山名。《水经注》："（隆虑）县有黄华水，出于神囷之山黄华谷北崖上。山高十七里。"即黄华山。

3 **共(gōng)工：**水官名。 **宅：**居。 **玄冥：**水神，这里借指幽深、暗昧的水底世界。

4 **高台**:本指共工之台,这里指邺城西北的三座高台:铜雀台、金虎台、冰井台。 **造**:至,到。

5 **幽**:深远。 **荒**:大,空。 **邈**:远。 **悠悠**:遥远,无穷尽。

6 **凄怆**:悲伤。 **怀**:思念。

7 **应龙**:神名。《山海经》:“应龙处南极,杀蚩尤与夸父。”又:“蚩尤作兵伐黄帝,黄帝乃令应龙攻之冀州之野。应龙畜水。蚩尤请风伯雨师,纵大风雨。黄帝乃下天女曰魃,雨止,遂杀蚩尤。” **冀州**:古九州之一,一般常指中原、中土。

8 **妖**:疑为“魃”的误字。即黄帝之女魃,实为干旱之神。据《山海经》,魃助黄帝除掉蚩尤之后,“魃不得复上,所居不雨。叔均言之帝,后置之赤水之北……魃时亡之”。

9 **肆**:极力。 **侈**:奢侈,浪费。 **陵**:超越。

10 **厥**(jué):语气助词,无义。

译文

以往我游历大梁城的时候,
曾登上黄华之巅远眺。
共工制服了洪水之后,
他修筑的高台依然矗立着直上云霄。
我是多么悲伤和忧郁啊,
我怀念的人儿在那遥不可及的地方。
怀念的是谁呀?
他能够明察秋毫,同时也要学会
顺应自然之道。
应龙沉沦于中原大地,
旱神魃不得安眠。
恣意奢华的生活令世人侧目,

这样下去难道能够长久地安享天年吗?

其三十

原文

驱车出门去,意欲远征行[1]。
征行安所如[2]? 背弃夸与名[3]。
夸名不在己,但愿适中情[4]。
单帷蔽皎日[5],高榭隔微声[6]。
谗邪使交疏[7],浮云令昼冥。
嬿婉同衣裳[8],一顾倾人城。
从容在一时[9],繁华不再荣[10]。
晨朝奄复暮[11],不见所欢形[12]。
黄鸟东南飞[13],寄言谢友生[14]。

注释

1 **征:**行。

2 **如:**往,至。

3 **夸、名:**见其八诗注。

4 **适:**顺从。 **中:**心也,内也。

5 **皎:**白,明。

6 **榭:**在台上盖的高屋。

7 **谗:**说别人的坏话。 **邪:**不正。

8 **嬿婉:**同“燕婉”,见其二十诗注。

9 **从容:**安逸舒缓,不慌不忙。

10 **繁华:**见其十二诗注。 **荣:**《尔雅》:“木谓之华,草谓之荣。”

11 **奄:**忽然,迅疾。

12 **所欢:**所爱也。

13 **黄鸟:**鸟名,指黄雀。这里借用了《诗经》中《小雅·黄鸟》的诗意:“此邦之人,不我肯谷;言旋言归,复我邦族。”

14 **谢:**以辞相告曰谢。 **友生:**朋友,“生”为语助词,无义。

注释

我驱车出门,意欲远游。
远行到何处去呢?
不过是为了逃避虚名。
那些华而不实的好名声对本人毫无益处,
我所期冀的是让自己的心安适顺意。
帐幕薄如蝉翼尚能遮蔽太阳的光芒,
高高的台榭尽管没什么障壁,
却也挡住了不少细微的声响。
谗言与邪恶使友情疏远淡漠了,
天空飘浮的云彩使白昼变得昏暗不明。
曾经那么的温婉柔顺,衣裳都不分你我,
而今,世人为你的美艳而倾倒、痴狂,
高居众人之上,哪会再念及我呢?
其实,安逸和舒心只是一瞬间的事,
一旦像春花那样盛开之后就很难再有
第二回了。
刚才还是清晨,转眼便到了日暮时分,
整整一天都没能见到心上人的模样。
一只只黄雀急匆匆地向东南方飞去,
请捎上我的心里话给远方的朋友吧。

其三十一

原文

驾言发魏都[1],南向望吹台[2]。
箫管有遗音,梁王安在哉[3]?
战士食糟糠[4],贤者处蒿莱[5]。
歌舞曲未终,秦兵已复来。
夹林非吾有[6],朱宫生尘埃。
军败华阳下[7],身竟为土灰[8]。

注释

1 **驾:**驾车。 **言:**语助词,无义。 **发:**出发,启程。 **魏都:**战国时魏的国都大梁,即今河南省开封市。这首诗是借战国之魏来比喻曹魏政权。

2 **吹台:**古迹名。相传为春秋时师旷吹乐之台。汉梁孝王增筑曰明台,孝王常案歌吹于此,亦曰吹台。后有繁姓居于台侧,因此也叫繁台。位于今河南开封市东南。

3 **梁王:**战国时的魏王,因魏都大梁,故或称梁王。

4 **糟:**做酒剩下的渣滓,即酒滓。 **糠:**谷皮,糟糠,喻粗劣的食物。

5 **处蒿莱:**指居于草野之中,不被重用。蒿莱,野草,杂草。

6 **夹林:**地名,为魏王游乐的地方。

7 **军败华阳下:**魏安禧王四年(公元前 273 年),秦将白起大破魏将芒卯于华阳。华阳,山名,又是亭名,在今河南省密县。

8 **竟:**终于。 **为土灰:**指死亡。

译文

驱车离开了魏都大梁,
向南极目远眺古迹吹台。
箫管吹奏的依然是过去时代的旋律,

梁王却早已作古，杳无踪影了。
保护国家安危的战士们吃的是糟糠
之类粗劣的粮食，
辅佐朝政的栋梁之材却闲置于草野之中，
不被重用。
令人心醉的歌舞一曲尚未终了，
秦国的大军竟然再次杀气腾腾地逼近了。
夹林风景如画，而今已成了别人的版图，
从前金碧辉煌的宫殿楼阁也遍生尘埃。
自从军败华阳之后，
真落了个国破家亡身灭的下场。

其三十二

原文

朝阳不再盛[1]，白日忽西幽[2]。
去此若俯仰[3]，如何似九秋[4]。
人生若尘露[5]，天道邈悠悠[6]。
齐景升丘山[7]，涕泗纷交流。
孔圣临长川，惜逝忽若浮[8]。
去者余不及，来者吾不留。
愿登太华山[9]，上与松子游[10]。
渔父知世患[11]，乘流泛轻舟。

注释

1 **朝阳**：初升的太阳。《易·丰》曰："日中则昃，月盈则食。"疏曰："盛必有衰，自然常理。日中至盛，过中则昃。" 昃(zè)，指太阳偏西。由于太阳到了正午最高点时就要偏斜，故云朝阳不再盛。

2 **白日**：指太阳。 **幽**：隐。

3 **俯仰**：比喻时间迅疾。

4 **九秋**：指秋天。

5 **尘露**：尘飞露干，比喻时间短促。

6 **邈**：远。 **悠悠**：见其二十九诗注。

7 **齐景升丘山，涕泗纷交流**：《晏子春秋》曰："景公游于牛山，北临其国城而流涕曰：'若何滂滂去此而死乎？'"

8 **孔圣临长川，惜逝忽若浮**：《论语·子罕》曰："子在川上曰：'逝者如斯夫！不舍昼夜。'"忽，迅速，短暂。

9 **太华山**：山名，即西岳华山，在陕西渭南县东南。因远望其形如华（花），故名华山；因其西有少华山，故又名太华山。

10 **松子**：即赤松子，传说中的仙人。神农时为雨师，服水玉以教神农，能入火不烧。至昆仑山，常入西王母石室，随风雨上下。

11 **渔父**：《庄子·渔父》："客（指渔父）乃笑而还行，言曰：'仁则仁矣！恐不免其身。苦心劳形，以危其真。……且人有八疵，事有四患，不可不察也。……'乃刺船而去，延缘苇间。"另《楚辞·渔父》："渔父曰：'圣人不凝滞于物，而能与世推移。世人皆浊，何不淈其泥而扬其波？众人皆醉，何不餔其糟而歠(chuò)其酾？何故深思高举，自令放为？'……渔父莞尔而笑，鼓枻而去。歌曰：'沧浪之水清兮可以濯吾缨，沧浪之水浊兮可以濯吾足。'"一般常以渔父代指隐士。

译文

初升的太阳一过正午便开始西斜，
它的光辉逐渐暗淡、衰微下来。
它离去得如此匆忙、迅疾，
与漫长的秋季简直没法相比。
人生在世如尘飞露干，何其短暂，
而天道却始终渺茫幽远，没有边际。

齐景公曾在牛山顶上俯瞰自己的国土，
　　禁不住感慨万千，涕泗交流；
孔圣人面对滔滔逝水，
　　叹惜韶华易逝，生命短促。
那些已经过去的我追赶不上，
将要来临的我也不刻意挽留。
我只向往着，有一天能登上巍巍太华山，
与赤松子这样的仙人一道结伴神游。
渔父洞悉世上的种种忧患，
　驾着一叶轻舟自由自在地
　　　　顺水漂流。

其三十三

原文

一日复一夕，一夕复一朝。
颜色改平常[1]，精神自损消。
胸中怀汤火[2]，变化故相招[3]。
万事无穷极，知谋苦不饶[4]。
但恐须臾间，魂气随风飘[5]。
终身履薄冰[6]，谁知我心焦。

注释

1 **颜色改平常：**容貌一改平常的样子，逐渐衰老了。
2 **汤火：**沸水与烈火。意思是说心里如沸如焚，形容内心极不平静。
3 **变化故相招：**是承“颜色改平常，精神自损消”两句而言的。招，招致。
4 **知：**同“智”。 **苦：**患，担心。 **饶：**丰足。

5 **魂气随风飘：**指死亡。

6 **终身履薄冰：**典出《诗经·小雅·小宛》："战战兢兢，如履薄冰。"意思是说战战兢兢，好像踏在薄冰上一样。

译文

日子一天天过去了，
容颜渐渐改变了往常的模样，
　　开始显出衰老的迹象；
精神也一天比一天差，大不如从前了。
我的内心如沸如焚，无法平静下来，
这才是容颜变化的真正缘由。
天下事变幻莫测，
智慧与谋略能够自如地应付过来吗？
更担心的是：
　　也许生命会突然结束，
　　魂魄、精气全都随风飘散。
我一生战战兢兢，仿佛踏在薄冰上，
心中满是焦灼与忧虑，
　　谁能真正了解我的内心呢？

其三十四

原文

一日复一朝，一昏复一晨。
容色改平常，精神自飘沦。
临觞多哀楚[1]，思我故时人。
对酒不能言，凄怆怀酸辛。

愿耕东皋阳[2]，谁与守其真[3]？
愁苦在一时，高行伤微身[4]。
曲直何所为[5]？龙蛇为我邻[6]。

注释

1 **觞(shāng):**酒杯。 **哀楚:**哀伤痛苦。楚，本为鞭打犯人的荆条，引申为痛。
2 **东皋:**泛指田野或高地，魏晋南北朝的文章中常用以特指隐士躬耕之地。东，取其朝阳，有生气。皋，水边高地。
3 **守其真:**保持自然本性。
4 **高行:**高尚的德行。
5 **曲直:**犹言屈伸。
6 **龙蛇:**龙和蛇，可曲可直，能屈能伸，因以喻隐退。《周易·系辞下》:“龙蛇之蛰，以存身也。”《汉书·扬雄传》:“君子得时则大行，不得时则龙蛇。”

译文

清晨过去了是黄昏，夜晚之后有白昼，
岁月就在周而复始中蹉跎了。
容貌日渐衰老，
精神也随之消沉，变得得过且过。
举起酒杯，心中涌动着阵阵悲凉与苦楚，
我不由地想起昔日的朋友，
面对可以解忧的美酒我却无法开口
吐出隐衷，
是因为内心蓄积的悲伤和酸痛太过沉重。
希望有朝一日能在向阳的田垄中耕种，
无拘无束，轻轻松松，
谁会跟我一道守护天然的本性呢？

哀愁与苦难都只是暂时的，
高尚的德行也需要付出代价
——它会危及卑微的生命。
龙蛇或屈或伸为的是生存下去，
我早该效法它们的存身之道啊！

其三十五

原文

世务何缤纷[1]，人道苦不遑[2]。
壮年以时逝，朝露待太阳。
愿揽羲和辔[3]，白日不移光[4]。
天阶路殊绝[5]，云汉邈无梁[6]。
濯发旸谷滨[7]，远游昆岳傍[8]。
登彼列仙岨[9]，采此秋兰芳[10]。
时路乌足争[11]？太极可翱翔[12]。

注释

1 **务**：事务。 **缤纷**：杂乱的样子。

2 **人道**：人所以应付世务之道。 **遑**：闲暇。

3 **揽**：持，执。 **羲和**：见其十八诗注。 **辔**(pèi)：马缰。

4 **白日**：指太阳。 **移光**：光影移动，实指太阳的移动。

5 **天阶**：星名，即三台。又名泰阶。上台、中台、下台共六星，两两并排而斜上，如阶梯状，故名。

6 **云汉**：天河。 **梁**：桥。

7 **濯**(zhuó)：洗去污垢。 **旸**(yáng)**谷**：日所出处。由于太阳从这里升起以后，天地一片光明，故称旸谷。旸，即日出之意。

8 **昆岳**：即昆仑山。

9 **岨(jū)**:有土的石山。

10 **秋兰**:秋天开花的兰草。

11 **时路**:世路。

12 **太极**:指原始混沌之气,由它滋生出宇宙万物。《易·系辞上》:"易有太极,是生两仪,两仪生四象,四象生八卦。" 意思是说:太极(气)运动而分阴阳,由阴阳生出四时,又从四时生出天、地、风、雷、水、火、山、泽八卦,从而推衍出宇宙的万事万物。

译文

世间的事情总是纷纷扰扰,
为了应付这些无聊的事,人不得不
忙碌辛苦,没有闲暇去思索。
精力充沛的大好年华已随时间流逝,
仿佛早晨的露珠在太阳下晒干,
了无痕迹。
我多想拉住羲和手里的缰绳,
让白天永驻,太阳不再西斜。
可是,通往天界的路根本就不存在,
要想跨越茫茫天河却苦于没有桥梁。
我在太阳初升的旸谷之畔梳洗头发,
然后远游到昆仑山脚下;
登上那群仙聚集的山巅,
去采集芬芳高洁的秋兰。
尘世的一切有什么可争执、留恋的呢?
只有在混沌的太极之中,
人才能返璞归真,自由翱翔。

其三十六

原文

谁言万事艰，逍遥可终生[1]。
临堂翳华树[2]，悠悠念无形[3]。
彷徨思亲友[4]，倏忽复至冥[5]。
寄言东飞鸟，可用慰我情[6]。

注释

1《庄子·逍遥游》："今子有大树，患其无用，何不树之于无何有之乡，广莫之野，彷徨乎无为其侧，逍遥乎寝卧其下。不夭斤斧，物无害者，无所可用，安所困苦哉！"阮籍这首诗即化用了庄子的上述思想。

2 **华树**：枝叶繁茂的大树。

3 **无形**：《庄子·至乐》："察其始而本无生，非徒无生也，而本无形，非徒无形也，而本无气。"无形，指没有形体。无生，意谓没有生命知觉。

4 **彷徨**：徘徊。

5 **倏忽**：很快地，指极短的时间。 **冥**：夜晚。

6 **用**：以。

译文

是谁说世间的事情艰难、困苦居多，
其实放任自流、无所事事也可以打发一生。
屋外有棵参天的大树，
枝叶繁茂像一把巨伞挡住了
正午的阳光，
可是很久以后的将来它的形体将会消灭，
不留任何痕迹。
我在徘徊中想念着远方的亲友，

转眼间天色已经暗下来了。
寄言东飞的鸟儿，
聊以慰藉我的情怀，
因为它们正飞往我魂牵梦萦的故乡。

其三十七

原文

嘉时在今辰[1]，零雨洒尘埃[2]。
临路望所思[3]，日夕复不来。
人情有感慨，荡漾焉能排[4]。
挥涕怀哀伤，辛酸谁语哉[5]！

注释

1 **嘉时**：良时，美好的时刻。
2 **零雨**：徐雨，断断续续不停的雨。
3 **所思**：所想念的人。
4 **荡漾**：指思潮起伏不定。
5 **辛酸**：见其十三诗注。 **语**(yù)：告诉。

译文

今天是一个美好的日子，
淅淅沥沥的雨湿润了飞扬的尘土，
空气显得格外清新。
站在大路旁张望，
直到天黑也不见我思念的人儿露面。
人们常因感触太多而慨叹，
心潮如波涛般汹涌起伏，

总是无法排解，不能平静。

泪水也不能减轻内心的哀伤，

我的悲痛和酸楚又能对谁诉说呢？

其三十八

原文

炎光延万里[1]，洪川荡湍濑[2]。
弯弓挂扶桑[3]，长剑倚天外[4]。
泰山成砥砺[5]，黄河为裳带[6]。
视彼庄周子[7]，荣枯何足赖[8]？
捐身弃中野[9]，乌鸢作患害[10]。
岂若雄杰士[11]，功名从此大！

注释

1 **炎光**：日光。 **延**：伸展，蔓延。

2 **洪**：大。 **川**：河流。 **荡**：往来摇动。 **湍濑**：指急流。湍，急流的水。濑，湍急的水，水激石间为濑。

3 **扶桑**：见其二十五诗注。

4 **天外**：天边之外，指极远的地方。

5 **砥砺**：即磨石，细者为砥，粗者为砺。

6 **带**：束衣的带子，分皮制和丝制两种。后来凡是狭长的织物以及可用以系缚之物，统称带。“泰山成砥砺，黄河为裳带”两句诗的出处见于《史记·高祖功臣侯者年表·序》：“封爵之誓曰：使河如带，泰山若厉，国以永宁，爰及苗裔。”誓言中的“厉”即砥砺。

7 **庄周子**：即庄子，名周，战国宋蒙（今河南商丘市）人。主张清静无为。与老子同为道家学派的代表人物。

8 **荣枯**：本指草木的盛衰，这里用以比喻人生的得失成败。

9 **捐：**舍弃。

10 **乌：**乌鸦。 **鸢**(yuān)**：**鸷鸟名。俗称鹞鹰、老鹰。状类鹰，但嘴较短，尾较长，常开。攫蛇、鼠、鸡雏等为食。

11 **雄杰士：**指上面说过的弯弓倚剑、砺山带河之辈。

译文

炽热的阳光普照广袤无垠的大地，
　　万物都沉浸在一片灿烂的金辉中，
滔滔江河汹涌澎湃，
　　　咆哮着激起重重浪涛。
壮士把弯弓斜挂在扶桑树梢，
　　清晨，太阳将从这里冉冉升起；
他的长剑倚靠着，直指天外，
　　剑光闪闪如秋日的寒霜。
群山之尊的泰山在他眼底
　　变得像磨刀石一般小巧，
气势磅礴的黄河也宛若柔顺曲折的衣带。
对庄周子这类参透玄机的人来说，
人生的盛衰荣辱就跟草木的荣枯代谢一样，
　　　不足为奇，
百年之后，谁也逃不过弃身荒野、被乌鸦老鹰争抢啄食的
　　　　　　　　　　　命运。
哪像那些功勋盖世的英雄豪杰，
生命虽然消殒了，
　　他们的美名却在人间一直传扬。

其三十九

原文

壮士何慷慨[1],志欲威八荒[2]。
驱车远行役[3],受命念自忘[4]。
良弓挟乌号[5],明甲有精光[6]。
临难不顾生,身死魂飞扬[7]。
岂为全躯士?效命争战场[8]。
忠为百世荣[9],义使令名彰[10]。
垂声谢后世[11],气节故有常[12]。

注释

1 **慷慨:**《说文》曰:"慷慨,壮士不得志于心也。"指情绪激昂。

2 **八荒:**指八方荒远之地。《说苑·辨物》:"八荒之内有四海,四海之内有九州。"

3 **行役:**因服役而跋涉在外。

4 **受命:**接受命令和任务。 **念自忘:**忘其身也,意谓忘我。

5 **乌号:**良弓名。《淮南子·原道训》:"射者扞乌号之弓,弯綦卫之箭。"高诱注曰:"乌号,桑柘。其材坚劲,乌峙其上,及其将飞,枝必桡下,劲能复巢。乌随之,乌不敢飞,号呼其上。伐其枝以为弓,因曰乌号之弓也。一说黄帝铸鼎于荆山鼎湖,得道而仙,乘龙而上,其臣援弓射龙,欲下黄帝,不能也。乌,於也;号,呼也。于是抱弓而号,因名其弓为乌号之弓也。"按:黄帝之事详见《史记·封禅书》。

6 **明甲:**铠甲名,即明光铠。

7 **魂:**指能离开身体而存在的精神。《楚辞·招魂》王逸注曰:"魂者身之精,魄者性之决也。"

8 **效命:**舍命报效。

9 **忠:**敬也,无私也,中心,不贰。

10 **义:**正义,公正合宜的道德、行为、节操等。 **令名:**美名。

11 **谢:**以辞相告曰谢。

12 **气节:**志气节操。《汉书 · 律历志》:“铜为物之至精,不为燥湿寒暑变其节,不为风雨暴露改其形,介然有常,有似于士君子之行。”

译文

英雄壮志未酬,满怀悲愤,
他曾经立下志向,要威震四海,名扬八方。
为此他驱车离开故土家园,
　　长途跋涉去戍守边关,
从接受命令的那一刻开始,
　　早已把个人的一切置之度外。
手挽强弓,身披铠甲,
　　天生的一副英雄模样。
一到危急关头总是挺身而出,
　　不惜献出年轻的生命,
即便身体消亡了,也心甘情愿,
　　因为英雄之魂会在宇宙天地间
　　　　　　时时飞扬,与日月同光。
目的只有一个——舍身为国,报效君王,
哪里还顾得上保全身家性命呢?
英雄的忠诚和义勇,
　　百代之下仍在传唱不已,
他以自己的业绩告诫后世的人们,
人活着就得保持志气节操,坚贞不渝,
　　善始善终。

其四十

原文

混元生两仪[1],四象运衡玑[2]。
曒日布炎精[3],素月垂景辉[4]。
晷度有昭回[5],哀哉人命微。
飘若风尘逝,忽若庆云晞[6]。
修龄适余愿[7],光宠非己威[8]。
安期步天路[9],松子与世违[10]。
焉得凌霄翼[11]?飘飖登云巍[12]。
嗟哉尼父志[13],何为居九夷[14]!

注释

1 **混元:**天地形成之初的原始状态。老子《道德经·象元第二十五》:"有物混成,先天地生。"混,通"浑",意谓"大"。元,元气,天地从中孕育生成。 **两仪:**指天地。

2 **四象:**指金、木、水、火,分别对应兑金(秋)、震木(春)、坎水(冬)、离火(夏)四季。 **衡玑:**指北斗七星。北斗由天枢、天璇、天玑、天权、玉衡、开阳、摇光七星组成,因形似舀酒的斗形而得名。天枢、天璇、天玑、天权组成斗身,古曰魁;玉衡、开阳、摇光组成斗柄,古曰杓。一般地,以璇玑玉衡指代北斗七星。古人很重视北斗,利用它来辨方向、定季节,人们通常根据初昏时斗柄所指的方向来确定时令:斗柄指东,天下皆春;斗柄指南,天下皆夏;斗柄指西,天下皆秋;斗柄指北,天下皆冬。

3 **曒日:**即白日,太阳。曒,明亮,白。 **炎:**热气。 **精:**《淮南子·天文训》:"火气之精者为日。"

4 **景:**光。

5 **晷(guǐ)度:**指日规的刻度。晷,日影,古人根据日影在日规上的移动来定时刻。度,古人把一周天分为三百六十五又四分之一度,一度即为一千九百三十二里。 **昭回**:日光照耀运转。“晷度有昭回”一句,是以日影的运转移动来说明太阳总在东升西落,反衬下句“哀哉人命微”,意谓:人的生命是多么卑微可怜啊,一去不复回。

6 **庆云**:五色的云彩,古人认为是祥瑞之气。又作“景云”“卿云”。《汉书·天文志》:“若烟非烟,若云非云,郁郁纷纷,萧索轮囷,是谓庆云。庆云见,喜气也。” **晞**(xī):干。

7 **修龄**:长寿。 **适**:犹“是”。

8 **光宠**:荣耀。 **威**:尊严。

9 **安期**:即安期生,先秦时代的方士,后得道成仙。《列仙传》载:安期生者,琅琊阜乡人也。时人皆言千岁翁。 **天路**:天上之路。

10 **松子**:即赤松子,详见其三十二诗注。 **违**:离开,避开。

11 **凌霄翼**:比喻志存高远,欲搏击长空。凌霄,高入云霄。

12 **飘颻**:形容临风飘动的样子。 **登云巍**:一作登云眉。

13 **尼父**:指孔子。孔子名丘,字仲尼。父,同“甫”,是古代对男子的美称。

14 **居九夷**:《论语·子罕》:“子欲居九夷。”九夷,指东方的九个少数民族。《汉书·地理志》:“然东夷天性柔顺,异于三方之外,故孔子悼道不行,设浮于海,欲居九夷,有以也夫!”意思是说:孔子因为自己的学说在中原各国都不被采纳,转而打算到有仁贤之化的东夷去推行他的政治理想。

译文

最初的时候,
　　从一片混沌迷蒙的元气中
　　　　　　　　孕育生成了天与地,
随着北斗星的移转,一年内
　　春夏秋冬四时交相更替。
晴朗的日子里,炎炎烈日洒下炽热的光辉,
到夜晚,皎洁的月光如清清泉水从天际
　　流淌下来,周遭的世界格外宁静。

太阳东升西落，

　　在日晷上投下的光影总在不停地

　　　　　　运转轮回，

相形之下，人生是多么卑微和可怜，

　　　　　　一去不复返。

它飘忽不定，宛如风中的微尘转瞬即逝，

又仿佛五彩的云气即刻便消散得无影无踪。

长生不老才是我矢志追求的目标。

荣耀只不过快慰一时，于我本身并无益处。

仙人安期生在天界的路径上悠闲漫步，

赤松子也远离了尘世的龌龊与喧嚣。

怎样才能得到一双羽翼啊，

　　　　让我自由自在翱翔云间，

临风飘举，从此踏上我梦中渴盼已久的

　　　　　　云端。

唉，孔老夫子的志向和理想的确让人景仰，

可他为何还要到偏居一隅的东夷

　　　　去实现他的夙愿呢？

其四十一

原文

天网弥四野[1]，六翮掩不舒[2]。

随波纷纶客[3]，泛泛若凫鹥[4]。

生命无期度[5]，朝夕有不虞[6]。

列仙停修龄[7]，养志在冲虚[8]。

飘飖云日间，邈与世路殊[9]。

荣名非己宝[10]，声色焉足娱[11]？
采药无旋返，神仙志不符[12]。
逼此良可惑[13]，令我久踌躇[14]。

注释

1 **天网：**天布的罗网。《老子》：“天网恢恢，疏而不失。” **弥：**遍及。

2 **六翮：**健羽。翮，鸟羽根。《韩诗外传》卷六：“夫鸿鹄一举千里，所恃者六翮耳。背上之毛，腹下之毳(cuī)，益一把，飞不为加高；损一把，飞不为加下。” **掩：**敛。 **舒：**伸展。

3 **纷纶：**众多。

4 **泛泛：**随波浮动的祥子。《楚辞·卜居》：“将泛泛若水中之凫乎？与波上下偷以全吾躯乎？” **凫鹥：**水鸟。凫，野鸭；鹥，鸥鸟。

5 **期度：**预计的期限、长度。

6 **不虞：**没有意料到的事。虞，猜测，预料。

7 **停：**定，定于所在也，即止息、滞留之意。 **修龄：**见其四十诗注。

8 **养志：**涵养高尚的志趣、情操。 **冲虚：**冲淡虚静，无所拘系。冲，即虚，空虚。

9 **邈：**远。 **殊：**异，不同。

10 **荣名：**好名声。

11 **声色：**音乐美色。

12 **采药无旋返，神仙志不符：**《史记·封禅书》：“自威、宣、燕、昭使人入海求蓬莱、方丈、瀛洲。此三神山者，其传在渤海中，去人不远，患且至则船风引而去。盖尝有至者，诸仙人及不死之药皆在焉。……及至秦始皇并天下，至海上，……使人乃赍童男女入海求之，船交海中，皆以风为解，曰：‘未能至，望见之焉。’……五年，始皇南至湘山，遂登会稽，并海上，冀遇海中三神山之奇药，不得。还至沙丘，崩。”这段记载即两句诗所写的本事。旋，返回，归来。符，信，验证。

13 **逼：**迫。 **惑：**疑惑，迷惘。

14 **踌躇：**徘徊不前，犹豫。

译文

天网恢恢，铺天盖地笼罩了一切，
大鸟们矫健有力的翅膀全都合拢来，
不再舒展了。
世间不乏纷纷扰扰、随波逐流之辈，
他们与世浮沉，毫无主见，如同水中
游来游去、与波上下的野鸭、鸥鸟。
生命是捉摸不定、变幻莫测的，
出人意料的事时时都可能发生。
神仙们个个长生不老，
那是因为他们不断涵养自己高远的志节，
冲淡虚静，无欲无求；
终日在云彩日月间徜徉、飘游，
其志行与世人迥然不同。
荣耀与美名并非人生之至宝，
音乐美色之类的享乐又怎能使人长久愉悦。
无数的人为了寻访不死仙药，历尽艰险，
却始终没有一个能够生还，
那么关于神仙的说法是否真实，
就值得怀疑了。
这可真叫我为难啊，
随俗与求仙究竟哪一样更有益呢？
徘徊迷惘中，我久久不能做出抉择。

其四十二

原文

王业须良辅[1],建功俟英雄[2]。
元凯康哉美[3],多士颂声隆[4]。
阴阳有舛错[5],日月不常融[6]。
天时有否泰[7],人事多盈冲[8]。
园绮遁南岳[9],伯阳隐西戎[10]。
保身念道真[11],宠耀焉足崇?
人谁不善始,鲜能克厥终[12]。
休哉上世士[13],万载垂清风。

注释

1 **王业:**谓帝王的基业。 **须:**待,通“需”。 **良辅:**贤良的辅佐。辅,辅弼,辅佐,常指宰相等大臣。

2 **俟(sì):**待。 **英雄:**刘劭《人物志》:“草之精秀者为英,兽之特群者为雄,故人之文武茂异取名于此。”指识见、才能或作为非凡的人。

3 **元凯:**《左传》谓高辛氏有才子八人,称为八元;高阳氏有才子八人,称为八凯。后人因称帝王的辅佐大臣为元凯。也作“元恺”。**康哉:**《尚书·益稷》载舜君臣作歌,有“元首明哉,股肱良哉,庶事康哉”数语,称颂君明臣贤,诸事安宁。后世因以“康哉”为赞美时势安宁之词。

4 **多士:**贤士众多。 **颂声:**歌颂之声。 **隆:**盛,多。

5 **舛(chuǎn)错:**错乱。舛,相违背,错乱。

6 **融:**明亮,明朗。

7 **天时:**自然运行的时序。 **否(pǐ)泰:**本为《易》的两卦。后来对于事情的顺逆、命运的好坏,都称作否泰。否,《易》卦名,䷋,坤下乾上;表示天地不交,上下不通,闭塞隔阂之象。泰,《易》卦名,䷊,乾下坤上,为天地相交、上下交通之象。

8 **人事:**人世间的各种事情。 **盈:**充满。 **冲:**虚空。

9 **园绮遁南岳:**指汉初商山的四位隐士——东园公、绮里季、夏黄公和甪(lù)里先生,即商山四皓,因四人须眉皆白,故称四皓。《高士传》:"四皓见秦政虐,乃退入蓝田山,而作歌……乃共入商洛,隐地肺山,以待天下安。及秦败,汉高闻而征之,不至,深自匿终南山,不能屈己。"南岳,指终南山。诗中所写即此事。

10 **伯阳:**老子姓李名耳,字伯阳,谥曰聃。据说老子看到周的衰败,决定西行,至关,为令尹喜所留,于是著书五千余言而去。又说:老子和令尹喜一道到流沙以西的地方去了,那是西北部少数民族聚居的地方。西戎,是古时候西北少数民族的总称。关于老子的事迹,详见《史记·老子列传》及《列仙传》。

11 **保身念道真:**《庄子》:"道之真,以持身也。""可以保身,可以全生。"这句诗说的就是上述意见。

12 **鲜(xiǎn):**少。 **克:**能。 **厥(jué):**代词,其。《诗经·大雅·荡》:"靡不有初,鲜克有终。"说的也就是阮籍这两句诗的意思。

13 **休:**美善。 **上世士:**即指商山四皓、伯阳这些善始善终的前贤。

译文

帝王的基业必须靠贤良的大臣来辅弼,
创建功勋则需等待英雄的出现,
只有英雄才能建不世之功。
在贤明德能之士的治理下,
国家安康,百姓安居乐业,呈现出
一派太平景象,
众士子歌功颂德的赞美之声更是不绝于耳。
殊不知,
阴阳也有乖谬、错乱的时候,
太阳和月亮并非总是明亮如一,没有变化;

大自然的时序忽而闭塞不调，
忽而畅通和顺，
人世之事常常祸福相济，有完美圆满，
也有残缺零落。
东园公、绮里季诸位隐者深藏在终南山的
莽莽丛林里，不肯应召，
老子抽身离去，潜入大西北广漠的荒野中。
因为他们深深体悟到，
唯有道之真义才能护持人的天性、生命，
直到永远，
片时的荣光根本算不了什么，
哪里用得着推崇啊。
芸芸众生，谁不曾轰轰烈烈地开始过，
可是最后又有几个能功德圆满呢？
还是这几位前贤可钦可敬，
千百年过去了，他们清白高洁的
风范与节操还在勉励着后人。

其四十三

原文

鸿鹄相随飞[1]，飞飞适荒裔[2]。
双翮凌长风[3]，须臾万里逝[4]。
朝餐琅玕实[5]，夕宿丹山际[6]。
抗身青云中[7]，网罗孰能制[8]？
岂与乡曲士[9]，携手共言誓[10]！

注释

1 **鸿鹄**:天鹅。

2 **适**:往,到。 **荒裔**:荒远偏僻的地方。裔,边远的地方,《左传》:"流四凶族浑敦、穷奇、梼杌、饕餮,投诸四裔。"

3 **翮**:鸟羽根。参见其四十一诗注。 **凌**:犹言"乘",驾。 **长风**:大风。

4 **须臾**:片刻。

5 **琅玕**(gān):质次于玉的美石。《艺文类聚》引《庄子》曰:"南方有鸟,其名为凤。所居积石千里。……以璆、琳、琅玕为实。天又为生离珠,一人三头,递卧递起,以伺琅玕。"今本《庄子》无。

6 **丹山**:《山海经》:"丹穴之山有鸟焉,其状如鹄,五采,名曰凤皇。"

7 **抗**:举。 **青云**:谓高空。

8 **网罗**:捕鸟兽的用具,犹言罗网。

9 **与**:相与为伍,同类。 **乡曲士**:指所见不出乡曲,见识不广的人。乡曲,犹言乡下,以其偏处一隅,故称乡曲。

10 **誓**:用以相互告诫、约束的言辞。

译文

鸿鹄相伴着展翅翱翔,一只跟着一只,
飞呀飞,飞到那荒远偏僻的地方。
鼓动着双翅,凭借着风力,
转瞬间已跨越了身下的千山万水。
清晨以琅玕果为实,
傍晚时分安歇在丹山脚下。
舒展着羽翼,昂然在青天白云间盘旋,
任它怎样的网罗都无可奈何。
如此高远的志行,又怎会与那些
　　见识浅陋、心胸狭隘的乡曲之士为伍,
至于携手同行、信誓旦旦更是无稽之谈了。

其四十四

原文

俦物终始殊[1],修短各异方[2]。
琅玕生高山[3],芝英耀朱堂[4]。
荧荧桃李花,成蹊将夭伤[5]。
焉敢希千术[6],三春表微光[7]。
自非凌风树[8],憔悴乌有常?

注释

1 **俦:**同类。

2 **修短:**指能力各有长短。 **方:**术,方法。

3 **琅玕:**见其四十三诗注。

4 **芝英:**传说中的瑞草名。 **朱堂:**“朱”是大红色,古人以“朱”为正色,只有帝王或豪门贵族才能使用,如:朱户、朱轩、朱轮、朱门等等。诗中“朱堂”即指漆成朱红色、庄严神圣的殿堂。如《汉书·武帝纪》就记载:“元封二年夏六月,甘泉宫内中产芝。”古人以芝为瑞草,一般只在政治清明、天下太平、君贤臣良的情况下才出现,而且通常生长在圣洁高贵之处。

5 **荧荧:**见其十八诗注。 **将夭伤:**指桃李之花以自己的艳丽、光华吸引了无数的欣赏者,可谓盛况空前;这是桃李盛极一时的巅峰期,也是走向衰败、夭伤的开始,故曰“将夭伤”。

6 **希:**希望,企求。 **千术:**“千”疑当作“阡”,古时“千”“阡”二字通用。阡,南北之路为阡;术,邑中的道路。与上句所言“蹊”相比,“蹊”指小路,“阡术”则为大道。这句诗意谓:桃李只能成蹊,不敢有成阡术那样的非分之想,这也是由物性修短各异造成的。

7 **三春:**春季三个月,详见其二十七诗注。一般即指春天。

8 **凌风树:**凌,冒着,迎着。凌风树,指松柏一类挺拔、伟岸的大树,不为风霜所动。

译文

世间万物各有品类范畴，
物性各有所长，各有所短。
就像琅玕独独在高山之巅生长，
芝英一类的瑞草也只有在宽敞高大的
　　殿堂中才闪现奇妙的光华。
桃李盛开之时，灿若云霞，
前来观赏的人们络绎不绝，赞叹不已，
而这正是花儿衰败、凋残的开始。
桃李尽管绚丽，却也不敢有非分之想
——希求寻芳的人们在树下踏出
　　　　宽阔平坦的大道，
它们短暂的娇艳，不过展现了无限春光
　　　　微不足道的点滴而已。
自知不是松柏那样能傲立风雪的常青树，
所以才会时而青葱，时而萧索，
　　　　没有终始如一的劲节。

其四十五

原文

幽兰不可佩[1]，朱草为谁荣[2]？
修竹隐山阴[3]，射干临增城[4]。
葛藟延幽谷[5]，绵绵瓜瓞生[6]。
乐极消灵神，哀深伤人情[7]。

竟知忧无益[8]，岂若归太清[9]。

注释

1 **幽兰不可佩**：这一句出自屈原的《离骚》："户服艾以盈要兮，谓幽兰其不可佩。"意思是说：人人腰间挂满艾草，以为芬芳，反说幽兰臭恶不可佩戴。用以比喻君王亲近谗佞小人，疏远忠直贤良的臣子。

2 **朱草**：一种红色的草，古时认为是瑞草。《鹖冠子》曰："圣王之德下及万灵，则朱草生。" **荣**：本指草本植物的花，引申为繁茂。

3 **修竹隐山阴**：《吕氏春秋》："昔黄帝命伶伦为律，伶伦自大夏之西、阮隃山之阴，取竹于嶰谷……以为黄钟之宫，律之本也。"

4 **射(yè)干**：见其二十六诗注。 **增城**：神话中的地名。《淮南子·地形训》："掘昆仑虚以下地，中有增城九重，其高万一千里百一十四步二尺六寸。"增，读音"céng"，通"层"。

5 **葛藟(lěi)**：葛和藟，均为蔓生植物。藟即藤。或谓葛藟即藟之别名，以似葛而名，为野葡萄之属。

6 **绵绵**：连续不断的样子。 **瓜瓞(dié)**：瓜一代接一代生长，长势茂盛。瓞，小瓜。

7 **灵**：即神。 **伤**：伤害，损害。大喜大悲的感情对人的身体、精神有害。《淮南子·原道训》曰："忧悲者，德之失也。"又曰："大喜坠阳。""故心不忧乐，德之至也。"就是这个意思。

8 **竟**：穷，终。

9 **太清**：道家所谓三清（玉清、太清、上清）之一。《淮南子·道应训》注曰："太清，元气之清者也。无穷，无形也。"

译文

世人全都以为幽兰臭恶不可佩戴，
那么朱草这样的瑞物还为谁生长，
为谁芬芳呢？
挺拔的翠竹，

隐藏在深山密林中，无人知晓，
射干生长于增城之巅，
孤芳自赏。
葛草、藟草在幽深的山谷里交错蔓延，
重重叠叠，非常茂盛，
瓜田里大大小小的瓜一茬接着一茬，
瓜藤爬满了田埂。
过分的快乐或哀伤都会使人精神困顿不振，
元气大伤。
既然明白了忧愁于人无益，
还不如索性回归到至纯至真的太清中去。

其四十六

原文

鷽鸠飞桑榆，海鸟运天池[1]。
岂不识宏大，羽翼不相宜[2]。
招摇安可期[3]，不若栖树枝。
下集蓬艾间[4]，上游园圃篱[5]。
但尔亦自足[6]，用子为追随[7]！

注释

1 **鷽(xué)鸠:**鸟名。即斑鸠，又名鸣鸠。短尾，青黑色，多声。**运:**行。**天池:**大海，成玄英疏曰："大海洪川原夫造化，非人所作，故曰天池也。"《庄子·逍遥游》："北冥有鱼，其名为鲲，鲲之大，不知其几千里也。化而为鸟，其名为鹏，鹏之背，不知其几千里也。怒而飞，其翼若垂天之云。是鸟也，海运则将徙于南冥。南冥者，天池也。"又云："鹏之徙于南冥也，水击三千里，抟扶摇而上者九万里，去以六月息者也。……蜩与鸒鸠笑之曰：‘我决起而飞，抢榆枋，时则不至而控于地而已矣。奚以之九万里而南为！’”郭象注曰：“苟足于其性，则虽大鹏无以自贵于小鸟。小鸟无羡于天池，而荣愿有余矣。故小大虽殊，逍遥一也。”阮籍这两句诗即出于此。

2 **宜：**匹，相称。

3 **招摇：**疑当作“扶摇”，即《庄子·逍遥游》所云“抟扶摇而上者九万里”之“扶摇”，意谓盘旋而上的暴风。

4 **下集蓬艾间：**《庄子·逍遥游》：“斥鴳笑之曰：‘彼且奚适也？我腾跃而上，不过数仞而下，翱翔蓬蒿之间，此亦飞之至也。而彼且奚适也。’此小大之辨也。”蓬艾，蓬草和艾草。

5 **园圃：**种植瓜果蔬菜的场地。 **篱：**即篱笆。

6 **但尔：**犹言“就这样”。

7 **用：**犹言“焉用”。 **子：**指海鸟，即大鹏。“用子为追随”，即其八“宁与燕雀翔，不随黄鹄飞”之意。

译文

鸒鸠奋力一飞，最多能达到桑树榆树的枝头，
大鹏展翅，片刻就越过了宽广无边的大海，
难道鸒鸠不向往那样宏远博大的气魄吗？
只是因为羽翼太柔弱，禁不起风雨罢了。
在暴风呼啸的恶劣天气里怎能飞翔，
还是停落在树梢，心里比较踏实些。
鸒鸠要么在杂草丛中低低飞旋，
要么再高飞几尺，落在园圃四周的篱笆上，蹦来跳去。
就这样也足以自慰了，

又何必强迫自己去效法志在千里的大鹏，

那就违背自然的物性了。

其四十七[1]

原文

生命辰安在[2]，忧戚涕沾襟[3]。
高鸟翔山冈[4]，燕雀栖下林[5]。
青云蔽前庭[6]，素琴凄我心[7]。
崇山有鸣鹤[8]，岂可相追寻。

注释

1 《诗纪》《汉魏诗纪》等均将本诗和其四十八《鸣鸠》合为一首，只有《诗所》分列为两首，今从后者。

2 **辰**：时运。《诗经·小雅·小弁》："天之生我，我辰安在？"与阮诗意思一致，意谓：老天把我生下来，我的时运何在呢？

3 **忧戚**：忧虑烦恼。

4 **冈**：山脊。

5 **燕雀**：见其八诗注。

6 **青云**：乌云。

7 **素琴**：不加装饰的琴。《礼记·丧服制》："祥之日，鼓素琴。"古代，父母死后两周年举行祭礼时要鼓素琴。

8 **鸣鹤**：《周易·系辞上》："鸣鹤在阴，其子和之。我有好爵，吾与尔靡之。"意谓同类相应。

译文

老天把我生下来，我的时运在哪里呢？

烦恼忧虑终日折磨着我，
愁绪化作泪水滚落下来，打湿了衣襟。
高飞的鸟儿越过了峻峭的山岭，
燕雀始终只能在山脚下的树林里
扑打着翅膀，飞上飞下。
乌云密布，渐渐遮蔽了庭院的上空，
空气十分沉闷，
凄清幽怨的素琴声使我的心里
涌起阵阵悲凉和酸楚。
巍峨的高山上传来声声鹤鸣，
仿佛在呼唤着志同道合的朋伴，
可真正能应声而起，追随它去的
又有几个呢？

其四十八

原文

鸣鸠嬉庭树[1]，焦明游浮云[2]。
焉见孤翔鸟，翩翩无匹群[3]。
死生自然理[4]，消散何缤纷[5]！

注释

1 **鸣鸠：**即斑鸠。
2 **焦明：**神鸟，凤凰之类。一作“鹪明”。
3 **翩翩：**飞翔的样子。 **匹：**匹偶。 **群：**禽兽聚合为群，引申为同类、朋辈。
4 **自然：**见其二十六诗注。
5 **消散：**意谓死。 **缤纷：**杂乱的样子。

译文

院子里有几只斑鸠在树上叽叽喳喳地
叫着、跳着，非常热闹，
神鸟焦明在云间遨游，形单影只。
哪曾见过单独一只鸟儿，
飞来飞去却没有相牵相依的
同伴呢？
死生原本是自然天理，不可违背，
然而，生命之火纷纷熄灭，
这变化还是来得太突然了。

其四十九

原文

步游三衢旁[1]，惆怅念所思[2]。
岂为今朝见？恍惚诚有之[3]。
泽中生乔松[4]，万世未可期[5]。
高鸟摩天飞[6]，凌云共游嬉[7]。
岂有孤行士，垂涕悲故时？

注释

1 **三衢**(qú)：《尔雅·释宫》："三达谓之剧旁，四达谓之衢。"意思是：通三面的大道称剧旁，四通八达的路称为衢。此处的"三衢"，指那种通三面而又叫做衢的路。

2 **惆怅**：因失意而伤感、懊恼。 **所思**：想念的人。

3 **恍惚**：隐隐约约，不清楚。

4 **泽**：地势低洼而水汇聚之处为泽，一般只有水草才适宜生长。 **乔**：高。

5 **期**：期许，希望。

6 **摩**：切近，迫近。

7 **凌云**：高入云霄。

译文

缓缓地徒步行走，身旁的三岔路口
车水马龙，人来人往，
我心情郁闷，
眼里心里全都是心上人的倩影。
其实，今天并不是单纯为了等她出来
见上一面，
长久以来，她就总在我面前闪现，
挥之不去。
高大笔直的青松有可能在低洼阴湿的
水泽中生长吗？
这样的假想永远不会成为现实。
一群大鸟贴着苍天展翅翱翔，
在高高的云端一道嬉游，好不快活。
世间哪有特立独行、品性卓异的士人，
只知道终日痴想，悲悲切切地
沉湎于旧时的一切呢？

其五十

原文

清露为凝霜，华草成蒿莱[1]。
谁云君子贤，明达安可能[2]？

乘云招松乔[3]，呼噏永矣哉[4]！

注释

1 **华草：**芝、兰一类的香草。 **蒿莱：**野草，杂草。“华草成蒿莱”，即《离骚》所云：“何昔日之芳草兮，今直为此萧艾也。”

2 **明达：**此处指明白通达“清露为凝霜，华草成蒿莱”的道理。**能**(nài)**：**通“耐”，意谓受得住。

3 **松乔：**指赤松子和王子乔，前者见其三十二诗注，后者见其四诗注。

4 **呼噏**(xī)**：**呼气和吸气。 **永：**长。

译文

深秋天气，当寒意渐渐加重的时候，
清冷的露珠就凝结成为白霜，
过去一度馨香丰茂的华草全都衰败、
枯萎了，变成杂草。
谁说君子总是德才兼备、吃苦耐劳的？
一旦明白这样的道理，
谁也不会徒然地忍耐下去。
倒不如驾着云彩去同赤松子、王子乔为伴，
学学仙人的吐纳之术，以求永久。

其五十一

原文

丹心失恩泽[1]，重德丧所宜[2]。
善言焉可长[3]？慈惠未易施[4]。
不见南飞燕，羽翼正差池[5]？
高子怨新诗[6]，三闾悼乖离[7]。

何为混沌氏，倏忽体貌隳[8]。

注释

1 **丹心**：赤诚之心。丹，指朱砂，《吕氏春秋》曰："丹可磨而不可夺其赤。"意谓：朱砂极难褪色。故而用来形容心志坚定不移，不会改变。 **恩泽**：恩惠，形容恩惠像雨露一样能滋润万物。

2 **重德**：厚德。

3 **善言**：《论语》曰："人之将死，其言也善。"诗中之"善言"，即指魏文帝、魏明帝两代君王临终时均托孤于司马氏一事。

4 **慈惠**：慈爱仁惠。 **施**：给予。

5 **不见南飞燕，羽翼正差池**：《诗经·邶风·燕燕》："燕燕于飞，差池其羽。"阮诗即化用了此意。差池，指燕尾张开如剪，不齐。差，读音"cī"，也读"chā"。

6 **高子怨新诗**：《孟子·告子下》："公孙丑问曰：'高子曰：《小弁》，小人之诗也。'孟子曰：'何以言之？'曰：'怨。' ……曰：'《小弁》之怨，亲亲也。亲亲，仁也。固矣夫！高叟之为诗也。'"高子即高叟，齐国人。新，通"亲"，"新诗"即"亲诗"。

7 **三闾**(lǘ)：战国楚屈原曾任三闾大夫，后即以三闾专指屈原。据王逸《离骚经章句》，三闾大夫是掌管楚国王族屈、景、昭三姓事务的官职。 **乖离**：背离，抵触。

8 《庄子·应帝王》曰："南海之帝为倏，北海之帝为忽，中央之帝为浑沌。倏与忽时相与遇于浑沌之地，浑沌待之甚善。倏与忽谋报浑沌之德，曰：'人皆有七窍以视听食息，此独无有，尝试凿之。'日凿一窍，七日而浑沌死。"混、浑相通。阮诗这末两句即源于此。 **倏忽**：很快地。 **隳**(huī)：毁坏。

译文

若以恩惠施于人却得不到对方的赤诚之心，

这恩惠算是白费了；

待人以仁厚忠义，到头来又发现
用错了地方。
人之将死，其言也善，
这样的善言焉能久长？
有时候，想要慈爱仁惠地对人也并非易事。
君不见空中一只只燕子，相伴着飞向南方，
它们展开羽翼，燕尾像剪刀一样参差不齐；
人与人的交往呀，似乎远不如燕子那么
有情意。
高子以为《小弁》写的是小人的怨恨，
其实《小弁》所怨乃亲亲之情，
屈子也由于楚王的疏远、放逐而抱恨终生。
他们的遭遇令人同情，同时
也让人感叹世事的无常——
为何与人为善的天帝混沌，
最后竟毁在了倏与忽的凿下，一命呜呼？

其五十二

原文

十日出旸谷[1]，弭节驰万里[2]。
经天耀四海[3]，倏忽潜濛汜[4]。
谁言焱炎久[5]，游没何行俟[6]。
逝者岂长生？亦去荆与杞[7]。
千岁犹崇朝[8]，一餐聊自已[9]。
是非得失间，焉足相讥理[10]？
计利知术穷[11]，哀情遽能止[12]。

注释

1 **十日**:古代神话记载天有十日,尧命后羿射落九日。《山海经·海外东经》:“汤谷上有扶桑,十日所浴。”按:“汤谷”即“旸(yáng)谷”。 **旸谷**:神话中太阳升起的地方。

2 **弭(mǐ)节**:停鞭徐行。弭,按、止。节,马鞭,一说指行车进退之节。

3 **经**:径也,经过。

4 **倏忽**:疾速,指极短的时间。 **濛汜**:见其十八诗注。

5 **焱(yàn)**:火花。 **炎**:火光上升。

6 **行俟**:走走停停。

7 **荆、杞**:见其三诗注。

8 **崇朝(zhāo)**:从天亮到早饭之间这段时间,喻时光短促。崇,通“终”。

9 **一餐**:形容时间短,乃是就死时而言。

10 **讥理**:谓讥刺以正之。讥,讥刺。理,正。

11 **知(zhì)**:同“智”。

12 **遽(jù)**:同“讵”,副词,何、岂。

译文

十轮红日依次从旸谷中升起,
随后将缓缓驰行上万里。
它们从天空经过,光芒照耀四海,
不过转眼就要潜入濛汜的茫茫大水之中了。
谁说太阳的光焰会长久不衰?
它有时也会沉没,走走停停乃是常事。
滔滔逝水,一去不返,哪有什么长生不老?
荆杞之类的小人忙于算计,
终究逃不脱此理。
一千年就像一弹指那么短促,
相对于死而言,

每一顿饭都是聊以自慰而已。
世间的是是非非、得失成败,
又焉能靠讥刺在短时期内得到纠正呢?
一心一意计较利害的人们,
到头来只落得个黔驴技穷的下场,
如果为此而悲哀,那么哀伤岂有止息之日?

其五十三

原文

自然有成理[1],生死道无常[2]。
智巧万端出[3],大要不易方[4]。
如何夸毗子[5],作色怀骄肠[6]?
乘轩驱良马[7],凭几向膏粱[8]。
被服纤罗衣,深榭设闲房[9]。
不见日夕华,翩翩飞路傍[10]!

注释

1 **成:**必然,一定。
2 **无常:**佛教谓世间一切事物不能久住,都处于生灭成坏之中,故称无常。一般指变幻不定。
3 **智巧:**智谋巧诈。 **万端:**各种各样。
4 **大要:**指适用于所有人的规律、要旨。 **易:**变更。 **方:**道,常规。
5 **夸毗:**谄媚,卑屈。夸,夸大。毗,依附。《诗经·大雅·板》:"天之方懠,无为夸毗。"
6 **作色:**脸上变色,多指生气。
7 **轩:**一种曲辕有轓的车,为卿大夫及诸侯夫人所乘。轓(fān),车的障蔽。
8 **凭:**靠着,倚着。 **几:**小桌子,古代设于座侧,以便凭倚。 **膏粱:**精美的食物。膏,肉之肥者;粱,食之精者。

9 **榭:**在台上盖的高屋。**闲:**大,宽敞。“深榭设闲房”,实为“设深榭闲房”。

10 **日夕:**指朝生夕殒。据说木槿的花似李花,朝生夕殒,可食,又名日及。一说:“日夕”为“日及”之讹。

译文

自然有一定的规律,不可违背,
生死变幻无常、捉摸不定
就是一个证明。
尽管人们应变的智谋机巧花样繁多,
层出不穷,
可自然之理却始终不变。
为什么那些谄媚卑屈之徒,
常常作威作福,傲气十足?
外出时总驾着华车骑着骏马,
家居时终日无所事事,凭几而坐,
面前摆满了各种精美的食物。
他们身上穿的是纤罗质地的好衣裳,
住的地方高大宽敞,亭台楼阁应有尽有。
却不见朝开夕殒的花儿,
也曾如云霞般绚烂,
当微风拂过,纷纷翻飞着,
飘落在路边的尘土中。

其五十四

原文

夸谈快愤懑[1]，惰慵发烦心[2]。
西北登不周[3]，东南望邓林[4]。
旷野弥九州[5]，崇山抗高岑[6]。
一餐度万世[7]，千岁再浮沉[8]。
谁云玉石同[9]？泪下不可禁[10]！

注释

1 **夸：**大言。 **愤懑：**郁闷，怨恨。

2 **惰：**懈怠，懒惰。 **慵：**懒散。

3 **不周：**即不周山，神话中的山名。据说在昆仑山西北，因山形有缺不周匝处而得名。西北不周风即自此出。

4 **邓林：**见其十诗注。本在北方，这里说东南，是以《史记》中的邓林误作《山海经》中的邓陵了。《史记·礼书》中所记的"邓林"靠近楚地，故云"东南"，与《山海经》所言不同。

5 **旷野：**空旷的原野。 **弥：**遍，满。 **九州：**见其十七诗注。

6 **崇山：**高山。 **抗：**举，抗衡。 **岑：**山小而高。

7 **一餐：**见其五十二诗注。

8 **千岁再浮沉：**意思是说：千岁之长，也不过如一浮一沉那么短暂。

9 **玉石同：**使玉、石混同，不加区别。用以比喻贤愚杂处。

10 **禁：**止。

译文

华而不实的言谈只能宣泄蓄积已久的
　　愤懑，获得快意，
慵懒和散漫引发的每每是心烦意乱。

我要远行登上西北的不周山，
眺望东南方郁郁葱葱的邓林。
九州大地上遍布着空旷的原野，
处处是崇山峻岭，层层叠叠。
其实，一顿饭之间就能消磨万岁千秋，
一千年也不过是沉浮之际的那一瞬。
谁会认为美玉和顽石能够混同？
我忍不住涕泪涟涟，悲从中来。

其五十五[1]

原文

人言愿延年[2]，延年欲焉之[3]？
黄鹄呼子安[4]，千秋未可期。
独坐山岩中，恻怆怀所思[5]。
王子亦何好[6]？猗靡相携持[7]。
悦怿犹今辰[8]，计校在一时[9]。
置此明朝事，日夕将见欺。

注释

1 有的版本在第五句“独坐山岩中”之后只有四句：“簪冕安能处，山岩在一时。置此明朝事，日夕将见欺。”
2 **延年**：长寿。
3 **之**：往，去。
4 **黄鹄呼子安**：据《南齐书·州郡志》：“夏口城据黄鹄矶，世传仙人子安乘黄鹄过此上也。”
5 **恻怆**：悲伤。恻，忧伤、悲痛；怆，悲伤。 **所思**：思念的人。
6 **王子**：即仙人王子乔，与其二十二诗中的“王子”为同一人，详见其四诗注。

7 **猗靡:**情意深远绵长的样子。

8 **悦怿:**高兴愉快。一说"悦怿"疑当作"说释",指高贵乡公曹髦与王经等谋讨司马昭时相互劝说、解释。按《三国志》高贵乡公甘露五年注引《汉晋春秋》:"帝见威权日去,不胜其忿。乃召侍中王沈、尚书王经、散奇常侍王业,谓曰:'司马昭之心,路人所知也。吾不能坐受废辱。今日当与卿自出讨之。'王经曰:'昔鲁昭公不忍季氏,败走失国,为天下笑。今权在其门,为日久矣……陛下何所资用?……'帝曰:'行之决矣。正使死,何所惧?况不必死邪!'于是入白太后。沈、业奔告文王(即司马昭),文王为之备。帝遂率僮仆数百,鼓噪而出……贾充又逆帝,战于南阙下,帝自用剑。众欲退,太子舍人成济问充曰:'事急矣。当云何?'充曰:'畜养汝辈,正为今日。'……(济)乃抽戈犯跸。"一说阮籍在诗中暗含了这一历史事件,如"所思"即指高贵乡公;"明朝事",指高贵乡公及仆从戒严待旦出讨司马昭之事;"日夕将见欺",指成济犯跸。

9 **计校:**规划。

译文

人人都想延年益寿,长生不老,
果真能长寿的话,人们又将往何处去呢?
黄鹄一声声呼唤着子安登仙离去,
这样的事千载难逢。
我独自一人端坐在高高的山岩上。
一遍遍怀想着那个人儿,心里满是悲伤。
他究竟有哪些好处,让人如此留恋不已?
——和气友善,待人情深意重。
令人快慰的是今天这个时候,
他还在仔细筹划,周密安排。
万万不该拖到第二天早上举事,
直到日暮时分才发现上当受骗,大势已去。

其五十六

原文

贵贱在天命[1]，穷达自有时。
婉娈佞邪子[2]，随利来相欺[3]。
孤恩损惠施[4]，但为谗夫嗤[5]。
鹡鸰鸣云中[6]，载飞靡所期[7]。
焉知倾侧士[8]，一旦不可持[9]！

注释

1 **天命：**天意。

2 **婉娈：**年少美好貌。 **佞：**奸巧谄谀，花言巧语。**邪：**不正。

3 **随利：**趋利，唯利是图。这里的“利”，指的是弑君篡国之类的事。

4 **孤恩：**辜负恩德。 **损：**丧失。 **惠施：**恩惠。

5 **谗夫：**好说人坏话的邪恶之人。 **嗤：**讥笑。

6 **鹡鸰**(jí líng)**：**鸟名。大如鷃雀，巢于沙上，常在水边觅食。也作“脊令”“鶺鸰”。

7 **载：**语气词，无义。 **靡所期：**犹言“无所期”。

8 **倾侧：**倾斜，偏侧。

9 **持：**保持。

译文

上天早已注定了每个人的命运，
是贫贱困窘还是富贵显达？
只有等待时机的到来才能见出分晓。
有的人年纪轻轻、容貌俊美，
　　却热衷于搬弄是非、诬人清白，
他们唯利是图，不惜以谎言相欺骗。

即便为此辜负了圣恩有损于受到的仁惠，
也只是让奸人们多些谈资与笑料罢了。
鹈鴂在云中长鸣，舒展着双翼飞翔，
看上去似乎没有休止倦怠的时候。
哪曾料到那些一度气势煊赫的偏邪之徒，
他们的性命居然也不能长久。

其五十七

原文

惊风振四野[1]，回云荫堂隅[2]。
床帷为谁设，几杖为谁扶[3]？
虽非明君子[4]，岂谙桑与榆[5]？
世有此聋瞶[6]，芒芒将焉如[7]。
翩翩从风飞[8]，悠悠去故居[9]。
离麾玉山下[10]，遗弃毁与誉[11]。

注释

1 **振**：同“震”，动。 **野**：郊原，田野。

2 **隅**：角落。

3 **床帷**：床帐。 **几杖**：几案与手杖，供老年人平时靠身和走路时扶持之用，故古以赐几杖为敬老之礼。《后汉书・桓荣传》：“荣每疾病……帝幸其家问起居……赐以床茵、帷帐。”《礼记》曰：“大夫七十而致仕。若不得谢，必赐之几杖。”

4 **明**：贤明，通达。

5 **谙**(ān)：熟悉，知晓。 **桑、榆**：《淮南子》：“日西垂景在于树端，谓之桑榆。”指日暮，也比喻人的晚年。

6 **聋**：听觉丧失或迟钝。 **瞶**(guì)：眼瞎。

7 **芒芒:**懵懵,昏昧不明。 **如:**往。

8 **翩翩:**鸟飞轻疾貌。

9 **悠悠:**远貌。 **故居:**旧居。

10 **离麾:**指官员出行时作为前导的仪仗。一本“离麾”为“离靡”,指相连不绝的样子。

11 **毁:**诽谤,中伤。 **誉:**称人之美。

译文

狂风呼啸着掠过四周的原野,
天上纡曲回绕的阴云逐渐聚拢,
使屋里的光线黯淡下来。
华美的床帐为谁而挂?
精巧的几案和手杖又是为谁准备的?
即便不是通达一切的贤明君子,
也会明白日薄西山、老之将至的道理。
世上有这么些人,耳不聪目不明,
懵懵懂懂,不知自己到底该去往何方。
鸟儿顺风而翔,轻快迅疾,
远远地离开了以往栖宿的老地方。
只有隐居到连绵起伏的玉山脚下,
才能远离尘俗,
无论诽谤或赞誉通通抛诸脑后。

其五十八

原文

危冠切浮云,长剑出天外[1]。
细故何足虑[2]? 高度跨一世[3]。

非子为我御[4]，逍遥游荒裔[5]。
顾谢西王母[6]，吾将从此逝[7]。
岂与蓬户士[8]，弹琴诵言誓？

注释

1 **危冠**：高高的帽子。危，高。 **切浮云**：上与云齐，形容极高。《楚辞·涉江》："带长铗之陆离兮，冠切云之崔嵬。"

2 **细故**：小事。

3 **度**：指人的度量。 **跨**：越过，超越。

4 **非子**：周时人，也作飞子，善御马。周孝王派他在汧、渭之间主管养马事宜，结果马群繁殖很快。非子于是被封为附庸，封邑在秦地，恢复并继承嬴氏的宗庙，号曰秦嬴，他就是秦的始封之祖。详见《史记·秦本纪》。

5 **荒裔**：荒远偏僻的地方。

6 **顾**：回首，回视。 **西王母**：神话中的女神。《穆天子传》三注曰："西王母如人，虎齿，蓬发，戴胜，善啸。"《山海经·海内北经》："西王母梯几而戴胜杖。其南有三青鸟，为西王母取食。"后世则多以西王母为年轻美貌的女神。

7 **逝**：远去。

8 **与**：亲附，跟从。 **蓬户**：编蓬为户，谓穷人的房屋。蓬，即蓬蒿。

译文

我头上戴的高冠直插云霄，
身边佩挂的长剑无与伦比。
何必为那些琐屑的小事操心、忧虑？
只要胸襟开阔气度高迈，
　　就一定会超脱于世人之上。
请非子为我御马驾车，

我将远游到穷乡僻壤，逍遥自在，
　　无拘无束。
然后回首辞别西王母的殷殷厚意，
从此一别，我将不复回还。
谁想跟那些拘泥的蓬户之士为伍，
成天把誓言翻来覆去地念诵不停。

其五十九

原文

河上有丈人[1]，纬萧弃明珠[2]。
甘彼藜藿食[3]，乐是蓬蒿庐[4]。
岂效缤纷子[5]，良马骋轻舆[6]？
朝生衢路旁[7]，夕瘗横术隅[8]。
欢笑不终晏[9]，俯仰复欷歔[10]。
鉴兹二三者[11]，愤懑从此舒[12]。

注释

1 **河上**：河边。 **丈人**：老人的通称。

2 **纬萧**：编织艾蒿为帘，放在河流中堵水以捕鱼蟹之具。也叫“蟹断”。纬，织物的横线，与“经”相对。萧，艾蒿。《庄子·列御寇》：“河上有家贫恃纬萧而食者，其子没于渊，得千金之珠，其父谓其子曰：‘取石来锻之。夫千金之珠，必在九重之渊而骊龙颔下，子能得珠者，必遭其睡也。使骊龙而寤，子尚奚微之有哉？’”

3 **甘**：以……为甘甜。 **藜藿**：穷苦人吃的野菜。藜，草名，又名莱。俗名红心灰藋。初生可食。藿，豆叶，嫩时可吃。

4 **乐**：以……为乐。 **蓬蒿庐**：以蓬草、蒿草之类的野草搭成的房子，多指穷人的住屋。

5 **缤纷:**众多而往来不绝的样子。

6 **轻舆:**轻捷的车。舆,本指车箱,也泛指车。古代一驾车往往套四匹马。

7 **衢:**四通八达的路。

8 **瘗**(yì):埋葬。 **术:**邑中的道路。 **隅:**角落。

9 **晏:**晚。

10 **俯仰:**低头和抬头。 **欷歔**(xī xū):叹息声。

11 **二三者:**指不专一、反复不定的人。

12 **愤懑:**郁闷,怨恨。 **舒:**舒展。

译文

河边有位长年靠打鱼为生的老人,
安贫乐道,即便价值千金的明珠
也弃之如敝屣。
他认为那掺和着野菜的粗粮已是上好美味,
住的地方虽然简陋破败,
却是自己快乐而温暖的家室。
他从不羡慕那些趾高气扬的得志小人,
——驾着轻快的车马在大道上来回飞驰,
好不神气。
这些人往往早上还在路旁游荡,
傍晚时分就已横尸路边,埋葬得悄无声息;
欢声笑语还没有终了啊,
转眼便唉声叹气。
看看这种反复无常者的下场,
真是大快人心,胸中长久以来郁积的怨恨
也都一扫而空。

其六十

原文

儒者通六艺[1]，立志不可干[2]。
违礼不为动[3]，非法不肯言[4]。
渴饮清泉流，饥食并一箪[5]。
岁时无以祀[6]，衣服常苦寒。
屣履咏南风[7]，缊袍笑华轩[8]。
信道守诗书，义不受一餐。
烈烈褒贬辞，老氏用长叹[9]。

注释

1 **通：**通晓，精通。 **六艺：**儒家的六种经典，即：《诗》《书》《礼》《乐》《易》和《春秋》。也指礼、乐、射、御、书、数。

2 **干：**犯。

3 **违礼不为动：**即《论语》所说的“非礼勿动”。

4 **非法不肯言：**即《孝经·卿大夫》所云：“非先王之法言，不敢道。”法言，儒家谓合乎礼法的言论为法言。

5 **并：**《礼记·儒行》曰：“儒有一亩之宫，……易衣而出，并日而食。”并日而食，两日吃一日粮，喻家贫食不能饱。 **箪(dān)：**盛饭用的竹器。《论语·雍也》：“子曰：贤哉，回也！一箪食，一瓢饮，在陋巷，人不堪其忧，回(颜渊)也不改其乐。”

6 **岁时：**一年中的各个季节。《礼记·王制》曰：“春荐韭，夏荐麦，秋荐黍，冬荐稻。”说的是春夏秋冬四时祭祀进献不同的祭品。 **祀：**祭祀。

7 **屣(xǐ)履：**穿鞋而不拉上鞋后跟，形容行走急遽、匆忙。 **南风：**古诗名。相传舜作五弦之琴以歌《南风》。《礼记》疏曰：“《南风》，诗名。孝子之诗。南风长养万物而孝子歌之。”

8 **缊(yùn)袍：**以乱麻衬于其中的袍子。古时贫者无力具丝絮，仅能以麻着于衣内。缊，乱麻、旧絮。《论语·子罕》："衣敝缊袍，与衣狐貉者立，而不耻者，其由也与。"由，子路。 **华轩：**泛指装饰十分华丽的车子。轩，一种曲辕有辐的车，只有卿大夫及诸侯夫人才能乘坐。

9 **烈烈：**这里形容说话喋喋不休的样子。 **老氏：**指老子。

译文

儒士都是些博学有礼、精通六艺的人，
一旦立下志愿就没有谁能够改变他。
违反礼仪的事不为之所动，
不合礼法的话从不肯乱说。
渴了喝一口泉水，
饿了就把一天的口粮匀作两天吃。
一年里春夏秋冬四时，每个季节都没有
祭品供奉祖先，
身上的衣服常常十分单薄，无法抵御严寒。
尽管这样，还是矢志不渝，
终日忙着遵行孝道，
身着破败的袍服，与那些乘坐华丽马车的
贵人站在一起，没有一丝愧悔，
反而谈笑自若，其乐融融。
信守道义苦读《诗》《书》，
坚持自己高尚的气节，
从不接受人家哪怕是一顿饭的馈赠。
对于儒者的这些品行人们褒贬不一，
众说纷纭，
唯有老子报以一声长长的叹息。

其六十一

原文

少年学击刺[1]，妙伎过曲城[2]。
英风截云霓[3]，超世发奇声[4]。
挥剑临沙漠，饮马九野坰[5]。
旗帜何翩翩[6]，但闻金鼓鸣[7]。
军旅令人悲[8]，烈烈有哀情[9]。
念我平常时[10]，悔恨从此生。

注释

1 **击刺**：指击剑刺人之术。

2 **伎**：通“技”，技艺，才能。 **曲城**：指东莱辖区内的曲城县，也作“曲成”。

3 **英风**：威武、杰出的气概。 **截**：截断。 **云霓**(ní)：指云和霓。所谓霓，指的是位于主虹外侧的部分，主虹为虹，副虹为霓。

4 **超世**：超出当世。 **奇声**：特异、卓著的名声。声，名誉。

5 **九野**：九州之野，九州地域。 **坰**(jiōng)：郊野。《尔雅》曰：“牧外谓之野，野外谓之林，林外谓之坰。”

6 **翩翩**：这里指旗帜在风中飘动的样子。

7 **金鼓**：军中用器。金指金钲，军中用代号令，用以止众；鼓用以指挥众人前进。

8 **军旅**：此指战争、沙场等。

9 **烈烈**：忧伤的样子。《诗经·小雅·采薇》：“忧心烈烈，载饥载渴。”

10 **平常时**：谓少年时。“平常”犹“平生”。

译文

年少的时候，我曾拜师学习剑术，

技艺高超，堪称一绝。

英武杰出的气概直冲霄汉，截断云霓，
卓著的威名四处传扬，远远超出当世。
我曾游历塞外，
　　手提长剑，眼前一片肃杀荒凉的大漠；
也曾转战偏远之地，
　　　　处处留下我当年饮马的遗迹。
战旗在风中不停飘动，
耳边只有阵阵金鼓声。
征战令人忧心忡忡，悲伤不已。
我是多么怀念意气风发的少年时代啊，
此时此刻，无限懊悔和怨恨
　　从心底油然生起。

其六十二

原文

平昼整衣冠[1]，思见客与宾[2]。
宾客者谁子？倏忽若飞尘[3]。
裳衣佩云气[4]，言语究灵神[5]。
须臾相背弃[6]，何时见斯人！

注释

1 **平昼：**白天，正午。

2 **客与宾：**本指大客、大宾。所谓大客，是周代指大诸侯国内卿一级的使臣。也用于对宾客的敬称。大宾，是周代对诸侯一级来宾的称呼。后泛指贵客。此处“宾与客”没有明显的界限，都指尊贵的客人。

3 **飞尘：**飞扬的尘埃。

4 **裳衣:**即衣裳。 **佩:**佩带,这里指云气缭绕。
5 **究:**穷,极。
6 **须臾:**片刻,形容时间短暂。 **背弃:**离去,离弃。这里指死亡。

译文

正午时分,把衣服帽子都穿戴整齐,
准备与尊贵的客人相见。
来的都是些怎样的宾客呢?
他们像飞扬的尘埃一样。
身上的衣裳为云气所缭绕,飘飘若仙,
彼此谈论的全都是神界的话题,清静玄远。
可是,转眼之间他们消逝了,
要到什么时候才能再次见到
这样卓异的人物呢?

其六十三

原文

多虑令志散[1],寂寞使心忧[2]。
翱翔观彼泽[3],抚剑登轻舟[4]。
但愿长闲暇[5],后岁复来游[6]。

注释

1 **虑:**思考,谋划。 **志:**神志。《说文》:“志者,心之所之也。”
2 **寂寞:**清静,寂静,没有人声。
3 **翱翔:**鸟飞,翼上下簸动叫翱,翼平直不动而回飞为翔。一般即指飞翔。 **泽:**水汇聚处,多指沼泽、池沼。
4 **抚剑:**按剑。 **轻舟:**轻便快捷的小船。

5 **闲暇:**闲空。

6 **后岁:**以后,将来。

译文

多虑容易使人分散精力,

消磨意志,

寂寞则时时令人心忧。

倒不如展翅高飞,去看看那

碧波荡漾的水面,

或者手按长剑登上轻舟,

去找寻我的所求。

但愿人生闲暇的时候居多,

待到来日再旧地重游。

其六十四

原文

朝出上东门[1],遥望首阳基[2]。

松柏郁森沉[3],鹂黄相与嬉[4]。

逍遥九曲间[5],徘徊欲何之[6]。

念我平居时[7],郁然思妖姬[8]。

注释

1 **上东门:**见其九诗注。

2 **首阳:**见其九诗注。 **基:**指山脚。

3 **松柏:**见其十三诗注。 **郁:**茂盛貌。 **森:**树木丛生貌。 **沉:**颜色很深。

4 **鹂黄:**即黄鹂,以色黧黑而黄,故又名黄莺、仓庚。

5 **九曲:**《水经注》曰:“谷水又东出屈南,……其水依柱,又自乐里道屈而东，出阳渠……亦谓之九曲渎。”

6 **徘徊：**在一个地方来回地走。 **之：**往，去。

7 **平居：**犹言平时、平素。

8 **郁然：**此处指思虑积聚的样子。 **妖姬：**美女。一说指妲己。

译文

清晨漫步走出上东门，
远远眺望巍峨的首阳山。
山脚下松柏树伟岸挺拔、茂密苍翠，
黄鹂鸟三两成群，在林间枝头嬉闹。
缓缓流淌的河水如九曲回肠，
它浩浩荡荡、徘徊不定，
究竟要流向何方？
回忆起往昔的岁月，
心潮起伏，思绪万千，不禁想到了
那个姿色艳丽妖媚的女人……

其六十五

原文

王子十五年[1]，游衍伊洛滨[2]。
朱颜茂春华[3]，辩慧怀清真[4]。
焉见浮丘公[5]，举手谢时人。
轻荡易恍惚[6]，飘飖弃其身。
飞飞鸣且翔，挥翼且酸辛。[7]

注释

1 **王子十五年：**“王子” 指周灵王的太子王子晋。《逸周书》：“晋平公使叔誉于周，见太子晋而与之言，五称而五穷，逡巡而退，其言不遂。叔誉曰：'太子晋行年十五而臣弗能与言。'”论者说此借指高贵乡公。

2 **游衍：**谓漫游。 **伊洛：**伊水和洛水。伊水出河南栾川县东南，入洛河。洛水源出陕西洛南县西北部，东入河南，至偃师纳伊河后，称伊洛河，到巩义市的洛口注入黄河。

3 **朱颜：**红润的面容，多指少年时美好的面容。 **茂：**美好。

4 **辩慧：**指《逸周书》中太子晋与叔誉、师旷之间相互问答、辩论之辞。 **清真：**纯洁朴素。

5 **浮丘公：**传说为黄帝时仙人。《列仙传》记载：王子晋就是由浮丘公接引上嵩山的。

6 **恍惚：**隐约不清，难以捉摸和辨认。

7 **飞飞鸣且翔，挥翼且酸辛：**分别指王子晋作凤鸣和乘白鹤之事。

译文

王子晋十五岁那年，
就游历了伊水和洛水一带。
当时他风华正茂，年轻的面庞
如春花般洋溢着朝气，
能言善辩，谈吐间机敏聪慧而不失纯真，
哪曾想到有一天会遇见浮丘公，
从此作别尘世的人们，
追随他乘鹤仙去。
在飘摇恍惚中，渐渐离弃了自己的躯壳。
在舒缓自如的飞翔中，
发出清越悠长的凤鸣声。
当白鹤展开矫健的羽翼远去时，
心中满是酸楚。

其六十六

原文

寒门不可出[1]，海水焉可浮[2]？
朱明不相见[3]，奄昧独无侯[4]。
持瓜思东陵[5]，黄雀诚独羞[6]。
失势在须臾，带剑上吾丘[7]。
悼彼桑林子[8]，涕下自交流。
假乘汧渭间[9]，鞍马去行游。

注释

1 **寒门**：传说中北方极寒冷的地方。《淮南子·坠形训》曰："北方曰北极之山，曰寒门。"注曰："积寒所在，故曰寒门。"

2 **海水焉可浮**：《论语·公冶长》："道不行，乘桴浮于海。"浮，泛海，航海。

3 **朱明不相见**：谓日暮。朱明，指太阳，这里喻君王。

4 **奄昧独无侯**：意思是昏暗不明将会持续下去，无休无止。奄昧，即晻昧，意思是昏暗不明。侯，《王制正义》引《春秋元命苞》曰："侯者候也。候王顺逆也。"这里"侯"也是等候、伺望的意思。

5 **东陵**：见其六诗注。

6 **诚**：确实，实在。

7 **失势在须臾，带剑上吾丘**：《水经注·渭水下》引《汉武帝故事》曰："帝（汉武帝）崩后见形，谓陵令薛平曰：'吾虽失势，犹为汝君。奈何令吏卒上吾陵磨刀剑乎？自今以后可禁之。'平顿首谢，因不见。推问陵旁果有方石，可以为砺，吏卒常盗磨刀剑。"失势，失去权势。丘，这里指陵墓。

8 **悼**：伤感。 **桑林子**：据《左传》记载：赵盾在首山打猎时，住在翳桑这个地方。遇见壮士灵辄，当时他已三天没吃东西了，给他饭食，却只吃一半，把另一半留下来打算带回家给老母亲吃。赵盾让他把饭全吃掉，另外备以箪食与肉送给他母亲。后来，灵辄成了晋灵公的武士，灵公埋伏下甲士准备刺杀赵盾时，灵辄倒戈救盾。赵盾问其故，曰："翳桑之饿人也。"此处诗中用的就是这一典故。

9 **假**：借。 **乘**(shèng)：车。 **汧**(qiān)**渭**：汧水和渭水。汧水，渭水支流。《说文》曰："(汧)水出扶风汧县，西北入渭。"渭水，黄河主要支流之一，它在陕西省境内横贯渭河平原，东流至潼关，入黄河。《史记·秦本纪》曰："非子居犬丘，好马及畜，善养息之。犬丘人言之周孝王，孝王召使主马于汧渭之间，马大蕃息。"

译文

寒门那块北极苦寒之地无论如何不要去，
大海波涛汹涌，茫无边际，
　　　　一叶扁舟怎能漂流、横渡？
夕阳西沉之后，天色渐渐暗下来了，
黑暗中光明似乎永不再来……
鲜美可口的东陵瓜令人思绪万千，
　　　　　　　　久久不能平静，
像黄雀那样呆头呆脑、只顾眼前，
　　　　　终究会遭到鄙夷与耻笑。
一旦失去了权势，
就得忍受他人在头顶上作威作福。
可惜再也见不着灵辄那样
　　　　　　　　知恩图报的义士了，
悲叹间，泪水在脸上流淌成河。
赶着车，我将在汧水和渭水间自由驰骋，
任它带着我漫游到遥远的他乡。

其六十七

原文

洪生资制度[1]，被服正有常[2]。
尊卑设次序[3]，事物齐纪纲[4]。
容饰整颜色[5]，磬折执圭璋[6]。
堂上置玄酒[7]，室中盛稻粱[8]。
外厉贞素谈[9]，户内灭芬芳[10]。
放口从衷出[11]，复说道义方[12]。
委曲周旋仪[13]，姿态愁我肠。

注释

1 **洪生**：大儒，鸿儒，即博览群书、学富五车的读书人。洪，通“鸿”。 **资**：凭借，依托。 **制度**：法令礼俗的总称。

2 **被服**：穿，着。 **常**：常例，一定的标准。

3 **尊卑设次序**：指制定地位高下贵贱之类的等级差别。

4 **齐**：整齐，划一。 **纪纲**：法度。

5 **容饰**：容貌和服饰。 **颜色**：面容，脸色。《史记·孔子世家》：“晏婴曰：‘周室既衰，礼乐缺有间。今孔子盛容饰，繁登降之礼，趋详之节，累世不能殚其学，当年不能究其礼。’”

6 **磬折**：见其八诗注。 **圭璋**：圭与璋皆为朝会所执的玉器。圭，乃是帝王诸侯所执的长形玉版，上圆或尖，下方，表示信符。璋，古代朝聘、祭祀、丧葬、发兵用以表示瑞信的玉器。其形犹如圭之上端斜削去一角，其形制大小厚薄长短，因所事不同而异。

7 **玄酒**：上古祭祀时用的水。

8 **稻粱**：稻，五谷之一，古之糯均指糯稻。粱，古与粟同物异名，即谷子。

9 **厉**：作。 **贞素谈**：即清谈。

10 **户内灭芬芳**：即《离骚》：“户服艾以盈要兮，谓幽兰其不可佩。”意谓：把芬芳的花草当作臭恶而除掉。

11 **放口**:犹放言,谓纵谈。 **从衷出**:谓发自内心。从衷,犹由衷。

12 **方**:术,法。

13 **委曲**:雍容自得的样子。 **周旋**:应酬,打交道。

译文

博学鸿儒往往取法于典章制度,
衣冠整肃,完全符合礼仪标准。
制定了高低贵贱的等级差别,
把一切事物都纳入法度的管辖范围。
面容和服饰都经过严格的修整,
手执圭璋,俯首低眉,毕恭毕敬。
殿堂上安放着祭祀用的玄酒,
内室却堆满稻粱,无人知晓。
与人正式交谈时,言辞清静玄远,
意态祥和端庄,
独处室内则摒绝芳香,钟情臭恶。
说到动情之处,信口开河,肆无忌惮,
转眼间又正襟危坐,装模作样地
演说道义之术。
他那与物变化、周旋自得的灵活身段,
看过之后真使我愁肠百结。

其六十八

原文

北临乾昧溪[1],西行游少任[2]。

遥顾望天津[3],骀荡乐我心[4]。
绮靡存亡门[5],一游不再寻[6]。
傥遇晨风鸟,飞驾出南林[7]。
漭瀁瑶光中[8],忽忽肆荒淫[9]。
休息晏清都[10],超世又谁禁[11]?

注释

1 **乾味溪:**水名。《山海经·东山经》曰:“东山之首,曰樕螽(sù zhū)之山,北临乾昧(山名)。食水出焉,而东北流注于海。”

2 **西行游少任:**这首诗乃阮籍拜东平相后所作。西行,指从东平归来。游少任,谓不胜其游。少,不多。任,当。

3 **顾:**回首,回视。 **天津:**指渭水桥。《水经注·渭水》:“秦始皇作离宫于渭水南北,以象天宫。故《三辅黄图》曰:‘渭水贯都以象天汉,横桥南度以法牵牛。’”故名。诗中是以“天津”指代秦朝的宫室废墟,以比喻魏都。

4 **骀(dài)荡:**使人舒畅。

5 **绮靡:**声色侈靡、放纵。 **存亡门:**秦灭六国以后,大兴土木,崇尚奢靡侈费,对下则施行暴政,终于在短短十五年的时间里走完了由盛到衰直至灭亡的过程。秦墟就是一个见证,谓秦之存亡由此出也。存亡,犹生死。

6 **一游不再寻:**言无意于君门。

7 **傥遇晨风鸟,飞驾出南林:**意思是说彼出北林而我出南林,选择的道路完全不同。傥,同“倘”,倘若,表假设。晨风鸟,即鹯(zhān),一种猛禽。《诗经·秦风》中有《晨风》之诗:“鴥鸵(yù)彼晨风,郁彼北林。”阮诗则以晨风比喻从晋诸臣。

8 **漭(mǎng)瀁:**广大貌。 **瑶光:**《淮南子》曰:“取焉而不损,酌焉而不竭,莫知其所由出,是谓瑶光。”

9 **忽忽:**倏忽,形容时间过得很快。 **荒淫:**放纵,意谓无拘无碍、洒脱不受约束。

10 **休息**:谓停止、歇息。 **晏**:安逸。 **清都**:古时谓天帝所居的宫阙。
11 **超世**:超出当世。 **禁**:止。

译文

清澈澄净的乾昧溪水在北面潺潺流淌,
我从东平西归,一路上全无意趣可言。
遥遥回望渭水桥,
心里舒畅愉悦。
秦墟,那是奢侈靡费的见证,
从这里,一个朝代匆匆走向夭亡,
这样的地方谁会一去再去啊,
　　看了只会平添许多烦恼和感伤。
如果中途遇上晨风鸟,
那就赶快驾着马车飞速奔出南边的林子。
置身于浩瀚辽阔、无比神奇的瑶光中,
让我尽情放纵,自由自在。
然后在天帝的宫阙中安歇、休养,
假如真能超脱凡俗的一切,
　　那谁还能加以禁止呢?

其六十九

原文

人知结交易[1],交友诚独难[2]。
险路多疑惑,明珠未可干[3]。
彼求飨太牢[4],我欲并一餐[5]。
损益生怨毒[6],咄咄复何言[7]!

注释

1 **结交**:与不相识的人交往,建立友谊。

2 **诚**:确实。 **独**:特别。

3 **干**:投。《史记·邹阳传》:"乃从狱中上书曰:'……臣闻明月之珠,夜光之璧,以暗投人于道路,人无不按剑相眄者,何则?无因而至前也。'"

4 **飨**(xiǎng):大宴宾客。 **太牢**:盛牲的食器称牢,大的叫太牢。太牢盛三牲,因之也把宴会或祭祀时并用牛、羊、猪三牲,叫太牢。后专指牛为太牢,羊为少牢。此处即指牛。

5 **并一餐**:即并日而食,见其六十注。

6 **损益**:增减,变动。 **怨毒**:怨恨,憎恶。

7 **咄咄**(duō duō):感叹声,表示告诫。

译文

人人都以为与陌生人相识相交轻而易举,
其实要结交一个真正的朋友绝非易事。
道理非常简单——
就像提心吊胆独自走在险路上的行人,
看见道上有颗明珠,心中当然会生出
种种疑虑。
旁人总是想方设法去享用祭礼上的太牢,
而我却常常把一顿饭匀作两顿吃,
安于清贫。
意外的变动只会招致怨毒和仇视,
唉,还是得过且过,少说为妙!

其七十

原文

有悲则有情,无悲亦无思[1]。

苟非婴网罟[2]，何必万里畿[3]。
翔风拂重霄[4]，庆云招所晞[5]。
灰心寄枯宅[6]，曷顾人间姿[7]？
始得忘我难，焉知嘿自遗[8]。

注释

1 **思**：心绪，情思。

2 **婴**：缠绕，羁绊。 **网罟**(gǔ)：捕鱼鳖鸟兽的工具。《释文》曰："取兽曰网，取鱼曰罟。"这里比喻人事的束缚、羁绊。

3 **万里畿**(jī)：犹远托之意。畿，古称天子所领之地，这里是疆域、边疆的意思。

4 **翔风**：犹飘风，谓无常之风，专意鼓动邪恶之众。 **拂**：掠击。 **重霄**：犹九霄，指高空，诗中比喻君王。

5 **庆云**：见其四十诗注。这里即指云气。 **招**：招摇，摇动。 **晞**：天明，天亮。这一句是说：云气招摇于太阳初升之时。

6 **灰心**：心如死灰，比喻心境寂寥不为外物所动。**枯**：枯槁，没有生机。**宅**：住所。

7 **曷**(hé)：何。 **姿**：姿态。

8 **焉**：于是。 **嘿**(mò)：同"默"，闭口不说话。 **遗**：遗忘。

译文

人生有了悲喜才会被种种情感所困扰，
反之，则省却无数烦恼。
如果不是因为周遭的束缚、羁绊
如罗网般严密，
又何必孤身一人漂泊到万里之遥的
蛮荒边地。
大风从高空掠过，卷起大团大团的云气，

厚重的云层不断翻滚，
挡住了初升的太阳。
一旦心灰意冷淡泊于世事，
谁还会留意人间变幻多姿的众生相。
于是明白只有沉默不语以自遗形骸者，
才能真正达到忘我的境界，无悲亦无喜。

其七十一

原文

木槿荣丘墓[1]，煌煌有光色[2]。
白日颓林中[3]，翩翩零路侧[4]。
蟋蟀吟户牖[5]，蟪蛄鸣荆棘[6]。
蜉蝣玩三朝，采采修羽翼[7]。
衣裳为谁施[8]？俯仰自收拭[9]。
生命几何时，慷慨各努力[10]。

注释

1 **木槿**：木名。落叶灌木，夏秋开红、白或紫色花，朝开暮敛。即其五十三诗中的“日夕华”。 **丘墓**：本指坟墓。这里指形似高冢的山坡。

2 **煌煌**：光辉貌。这里是形容木槿花开时光彩照人的样子。

3 **白日**：指太阳。 **颓**：坠，落。

4 **零**：落。

5 **吟**：鸣唱。实际上，声音是由雄蟋蟀两翅摩擦发出的。 **户牖**(yǒu)：门窗。户，单扇门。牖，窗户。

6 **蟪蛄**：见其二十四诗注。 **荆棘**：见其三、其二十六诗注。

7 **蜉蝣**(fú yóu)：虫名，又名渠略。种类很多。成虫长数分，四翅，后翅甚小，腹部末端有长尾须两条。寿命短者数小时，长者六七日。也是所谓朝生而夕死者。 **采采:**盛貌。《诗经·曹风·蜉蝣》:“蜉蝣之翼,采采衣服。” **修:**修饰,装饰。

8 **施**(yì)**:**伸展。

9 **收拭:**揩、擦,引申为收拾、修整。收,收敛。拭,擦。

10 **慷慨:**见其三十九诗注。

译文

一树树木槿花开满了山坡,
花色光彩照人,宛如天边的云霞。
当太阳落入西天那片密林的时候,
木槿花便在沉沉暮色中悄然飘落,
凋零在大路旁。
门窗的角落里有蟋蟀低声欢唱,
室外的灌木丛中蟪蛄的鸣声此起彼伏。
可叹蜉蝣的生命最多只有三天,
却一丝不苟地修饰着自己的羽翼。
究竟是为了谁而穿上美丽的衣裳?
举手投足之间忍不住左顾右盼、
暗自修整。
生命到底能包容多少个冬夏春秋?
在苦苦求索的悲壮、激昂中,
各自尽着最大的努力。

其七十二

原文

修途驰轩车,长川载轻舟[1]。

性命岂自然[2]？势路有所由[3]。
高名令志惑，重利使心忧。
亲昵怀反侧[4]，骨肉还相仇[5]。
更希毁珠玉[6]，可用登遨游[7]？

注释

1 **修途驰轩车，长川载轻舟**：这两句诗的意思是说：宽阔平坦的大道上奔驰着高大华贵的马车，因为它可以遮蔽风雨、速度很快；长河中适于行驶轻便的小船，因为顺水、逆水都很便利。修途，长路。轩车，见其五十三诗注。

2 **性命岂自然**：意谓：性命不能一味委之自然，当于人事中求取。

3 **势路**：指名利。 **由**：从，自。

4 **亲昵**：亲近，亲热。 **反侧**：这里指违拗、背叛。

5 **骨肉**：喻至亲。 **仇**：敌对，仇恨。

6 **更希毁珠玉**：《庄子 · 胠箧》曰："绝圣弃智，大盗乃止；擿玉毁珠，小盗不起。" 诗中是以 "珠玉" 比喻名利。

7 **用**：介词，以。 **登**：一说读音 "得"，乃是齐人的读音。

译文

平坦的大道上奔驰着高大宽敞、
装饰华丽的马车，因为它能遮蔽风雨；
长长的河道中来往的是轻便的小船，
无论顺水逆水都很迅捷。
人的生命哪是由自然赋予的呀？
贫富、贵贱、穷达、生死……
往往都取决于人事的因素。
浮名厚利容易使人迷乱，
丧失起码的理智。

使亲密的朋友彼此背弃，
也使骨肉至亲变得疏远，甚至成为仇敌。
像珠玉那样徒有其表、乱人心性之物，
就该通通销毁，
这样才能摆脱套在身上的枷锁，
自由自在地漫游。

其七十三

原文

横术有奇士[1]，黄骏服其箱[2]。
朝起瀛洲野[3]，日夕宿明光[4]。
再抚四海外，羽翼自飞扬[5]。
去置世上事[6]，岂足愁我肠。
一去长离绝，千岁复相望。

注释

1 **横术：**东西方向的路。术，邑中的道路。 **奇士：**才能出众之人。

2 **黄：**指黄赤色的马。《诗经·鲁颂·駉》：“有骊有黄。” **骏：**良马。 **服**（fù）：背负，负荷。 **箱：**车箱。服其箱，指驾车。

3 **瀛洲：**见其二十四诗注。 **野：**原野。

4 **日夕：**将近黄昏的时候。 **明光：**指丹丘，乃神话中神仙之地，昼夜长明。

5 **再：**语气词，无义。 **抚：**临。 **四海：**指古代以为中国四周皆有海，故而把中国叫海内，外国称作海外。《庄子·在宥》：“其热焦火，其寒凝冰，其疾俯仰之间而再抚四海之外。”汉高祖《鸿鹄歌》：“鸿鹄高飞，一举千里。羽翮已就，横绝四海。”

6 **置：**搁开，废置。 **世上事：**即世事。

译文

东西向的大道上有位奇绝之人，
拉车的是黄赤色的高头骏马。
清晨他辞别海上瀛洲苍茫静谧的原野，
傍晚安歇在昼夜长明的丹丘山上。
顷刻间便凌越四海，
羽翼在蓝天下自由舒展。
抛开世间的种种烦恼琐事，
我行我素，又有什么能牵动我的愁肠？
这一去将永不回还，
直到千百年之后，隔着岁月的长河
再遥遥相望吧。

其七十四

原文

猗欤上世士[1]，恬淡志安贫[2]。
季叶道陵迟[3]，驰骛纷垢尘[4]。
甯子岂不类[5]，杨歌谁肯殉[6]？
栖栖非我偶，徨徨非己伦。[7]
咄嗟荣辱事[8]，去来味道真[9]。
道真信可娱[10]，清洁存精神[11]。
巢由抗高节，从此适河滨。[12]

注释

1 **猗欤**(yī yú)**:**叹美之词。 **上世:**上古时代。扬雄《解嘲》曰:“吾闻上世之士,人纲人纪。”

2 **恬淡**：淡泊，安静闲适。 **安贫**：自甘于贫穷。

3 **季叶**：犹末世、衰世。季，末。叶，时期，犹世。 **陵迟**：本指绵延的斜坡。后比喻礼义废坏、衰落。诗中用的是比喻义。

4 **驰骛**：奔走。 **垢尘**：犹尘垢，指垢污和尘土，比喻微末卑污的事物。

5 **甯(nìng)子**：即甯戚，春秋时卫人。以家贫为人挽车。至齐，日暮时停宿于城门之外。夜里，齐桓公出城迎接客人，甯戚喂牛于车下，扣牛角而歌。桓公听后，以为非常之人，于是召见了他，拜为上卿。**不类**：谓不当、不相称，此处指甯子与淡泊宁静的上世之士并非一类人。

6 **杨歌谁肯殉**：《列子》曰："杨朱之友曰季梁。季梁得病，七日大渐，其子环而泣之，请医。季梁谓杨朱曰：'吾子不肖如此之甚，汝奚不为我歌以晓之？'杨朱歌曰：'天其弗识，人胡能觉。匪佑自天，弗孽由人。我乎汝乎！其弗知乎？医乎巫乎！其知之乎？'其子弗晓，终谒三医。"杨子歌词的大意是说：生死在天，不是人力所能改变的。希望季梁的儿子放弃求医的打算，顺其自然。殉，本意是以人从葬，后来泛指为某种目的而牺牲生命。一本"殉"作"询"，意思是相信。

7 **栖栖**(xī xī)：形容不安定。 **偶**：匹偶，朋伴。 **徨徨**：心神不安。 **伦**：同类。

8 **咄嗟荣辱事**：荣辱无常，咄嗟顿异。咄嗟(duō jiē)，犹呼吸之间，意谓时间短暂。

9 **去来**：往来，这里指屈、伸。《易》曰："日往则月来，月往则日来，日月相推而明生焉。寒往则暑来，暑往则寒来，寒暑相推而岁成焉。往者屈也，来者信也，屈信相感而利生焉。尺蠖之屈，以求信也。龙蛇之蛰，以存身也。" **味**：体味，体察事理。

10 **信**：的确，确实。

11 **清洁存精神**：《史记·龟策传》曰："(圣王)设稽神求问之道者，以为后世衰微，愚不师智，人各自安，化分为百室，道散而无垠，故推归之至微，要洁于精神也。"

12 **巢由**：巢父和许由。相传为尧时隐士，尧欲让位于二人，皆不受。《高士传》曰："许由，字武仲。阳城槐里人。为人据义履方，邪席不坐，邪膳不食。

后隐于沛泽之中……尧让天下于许由，……由于是遁耕于中岳颍水之阳，箕山之下，终身无经天下之色。尧又召为九州长，由不欲闻之，洗耳于颍水滨。时其友巢父牵犊欲饮之，见由洗耳，问其故，对曰：'尧欲召我为九州长，恶闻其声，是故洗耳。'巢父曰：'子若处高岸深谷，人道不通，谁能见子？子故浮游，欲闻求其名誉，污吾犊口。'牵犊上流饮之。"上一句的"清洁"即指"洗耳"之事，与"垢尘"相对。 **抗高节：**坚持高尚的节操。 **适：**往，去。

译文

上古时代的志士啊，
淡泊宁静，甘于贫穷，
　　千载之下犹能想见当日的风范。
可叹礼崩乐坏、世风日下的末代，
人们为了些许蝇头小利来回奔走，
　　不知疲倦。
像甯子那样歌咏而求重用的人
　　和上古士人绝非同类，
杨朱反复唱诵以告诫世人的道理，
　　又有谁会真正相信并付诸实践呢？
有些人终日为生计而奔波劳碌，
　　坐不安席，食不甘味，
他们与我志向不同，道路迥异。
看世间荣辱无常，呼吸之间顿生变化，
还是从往复轮转的世事
　　细细体味人生的真谛吧。
这是颠扑不破的真理，
它使人神清气爽、轻松愉快，

更能保持精神的高蹈、玄远。

你看巢父和许由，为了坚守自己高尚的志节，

一辈子隐居在人迹罕至的大河之滨，

无心仕进。

其七十五

原文

梁东有芳草[1]，一朝再三荣[2]。
色容艳姿美[3]，光华耀倾城。
岂为明哲士[4]？妖蛊谄媚生[5]。
轻薄在一时[6]，安知百世名！
路端便娟子[7]，但恐日月倾[8]。
焉见冥灵木[9]，悠悠竟无形[10]！

注释

1 **梁：**阮诗中用“梁”字之处，一般是借指魏。 **芳草：**香草，常用以比喻有美德的人。《离骚》曰：“何昔日之芳草兮，今直为此萧艾也。”此处阮籍用的也是这个意思，即：从前那帮明智之士，如今都佯作狂愚、装聋卖傻。

2 **荣：**草本植物的花。这里做动词用，谓开花。

3 **色容：**颜色和仪容。

4 **明哲：**犹言明智，谓洞察事理。《诗经·大雅·烝民》：“既明且哲，以保其身。”哲，有智慧。

5 **妖蛊**(gǔ)**：**媚惑。蛊，诱惑。一说，蛊读音“yě”，同“冶”。**谄媚：**奉承，献媚。

6 **轻薄：**放荡。

7 **便**(pián)**娟：**同“嫕娟”，意谓轻盈美丽的样子。屈原《大招》：“丰肉微骨，体便娟只。”

8 **倾**:倾斜,这里指日、月西斜。

9 **冥灵**:传说中的树木名。《庄子·逍遥游》:“楚之南有冥灵者,以五百岁为春,五百岁为秋。”《释文》曰:“李颐云:冥灵,木名也。江南生。以叶生为春,叶落为秋。此木以二千岁为一年。”

10 **悠悠**:绵长不绝的样子。 **无形**:《淮南子》曰:“夫无形者,物之大祖也。”

译文

梁东之地出产的香草,芬芳美丽,
短短的一天时间里,花儿已是三度盛开。
颜色与姿态美艳无比,
夺目的光华使众人为之倾倒、痴狂。
世上哪有什么洞察一切的明达之士啊,
他们擅长的无非是阿谀奉承、见风使舵。
轻浮放荡只可维系一时,
如此下去,又怎能顾及百年之后的声名?
路头轻盈娇艳的美人啊,
唯恐光阴流逝,老之将至。
她何曾见过长寿的冥灵树,
以两千岁为一春秋,
早已静悄悄地度过了悠长久远的岁月。

其七十六

原文

秋驾安可学[1],东野穷路旁[2]。
纶深鱼渊潜[3],矰设鸟高翔[4]。

泛泛乘轻舟[5]，演漾靡所望[6]。
吹嘘谁以益[7]？江湖相捐忘[8]。
都冶难为颜[9]，修容是我常[10]。
兹年在松乔[11]，恍惚诚未央[12]。

注释

1 **秋驾**：驾马的技术。《淮南子·道应训》曰："尹需学御三年而无得焉。私自苦痛，常寝想之，中夜，梦受秋驾于师。明日往朝，师望而谓之曰：'吾非爱道于子也，恐子不可予也。今日教子以秋驾。'尹需反走，北面再拜曰：'臣有天幸，今夕固梦受之。'"秋，飞貌、腾跃貌。秋驾，指用这种技术驾马，可使马奔腾如飞。

2 **东野穷路旁**：《韩诗外传》曰："颜渊侍坐鲁定公于台，东野毕御马于台下，定公曰：'善哉！东野毕之御也。'颜曰：'善则善矣。其马将佚矣。'定公不说，……颜渊退。俄而厩人以东野毕马佚闻矣。……'趋驾召颜渊。'颜渊至，定公曰：'……不识吾子何以知之？'颜渊曰：'臣以政知之。昔者舜工于使人，造父工于使马。舜不穷其民，造父不极其马，是以舜无佚民，造父无佚马也。今东野毕之御……历险致远，马力殚矣，然犹策之不已，所以知佚也……兽穷则啮，鸟穷则喙，人穷则诈。自古及今，穷其下能不危者，未之有也。'"东野，即东野毕，以善于驭马闻名。东野乃复姓。穷，终极、止、尽。

3 **纶**：钓丝。 **深**：这里是指钓丝很长，可以放到水下很深的地方。 **鱼渊潜**：实为"鱼潜渊"。

4 **矰**(zēng)：古代系有丝绳用以射鸟的短箭。 **鸟高翔**：正常的语序是"鸟翔高"。

5 **泛泛**(fàn fàn)：浮动的样子。

6 **演漾**：流动起伏貌。演，长流。漾，水摇动貌。 **靡**(mǐ)：无。

7 **吹嘘**：出气急曰吹，缓曰嘘。一说，"吹嘘"疑作"吹呴(xǔ)"；"呴"，嘘气。**谁**：何。 **以**：由。

8 **江湖相捐忘**：《庄子·大宗师》曰："泉涸，鱼相处于陆，相呴以湿，相濡以沫，不如相忘于江湖。”注曰：“与其不足而相爱，岂若有余而相忘。”捐，舍弃。

9 **都：**优美。 **冶：**艳丽。

10 **修容：**修饰仪表。

11 **兹年：**历年、多年，言其久。兹，益。 **在：**置之。 **松乔：**指仙人赤松子和王子乔。

12 **恍惚：**隐约不清，难以捉摸和看清楚。 **未及：**未尽。及，久、已。

译文

常人轻易无法学到秋驾那样的驭马术，
精疲力竭的马终于脱缰而去，
无论东野毕技术多么高超，
也只能独立路旁，怅然凝望。
鱼儿潜入深渊，为的是避开长长的钓丝，
鸟儿在空中高高飞翔，方能摆脱
尾随于后的箭矢。
驾着小船在水中轻轻荡漾，
水面起伏波动，茫无际涯。
泉水已经干涸，相濡以沫又有何益？
倒不如彼此淡忘，各自遨游于江河湖海。
艳丽妩媚的容颜终归是昙花一现，
难以长久，
保持仪表的端庄恭敬，这才是我的常道。
赤松子和王子乔之所以会长生不老，
关键在于他们的道术隐约恍惚没有穷尽，
普通人无从测知罢了。

其七十七

原文

咄嗟行至老[1]，僶俛常苦忧[2]。
临川羡洪波[3]，同始异支流[4]。
百年何足言？但苦怨与仇。
仇怨者谁子？耳目还相羞[5]。
声色为胡越[6]，人情自逼遒[7]。
招彼玄通士[8]，去来归羡游[9]。

注释

1 **咄嗟：**见其七十四诗注。 **行：**且，将要。

2 **僶俛**(mǐn miǎn)**：**勉力。

3 **临川：**《论语・子罕》："子在川上曰：'逝者如斯夫！不舍昼夜。'"

4 **同始异支流：**《老子》曰："无名，天地之始；有名，万物之母。……此两者同出而异名。"

5 **耳目还相羞：**《淮南子・俶真训》曰："夫目察秋毫之末，耳不闻雷霆之声；耳调玉石之声，目不见太山之高。"羞，耻。

6 **胡越：**胡地在北，越在南，相隔殊远。《淮南子・俶真训》曰："六合之内，一举而千万里。是故自其异者视之，肝胆胡越；自其同者视之，万物一圈也。"注曰："肝胆喻近，胡越喻远。"

7 **逼、遒：**都是迫近的意思。

8 **玄通：**精微灵通。《老子》曰："古之善为士者，微妙玄通，深不可识。"注曰："玄，天也。言其志节玄妙，精与天通也。"

9 **去来归羡游：**归，终竟之词。羡，通"衍"，意思是：溢出常态之外。去来归羡游，谓往来游衍。《诗经・大雅・板》："昊天曰旦，及尔游衍。"疏曰："游行衍溢，亦自恣之意也。"

译文

须臾之间就将步入衰微的老年，

时光飞逝，唯有苦恼和忧愁常常困扰人生。

面对滔滔逝水，那滚滚东去的波涛

　　令人由衷地羡慕——

它们同出一源，结果却坦然地各奔东西。

人生即便活上百年又有什么值得称道？

只有怨恨与仇视才真正使人痛苦。

怨恨与仇视的都是谁呢？

那些曾经亲密无间的至交，

　　如今提起只会感到羞辱、难堪。

亲好之间一旦异趣即成胡越，

遑论情谊多么亲密、深厚。

还是与那些精微玄妙之士交游吧，

往来游弋，逍遥自适。

其七十八

原文

昔有神仙士，乃处射山阿[1]。

乘云御飞龙，嘘噏叽琼华[2]。

可闻不可见，慷慨叹咨嗟[3]。

自伤非俦类[4]，愁苦来相加。

下学而上达[5]，忽忽将如何[6]？

注释

1 **射山：**即藐姑射之山，详见其二十三诗注。 **阿：**曲隅，这里指山中深曲之处。

2 **嘘:**呼气。 **噏**(xī):同“吸”,吸气。嘘噏,即吐纳。 **叽**(jī):食,吃。 **琼华:**仙境中琼树的花蕊。传说琼树生于昆仑山西部的流沙之滨,树干粗三百围,高万仞,吃了它的花蕊可以长生不老。

3 **慷慨:**见其三十九诗注。 **叹、咨、嗟:**都是叹息的意思。

4 **伤:**忧伤,感慨。 **俦类:**同类。俦,同辈、同类。

5 **下学而上达:**《论语·宪问》:“不怨天,不尤人,下学而上达,知我者其天乎!”

6 **忽忽:**倏忽,形容时间过得很快。

译文

往古之时的确有神人,
居住在藐姑射山中幽深曲折的地方。
乘着云气驾着飞龙,他四处周游,
吐纳纯和之气,吸食琼花之蕊,
他的生命永远不会衰老。
任凭你情绪愤激、顿足叹息,
都只能听到他的声息,不见他的形迹。
自叹与神人不是同类,
忧伤愁苦的心绪紧紧交织在一起,
难以排遣。
我的心思只有老天才知晓,
可是岁月匆匆,时不我待,
终归是无可奈何。

其七十九

原文

林中有奇鸟,自言是凤凰[1]。

清朝饮醴泉[2],日夕栖山冈[3]。
高鸣彻九州[4],延颈望八荒[5]。
适逢商风起[6],羽翼自摧藏[7]。
一去昆仑西[8],何时复回翔[9]。
但恨处非位[10],怆悢使心伤[11]。

注释

1 **凤凰:**传说中的神鸟名,雄曰凤,雌曰凰。古人认为是瑞鸟,为百鸟之长。与麟、龟、龙一起合称“四灵”。

2 **醴泉:**甘美的泉水。《礼记·礼运》:“故天降膏露,地出醴泉。”《广韵》:“醴泉,美泉也。状如醴酒,可养老。”

3 **日夕:**近黄昏时。 **冈:**山脊,山岭。《诗经·大雅·卷阿》曰:“凤凰鸣矣,于彼高冈。”

4 **九州:**见其十七诗注。

5 **延颈:**伸长脖子。 **八荒:**见其三十九诗注。

6 **商风:**秋风,西风。此处指秋风。“商”为五音(宫、商、角、徵、羽)之一,按照阴阳五行之说,商、秋均属金,故以商配秋,称秋为商。

7 **摧藏:**这里指凤凰的羽翼受到肃杀秋风的摧伤。

8 **昆仑:**山名。在新疆、西藏之间,西接帕米尔高原,向东延入青海省境内。层峰叠嶂,势极高峻。有关昆仑山的神话传说很多,散见于《山海经》《淮南子》《神异经》等古书中。

9 **回翔:**回旋飞翔。这里指飞回来。

10 **非位:**非其位,指所处的位置、职位不当,不能充分发挥个人的才干。

11 **怆悢**(chuàng liàng)**:**悲伤。《楚辞·九辩》曰:“怆怳懭悢兮,去故而就新。”

译文

茂密的森林里有一只奇妙的鸟儿,
说它就是瑞鸟凤凰。

清晨迎着晓雾，它啜饮甘美的泉水，
日暮时分栖息在高高的山冈上。
它时而发出清越悠扬的鸣声，响彻九州，
时而又伸长颈项遥望八荒。
当深秋肃杀凛冽的西风刮起的时候，
凤凰的羽翼遭到风霜的侵袭而受伤。
一朝远去，飞临昆仑之西，
不知要到什么时候才能重新飞回来。
可恨的是所处非位，
还有什么比这更让人惆怅、忧伤？

其八十

原文

出门望佳人，佳人岂在兹[1]？
三山招松乔[2]，万世谁与期[3]？
存亡有长短[4]，慷慨将焉知[5]？
忽忽朝日隤[6]，行行将何之[7]？
不见季秋草[8]，摧折在今时[9]！

注释

1 **佳人**：乃比兴之词，以喻君子贤人。《三国志·魏·曹爽传》裴松之注引《魏氏春秋》曰："曹子丹佳人，生汝兄弟，犊耳。"子丹，曹爽的父亲曹真的字。 **兹**：此，这。

2 **三山**：即指海中三神山：蓬莱、方丈、瀛洲。

3 **期**：待，邀约。

4 **长短**：一说即长短术。指战国时苏秦、张仪等人的合纵、连横之术，以善于变通、可长可短而得名。《汉书·张汤传》注："师古曰：'短长术兴于六国时，长短其语，隐谬，用相激怒也。'”

5 **慷慨：**见其三十九诗注。

6 **陨：**降，下坠。

7 **行行：**不停地走。 **之：**往，去。

8 **季秋：**秋季的第三个月，即农历九月。《礼记》曰：“季秋草木黄落，乃伐薪为炭。”

9 **摧折：**指秋天的草木受到摧残而折断、枯败。

译文

迈步走出家门，眺望风姿绰约的佳人，
可叹我的所思不在眼前。
海上的蓬莱三岛云雾缭绕，远离尘俗，
　　吸引了赤松子、王子乔这样的仙人，
至于平常人恐怕等上一万年，
　　　　　　也难见上他们一面。
亡羊补牢，犹未为晚，
　　图存于将亡之际，其实还大有可为，
怎奈满腹经纶却无人赏识、重用。
转眼间初升的太阳已经西斜，
不停地走呀走，究竟要走向何方？
君不见秋日漫山遍野的荒草，
正经受着寒风严霜的肆虐，
　　　　　　已是残败不堪。

其八十一

原文

昔有神仙者，羡门及松乔[1]。

噏习九阳间[2]，升遐叽云霄[3]。
人生乐长久[4]，百年自言辽[5]！
白日陨隅谷[6]，一夕不再朝[7]。
岂若遗世物[8]，登明遂飘飖[9]。

注释

1 **羡门：**传说中的古仙人。《史记·秦始皇本纪》曰："始皇之碣石，使燕人卢生求羡门、高誓。"

2 **噏**(xī)：同"吸"。噏习，盛貌，也作"翕习"。 **九阳：**指天地的边沿。

3 **升遐：**飞升到高远的地方，即升天。 **叽：**见其七十八诗注。

4 **人生乐长久：**《道德经》曰："天长地久。天地所以能长且久者，以其不自生，故能长生。"

5 **辽：**远，长。

6 **白日：**指太阳。 **陨：**坠落。 **隅谷：**传说中日入之处。《列子·汤问》曰："夸父不量力，欲追日影，逐之于隅谷之际。"张湛注曰："隅谷，虞渊也，日所入。"

7 **一夕不再朝：**即其三十二诗中"朝阳不再盛"之意，详见此注。

8 **遗世物：**超脱世俗，远离尘世的一切。

9 **登明：**《淮南子·天文训》曰："日出于旸谷，浴于咸池，拂于扶桑，是谓晨明。登于扶桑，爰始将行，是谓朏明。"晨明，天将亮时，犹黎明。朏(fěi)明，天刚亮。诗中"登明"当指太阳登于扶桑之上、天刚亮的时候。 **飘飖：**这里是飞扬、飘举的意思。

译文

往昔的神仙之人，羡门、赤松子和王子乔，
他们常常三三两两地往来于天地之间，
有时飞升直上九霄，吸食云气之精华。
人世间没有谁不渴望永生与不朽，

可是一旦活到百岁就自觉年寿很高。
初升的朝阳一过正午便开始西斜，
在渐渐浓重的暮色里缓缓滑入隅谷深处。
唯有超凡脱俗、遗弃尘世之辈，
方能徜徉、舞蹈于清晨的第一缕霞光中，
自由飞扬、飘举。

其八十二

原文

墓前荧荧者[1]，木槿耀朱华[2]。
荣好未终朝[3]，连飙陨其葩[4]。
岂若西山草，琅玕与丹禾[5]。
垂影临增城[6]，余光照九阿[7]。
宁微少年子[8]，日夕难咨嗟[9]。

注释

1 **荧荧**：犹灼灼，光艳夺目的样子。

2 **木槿**：其七十一诗注。《礼记·月令》曰："仲夏之月，……木槿荣。"

3 **终朝**：一整天。

4 **飙**：暴风，本作"猋"。《尔雅·释天》："扶摇谓之猋。"郭璞注曰："暴风从下上。" **陨**：这里指被狂风吹落、打落。 **葩**：花。

5 **岂若西山草，琅玕与丹禾**：《山海经·西山经》曰："槐江之山，……其上多青雄黄，多藏琅玕、黄金、玉，其阳多丹粟。"丹禾，丹砂，朱砂。

6 **增城**：见其四十五诗注。

7 **余光**：多余之光。 **照九阿**：谓光所照者非一处。九阿，大陵曰阿，"九"泛指其数目之多。

8 **宁**：副词，岂。 **微**：无。

9 **日夕:**日暮时分。 **难:**疑为“叹”字之讹。 **咨嗟:**见其七十八诗注。

译文

墓前的木槿花盛开了,光彩夺目,
闪耀着一片红艳艳的光华。
突然间,阵阵狂风呼啸而来,
将花儿打落一地,
动人的花容不到一天就香消玉殒了。
哪像生长在西山上的劲草——琅玕、丹禾,
它们的身影在高峻的山顶摇曳,
它们的光彩普天之下都能看到。
难道就没有未经世事的少年,
日暮时分徘徊着长吁短叹、感时伤世吗?

咏怀(四言十三首)

按:丁福保《全三国诗》卷五辑有阮籍四言咏怀诗三首,题下注云:“按《读书敏求记》谓阮嗣宗咏怀诗行世本惟五言八十首,朱子儋取家藏旧本刊于存余堂,多四言咏怀十三首云云。余历访海上藏书家,都无朱子儋本,今所存四言诗仅三首耳。”丁福保所说的即天地、月明、清风三首,今录于此。至于其四到十三共十首,则根据潘璁本(乃明崇祯年间翻嘉靖刻者)补录于后,一并加以注释、翻译。潘璁本与朱子儋本的异同,因未见后者,不便比较,恕不论及。

其一

原文

天地细缊[1]，元精代序[2]。
清阳曜灵[3]，和风容与[4]。
明月映天，甘露被宇[5]。
蓊郁高松[6]，猗那长楚[7]。
草虫哀鸣[8]，鸧鹒振羽[9]。
感时兴思，企首延伫[10]。
於赫帝朝[11]，伊衡作辅[12]。
才非允文，器非经武[13]。
适彼沅湘，托分渔父[14]。
优哉游哉[15]，爰居爰处[16]。

注释

1 **细缊**(yīn yūn)：指天地间阴阳二气交互作用的状态。《周易·系辞下》曰："天地细缊，万物化醇。"孔颖达疏曰："细缊，相附着之义。言天地无心，自然得一，唯二气细缊，共相和会，万物感之，变化而精醇也。"

2 **元精**：旧称天地的精气为元精。《周易 · 系辞上》曰："精气为物。"孔颖达疏曰："阴阳精灵之气，氤氲积聚而为万物也。" **代序**：指阴阳寒暑顺次更替。代，更替。序，次序。

3 **清阳**：《尔雅·释天》："春为青阳。"郭璞注曰："气清而温阳。" **曜**(yào)**灵**：指太阳。

4 **和风**：指春日温和的微风。 **容与**：安闲自得的样子。

5 **甘露**：甘美的雨露，古人以降甘露为太平的瑞应。 **被**：覆盖。 **宇**：天地四方曰宇。

6 **蓊**(wěng)**郁**：茂密貌。

7 **猗**(ē)**那**：犹"婀娜"，柔美的样子。 **长楚**：即苌楚("长"与"苌"古时通用)。亦即羊桃,又名猕猴桃。《诗经·桧风·隰有苌楚》曰:"隰有苌楚,猗傩其枝。"

8 **草虫:**即草螽,雄者鸣如织机声,俗称蝈蝈、纺织娘。古称常羊、草虫。

9 **鸧鹒:**鸟名,即黄莺,一作仓庚。又名黄鸟、黄鹂。 **振羽:**振翅。

10 **企首:**翘首以望。企,踮起脚跟。 **延伫:**久立等待。延,长。伫,久立。

11 **於:**感叹词。 **赫:**显著,盛大。

12 **伊衡作辅:**伊尹为商汤的辅臣,名挚。原本是商汤妻陪嫁的奴隶。后佐商汤伐夏桀,被尊为阿衡(即宰相。郑玄笺注毛诗曰:"阿,倚;衡,平也。汤所依倚而取平也。")。汤死后,孙太甲破坏商汤法制,伊尹把他放逐到桐宫,三年后迎之复位。

13 **才非允文,器非经武:**意谓自己的才能、器识低劣,文武两方面都不行。允,得当。器,才能。

14 **沅湘:**沅水和湘江的合称,主要干流都在湖南省境内,最后都注入洞庭湖。 **托分**(fèn)**:**托迹。《楚辞·渔父》王逸序曰:"《渔父》者,屈原之所作也。屈原放逐,在江湘之间,忧愁叹吟,仪容变易。而渔父避世隐身,钓鱼江滨,欣然自乐。"

15 **优哉游哉:**悠闲自得。

16 **爰居爰处:**于是居于是处,意谓随遇而安。爰,乃、于是。

译文

天地间阴阳二气交互作用,
　　　　　　　　滋生出万事万物,
阴阳寒暑相互更迭,形成了春夏秋冬
　　　　　　　　　　　　四个时令。

春日里和风拂面,
温暖的阳光普照着复苏的大地,
　　　　　　处处洋溢着生机——
一轮皓月当空,映得世界一片清明,

甘美的雨露洒遍每一寸沃土，滋润了
所有的生灵。
高大挺拔的青松苍翠蓊郁，
婀娜柔顺的羊桃枝随风起舞。
草虫在低低哀鸣，鸧鹒鸟扑闪着翅膀。
春日的风物感发了内心的思绪，
我踮起脚跟久久地翘首凝望。
商汤王朝国势显赫强大，
是因为有伊尹这样贤能的宰相辅佐君王。
而我才华低劣，器识浅陋，
既不能文，也不能武。
看来我这种无能之辈，只配放逐到
野蛮荒僻的南方去。
像渔父那样远离尘世，优哉游哉，
那么，哪儿没有我安身的地方呢？

其二

原文

月明星稀，天高气寒。
桂旗翠旌[1]，珮玉鸣鸾[2]。
濯缨醴泉[3]，被服蕙兰[4]。
思从二女，适彼湘沅[5]。
灵幽听微，谁观玉颜[6]。
灼灼春华[7]，绿叶含丹。
日月逝矣[8]，惜尔华繁[9]！

注释

1 **桂旗：**以桂枝编结而成的旗。 **翠旌：**用翠鸟的羽毛装饰的旌旗。翠，指翠鸟，通常用它的羽毛来做装饰。旌，用牦牛尾和彩色鸟羽作竿饰的旗。

2 **珮玉：**即玉佩，一般系于襟带之间。一说指马佩，亦通。 **鸣鸾：**“鸾”通“銮”，指装配于轭首或车衡上的饰物，上部为扁圆形的铃，下部为座。铃内有弹丸，车行则摇动作响，声似鸾鸟，故曰鸣鸾。鸾，是凤凰之类的神鸟，赤色，五彩，鸡形，鸣中五音。一说凤有五种，其中多青色者为鸾。以鸾鸟的鸣声来形容銮铃声美，也显出车驾的高贵、不同凡响。

3 **濯缨醴泉：**《孟子·离娄上》：“有孺子歌曰：‘沧浪之水清兮，可以濯我缨；沧浪之水浊兮，可以濯我足。’”濯，洗。缨，结冠的带子，以二组系于冠，卷结颐下。后世常以“濯缨”比喻超脱尘俗，操守高洁。

4 **被服：**身上穿着。**蕙兰：**兰的一种，也称蕙。与草兰相似而瘦，暮春开花，一茎开花八九朵，香次于兰，舌瓣有红点，无红点者为素兰。变种很多。

5 **二女：**指尧的两个女儿娥皇、女英，是舜的妻子。刘向《列女传》曰：“舜陟方，死于苍梧，号曰重华。二妃死于江湘之间，俗谓之湘君。”

6 **灵幽听微，谁观玉颜：**谓二女之灵幽而听微，始终不肯出现。

7 **灼灼：**见五言咏怀其十二诗注。 **春华：**春花。“华”同“花”。

8 **日月逝矣：**《论语·阳货》：“日月逝矣，岁不我与。”

9 《大戴礼记》曰：“夫华繁而实寡者，天也；言多而行寡者，人也。”

译文

月光明朗的晚上，星星稀少而黯淡无光，
天空显得无限高远，空气里有阵阵凉意。
以桂枝为旗，翠羽饰旌，美玉作佩，
马铃儿叮当作响，宛若声声鸾鸣。
我在甘洌的清泉中洗濯冠缨，
身穿蕙兰裁就的衣裳，香气袭人。
我多想追随娥皇与女英，

一道去往那遥远的沅湘之滨。
可是二女的英灵沉埋于幽深之域，
谁能看到她们美丽的容颜。
春花娇艳而明媚，
点缀在绿叶丛中，恰似粒粒朱丹闪烁。
日月交替着东升西落，脚步从不迟疑，
可叹这如花似锦的春色终会被流水带走，
荡然无存。

其三

原文

清风肃肃[1]，修夜漫漫[2]。
啸歌伤怀[3]，独寐寤言[4]。
临觞拊膺[5]，对食忘餐。
世无萱草[6]，令我哀叹。
鸣鸟求友[7]，谷风刺愆[8]。
重华登庸[9]，帝命凯元[10]。
鲍子倾盖[11]，仲父佐桓[12]。
河滨嗟虞[13]，敢不希颜[14]！
志存明规[15]，匪慕弹冠[16]。
我心伊何？其芳若兰[17]。

注释

1 **肃肃：**指风声。
2 **修夜：**长夜。 **漫漫：**长远貌。
3 **啸歌：**长啸歌吟。 **伤怀：**伤心。《诗经·小雅·白华》："啸歌伤怀，念彼硕人。”

4 **独寐寤言**:即独寐独寤独言,意思是说很孤独。寐,睡着。寤,醒。言,说话。

5 **觞**(shāng)**:**盛有酒的杯,也泛指酒杯。 **拊膺**:捶胸,表示怅恨、慨叹。拊,拍。膺(yīng),胸。

6 **萱草**:见五言咏怀其二诗注。

7 **鸣鸟求友**:《诗经·小雅·伐木》:“伐木丁丁,鸟鸣嘤嘤。……嘤其鸣矣,求其友声。”

8 **谷风**:古以东风化育万物,谓之谷风。《诗经》中有两篇篇名为《谷风》的诗,一是《邶风·谷风》,小序曰:“《谷风》刺夫妇失道也。”一是《小雅·谷风》,小序曰:“《谷风》刺幽王也。天下俗薄,朋友道绝焉。” **刺**:斥责,讽刺。 **愆**(qiān)**:**罪过,过失。

9 **重**(chóng)**华**:虞舜的名。传说舜是重瞳子。《淮南子·修务训》:“舜二瞳子,是谓重明。”重华,就是重明而有异样的光彩。华,光华、明丽。 **登庸**:举用。庸,用。

10 **凯元**:八凯、八元的合称。八元,古代传说高辛氏有才子八人,谓之八元。元,善。八凯,即八恺,古史相传高阳氏有才子八人,谓之八恺。恺是和的意思。

11 **鲍子**:即鲍叔牙,春秋时齐人。少时与管仲交,知管仲贤。鲍叔牙事公子小白;管仲事公子纠。及小白立,为齐桓公,鲍叔牙遂举荐管仲为相,管仲辅佐桓公九合诸侯,终成霸业。管仲曰:“生我者父母,知我者鲍子也。”此处即以鲍子代指知音。 **倾盖**:行道相遇,停车而语,两车的车盖倾斜相近,因谓初交相得、一见如故为倾盖。盖,车盖。

12 **仲父**:齐桓公称管仲为仲父。仲,管仲名夷吾,字仲。父,指齐桓公事管仲如父,这是尊敬的说法。

13 **河滨嗟虞**:《韩非子》曰:“历山之农者侵畔,舜往耕焉,期年甽亩正。河滨之渔者争坻,舜往渔焉,期年而让长。……仲尼叹曰:‘……舜其信仁乎!’”意思是说舜以仁德教化百姓,使之和睦相亲、谦让有礼。舜,姚姓,有虞氏,名重华。后世称虞舜,即系以氏。古代男子称氏,女子称姓。

氏用以表示身份的高贵,一般只有贵族才有氏,平民则无。

14 **希:**仰慕。 **颜:**指颜渊。扬雄《法言·学行》曰:"晞骥之马,亦骥之乘也。晞颜(指颜渊)之人,亦颜之徒也。"晞、希相通。又《论衡》曰:"颜渊曰:'舜何人也,予何人也。'"在三皇五帝中,颜渊独独钟情于舜,可见他与舜有很多契合一致的地方。这是"颜希舜"的又一证明。

15 **明规:**明明白白的规矩、准则。

16 **匪:**非。 **弹冠:**整洁其冠,比喻将要出来做官。

17 **其芳若兰:**像兰花一样芬芳。《周易·系辞上》曰:"二人同心,其利断金;同心之言,其臭如兰。"

译文

清风肃肃吹过,漫漫长夜何时才到天明?
我独自一人寝处,无人相对,
只好在空旷处长啸,以排解满腹的郁闷。
面对美酒佳肴唯有怅恨和喟叹,
忧愁紧紧跟随着我,叫我终日不能释然。
世上果真没有忘忧草吗?
这可真令人懊恼、沮丧。
鸟儿鸣叫着寻觅友伴,
和顺的谷风吹拂、哺育了万物。
贤明仁德的重华受到重用,千古传名,
八元八凯也各尽其才,显赫一时。
鲍叔牙与管仲倾盖如故,对他推崇备至,
终于使桓公拜管仲为相,成就了一番霸业。
我在河畔久久地徘徊,
遥想当年虞舜的功勋,
内心充满了仰慕、追念之情。
然而,我的志向已经确定不移,

绝不会因为一时的感触而步入仕途。

我的内心究竟是怎样的呢?

它像幽兰一样芬芳、高洁,遗世独立。

其四

原文

阳精炎赫[1],卉木萧森[2]。
谷风扇暑,密云重阴。[3]
激电震光[4],迅雷遗音[5]。
零雨降集[6],飘溢北林。
泛泛轻舟,载浮载沉。[7]
感往悼来,怀古伤今。
生年有命[8],时过虑深。
何用写思[9]? 啸歌长吟。
谁能秉志[10]? 如玉如金[11]。
处哀不伤,在乐不淫[12]。
恭承明训[13],以慰我心。

注释

1 **阳精:**指太阳。 **炎赫:**这里指阳光灼热、耀眼。

2 **卉木:**草木。 **萧森:**错落耸立的样子。

3 **谷风:**东风。 **扇暑:**驱散、带走暑意。 **密云:**密布的浓云。《周易·小畜》曰:“密云不雨。” **重(chóng)阴:**因云层密布而阴沉黑暗。

4 **激电:**闪电。古人以为阴阳相激为电。

5 **迅雷:**疾雷。《论语·乡党》曰:“迅雷风烈必变。” **遗音:**余音,余响。

6 **零雨:**徐雨,断断续续不止之雨。

7 **泛泛(fàn fàn):**顺水漂流的样子。 **载:**语气词,无义。

8 **命**:天命,指天道的意志。

9 **用**:以。 **写**(xiè):宣泄,排除。 **思**:悲愁。

10 **秉志**:坚持志向不动摇。秉,把握、拿住。

11 **如玉如金**:这里是比喻志节、操守像玉一样高尚、洁白无瑕,像金子一样坚固,轻易不会改变。

12 **处哀不伤,在乐不淫**:意思是说:无论悲哀或欢乐都很适度,不会因过分而影响身心健康。《论语·八佾》曰:"《关雎》,乐而不淫,哀而不伤。"

13 **承**:接受,承受。 **明训**:清楚、明白的教诲。

译文

炽热的阳光把大地照成一片耀眼的白色,
各种草木高低错落生长在原野上。
一阵阵东风驱散了酷暑的热浪,
带来丝丝凉意,
厚密的浓云渐渐遮蔽了天空,
天色昏暗下来。
闪电划破了长空,
迅雷一个接着一个在头顶上方炸裂,
留下轰鸣的尾音。
淅淅沥沥的雨下个不停,
斜斜地飘着,湿润了北面的树林。
一只小船摇摇晃晃地在水面漂荡,
顺流而下。
往昔的一切令人感怀、追忆,
未来的一切尚不可知。
每个人的命运早由老天注定,
谁也无法逆转。
随着时间的流逝,忧郁的心情愈来愈沉重。

怎样才能排解内心深深的悲哀呀?
唯有长啸和歌吟。
世间可有这样的君子——
坚持自己的志节与操守,终始不变;
无论悲喜都中正适度,不越雷池半步。
还是恭恭敬敬地接受先贤的教诲吧,
也许这样真能慰藉、安抚我那易感的心灵。

其五

原文

立象昭回,[1] 阴阳攸经。[2]
秋风夙厉,[3] 白露宵零。[4]
修林凋殒[5],茂草收荣[6]。
良时忽迈[7],朝日西倾。
有始有终,谁能久盈[8]?
太微开途,三辰垂精。[9]
峨峨群龙[10],跃奋紫庭[11]。
鳞分委瘁,时高路清。[12]
爰潜爰默[13],韬影隐形[14]。
愿保今日,永符修龄[15]。

注释

1 **立象:**取法万物形象。《周易·系辞上》曰:“圣人立象以尽意,设卦以尽情伪。” **昭回:**指光辉运转于天。昭,光。回,运转。
2 **阴阳:**《周易》曰:“立天之道,曰阴与阳。” **攸:**所。 **经:**径。
3 **夙:**早。 **厉:**猛烈。

4 **白露**:秋天的露水。《诗经·国风·蒹葭》:“蒹葭苍苍,白露为霜。” **宵**:夜晚。 **零**:落。

5 **修**:长,高。 **凋殒**:凋谢,零落。

6 **收**:止息,结束。 **荣**:草本植物的花。

7 **良时**:美好的时辰。 **迈**:行、前进,这里指光阴流逝。《诗经·唐风·蟋蟀》曰:“今我不乐,日月其迈。”

8 **盈**:满,圆满。《周易·丰》曰:“日中则昃,月盈则食。”

9 **太微**:古代天文学家将天体的恒星分为三垣(太微垣、紫微垣和天市垣)、二十八宿及其他星座。太微即三垣之一,含十颗星。 **三辰**:指日、月、星。

10 **峨峨**:雄壮盛大的样子。 **群龙**:指太微、三辰。

11 **跃奋**:腾跃、奋飞。 **紫庭**:指仙人聚居之天庭。

12 **鳞**:指龙鳞。 **委瘁**:疲累,困顿。 **时**:世。

13 **爰**:于是。 **潜**:默。

14 **韬影隐形**:退隐藏匿、不露形迹。韬,隐藏。

15 **符**:犹赴,趋也。 **修龄**:长寿。

译文

宇宙间的万事万物总在不停地变化运转,
阴阳构成了它们共同的核心。
猛烈的秋风刮个不停,
夜里寒露纷纷滑落。
高大丛生的树木凋零了,光秃秃地立着,
显得格外萧索,
曾经丰茂的碧草如今在风中瑟瑟作响,
叶片枯黄,荣华不再。
大好的时节从此一去不返,
清早的太阳转眼西斜,缓缓沉落到
地平线以下。

有开始就会有结束，
什么东西能够长久完满，
没有一丝缺憾？
太微宫群星闪耀，一片明朗，
日月星辰各自放射出璀璨的光芒。
群龙昂首怒目，威武雄壮，
在天庭上奔腾奋进。
尽管早已疲累困顿，
可叹世路依然陡峭艰险。
还是沉默、清静为好，
退隐藏匿，与世无争。
唯愿时时保有今日的安宁，
长久地延续我的生命。

其六

原文

巩衡运速[1]，四节佚宣[2]。
冬日凄悕，玄云蔽天。[3]
素冰弥泽[4]，白雪依山。
□□逝往，譬彼流川[5]。
人谁不设[6]，贵使名全[7]。
大道夷敞，蹊径争先。[8]
玄黄尘垢[9]，红紫光鲜[10]。
嗟我孔父[11]，圣懿通玄[12]。
非义之荣[13]，忽若尘烟[14]。
虽无灵德，愿潜于渊。

注释

1 **玑衡:**指北斗七星。玑,为北斗第三星。衡,为北斗第五星。 **运:**转动。

2 **四节:**四时,即春夏秋冬。 **佚:**通“迭”,轮流、更替。

3 **凄悕(xī):**悲伤。 **玄云:**黑云。

4 **素冰:**即冰,因冰呈白色,故称素冰。 **弥:**遍及,满。

5 **譬:**比喻。

6 **设:**疑当作“没”。没(mò),通“殁”,死亡。

7 **名全:**名誉保全。

8 **夷敞:**平坦宽阔。 **蹊径:**小路。

9 **玄黄:**黑色与黄色。《周易·坤》:“夫玄黄者,天地之杂也,天玄而地黄。”后因以玄黄指天地。 **尘垢:**尘土和污垢,比喻微末卑污的事物。常指尘世。

10 **光鲜:**明亮鲜艳。

11 **孔父:**指孔子。父,古代男子的美称。

12 **圣:**圣明,人格高尚。 **懿:**美好。 **通玄:**通晓玄妙之理。

13 **非义:**犹不义。《论语·述而》:“子曰:不义而富且贵,于我如浮云。” **荣:**指荣华富贵。

14 **尘烟:**尘埃和烟雾,形容消散得很快。

译文

随着北斗七星迅疾地运转,
四时交相更替、变化。
冬天真是令人黯然神伤的季节,
浓密的乌云遮蔽了天空,天色阴沉晦暗。
水面全都凝结成坚冰,
群山一片银装素裹。
岁月流逝,恰如滚滚东去的江水一去不回。
没有谁能够长生不死,

重要的是保全自己的名誉和气节。
平坦宽阔的大道不偏不斜，
唯有僻近的小路因为曲折、变通
而抢先抵达目的地。
天地间充盈着种种花花绿绿、光怪陆离的
诱惑，
唉，可钦可敬的孔老夫子啊，
品德高尚圣洁，通晓世间一切玄理。
违背道义而获取的荣华富贵，
终究会像烟尘一样来去匆匆。
即便没有龟龙那样的灵异德能，
我也愿效法它们，
沉没到幽深的水底，一动不动。

其七

原文

朝云四集[1]，日夕布散[2]。
素景垂光[3]，明星有烂[4]。
肃肃翔鸾，雍雍鸣雁[5]。
今我不乐，岁月其晏[6]。
姜叟毗周[7]，子房翼汉[8]。
应期左命[9]，庸勋静乱[10]。
身用功显，德以名赞。[11]
世无曩事[12]，器非时干[13]。
委命有□，承天无怨[14]。
嗟尔君子，胡为永叹？[15]

注释

1 **四集**:从四面八方汇集到一起来。

2 **日夕**:日暮时分。 **布散**:分散,散开。

3 **素景**:指月。

4 **明星有烂**:意思是说:明亮的星星还在闪烁着光芒。《诗经·郑风·女曰鸡鸣》曰:"子兴视夜,明星有烂。"

5 **肃肃**:象声词,指鸟飞声。《诗经·唐风·鸨羽》:"肃肃鸨羽,集于苞栩。" **雍雍**:雁和鸣声,也是象声词。《诗经·邶风·匏有苦叶》:"雍雍鸣雁,旭日始旦。"

6 **晏**:晚。

7 **姜叟**:即姜太公,姜姓,吕氏,名尚。相传钓于渭水之滨,周文王出猎相遇,与语大悦,同载而归,曰:"吾太公望子久矣!"因号为太公望,立为师。武王即位以后,尊为师尚父。辅佐武王灭殷,建立周朝。其封邑在齐,是齐国的始祖。见《史记·齐太公世家》。 **毗**(pí):辅助。

8 **子房**:张良的字。家五世相韩,秦灭韩,张良结纳刺客,椎击秦始皇于博浪沙,未遂。于是逃匿于下邳。秦末农民起义,张良为刘邦的谋士,佐汉灭秦、楚。刘邦建立汉朝之后,封张良为留侯。高祖刘邦曰:"运筹策帷帐中,决胜千里外,子房功也。"见《史记·留侯世家》。 **翼**:辅助。

9 **应期**:顺应期运。曹丕建立魏王朝之后,改汉曲《朱鹭》等十二曲,由缪袭作词,附会天命,颂扬曹氏功德。其中《有所思》改为《应帝期》,意谓:以圣德受命,顺应运期。应期,即"应帝期"的省称。 **左命**:即佐命。古代帝王建立王朝,自谓承天受命,故称辅佐之臣为佐命。

10 **庸**:功劳。 **勋**:大功劳。 **静乱**:平定,止息变乱。静、靖通用。

11 **用**:以。 **赞**:颂扬,彰扬。

12 **曩事**:即指上面提到的姜叟、子房建立功勋之事。曩(nǎng),往昔,从前。

13 **器**:才能,本领。**时干**:指当世能够左右时代、济世治事的人物。干,干才。

14 **委命**:寄托性命。 **承天**:承奉天道。

15 **嗟**:叹词,此处表示忧叹。 **胡**:何,何故。 **永叹**:长叹。

译文

清晨，云彩从四面汇集拢来，
到黄昏时又渐渐消散。
夜里月光满地，星星闪着明亮的眼睛。
鸾鸟翩翩翔舞，羽翼肃肃作响，
大雁排着整齐的队伍在头顶飞过，
　　　　　　　　不时地鸣唱应和。
岁月悠悠流走，
在这岁暮时候我的心情抑郁烦闷。
吕尚辅佐周室，堪称旷世奇功，
张良运筹帷幄，决胜千里，
　　　　　　　　可谓是勋烈昭著。
顺天应时辅助君王，
南北征战，平定变乱，立下了汗马功劳。
他们的业绩和美名四处传扬。
不过，吕尚、张良已成历史，
如今不再有这般叱咤风云的济世雄才。
既然命运早已掌握在上天的手中，
那还有什么值得怨尤的？
唉，德才兼备的君子呀，
你为何要长长地叹息呢？

其八

原文

日月隆光[1]，克鉴天聪[2]。
三后临朝[3]，二八登庸[4]。

升我俊髦[5]，黜彼顽凶[6]。
太上立德[7]，其次立功。
仁风广被[8]，玄化潜通[9]。
幸遭盛明[10]，睹此时雍[11]。
栖迟衡门[12]，唯志所从。
出处殊途[13]，俯仰异容。
瞻叹古烈[14]，思迈高踪[15]。
嘉此箕山[16]，忽彼虞龙[17]。

注释

1 **隆**：盛。《白虎通·封禅》曰："德至天，则斗极明，日月光，甘露降。"

2 **克**：能。 **鉴**：照。 **天聪**：《韩非子》曰："人也者，乘于天明以视，寄于天聪以听，托于天智以思虑。"天明、天聪，意谓上天的视听。

3 **三后**：指尧、舜、禹三个帝王。后，古代天子或诸侯皆称后。 **临朝**：当朝处理国事。

4 **二八**：指舜摄政的二十八年。《孟子》曰："舜相尧二十有八载，非人之所能为也，天也。" **登庸**：举用，此处指舜被尧举荐而执政在位。

5 **升**：登用，提拔。 **俊髦**：才能出众的人。俊，才智出众。髦，毛中的长毫，喻指俊杰。

6 **黜**：贬，废免。 **顽凶**：愚妄贪婪、罪大恶极的坏人。《尚书》曰："流共工于幽州，放驩兜于崇山，窜三苗于三危，殛鲧于羽山。四罪而天下咸服。"这就是"黜彼顽凶"的具体内容。

7 **太上**：最上，德行最高者，也作"大上"。 **立德**：树立圣人之德。《左传·襄公二十四年》："太上有立德，其次有立功，其次有立言，虽久不废，此之谓不朽。"

8 **仁风**：指恩泽、仁德如风之遍布。 **广被**：广布，广泛地覆盖。

9 **玄化**：至德的教化。 **潜通**：犹言潜移默化，指无形中受到影响、感化。

10 **遭**：逢，遇。 **盛明**：昌盛而修明。

11 **时雍**:本指和善,此处指时世安定、太平。时,善。雍,和。

12 **栖迟**:游息。 **衡门**:横木为门,常比喻简陋的房屋。这里借指隐者所居。《诗经·陈风·衡门》:"衡门之下,可以栖迟。"

13 **出处**:进退。 **殊途**:道路相异。

14 **瞻**:敬仰。 **古烈**:古时候杰出的英才。

15 **迈**:超过,超越。 **高踪**:高卓之行迹。

16 **箕(jī)山**:尧时巢父、许由隐居之处,在河南登封市东南。《吕氏春秋》曰:"昔者尧朝许由于沛泽之中,曰:'……请属天下于夫子。'许由辞曰:'……恶用天下?'遂之箕山之下,颍水之阳,耕而食,终身无经天下之色。"

17 **忽**:忽略,不经意。 **龙**:虞舜的臣子。

译文

日月的光辉明亮、盛大,
能够从中昭示出上天的视听。
尧、舜、禹三位贤君依次当朝理政的时候,
　　礼贤下士,国泰民安,
其中虞舜在位长达二十八年。
选拔、擢用才能出众的俊杰,
把那些愚钝顽劣、罪大恶极的坏人
　　　　流放到四方的荒裔。
以树立圣人的崇高德行作为人生的
　　　　最高标准,
其次才是建功立业,扬名后世。
他们的恩泽与仁德如和风广布万物,
人民在无形中受到至德教化的感召,
　　　　民风淳厚。
遭逢如此昌盛修明的时代真是三生有幸,
亲眼看到了太平盛世的繁华景象。

居住在清贫的陋室之中，悠闲自得，
我只听凭自己的意愿而行，
从不做违心的事情。
因此走上一条与多数人迥异的道路，
俯仰之间神色、仪态也都有所不同。
我敬重叹服古时候的隐者，
渴望能追寻甚至超越他们高卓的行迹。
箕山果真是一处隐居的好地方，
僻静清幽，
像虞龙那样在仕途上忙碌奔走
并非我的所求。

其九

原文

登高望远，周览八隅[1]。
山川悠邈，长路乖殊。[2]
感彼墨子，怀此杨朱。[3]
抱影鹄立[4]，企首踟蹰[5]。
仰瞻翔鸟，俯视游鱼。
丹林云霏，绿叶风舒。[6]
造化絪缊[7]，万物纷敷[8]。
大则不足，约则有余[9]。
何用养志[10]？守以冲虚[11]。
犹愿异世[12]，万载同符[13]。

注释

1 **周览**:纵观,四面瞭望。 **八隅**:泛指八方荒远、闭塞之地。

2 **悠邈**:悠远,久远。悠、邈,都是长、远的意思。 **乖殊**:背离,不一致。

3 **感彼墨子,怀此杨朱**:《淮南子·说林训》曰:"杨子见逵路而哭之,为其可以南,可以北。墨子见练丝而泣之,为其可以黄,可以黑。"杨子即杨朱。逵,四通八达的道路,犹言歧路。参见五言咏怀其二十诗注。

4 **鹄立**:鹄颈长,能远望,因喻引领之状,意谓伸颈远望。

5 **企首**:举踵而望。企,踮起脚跟。 **踟蹰**(chí chú):驻足,踏步不前。

6 **霏**:这里指云纷飞的样子。 **舒**:伸展。

7 **造化**:自然的创造化育,这里即指大自然。 **细缊**:见四言咏怀其一诗注。

8 **纷敷**:分张、茂盛的样子。

9 **约**:简单,简略。 **有余**:《老子》曰:"天之道,损有余而补不足。"

10 **何用**:何以。 **养志**:涵养高尚的志趣、情操。《庄子·让王》曰:"故养志者忘形,养形者忘利,致道者忘心矣。"

11 **守**:保持。 **冲虚**:冲淡虚静,无所拘系。冲,虚、空。

12 **犹**:尚,还。 **异世**:犹言他时,指后世、以后。

13 **同符**:合相。

译文

登上高山之巅极目远眺,
四方八隅尽收眼底。
山长水阔,程途迢遥,
处处都有背道而驰的歧路。
染丝可黄可黑,岔道亦南亦北,
物性转换如此迅速,
当年墨子和杨朱曾为此而慨叹唏嘘。
对于纷扰的世事,君子深有同感,
可他总是翘首企盼,信心十足。

抬头远望天上飞翔的小鸟，
低头观看水中往来的游鱼。
远处丹林上空云气翻卷、飘浮，
近处碧绿的树叶在风中舒展。
大自然阴阳二气不停地运转作用，
万物呈现出勃勃生机。
凡事往大处想似乎远远不够，
往简约处想却还绰绰有余。
怎样才能涵养高尚的志节和情操?
只需保持冲淡空虚的心境,无欲无求。
多么希望在遥远的将来，
还有后人笃守此道,矢志不渝。

其十

原文

微微我徒,秩秩大猷。[1]
研精典素[2],思心淹留[3]。
乃命仆夫,兴言出游[4]。
浩浩洪川,泛泛杨舟。[5]
仰瞻景曜,俯视波流。
日月东迁,景曜西幽。[6]
寒往暑来,四节代周。[7]
繁华茂春,密叶殒秋。
盛年衰迈,忽焉若浮。[8]
逍遥逸豫[9],与世无尤[10]。

注释

1 **微微**:渺小,轻微。 **秩秩**:有序。 **大猷**(yóu):大道,法则。

2 **研精**:精深的研究。 **典素**:五典、八素的省称,泛指一切玄奥的古书。八素,即八索。《左传·昭公十二年》曰:“是能读三坟、五典、八索、九丘。”注曰:“皆古书名。”

3 **淹留**:亦作“奄留”。久留,停留。《离骚》:“时缤纷其变易兮,又何可以淹留?”

4 **仆夫**:驾车的人。《诗经·小雅·出车》:“召彼仆夫,谓之载矣。” **兴**:本意是起来、发动,这里指驾车出发。 **言**:语助词,无义。

5 **浩浩**:水盛大貌。 **洪川**:大河。 **泛泛**:浮游貌,犹言飘飘荡荡。 **杨舟**:杨木做的船儿。《诗经·小雅·菁菁者莪》:“泛泛杨舟,载沉载浮。”

6 **东迁**:东升。 **景曜**(jǐng yào):指日光明亮。景,日光、亮光。 曜,明亮。**西幽**:向西落入幽昧之处,即西落。

7 **寒往暑来**:《易·系辞下》曰:“日往则月来,月往则日来,日月相推而明生焉。寒往则暑来,暑往则寒来,寒暑相推而岁成焉。” **四节代周**:指春夏秋冬四时依次更替,循环往复。

8 **衰迈**:衰老年迈。迈,老。 **忽焉若浮**:指人生短促,漂浮无定。班婕妤《自悼赋》曰:“惟人生兮一世,忽一过兮若浮。”

9 **逍遥**:安闲自得貌。 **逸豫**:安乐。

10 **无尤**:没有怨恨。尤,怨恨、不满。《老子》曰:“夫惟不争,故无尤。”

译文

和我一样微不足道的徒众啊,
都在兢兢业业地奉行着大道,不敢苟且。
精心地钻研着玄深古奥的典籍,
内心却时时抑郁、悲伤。
唤起我的马车夫,快快备好车儿,
我将出门远游。

浩浩荡荡的大河滚滚东去，
杨木船儿在水面颠簸荡漾。
仰望明媚的阳光，俯视奔腾的波流。
看日月冉冉东升，忽忽西落；
严寒过去了就是炎暑，
　　四季总是这么依次交替，循环往复。
春日里繁花似锦，生机盎然，
西风一紧，秋叶纷纷飘落。
昨天还是精力充沛的少年，
　　今天已衰弱年迈，老态龙钟。
人生在世，光阴荏苒，
　　生命像浮云一样被风吹得飘散无影。
其实，只要悠闲自得，与世无争，
就会发现世界一片祥和安乐，
　　心里没有了怨尤，也没有了抱恨。

其十一

原文

我徂北林，游彼河滨。[1]
仰攀瑶干，俯视素纶[2]。
隐凤栖翼，潜龙跃鳞。[3]
幽光韬影，体化应神。[4]
君子迈德，处约思纯。[5]
货殖招讥[6]，箪瓢称仁[7]。
夷叔采薇[8]，清高远震。
齐景千驷，为此埃尘。[9]

嗟尔后进，茂兹人伦。[10]

荜门圭窦[11]，谓之道真。

注释

1 **徂：**到。《诗经·豳风·东山》："我徂东山，慆慆不归。" **河滨：**见四言咏怀其三诗注。

2 **素纶：**白色的钓丝。

3 **栖翼：**收拢了羽翼安歇下来。 **跃鳞：**此处指腾跃。

4 **幽光韬影：**藏匿光彩。常用以比喻才华深藏不露。 **体化应神：**体察事物的精微道理，到了出神入化的地步。体，领悟、体察。

5 **迈德：**勉行其德。《尚书·大禹谟》曰："皋陶迈种德，德乃降。" **处约思纯：**意思是说：身处贫困、匮乏却追求美善。约，简单、简略，这里是指贫穷、俭朴。纯，美，善。

6 **货殖：**经商，指居积财货，经商营利。《论语·先进》曰："赐不受命，而货殖焉，亿则屡中。" 注曰："子贡货殖，谓居财货以生殖也。" "货殖招讥"指的就是这件事。

7 **箪瓢称仁：**《论语·雍也》曰："子曰：'贤哉回也。一箪食，一瓢饮，在陋巷，人不堪其忧，回也不改其乐。贤哉，回也。"

8 **夷叔采薇：**据说伯夷和叔齐是商孤竹君的两个儿子。相传其父遗命立次子叔齐为王位继承人。孤竹君死后，叔齐、伯夷相互谦让，都不愿即位，先后逃到周国。周武王伐纣，两人叩马谏阻。武王灭商以后，两人耻食周粟，逃到首阳山，采薇而食，饿死在山里。见《史记·伯夷列传》。

9 **齐景千驷，为此埃尘：**驷，古代一车套四马，因称四马之车或车之四马为驷。千驷，四千匹马。《论语·季氏》曰："齐景公有马千驷，死之日，民无德而称焉。伯夷、叔齐饿于首阳之下，民到于今称之。其斯之谓与？" 埃尘，即尘埃，指随风飘扬的灰土，这里是比喻像尘埃一样无足轻重，不值一提。

10 **后进：**本意指先仕后学者，一说指后仕者。此处泛指后辈、后人。 **茂：**盛大。 **人伦：**人类。

11 **荜(bì)门:**柴门。 **圭窦:**墙上凿门,上锐下方,形状似圭,故名圭窦。通常指穷人住房的门户。

译文

我曾到过北边茂密的森林,
也曾欣赏过河畔旖旎的风光。
向上攀折琼枝玉干,
往下凝视水中的钓丝。
凤凰收拢了双翼,栖息在枝头,
潜藏的蛟龙在深渊里翻腾。
摒弃所有的聪明才智,
在静默中细细体味出神入化的精微奥妙。
君子总是勤勤恳恳地磨砺个人的德行,
即便身处贫寒也须臾不忘追求美善。
贪图富贵者往往受到嘲讽,
像颜回那样安贫乐道的仁者才值得称道。
伯夷叔齐采薇而食,保全了自己的操守,
他们的清白高尚永远在世间传扬。
齐景公空有四千匹骏马,
他死后同样化作了尘土,悄无声息。
唉,你们这些后世的君子啊,
千万要勤勉努力,使人类的精神发扬光大。
唯有在清苦简陋的环境中磨炼,
方能陶冶情性,获得真正的大道。

其十二

原文

华容艳色，旷世特彰。[1]
妖冶殊丽，婉若清扬。[2]
鬒发娥眉[3]，绵邈流光[4]。
藻采绮靡[5]，从风遗芳。
回首悟精[6]，魂射飞扬[7]。
君子克己，心洁冰霜。[8]
泯泯乱昏，在昔二王。[9]
瑶台璇室[10]，长夜金梁[11]。
殷氏放夏，周剪纣商。[12]
於戏后昆[13]，可为悲伤。

注释

1 **华(huá)容：**美丽的容貌。 **艳色：**艳丽的姿色。 **旷世：**旷绝一世，犹言举世无双。 **彰：**显明，突出。

2 **妖冶：**艳丽。 **殊丽：**绝色，指特别美丽的女子。 **婉：**美好。 **若：**连词，而。 **清扬：**本指眉目之间。清，指目；扬，指眉。意谓：眉清目秀。《诗经·郑风·野有蔓草》："有美一人，清扬婉兮。"毛传："清扬，眉目之间婉然美也。"

3 **鬒(zhěn)发：**稠美的黑发。鬒，发黑而稠美。《诗经·鄘风·君子偕老》："鬒发如云，不屑髢也。" **娥眉：**指女子的秀眉。娥，美好。

4 **绵邈：**凝眸远视貌。《楚辞·招魂》："蛾眉曼睩，目腾光些。靡颜腻理，遗视矊些。"矊邈、绵邈同。 **流光：**指眼睛大而亮，目光流转、闪动。

5 **藻采：**指文采。藻，水草之有文者谓之藻。 **绮靡：**华丽，浮艳。

6 **回首悟精：**意思是说：回转头来，与人目光相对，没有谁不为之震惊。

7 **魂射：**形容灵魂像射出的箭一样远离身体。 **飞扬：**飞舞，飘扬。这一句是说：美貌使旁观者心动神摇。

8 **克己**:约束克制自身的言行、私欲等,使之合乎某种规范。 **心洁冰霜**:意思是说君子的内心像冰霜一样高洁。

9 **泯泯乱昏,在昔二王**:夏桀、商纣两个暴君统治的时候,国家黑暗腐败,到处都是乱糟糟的。泯泯,紊乱貌。二王,指夏桀、商纣两个有名的暴君。

10 **瑶台**:美玉砌成的高台。 **璇室**:美玉装饰之室。《淮南子·本经训》:"晚世之时,帝有桀纣,为琁室瑶台,象廊玉床。"琁室,即璇室。

11 **长夜**:《论衡》曰:"纣沉湎于酒,以糟为丘,以酒为池,牛饮者三千人,为长夜之饮,亡其甲子。"《博物志》曰:"夏桀之时,为长夜宫于深谷之中,男女杂处,十旬不出听政。"则长夜是宫名。 **金梁**:大约也是宫名,无考。按:古史中所记桀纣的恶行往往颇多混合,诗中所写可以看作是桀纣共同的,不必强分。

12 **殷氏放夏**:指商汤灭夏,桀败被俘,流死南巢。 **放**:放逐,抛弃。 **周剪纣商**:指周武王兴师讨灭商,纣兵败后自焚于鹿台。

13 **於戏**(wū hū):感叹词,同"呜呼""於乎"。 **后昆**:后代子孙。

注释

美丽娇艳的容颜举世无双,
姿态妩媚,眉目清秀,堪称绝色。
秀发黝黑浓密,蛾眉修长如两弯新月。
凝眸远视的时候,明亮的眼睛
光波流转,脉脉含情。
身上的衣裙文采华美,
微风拂来,留下阵阵幽香。
偶一回首,眼眸相对处,
令人心醉神迷,不能自持。
唯有君子才能约束自己,
他的心境平和清明,像冰霜一样纯净高洁。

桀纣两位暴君凶残狠戾，
世道昏昧混乱，众生如处水火。
他们奢靡无度，用美玉修砌高台，
装饰屋宇，
长夜之饮，醉生梦死，遑论晨曙或黄昏。
终于落得个众叛亲离、身败名裂的
下场——
商汤灭夏，把夏桀流放到南巢，
武王伐纣，商纣自焚于鹿台。
呜呼，后代的子子孙孙，
怎不为此悲悼、哀伤？

其十三

译文

晨风扫尘[1]，朝雨洒路。
飞驷龙腾[2]，哀鸣外顾。
揽辔按策[3]，进退有度[4]。
乐往哀来，怅然心悟。[5]
念彼恭人，眷眷怀顾。[6]
日月运往，岁聿云暮[7]。
嗟余幼人[8]，既顽且固。
岂不志远，才难企慕。[9]
命非金石，身轻朝露。[10]
焉知松乔，颐神太素[11]。
逍遥区外，登我年祚。[12]

注释

1 **扫尘:**扫清尘土。《淮南子 · 原道训》:"令雨师洒道,使风伯扫尘。"

2 **飞驷:**疾驰如飞的马。驷,车之四马。 **龙腾:**这里是形容车马奔驰如龙腾跃、昂举。

3 **揽辔按策:**手持缰绳,按住马鞭,使马慢步前行。揽,持、把持。辔,马缰。按,抑、向下压。策,马鞭。

4 **进退有度:**前进、后退都很有分寸,当进则进,当退则退。

5 **乐往哀来:**欢乐刚刚过去,悲哀继之而来。 **怅然:**失意貌。

6 **恭人:**谦恭之人。《诗经 · 小雅 · 小宛》:"温温恭人,如集于木。" **眷眷:**依恋向往貌。 **怀顾:**深情地回望。《诗经 · 小雅 · 小明》:"念彼共人,睠睠怀顾。" 睠,同"眷"。

7 **聿(yù):**句中助词,无义。 **暮:**晚,迟。

8 **幼人:**年少之人。

9 **志远:**志向远大。 **企慕:**仰慕。

10 **金石:**喻坚固。《古诗十九首·回车驾言迈》:"人生非金石,岂能长寿考?" **朝露:**早晨的露水,比喻时间短促,容易消逝。曹操《短歌行》:"对酒当歌,人生几何?譬如朝露,去日苦多。"

11 **颐神:**养神。 **太素:**古代指构成宇宙的物质。《列子》曰:"太始者,形之始也;太素者,质之始也。"

12 **区外:**八方之外。 **登:**高。 **年祚(zuò):**人的寿命。祚,年岁。

译文

清爽的晨风吹散了尘土,
雨水把路面冲洗得干干净净。
驾车的马儿昂首腾跃,
嘶鸣着朝路边张望。
我紧握缰绳,手按马鞭,
从容地赶着车,进退有度。

欢乐转瞬即逝，随之而来的是绵长的悲哀，
惆怅踟蹰间突然有所感悟。
想起了谦谦君子，
忍不住殷殷回首，频频顾望。
日月急匆匆地运转流走，
转眼又到了岁暮时候。
唉，血气方刚的年轻人哟，
一味固执己见、执迷不悟。
难道就没有更加远大的志向吗？
只为才疏学浅，心有余而力不足。
生命怎比金石坚固？
它脆弱而短促，像清晨的露珠
即刻被风干了。
焉知还有赤松子、王子乔这样的神人，
在太素中颐养性情，与天地同寿。
看来我只有逍遥于八方之外，无所欲求，
才能延长有限的生命。

采薪者歌[1]

原文

日没不周西[2]，月出丹渊中[3]。
阳精蔽不见，阴光代为雄。[4]
亭亭在须臾，奄奄将复东。[5]

离合云雾兮[6],往来如飘风。
富贵俯仰间,贫贱何必终?[7]
留侯起亡虏,威武赫荒夷。[8]
召平封东陵,一旦为布衣。[9]
枝叶托根柢[10],死生同盛衰。
得志从命升,失势与时隤。[11]
寒暑代征迈,变化更相推。[12]
祸福无常主,何忧身无归?
推兹由斯道,负薪又何哀!

注释

1 《采薪者歌》及下篇《大人先生歌》也见于《大人先生传》中,个别字句有所不同。

2 **不周:**山名。《淮南子·天文训》曰:"昔者共工与颛顼争为帝,怒而触不周之山,天柱折,地维绝,天倾西北,故日月星辰移焉。"注曰:"不周山在西北也。"《淮南子·地形训》曰:"八纮之外,乃有八极,……西北方曰不周之山,曰幽都之门。"《山海经·西山经》郭璞注曰:"此山(不周山)形有缺不周匝处,因名云。西北不周风自此山出。"

3 **丹渊:**神话中的地名,又名丹水。

4 **阳精:**《说文》曰:"日,实也。太阳之精不亏。"即以日为阳精。 **见**(xiàn)**:**显露、出现,"现"的本字。《说文》曰:"月,缺也。太阴之精。"月称太阴,与太阳对举。 **阴光:**即指月光。

5 **亭亭:**耸立、高远貌,这里指太阳。 **奄奄**(yǎn yǎn)**:**气息微弱的样子。

6 **离合云雾:**指日月在云雾之中忽离忽合。

7 **俯仰间:**比喻时间短暂。 **终:**尽,完结。

8 **留侯起亡虏:**留侯即张良。《史记·留侯世家》曰:"留侯张良者,其先韩人也。……秦皇帝东游,良与客狙击秦皇帝博浪沙中,误中副车。秦皇帝大怒,大索天下,求贼甚急,为张良故也。良乃更名姓,亡匿下邳。……

沛公拜良为厩将，……故遂从之。汉六年正月，封功臣，……乃封张良为留侯。”**威武**：声势威风。 **赫**：显著，显耀。 **荒夷**：指荒服与夷服。荒服，古代王畿外围每五百里为一区划，按距离的远近分为五等地带，叫五服。即侯服、甸服、绥服、要服、荒服，其中荒服离王畿二千五百里，为五服中最远之地。夷服，为九服之一。周代王畿以外，每五百里为一区划，从近到远依次为侯服、甸服、男服、采服、卫服、蛮服、夷服、镇服和藩服共九服。服，为服事天王之意。故而以“荒夷”泛指极其偏远的地方。

9 **召平封东陵**：《史记·萧相国世家》曰：“召平者，故秦东陵侯。秦破，为布衣。贫，种瓜于长安城东，瓜美，故世俗谓之东陵瓜，从召平以为名也。”召平，秦时的东陵侯。 **一旦**：一时，忽然。 **布衣**：庶人之服，也作为平民的代称。诗中谓平民。

10 **根柢**：草木的根。柢，根。

11 **得志**：偿其志愿或得其所欲。 **命**：命运。 **失势**：失去权势。 **时**：时运。**隤**：下坠。

12 **代**：更替。 **征**：远行。 **迈**：行，前进。 **化**：生，造化。指自然生成万物的功能。《礼记·乐记》曰：“和，故百物皆化。”

译文

日头从不周山西麓落下去了，
月儿自丹渊的碧波中冉冉升起。
阳光伴着白昼的结束而消失，
取而代之的是月光在夜里雄起。
太阳当空高照时的辉煌毕竟只有一瞬，
更多的时候则是在渐渐微弱昏昧的颓势中
　　　　　　等待着东山再起。
日月在苍茫的云雾中骤离骤合，
　　　　　运行如风。
人生一世，富贵如烟云聚散，转眼即空，

贫穷与卑微只是一时，
终有拨云见日的时候。
你看张良一度因为是逃犯而四处流亡藏匿，
结果却拜将封侯，威名远振。
邵平在秦朝封为东陵侯，气势煊赫，
突然间一无所有，沦为一介平民。
繁茂的枝叶依托于泥土中的根系，
它们休戚相关，生死与共。
得志或失势完全取决于时运，
要么平步青云，要么一落千丈，
试问谁能拦阻？
寒暑交替往复，
在变化的过程中，新生命催促、
推拥着旧的前行。
灾祸与福禄原本就没有定数，
何必担忧此身会没有归宿？
从这里看开去，
那么，负薪生涯又有什么值得悲哀的呢？

大人先生歌

原文

天地解兮六合开[1]，
星辰陨兮日月颓[2]，

我腾而上将何怀[3]！

注释

1 **解**：分开，分裂。 **六合**：谓天地四方。

2 **陨**：落。 **颓**：坠落。

3 **腾**：跳跃。

译文

天地分解啊，六合崩裂，
星辰坠落啊，日月倾颓，
我纵身腾跃，置身苍穹，心中会有何怀想？

赋

东平赋[1]

原文

夫九州有方圆[2]，九野有形势[3]，区域高下，物有其制[4]：开之则通，塞之则否；流之则行，壅之则止；崇之则成丘陵，污之则为薮泽；逶迤漫衍，绕以大壑[5]。及至分之国邑，树之表物，四时仪其象，阴阳畅其气，傍通回荡，有形有德，云升雷动，一叫一默[6]；或由之安，乃用斯惑[7]。若观夫隅隈之缺，幽荒之涂，沕漠之域，穷野之都；奇伟谲诡，不可胜图[8]。

译文

九州的地形参差不齐，九野的地势高高低低。地貌不同，情势各异——有的开阔畅通，有的闭塞受阻；有的流动不息，有的壅遏停滞；有的突起形成丘陵，有的低洼而为水泽。环绕着九州外围的，是那曲折连绵、波涛澎湃的大海。一旦划分成大大小小的国邑，立起了界标，当会发现：四时景物各别，气候迥异；阴阳之气交汇激荡，变幻莫测，或者升腾奔涌于天际而为云，或者相互撞击牵动雷霆万钧。若能顺应自然的地理环境、气候条件，则百姓和乐，万物化育；否则，紊乱失调，天下汹汹。看那四方遥远荒僻之地，茫茫大漠，幽幽深谷，景色壮丽奇伟，变化无穷。

注释

1 **东平**：东平国，汉宣帝甘露二年（公元前 52 年）封皇子刘宇为东平王，以东平郡为东平国，辖七县（今山东东平东部），治所在无盐，一度改在寿张。魏太和六年（公元 232 年），封曹操幼子曹徽为东平王；正始三年（公元 242 年），曹徽死，子曹翕继立，晋代魏，降封为廪丘公。据《晋书·阮籍传》:“及文帝辅政,籍尝从容言于帝曰:‘籍平生曾游东平,乐其风土。’帝大悦,即拜东平相。”不过,从这篇《东平赋》来看,不但没有一句提及东平风土之可乐处,相反,用了很大的篇幅描述其可恶处,甚而谓“孰斯邦之可即”。可见,阮籍当时对司马昭说的话,不过是托词求去,并非心里话。所以,他到东平十余日后便打道回府了。

2 **九州有方圆:**谓九州的地形各不相同。九州,古代中国将全境划分为九州,不同的时代名目有所不同。后世也用九州来泛指中国。

3 **九野有形势:**谓九州的地势高低不同。九野,九州地域。

4 **物:**事物。 **制:**限制,遏阻。

5 **否**(pǐ)**:**闭塞不通。 **壅**(yōng)**:**堵塞。 **污:**低陷,同“洼”。 **薮**(sǒu)**泽:**大泽。 **逶迤**(wēi yí)**:**弯曲而延续不断貌。 **漫衍:**连绵无尽。 **大壑:**指大海。

6 **树:**立。 **表:**标志,标记。古代国、邑之间立有望表,相当于现在的界标。**四时:**春夏秋冬。 **仪:**这里做动词用,意思是呈现、显露。 **傍:**通“旁”。**一叫一默:**叫指雷,默指云。

7 **或由之安,乃用斯惑:**意谓国邑之内,如果顺天应时,则人事安宁、稳定,反之则乱。用,以。惑,迷乱。

8 **隅隈**(wēi)**:**角落。 **幽荒之途:**边远之地。 **沕**(wù)**漠:**偏远的地方。沕,一作忽。 **穷野:**贫穷闭塞荒野之地。 **奇伟谲**(jué)**诡:**奇特雄伟,变化多端。 **不可胜图:**犹言举不胜举,极言其多。胜,尽。

原文

乃有遍游之士,浩养之雅,陵惊飙,蹑浮霄,清浊俱逝,吉凶相招[1]。是以伶伦游凤于昆仑之阳,邹子噏温于黍谷之

译文

于是有那周游寰宇的雅士,他胸襟开阔,正大刚直。乘着疾风,踏着浮云,凌驾于天地万物之上,超脱于世俗利害以外。仿佛伶伦在昆仑山南麓,同凤鸟朝夕相伴,邹衍于黍谷之北呼吸吐纳,使气候变寒为暖;宛若伯高登上尚季之巅,羡门逍遥于海上仙岛。他们有时上到玄圃

阴,伯高登降于尚季之上,羡门逍遥于三山之岑[2];上敖玄圃,下游邓林[3]。凤鸟自歌,翔鸾自舞[4]。嘉谷蕃殖,匪我稷黍[5]。	中休憩、赏玩,有时又按下云头,在花繁叶茂的邓林中嬉游。听凤鸟歌唱,看鸾鸟起舞,怡然自足。田野里谷物长势喜人,不过那并非尘世所能看到的普通品种。

注释

1 **浩养之雅:**《孟子·公孙丑上》曰:“我善养吾浩然之气。”浩,大。雅,雅士。 **陵:**升,登上。 **惊飙:**疾风,暴风。 **蹑:**登。 **浮霄:**浮云。 **清浊:**《淮南子·天文训》曰:“气有涯垠,清阳者薄靡而为天,重浊者凝滞而为地。”清浊是承浮霄而言的。 **吉凶:**承惊飙而言。 **招:**号召貌。

2 **伶伦:**《汉书·律历志上》曰:“黄帝使伶伦自大夏之西、昆仑之阴,取竹之嶰谷生,其窍厚均者,断两节间而吹之,以为黄钟之宫。制十二筒以听凤之鸣。”参见五言咏怀其二十二诗注。 **阳:**山之南或水之北皆为阳。 **邹子噏温于黍谷之阴:**《论衡·定贤篇》曰:“燕有谷,气寒,不生五谷。邹衍吹律致气,既寒更为温,燕以种黍,黍生丰熟,到今名之曰黍谷。”邹衍是战国时著名的阴阳家,深观阴阳消息,作怪迂之变。著《终始》《大圣》等篇,共十余万言,皆闳大不经。认为时世盛衰兴亡,皆随金木水火土五德为转移。噏,同“吸”。阴,山之北、水之南都叫做阴。 **伯高:**疑为伯成子高。《庄子·天地》陆德明《音义》:“伯成子高,通变经云:‘老子从此天地开辟以来,吾身一千二百变,后世得道,伯成子高是也。’” **尚季:**未详。 **羡门:**古仙人。《史记·秦始皇本纪》:“三十二年,始皇之碣石,使燕人卢生求羡门、高誓。”韦昭曰:“羡门,古仙人。” **三山:**即海上三神山:蓬莱、方丈、瀛洲。 **岑:**小而高的山。

3 **敖:**同遨。 **玄圃:**相传昆仑山顶有金台五所,玉楼十二,为神仙所居。《楚辞·天问》王逸注:“昆仑,山名也。在西北,元气所出。其巅曰悬圃,乃上通于天也。”悬圃即玄圃。《水经注》:“昆仑之山三级:下曰樊桐,一名板桐;二曰玄圃,一名阆风;上曰层城,一名天庭,是为太帝之居。” **邓林:**见五言咏怀其十诗注。

4 **凤鸟**:《孔演图》曰:“凤为火精,生丹穴。非梧桐不栖,非竹实不食,非醴泉不饮。身备五色,鸣中五音。有道则见,飞则群鸟从之。” **鸾**:见五言咏怀其二十六诗注。

5 **嘉谷**:古以粟(小米)为嘉谷,后成为五谷的总称。 **蕃**(fán)**殖**:繁育增长。 **匪**:非。 **稷**(jì):谷物名,别称穄、糜子,是最早培育出来的谷物。 **黍**(shǔ):谷物,性黏,籽粒供食用或酿酒。

原文

其阸陋则有横术之场,鹿豕之墟,匪修洁之攸丽,于秽累之所如[1]。西则仰首阿甄,傍通戚蒲,桑间濮上,淫荒所庐[2]。三晋纵横,郑卫纷敷,豪俊凌厉,徒属留居[3]。是以强御横于户牖,怨毒奋于床隅,仍乡饮而作慝,岂待久而发诸[4]。厥土惟中,刘王是聚。高危临城,穷川带宇[5]。叔氏婚族,实在其湄,背险向水,垢污多私[6]。是以其州闾鄙邑,莫言或非,殪情戾虑,以殖厥资[7]。其土田则原壤芜荒,树艺失时,畴亩不辟,荆棘不治,流潢余溏,洋溢靡之[8]。东当三齐,西接邹鲁,长涂千里,受兹商旅;力间为率,师使以

译文

当然,世间还有东平这样的方寸之地,狭小拥挤,有鹿豕往来奔突;既无修洁悦目之景致,反倒满地污秽恶臭。它西面与东阿、甄城相邻,与戚县、蒲城相通,那儿正是有名的桑间濮上,民风淫佚,自古如此。又与三晋之地纵横相交,郑卫之人纷纷流播到东平境内。气势凌厉的英豪俊杰,他们的后人往往居留于此,故而风气所尚,刚狠强暴。邻里之间,兄弟之间,动辄兵戎相见;至于酒后寻衅之类的事时有发生。东平的土质中等,自汉代以来,刘、王二姓是当地的名门望族,聚居之处山环水绕。叔氏婚族大都傍河而居,背山面水,也是藏污纳垢之所。当地人相处久了,习俗相近,没有谁会说旁人的不是,个个心狠手辣,唯利是图。原野上田地荒芜,无人耕种,埂塍或断或缺,荆棘丛丛杂杂,更有那积水泥淖,四处漫流,无所归趋。东面连着三齐,西边与邹鲁接壤,千里驿路上全是些奔波谋生的旅客商贾。有的

辅；骄仆纤邑，于焉斯处[9]。川泽捷径，洞庭荆楚，遗风过焉，是径是宇[10]。

人粗壮有力，不但事必躬亲，而且役使多人，小小的市镇上这样骄纵的仆从随处可见。这儿的水道四通八达，从南方荆楚来的客人或者由此经过，或者干脆就留下来长期居住。

注释

1 **阨（ài）陋：**狭小，狭窄。阨，通"隘"。 **横：**阑干。 **术：**《管子·度地》曰："百家为里，里十为术，术十为州。"横术之场，指民户聚居处以木栏圈围起来的小块场地。 **墟：**大丘。 **修：**装饰，整治。《周礼·天官》注"修"为："扫除粪洒。" **攸：**语助词，无义。 **如：**往，至。

2 **阿（ē）、甄：**皆地名，都在今山东省境内。 **戚、蒲：**也是地名，戚位于今山东省境内，蒲在今河北省境内。 **桑间濮上：**位于今河南省境内。《礼记·乐记》曰："桑间濮上之音，亡国之音也。"注："濮水之上，地有桑间者，亡国之音，于此之水出也。昔殷纣使师延作靡靡之乐，已而自沉于濮水。"《汉书·地理志下》曰："卫地……有桑间濮上之阻，男女亦亟聚会，声色生焉，故俗称郑卫之音。" **庐：**寄居。

3 **三晋：**春秋时候的晋国，到战国时则分为韩、魏、赵三国。 **纵横：**指东平与三晋之地纵横相交。**郑卫纷敷：**意谓郑卫之人纷纷散布于东平境内。敷，散。 **凌厉：**勇往直前，气势猛烈。 **徒属：**徒众，属众。

4 **强御：**犹言强暴，指横暴有势力者。 **乡（xiàng）：**通"向"。 **乡饮而作慝：**谓酒后生事。乡饮，指对饮。慝（tè），恶。 **诸：**"之乎"的合音。

5 **厥土惟中：**指东平的土质中等。厥（jué），代词，其。 **刘王是聚：**据《元和姓纂》卷五，汉景帝子鲁共王余生允，封东平侯，因居之。这就是东平的刘姓。另据《广韵》，王姓共有二十一望，其中有东平一望。 **宇：**屋宇。

6 **湄（méi）：**岸边，指水和草相接的地方。 **私：**奸邪。

7 **州闾（lǘ）：**州和闾，犹言州里、乡里。古代的行政区划，二十五家为闾，两千五百家为州。 **鄙邑：**鄙和邑都是古代的行政区划单位。这里州闾指刘王聚居处，鄙邑指叔氏聚居处。 **莫言或非：**意谓：没有谁会说别人的不是。指聚族而居，习俗相同，看得多了不以为异。 **殪（yì）情：**谓绝情。

殪,死。 **殖:**生,蕃息。

8 **原:**宽阔平坦之地。 **壤:**特指耕种用的土地。 **芜荒:**杂草丛生,田地不治。 **树艺:**种植作物。 **失时:**指错过了作物生长的时令。 **畴亩:**田亩,农田。 **潢**(huáng):积水池。 **溏**(táng):泥浆。 **洋溢靡之:**谓积水泥淖无所归趋,到处都是。

9 **东当三齐,西接邹鲁:**意谓东平的东面是三齐,西面为邹鲁。三齐,指齐、济北、胶东。《汉书·田儋传》载:项羽徙齐王市更王胶东,治即墨;立齐将田都为齐王,治临菑;立故齐王建孙田安为济北王,治博阳。 **受:**接受,容纳。 **商旅:**行商。 **率:**领。 **师使以辅:**指役使多人以为辅助。师,众。辅,相助。 **纤:**小。

10 **川泽:**指水道。 **捷径:**径直近便的小路,后来泛指一切能迅速达到目的的路径、手段、方法等。 **是径是宇:**是,指东平。径,路过、经过。宇,居住。意谓荆楚之客有的从这里路过,有的干脆就居住在这里了。

原文

由而绍俗,靡则靡观,非夷罔式,导斯作残[1]。是以其唱和矜势,背理向奸,尚气逐利,罔畏惟愆[2]。其居处壅翳蔽塞,窕邃弗章,倚故陵墓,带以曲房。是故居之则心昏,言之则志哀,悸罔徙易,靡所寤怀[3]。

其外有浊河萦其溏,清济荡其樊[4]。其北有连冈,施靡崎巇,山陵崔巍,云电相干,长风振

译文

上述种种形成了东平独特的民情风俗:既无法度,且又人情险恶,不足效仿。所以,当地人要么趋炎附势,背弃公理依从奸恶,要么崇尚意气,追逐厚利,无恶不作。他们的住所壅塞遮蔽,光线昏暗,左右是高大的坟冢,周围绕以深幽的密室,住在里面颇为憋闷,即使提起它也令人伤神。长此以往,心神不宁,寝食难安,一旦搬离,心中没有丝毫的留恋。

东平城外有黄河迂回环绕,还有清澈见底的济水,碧波荡漾,冲刷着堤岸。北面是连绵的群山,山势险峻,高耸入云;狂风扫过之后,广袤的平原上一片萧条冷落,显得格

厉，萧条大原[5]。其南则浮汶湛湛，行潦成池，深林茂树，蓊郁参差，群鸟翔天，百兽交驰[6]。

外荒凉。南边汶河水缓缓流淌，河水深幽浩大，岸上积水成池，森林茂密，草木葱茏，空中成群的鸟儿自由翱翔，大地上野兽交错驰骋。

注释

1 **由：**综上所述（东平的居民、风土、商旅等情况）。**绍：**承继，此处有形成之意。**靡：**无。**则：**法则。**观：**显示而使人模仿、效法。**夷：**平易。**罔式：**指不足取法。罔，无。式，规格，榜样。**导：**指引，引导。**残：**凶恶，凶恶之人。

2 **唱和：**此唱彼和，互相呼应。**矜：**自负贤能。**势：**权势，威力。**尚：**尊崇。**气：**意气。**愆：**罪过，过失。

3 **壅：**堵塞。**翳：**障蔽。**窕邃：**幽深貌。**章：**显明。**陵：**土山，坟冢。**曲房：**深邃幽隐的密室。**悸：**惊惧，心跳。**罔：**通"惘"，失意貌。**徙：**迁，移。**易：**指易其居处。**寤怀：**寤寐怀想，谓思念之甚。

4 **浊河：**因黄河水混浊不清，故黄河又名浊河。**萦：**环绕旋回。**清济：**即济水，源出于河南济源市王屋山，其故道本过黄河而南，东流至山东，与黄河并行入海，因其水清而名清济，与浊河相对。后下游为黄河所夺，惟河北发源处尚存。**荡：**冲激，冲洗。**樊：**篱笆，此处指堤岸。

5 **连冈：**连绵不绝的山冈。**旎（yǐ）：**曲折绵延，犹言"逦迤"。**巉、崎、巇：**都形容山势险峻。**崔巍：**高峻貌。**干：**犯。**厉：**猛烈。**萧条：**凋零冷落。

6 **浮：**漂流。**汶（wèn）：**即汶河。《水经注》卷二十四："（汶水）又西南过东平章县南。"**湛湛：**水深貌。**行潦（lǎo）：**沟中积水。潦，雨水大貌，也指雨后的大水。**蓊郁参差：**指草木茂盛，高低不齐。

原文

虽黔首之不淑兮，傥山泽之足弥[1]。古哲人之攸贵兮，好政教之

译文

尽管东平之地民心不善，倘有秀美的湖光山色加以弥补也好；古时的哲人之所以可贵，就在于他们以政教感化人，使得每一个人

有仪。彼玄真之所宝兮，乐寂寞之无知[2]。咨闾阎之散感兮，因回风以扬声。瞻荒榛之芜秽兮，顾东山之葱青[3]。甘丘里之旧言兮，发新诗以慰情。信严霜之未滋兮，岂丹木之再荣[4]。《北门》悲于殷忧兮，《小弁》哀于独诚[5]。鸱端一而慕仁兮，何淳朴之靡逞[6]。彼羽仪之感志兮，矧伊人之匪灵[7]。时懒悃以遥思兮，飙飘飖以欲归[8]。钦丕游于陵颠兮，举斯群而竞飞。[9]物循化而神乐兮，宁遐观之可追[10]。

都彬彬有礼，进退有度。那些得道的真人，则以精神的恬淡虚静为宝。由此地民风引起的感触，我愿高声向上苍倾吐，愿借旋风向四海传扬。虽然眼前是杂乱芜秽的草木，回首处却见东山青葱苍翠，山色可人。那些乡里的旧闻就随它去吧，让我用诗篇来抒发怀抱，寄托情志。秋霜已依稀可见，这样的时节丹木也开始凋残萧索。《北门》因为深切的隐忧而悲伤，《小弁》则哀感诚笃却不为人知。鸱鸟一心一意仰慕、追寻敦厚朴实的仁德，结果还是落空了。鸱鸟能被人的志诚打动，相比之下，人类反而不通灵性，愚钝狂妄。我内心郁结，思绪悠长，当风吹拂着面颊的时候，真想马上回到故乡的怀抱。至于东平之人，唯有寄希望于钦丕了——让它把这些家伙全都远远叼走吧；倘能如此，也许万物还会滋长化育，欣欣向荣。可是，这样的好事岂能轻易企及？

注释

1 **黔首：**庶民，平民。 **淑：**善。 **傥：**通“倘”，倘若，或者。 **泽：**水汇聚处。**弥：**弥补。这两句是说：此地民心虽不善，也许山水之胜可以弥补其缺陷吧。

2 **攸：**所。 **仪：**法度。 **玄真：**道之真谛。 **宝：**珍爱，重视。 **寂寞：**指主体心境的清静、空虚。

3 **咨：**叹息。 **闾阎：**泛指民间。闾(lǘ)，里门，阎，里巷。 **散：**分散，散布。 **回风：**旋风。**扬声：**这里指高声传扬。**荒榛：**杂乱丛生的草木。**芜秽：**荒废。指田地不整治而杂草丛生。 **葱青：**葱茏青翠貌。

4 **丘里**:乡里。《庄子·则阳》:“丘里者,合十姓百名,而以为风俗也。” **发**:舒,抒发。 **严霜**:霜杀百草,故称严霜。 **滋**:滋生,繁多。 **丹木**:赤心木,松柏之属。

5 **《北门》**:《诗经·邶风》中的一篇。小序曰:“《北门》,刺仕不得志也。言卫之忠臣不得其志耳。” **殷忧**:深切的忧虑。 **《小弁》**:《诗经·小雅》中的一篇,小序以为周幽王欲立褒姒子伯服,废黜申后,放逐太子宜臼,宜臼之傅因作此诗。 **独诚**:以其心忧至于“不遑假寐”而莫有知者。

6 **鸥端一而慕仁兮**:《列子·黄帝》曰:“海上之人有好沤鸟者,每旦之海上从沤鸟游,沤鸟之至者百住而不止。其父曰:‘吾闻沤鸟皆从汝游,汝取来,吾玩之!’明日之海上,沤鸟舞而不下也。”沤,通“鸥”。慕,向往,思慕。仁,古代一种含义广泛的道德观念,这里是指各种存在物(包括人、动植物、无生物)之间相亲相爱的感情,尤其是指人对其他物类仁慈、博爱的态度。 **淳朴**:诚恳朴实。 **逞**:这里是行得通的意思。

7 **羽仪**:羽翼,此处指鸥鸟。 **感志**:指为志诚所感。 **矧**(shěn):况。 **伊人**:这个人。本指“好鸥鸟者”,此处实指东平之人。 **匪灵**:指不通灵性。

8 **憋**(biē):急躁,性急,同“憋”。 **悃**(kǔn):郁结。 **飙**(biāo):此处泛指风。 **飘飖**:此处指风吹貌,犹言飘飘。

9 **钦丕游于陵颠兮,举斯群而竞飞**:这两句意思是说既然东平之人不通灵性,“政教”也不能施效,那么只能希望钦䲹举其群而飞往陵颠了。钦丕,即钦䲹,古代传说中的神名。《山海经·西山经》载:钟山之神有子曰鼓,人面龙身,与钦䲹杀葆江于昆仑之阳,遂被天帝杀戮于钟山之东名嶢崖的地方。钦䲹化为大鹗,状如雕而黑文白首,赤喙虎爪,音如晨鹄,现则天下有兵灾战乱;鼓化作鵕鸟,现则其邑大旱。斯群,实指东平之人。

10 **循化**:此处指事物依照各自的物性自然生长、变化。 **宁**(nìng):副词,岂、难道。 **遐观**:指“钦丕游于陵颠兮,举斯群而竞飞”的景观。 **追**:迫、企及。

原文

乘松舟以载险兮，虽无维而自縶，骋骅骝于狭路兮，顾蹇驴而弗及[1]。资章甫以游越兮，见犀光而先入[2]；被文绣而贾戎兮，识旃裘之必袭[3]。奉淳德之平和兮，孰斯邦之可集[4]？将言归于美俗兮，请王子与俱游[5]。漱玉液之滋怡兮，饮白水之清流[6]。遂虚心而后已兮，又何怀乎患忧。

译文

我愿驾着松木舟逾越艰险，即便没有缆绳也决不随波逐流。枣红色的骏马一日驰行千里，但是在狭窄的小路上，它却连跛脚的毛驴都追赶不及。有人贩卖冠帽到东南越地，才发觉当地人个个断发文身，根本不需要此物；倒是犀光之剑争相抢购，因为民风尚武好斗。中原之人向西部戎狄推销轻软细腻的七彩绣服，却未曾料到只有坚韧耐磨的旃裘才能适应他们的马上生涯。平和淳美的德行，怎会出现在东平这块土地上？还是回到从前的礼仪之邦去，与仙侣王子乔一道乘风游历。含漱润泽怡神的玉液，啜饮清凉甘冽的泉水，让心情逐渐平息下来，直到虚空恬淡，忘却尘俗所有的烦恼和忧患。

注释

1 **松舟**：用松木造的船，取松木之坚。 **维**：指系船用的缆绳。 **縶**(zhí)：拴缚。 **骋**：纵马奔驰。 **骅骝**(huá liú)：赤色骏马，亦名枣骝。 **顾**：副词，却、反而。 **蹇驴**：跛驴。

2 **资**：动词，鬻、售。 **章甫**：殷代的冠名，即缁布冠。古代男子成年行加冠礼时，始加缁布冠。《庄子·逍遥游》："宋人资章甫而适诸越，越人断发文身，无所用之。" **犀光**：剑。这两句是说：宋人贩卖冠帽到越地，越人断发文身，用不着冠帽，只有犀光之剑为人争购，因当地风俗尚武好斗。

3 **被**(pī)：穿着。 **文绣**：指绣有彩色花纹的衣服。 **贾**(gǔ)：动词，卖、售。 **戎**：古代泛指我国西部的少数民族。 **旃裘**：毡制之裘。《汉书·匈奴传》："……其得汉絮缯，以驰草棘中，衣裤皆裂弊，以视不如旃裘坚善也。"袭，穿、服。

4 **淳德**:敦厚之德。 **孰**(shú):疑问代词,什么。这两句说:平和敦厚之德与东平是格格不入的。

5 **言**:助词,无义。 **王子**:即仙人王子乔,见五言咏怀其四诗注。

6 **漱**:含漱,含水洗口腔。 **滋**:润泽。 **怡**:悦。

原文

重曰[1]:嘉年时之淑清兮,美春阳以肇夏。托思飙而载行兮,因形骸以成驾[2]。遵间维而长驱兮,间迷罔于菀风[3]。玄云兴而四周兮,寒雨沦而下降。忽一寤而丧轨兮,蹈空虚而遂征[4]。扶摇蔽于合墟兮,咸池照乎增城。欣煌熠之朝显兮,喜太阳之炎精[5]。冯虚舟以逞思兮,聊逍遥于清溟。谨玄真之谌训兮,想至人之有形[6]。绣靡睹其纷错兮,虑弥远而度逼。并旋轸于畎浍兮,若空桑之可即[7]。言淫衍而莫止兮,心绵绵而未息。集训诰以鉴戒兮,怅众诲之难测[8]。

译文

再赋上一段:我赞美明朗纯净的韶华,以及春日和煦温暖的阳光,在融融春阳中夏的脚步正缓缓迈近。我要驾着翻飞的思绪远行,就以躯壳作为车马。天高地远任我驰骋闯荡,突然间遭遇菀风,让我迷失了方向。乌云渐渐聚拢,遍布苍穹,冰冷的雨劈头盖脸地砸将下来。恍惚中我惊醒了,却从此走错了路径,踏着一片空虚开始了新的征程。在迢遥的东方,扶摇之木隐蔽在合墟山的深处,日月从山顶冉冉升起;咸池水在巍峨的增城之巅微微荡漾。清晨明媚耀眼的曙光令人心情开朗,这盛夏的太阳洋溢着旺盛的活力。乘着虚舟,我的思绪悠悠荡开,且让我漂浮荡漾在这无边的溟海之上,优哉游哉。谨守至真至诚的训诫,冥想得道至人的形容举止。五彩的图绘愈看愈觉得眼花缭乱,思虑走得越远反而感到就在身旁。在田边的水渠中掉转车头,须臾之间,仿佛来到了空桑之地。说不完的话语,扯不断的思绪,我收罗种种训诰以为忠告,众人的教诲却叫我难以揣度。神思远远地独自回来了,一路上担心着身边的双

神遥遥以独归兮，畏双环之在侧。咨禽鸟之不群兮，悼悠悠之无极[9]。	鬟之女。可叹那孤单失群的禽鸟，独自在空中低飞哀鸣，我的忧愁深重悠远，没有边际。

注释

1 **重(chóng)**：再。《楚辞·远游》末尾也有"重曰"一段，洪兴祖《楚辞补注》曰："重者，情志未申，更作赋也。"此处"重曰"一段也相当于这个作用，是对上文的进一步补充，也是感情的进一步抒发。

2 **嘉**：赞美。 **年时**：年华，时光。 **淑清**：明朗，纯净。 **春阳**：春日和煦的阳光。 **肇**：开始。 **托**：依托，凭依。 **思飙**：言思绪翻涌如飙。 **形骸**：形体，躯壳。

3 **遵**：循。 **间(jiān)维**：《楚辞通释》曰："间，上下四方为六间。维，四隅为四维。"指用以维系天穹的绳子。 **迷罔**：迷失。 **菀风**：菀，通"苑"。《庄子·天地》曰："谆芒将东之大壑，适遇苑风于东海之滨。"陆德明《释文》："苑风，本亦作宛。李(颐)云：'小貌，谓游世俗也。'一云：'苑风，人姓名'。"

4 **四周**：遍及四方。周，动词。 **沦(lún)**：这里指落下。 **轨**：轨道。 **丧轨**：是承接上文"因形骸以成驾"而言。 **蹈**：踏。 **征**：行。

5 **扶摇**：这里是指神话传说中的一种神木。《庄子·在宥》曰："云将东游，过扶摇之枝。"陆德明《释文》引李颐曰："扶摇，神木也，生东海。" **合墟**：古代神话中称日月所出之山。《山海经·大荒东经》曰："大荒之中有山名曰合虚，日月所出。" **咸池**：指日出时所浴之处。《淮南子·天文训》曰："日出于旸谷，浴于咸池。" **增(céng)城**：见五言咏怀其四十五诗注。 **煌**：光明，明亮。 **熠**：光耀，明亮。 **太阳**：此指夏季，因夏季阳气旺盛而名。蔡邕《独断》："夏为太阳，其气长养，祀之于灶。"庾信《赤帝云门舞》："纯阳之月乐炎精，赤雀丹书飞送迎。" **炎精**：指太阳。

6 **冯(píng)**：凭依。 **虚舟**：空船。《淮南子·诠言训》曰："方船济乎江，有虚船从一方来，触而覆之，虽有忮心，必无怨色。" **溟**：溟海。《十洲记》曰："东王所居处山外有员海，员海水色正黑，谓之溟海。" **谨**：表示恭敬。 **谌(chén)**：诚，信。 **至人**：道德修养达到最高境界的人。《庄子·逍遥游》曰："至人无己，神人无功，圣人无名。"

7 **绣**：绘画设色，五彩俱备，谓之绣。**靡**：细小。**纷**：众多貌。**错**：杂乱。**度**：限度。 **旋轸**：谓回车，掉转车头。旋，返，回。轸(zhěn)，指车。**畎**(quǎn)：田间的水沟。 **浍**(kuài)：田间排水之渠。 **空桑**：地名，伊尹、孔子所生之地皆名空桑；也是古代传说中的山名，在鲁地，一说在楚地，出琴瑟之材。 **即**：就。

8 **淫**：过度，过甚。 **衍**：溢出常态之外。 **绵绵**：连续不断的样子。 **训**：教导之辞。**诰**(gào)：诏书或告诫之文。 **怅**：失意，恼恨。 **诲**：教导。

9 **遥遥**：远。 **环**：通"鬟"，《康熙字典》解"鬟"字曰："按古妇人首饰，琢玉为两环。此二字(髻、鬟)皆后人所加。"此以双环代指女性。 **群**：谓禽兽聚合。 **悼**：伤感。 **悠悠**：深思，忧思。

原文

感藜藿之易修兮，摄左右之相誉。惧从风而永去兮，托鼲项于倾隅[1]。虽琴瑟之毕存兮，岂声曲之复舒？虑遨游以觌奇兮，彼上腾其焉如[2]？纷晻暧以纠错兮，漫浩瀁而未静[3]。理都缪而改据兮，竦端委而自整[4]。制规矩以仪衡兮，占我龟以观省[5]。眺兹舆之所彻兮，实斯近而匪远。岂三年之无问兮，将一往而九反[6]。顾杲[7]日之初开兮，驰曲陵

译文

患难与共的美德引来无数赞誉。有感于此，我担心自己会像落叶一样随风而去，永不回还，生命就这么无声无息地湮灭了。因此，我要把善良与正直紧紧留住。殊不知，即使琴瑟俱存，奏出的不复是当初的曲调。我的思虑四处游历猎奇，它努力地向上升腾，结果却无处可去。我的内心纠结而杂乱，昏昧不明，心潮起伏澎湃，无法平静。理清了从前的那些乖错荒谬之后，我打算从头开始，整肃衣冠端正仪容。制定规矩以观测天象，用龟甲来占卜省察，从而决定自己未来的命运。远眺思绪所走过的路途，其实一步也不曾远离。难道远行三年果真就杳无音讯？这一去，哪怕隔着千山万水，魂魄都在频频回望。看朝阳已经

而饰容。时零落之飘飖兮，诚枯菀之必从[8]。

释辽遥之阔度兮，习约结之常契。巡襄城之闲牧兮，诵纯一之遗誓[9]。被风雨之沾濡兮，安敢轩翥而游署[10]！窃悄悄之眷贞兮，泰恬淡而永世[11]。岂淹留以为感兮，将易貌乎殊方。乃择高以登栖兮，永欣欣而乐康[12]。

升起，大地一片光明，我得赶快修饰仪容，切莫等到风雨飘摇之时，再来感叹韶华易逝，盛衰无情。

无论思路怎样开阔辽远，最终还是会回到习惯的老路上。在襄城的郊外来回徘徊巡视，吟诵的是亘古不变的誓言。经过了风风雨雨的浸润吹打，疲乏的翅膀怎敢再高举远翔？我忧心悄悄，念念不忘，渴盼着终归能淡泊虚静，长生不老。并非是因为滞留此地才感慨万千，满腹牢骚，我还将继续漂泊他乡直至步履蹒跚、容颜衰老。还是找个高旷的地方安身吧，那会使我精神愉悦、心情开朗。

注释

1 **藜藿**：藜与藿，贫者所食野菜。藜，又名莱，似藿而表赤。藿，豆叶。《汉书·司马迁传》曰："（太史公）乃论六家之要指曰：'墨者亦上尧舜，言其德行，……粝粮之食，藜藿之羹。'" **摄**：引持。 **颛顼**（zhuān xū）：古帝名，为五帝之一，相传为黄帝之孙，昌意之子。生十年而佐少皞，十二年而冠，二十年而登帝位，在位七十八年而崩。号高阳氏。《玉篇》曰："颛者，专也；顼者，正也。言能专正天之道也。"

2 **琴瑟**：琴和瑟两种乐器同时弹奏，其音谐和。 **虑**：思谋，思有所图曰虑。 **觌**（dí）：见。 **腾**：上跃。 **如**：介词，往、到。

3 **晻暧**（ǎn ài）：昏暗的样子。 **纠**：纠缠，缠绕。 **错**：相互交杂。 **漫**：水涨溢。 **浩瀁**：无边无际。浩，广大貌。瀁（yàng），古漾字。

4 **都**：总。 **缪**：乖错，舛误。 **据**：处，住。 **竦**（sǒng）：执。 **端委**：端，玄端，黑赤色的礼服。委，礼帽。

5 **规矩**：原本指校正圆形方形的工具。引申指标准法度。 **仪衡**：天体观测仪器，即浑仪的前身。 **占**（zhān）：候、视，视兆以知吉凶。 **龟**：古人以龟为灵物,灼龟甲以卜,谓卜为龟。故占龟即占卜。**省:**察。

6 **兹舆:**指形骸之驾托思飙而行者。舆,车。**彻:**到达。**斯:**即,就。**无问:**没有音讯。**反:**回还。

7 **杲**(gǎo):光明,

8 **零落:**凋谢。**枯菀**(wǎn〉:犹荣枯。菀,茂盛貌。

9 **辽:**远。**契:**合。**巡:**周行视察。**襄城:**县名,属河南省,周襄王因避狄难曾居于此,故名。**牧:**郊外。《尔雅·释地》曰:"邑外谓之郊,郊外谓之牧。"

10 **沾濡:**浸润。**轩翥:**飞举。**署:**置。

11 **悄悄:**忧愁貌。**眷:**勤厚之意。**贞:**正直。**泰:**安。**恬淡:**淡泊,安静闲适。

12 **淹留:**滞留,停留。**殊方:**异域,他乡。**欣欣:**喜乐自得貌。**乐康:**安乐,安宁。

亢父赋[1]

原文

吾尝游亢父,登其城,使人愁思,作赋以诋之,言不足乐也[2]。

亢父者,九州之穷地,先代之幽墟者也[3]。故其城郭卑小局促,危隘不遐;其土田则污涂渐淤,泥湿

译文

我曾经游历亢父,登临城上,倍觉愁苦,于是写下这篇赋来诋诃它令人不快的种种弊端。

亢父地处边隅,靠近东海,岁月的剥蚀使它沦为一座近乎废弃的小城。城区狭小局促,处处凶险粗陋。地上沟涂堵塞,污水四处漫流。大大小小的池沼相

檠洿[4]。方池边属兮客水滂沱，秽菜惟产兮不食实多，地下沉阴兮受气匪和，太阳不周兮殖物靡嘉。故其人民顽嚚梼杌，下愚难化[5]。

互连通，水势汹汹。贫瘠的土壤上杂草野菜密密匝匝，加之土地低洼阴湿，气候恶劣，植物缺乏足够的光照，因而枝叶稀疏，果实寥寥。这里的人不仅顽固愚钝，没见过什么世面，而且心地险恶，非教化所能疗救。

注释

1 **亢(kàng)父：**多数版本作“元父”，而实际上并无“元父”这一地名。今从梅鼎祚本作“亢父”。亢父乃古地名，为战国齐邑，《战国策·齐策》：“苏秦为赵合纵说齐宣王曰：‘……今秦攻齐则不然，倍韩魏之地，至卫阳晋之道，径亢父之险，车不得方轨，马不得并行，百人守险，千人不能过也。’”《汉书·地理志》：“(亢父)东平属县也。”

2 这一段是序。 **诋：**指斥。

3 **穷地：**亢父地近东海，故曰穷地。穷，极、尽。 **幽：**隐蔽。 **墟：**故城，废址。

4 **城郭：**内城和外城，泛指城邑。《管子·度地》曰：“内为之城，城外为之郭。” **卑小：**不大。 **局促：**狭窄，紧迫。 **危：**凶险。 **隘：**狭窄。 **遐：**远。 **污：**不流动的水。 **涂：**沟涂，田间水渠。 **淤：**堵塞，不流通。 **泥：**停滞。 **檠：**停止不前。 **洿：**水浊不流。

5 **属(zhǔ)：**连接。 **滂沱：**指水涌流。 **秽：**田中杂草。 **菜：**草之可食者，即野菜。 **地下：**地势卑下。 **沉阴：**低洼阴湿。 **不周：**这里指阳光照射不到。 **殖：**种植。 **顽嚚(yín)：**顽固愚蠢。《尚书·尧典》曰：“父顽母嚚。” **梼杌(táo wù)：**传说中的四凶之一，其他三个是：混沌、穷奇、饕餮。这里用的是比喻义，意谓：像梼杌那样凶险狠戾。

原文

其区域壅绝断塞，分迫旋渊，终始同贯，本末相牵，畴昔讫今，旷世

译文

长期以来，亢父地区闭塞阻隔，地形或疏阔或褊狭，水流盘旋回绕，有的汇聚而为深潭，有的纵横交错，首尾相连。亢

历年[1]。巨野潴其后，穷济尽其前，圳浍不畅，垢浊实臻，不肖群聚，屋空无贤[2]。故其民放散淆乱，薮窜泽居，比迹麋鹿，齐志豪貙[3]。是以其原壤不辟，树艺希疏，苋苇弥皋，蚊虻惨肤也[4]。于其远险，则右金乡而左高平。崇陵崔巍，深溪峥嵘；美类不处，熊虎是生[5]。故人民被害嚼啮，禽性兽情。尔之近阻，则鸣鸠荫其前，曲城发其后。鸱鸮群翔，狐狸万口[6]。故其人民狼风豺气，螯虿无厚[7]。

父背倚巨野泽，面临济水。田间的沟渠堵塞不畅，填满了各种淤泥污秽。坏人三五成群，四处招摇，全城上下聆听不到一个贤德的声音。当地人因而放纵妄为，不自检束，他们住的是卑湿阴暗之地，干的是禽兽不如的勾当。这里土地荒芜，树艺失时，田野上稀稀疏疏地立着些庄稼。湖沼中倒是长满了苋菜芦苇，还有密密麻麻的蚊虫，等着袭击路人。放眼远眺，右面是金乡，左面是高平，两地高山耸峙，溪壑深险。这儿只有猛兽出没，不曾见过任何善类。因此，当地人经常被咬伤、被残害，同时也养成了凶悍的性情。再看近处，前有鸣鸠，后为曲城。头顶上恶鸟盘旋，左右是狐狸急急奔突。自然而然地形成了该地狠毒、阴险、尖刻的民风。

注释

1 **壅**：见《东平赋》注。 **绝**：断。 **迫**：狭窄。 **旋**：盘旋，绕。 **渊**：深潭。 **贯**：联络贯穿。 **畴昔**：往日，过去。 **旷世**：时间长久。

2 **巨野**：泽名，在今山东巨野县北，亦名大野泽。《尚书·禹贡》“大野既猪”，即此。元末为黄河所决，河徙后，遂干涸为平地。 **潴**(zhū)：指水停积处，陂塘之类。 **穷济**：济水至此注入东海，故曰穷济。 **圳**：田边水沟。 **浍**：田间排水之渠。 **臻**：至，聚。 **不肖**：不正派，此处指奸邪之人。

3 **放**：放纵。 **散**：言行不检束。 **淆乱**：混杂，杂乱。 **薮、泽**：见《东平赋》注。 **比迹**：齐步，并驾。 **麋鹿**：兽名，俗称四不象。 **豪**：豪猪项脊间的长毛。 **貙**(chū)：兽名。《尔雅·释兽》：“貙似狸。”注：“今貙虎也。大如狗，文如狸。”

4 **原、壤、树、艺：**均见《东平赋》注。 **苋：**菜名，一年生草本，叶卵圆形，茎细长，种类颇多，茎叶可食，也入药。 **苇：**即芦苇。 **皋(gāo)：**湖沼。 **虻(méng)：**虫名，咬人的蚊虫。

5 **金乡：**县名，属山东省。古缗国，春秋宋邑。以县有金乡山而名。 **高平：**县名，属山东省，故城在今山东省邹城西南。 **陵崔巍：**均见《东平赋》注。 **峥嵘：**深邃貌。 **美类：**善类。 **啮(niè)：**咬，啃。

6 **阻：**《释名》："山巇曰险，水隔曰阻。" **鸣鸠：**即斑鸠。《水经注》卷七引《风俗通》曰："俗说高祖与项羽战于京、索，遁于薄中。羽追求之，时鸠止鸣其上，追之者以为必无人，遂得脱。" **曲城：**《汉书·地理志》有曲城侯国，故城在今山东省莱州东北。 **鸱鸮(chī xiāo)：**恶鸟，一说即猫头鹰。

7 **嶅(chōu)电：**乖戾暴躁。一说"嶅"为"鳌"的讹字。

原文

南望春申，东瞻孟尝，袤界薛邑，境边山阳；逆旅行舍，奸盗所藏[1]。北临平陆，齐之西封[2]；捷径燕赵，逃遁逍遥。故其人民侧匿颇僻，隐蔽不公，怀私抱诈，爽慝是从，礼义不设，淳化匪同[3]。

先哲遗言，有昭有聋。如何君子，栖迟斯邦[4]！

译文

亢父南连淮北，那是春申君的故封，东临孟尝君的封邑薛城。薛城南北狭长，与山阳接壤。这一带的旅店客栈中，奸盗之徒比比皆是。北边濒临齐国的封地——平陆，从这儿到燕赵之地交通便利，来往迅捷。这样的地理环境导致民心偏邪奸恶，阴鸷狡诈，人人都只为自己盘算，毫无礼义廉耻之心，更不用说敦厚驯良的教化了。

前代哲人的遗训有的尚在耳边回响，有的已湮没无闻。德才兼备的君子啊，为何还在这样的地方淹留？

注释

1 **春申：**即春申君，名黄歇，战国楚人，与齐孟尝君、赵平原君、魏信陵君并以养士著称，后人称他们为四公子。这里指春申君的封地淮北。 **孟尝：**

即孟尝君，战国时齐贵族，姓田名文。这里是指孟尝君的封地薛城，故地在今山东滕州市南。 **袤**(mào)：长，一般指南北之长。 **边**：这里做动词用，接壤。 **山阳**：《汉书·地理志》有山阳郡，故治在今山东省金乡县西北四十里。 **逆旅**：客舍，迎止宾客之处。 **行舍**：行人所止之舍，即旅店。

2 **平陆**：古厥国，战国齐邑，故城在今山东汶上县北。 **封**：指帝王分给诸侯的土地。

3 **侧**：偏邪。 **慝**(tè)：通"慝"，恶、坏。 **颇**：不平，偏邪。 **僻**：偏，邪。 **诈**：欺诈，欺骗。 **爽**：过失，差错。 **慝**(tè)：恶、坏。 **淳化**：敦厚的教化。

4 **先哲**：古代的贤人。 **昭**：晓。 **聋**：无闻。 **栖迟**：游息。

首阳山赋[1]

原文

正元元年秋，余尚为中郎，在大将军府[2]，独往南墙下北望首阳山，作赋曰：

在兹年之末岁兮，端旬首而重阴[3]。风飘回以曲至兮，雨旋转而瀸襟[4]。蟋蟀鸣乎东房兮，鶗鴂号乎西林[5]。时将暮

译文

正元元年的秋天，我还担任着从事中郎的职务。在大将军府里的时候，常常独自一人踱到南墙下，遥望北面的首阳山。于是作了这篇赋。

就在这一年的岁末旬首的一个浓云密布的下雨天，风呼啸着、旋转着，裹挟着雨丝，打湿了我的衣襟。从东面屋角传出蟋蟀的阵阵鸣声，西边的树林中有鶗鴂在哀号，令人凄然。天色阴沉晦暗，夜幕正缓缓降临；此时此刻，我独自一人，凄怆与忧思萦绕在心际。抖抖身上的衣裳漫步出门，缨带断了不知落在何处，而我已无

而无俦兮，虑凄怆而感心[6]。振沙衣而出门兮，缨委绝而靡寻[7]。步徙倚以遥思兮，喟叹息而微吟[8]。将修饬而欲往兮，众嵯嵯而笑人[9]。静寂寞而独立兮，亮孤植而靡因[10]。怀分索之情一兮，秽群伪之乱真[11]。信可宝而弗离兮，宁高举而自傧[12]。聊[13]仰首以广俯兮，瞻首阳之冈岑。树丛茂以倾倚兮，纷萧爽而扬音[14]。

心去找寻。走走停停，一路上陷入了沉思之中，一面叹息着一面轻声低吟。我打算修饰一番然后前去，结果却招来众人的耻笑。只好静静地站在那儿，孤单寂寞，我决意保持自己诚笃坦白、清峻特出的人格，绝不人云亦云。我钦敬那终始如一的情志，打心眼里憎恶众人的虚伪、作假。诚信乃是人生的至宝，为了它即便要躲开世人独自退隐，我也心甘情愿。姑且抬头眺望那高峻的首阳山吧，山上树木青葱茂密，相互扶持倚靠，山风呼呼地从林梢刮过。

注释

1 **首阳山：**《史记·伯夷列传》曰："武王已平殷乱，天下宗周，而伯夷、叔齐耻之，义不食周粟，隐于首阳山，采薇而食之。……遂饿死于首阳山。"伯夷、叔齐所隐居的首阳山位于今山西省永济市南，而阮籍所写的首阳山实际在洛阳城北，二者只是同名而已。实际上，这一点对诗人来说无关紧要，他不过受此山名的触动、感发，想到了伯夷、叔齐的旧事，并借此寄托一腔孤愤而已。至于他们隐居的首阳山究竟在哪里，并无考证的必要。

2 **正元：**乃是高贵乡公曹髦的年号。齐王曹芳于嘉平六年(公元 254 年)九月被废，高贵乡公即位，十月壬辰改元为正元元年。据《晋书·阮籍传》，阮籍初为司马懿从事中郎，随后又为司马师从事中郎。高贵乡公立，封关内侯，徙散骑常侍。正元元年秋，还未除去旧职改授新职，所以这里说"尚"为中郎。不过从这一语气来看，这篇赋大概是后来补写的。**大将军府：**此处当指司马师的大将军府。司马懿死后，司马师以抚军大将军身份辅政，嘉平四年(公元 252 年)春正月，司马师迁大将军，加侍中，持节，都督中外诸军，录尚书事。

3 **重**(chóng)**阴**：指阴云密布。

4 **飘**：吹。 **回**：旋转。 **瀸**(jiān)：浸润，淋湿。 **襟**：古时候本指衣的交领。《释名》："襟，禁也。交于前，所以禁御风寒也。"后指衣的前幅。

5 **鶗鴂**(tí jué)：即杜鹃鸟。《广韵》称鶗鴂"春分鸣则众芳生，秋分鸣则众芳歇"。 **号**(háo)：引声长鸣。

6 **俦**：同辈，伴侣。 **虑**：思虑。

7 **振**：摇动，抖动。《楚辞·渔父》："新沐者必弹冠，新浴者必振衣。" **沙衣**：即纱衣，"纱"字古时候作"沙"。绢之轻细者曰纱，周王后夫人之服，以白纱縠为里，谓之素沙。见《周礼·天官》。六朝以后，在各种织物中纱的用途最广泛。纱衣，即纱制的衣服。 **缨**：结冠的带子。 **委绝**：断。

8 **徙倚**：流连徘徊。《楚辞·远游》："步徙倚而遥思兮，怊惝怳而乖怀。" **喟**(kuì)：叹息。

9 **修饬**(chì)：修饰整治。 **龃**：指牙齿参差不齐。

10 **亮**：诚信，坦白。 **孤植**：清峻特出。 **因**：因循。

11 **索**：分散。 **秽**：恶。

12 **信**：诚实，不欺。 **高举**：本意为高飞、远去，此处喻指隐居。 **傧**：同"摈"，排斥、抛弃。

13 **聊**：姑且。

14 **倾**：偏斜。 **萧爽**：高敞超逸。 **扬音**：谓风声。

原文

下崎岖而无薄兮，上洞彻而无依[1]。凤翔过而不集兮，鸣枭群而并栖[2]。扬遥逝而远去兮，二老穷而来归[3]。实囚轧而处斯兮，焉暇豫而敢诽[4]。嘉粟屏而不存兮，故甘死而采

译文

向下的道路崎岖不平，草木稀疏，朝上则一派空明，无依无傍。凤鸟疾飞而过不肯下顾，恶枭却比肩而栖，把这儿当作了它们的乐土。凤鸟遥遥远去了，不见踪影，伯夷与叔齐则蹒跚着爬上山冈。他们是为了躲避迫害才来到这里，哪有闲情逸致去非议时事。粟米已经没有了，唯有

薇[5]。彼背殷而从昌兮，投危败而弗迟[6]；此进而不合兮，又何称乎仁义[7]。肆寿夭而弗豫兮[8]，竞毁誉以为度。察前载之是云[9]兮，何美论之足慕。苟道求之在细兮，焉子诞而多辞，且清虚以守神兮，岂慷慨而言之[10]。

抱定必死的信念采薇而食。他俩离开了殷商来投奔仁德的周文王，适逢西伯囚禁于羑里获释归来。既然武王的行止有违礼法，那么仁义又何从谈起？过去有人坚持：伯夷和叔齐是为了博取美名才不惜结束自己的生命。试看前人的这种说法，实在荒谬可笑。就算要深究其理的话，也不必如此喋喋不休，夸大其词。我将努力达到清静虚无的境界，这绝非愤激之词。

注释

1 **崎岖：**谓山路险阻不平。 **薄：**草木丛生曰薄。 **洞彻：**意谓透明、明白透彻。

2 《韩诗外传》卷八："（黄帝）召天老而问之曰：'凤象何如？'天老对曰：'夫凤象……戴德负仁，抱忠挟义，……，食有质，饮有仪，往即文始，来即嘉成。惟凤为能通天祉，应地灵，律五音，览九德。'" **集：**谓群鸟栖止树上。 **枭：**也作"鸮"，俗名猫头鹰。旧传枭食母，为不孝之鸟，因以喻恶人。 **群：**禽兽聚合。 **栖：**鸟类止息曰栖。

3 **扬：**飞扬。"遥逝而远去"指的是凤。 **二老穷而来归：**《孟子·离娄上》曰："孟子曰：'伯夷辟纣，居北海之滨，闻文王作，兴曰：'盍归乎来！吾闻西伯善养老者。'太公辟纣，居东海之滨，闻文王作，兴曰：盍归乎来！吾闻西伯善养老者。二老者，天下之大老也，而归之，是天下之父归之也。天下之父归之，其子焉往？"二老，指伯夷、叔齐。穷，困厄。

4 **囚：**拘禁。 **轧：**古刑罚。《汉书·匈奴传》："有罪小者轧，大者死。"唐颜师古《汉书》注曰："轧，谓辗轹其骨节，若今之厌（yā，通"压"）踝者也。"也就是碾压骨节。 **焉：**何，安。 **豫：**安乐，逸乐。 **诽：**毁谤，非议。

5 **屏**（bǐng）**：**除去，排除。 **采薇：**见五言咏怀其九诗注。

6 **昌：**周文王姬昌的名。 **投危败而弗迟：**投，适逢。周文王为西方诸侯之长，称西伯。伯夷、叔齐投奔于他。适逢西伯为纣王囚系于羑里，后以进献美女及其他稀奇怪异之物得释，故曰“投危败而弗迟”。

7 **此：**指文王之子周武王。《史记·伯夷列传》曰：“及至西伯卒，武王载木主号为文王，东伐纣。伯夷、叔齐叩马而谏曰：‘父死不葬，爰及干戈，可谓孝乎？以臣弑君，可谓仁乎？’”故而赋中说“此进而不合兮，又何称乎仁义”。

8 **夭：**少壮而死谓夭。 **豫：**犹豫，迟疑。

9 **是云：**这种说法。

10 **诞：**放诞、虚妄。 **清虚：**清静虚无。 **慷慨：**《说文》：“慷慨，壮士不得志也。”

清思赋

原文

余以为形之可见，非色之美；音之可闻，非声之善。昔黄帝登仙于荆山之上，振《咸池》于南岳之冈，鬼神其幽，而夔牙不闻其章[1]。女娃耀荣于东海之滨，而翩翻于洪西之旁，林石之陨从，而瑶台不照其光[2]。是以微妙无形，寂寞无听，然

译文

我以为：大凡眼睛所能看到的色相并非是最美丽的；耳朵所能感受到的声音，不一定就是最动听的。从前黄帝在荆山之巅登仙升天，在南岳的顶峰演奏气势磅礴的《咸池》乐曲，其隐幽微妙之处，唯有鬼神才能领会，即便像夔、伯牙这样知晓音乐的天才也无法听到。女娃在东海之滨化作了精卫鸟，翩翩翻飞于浩瀚无垠的大海之上，不断地衔来木石投入汪洋中，她的荣光永远不会消殒，却不是人人都能欣赏的。因此，精微奥妙以至于无形，空廓寂静以至于无声，唯其如此，方能领

后乃可以睹窈窕而淑清[3]**。故白日丽光，则季后不步其容；钟鼓阊铪，则延子不扬其声**[4]**。**

悟真正意义的优美与纯净。所以，在白天明亮的阳光下，李夫人从不展露她姣美的面容；在鞺鞈激越的钟鼓声中，师延总是静静地保持沉默。

注释

1 **黄帝登仙于荆山之上：**《史记 · 封禅书》曰："齐人公孙卿曰：'黄帝采首山铜，铸鼎于荆山下。鼎既成，有龙垂胡髯下迎黄帝。黄帝上骑，群臣后宫从上龙七十余人，龙乃上去。余小臣不得上，乃悉持龙髯，龙髯拔，堕，堕黄帝之弓；百姓仰望，黄帝既上天，乃抱其弓与胡髯号。故后世因名其处曰鼎湖，其弓曰乌号。'" **振：**这里是指演奏乐曲。**《咸池》：**相传是黄帝所作的乐曲，《汉书·礼乐志》："昔黄帝作《咸池》，……《咸池》备矣。"颜师古曰："咸，皆也。池，言其包容浸润也，故云'备矣'。" **南岳：**五岳之一，古时霍山、衡山都有南岳之称。 **幽：**隐微。 **夔：**传说为舜时的乐官，《尚书 · 舜典》："帝曰：'夔！命汝典乐，教胄子。'" **牙：**即伯牙，春秋人，以精于琴艺闻名。《吕氏春秋·本味》："伯牙鼓琴，钟子期听之。方鼓琴而志在太山，钟子期曰：'善哉乎鼓琴！巍巍乎若太山。'少选之间而志在流水，钟子期又曰：'善哉乎鼓琴！汤汤乎若流水。'" **章：**乐竟为一章。

2 **女娃：**《山海经 · 北山》："发鸠之山，其上多柘木。有鸟焉，其状如乌，文首、白喙、赤足，名曰精卫。其鸣自詨。是炎帝之少女，名曰女娃。女娃游于东海，溺而不返，故为精卫。常衔西山之木石，以堙于东海。" **翩翻：**飞翔貌。 **洪：**指东海。 **瑶台：**美玉砌成的高台，极言其华丽。《楚辞·离骚》："望瑶台之偃蹇兮，见有娀之佚女。"王逸注引《吕氏春秋》曰："有娀氏有美女，为之高台而饮食之。"

3 **微妙：**精微深奥。 **寂寞：**空廓无声。这里所说的"微妙无形""寂寞无听"都是一种哲学境界。 **窈窕：**美好貌。 **淑清：**明朗，纯净。

4 **丽：**显明，显著。 **季后：**"季"疑当作"李"，即李后。《汉书·外戚传》："（孝武）李夫人少而蚤卒，……上思念李夫人不已，方士齐人少翁言能致其神。乃夜张灯烛，设帷帐，陈酒肉，而令上居他帐，遥望见好女如李夫人之貌，还幄坐而步，又不得就视。”**阊铪：**钟鼓声。**延子：**指师延，商纣王的乐师。《韩非子·十过》：“师旷曰：‘此师延之所作，与纣为靡靡之乐也。及武王伐纣，师延东走，至于濮水而自投。’”

原文

夫清虚寥廓，则神物来集；飘飖恍惚，则洞幽贯冥；冰心玉质，则皦洁思存[1]；恬淡无欲，则泰志适情。伊衷虑之遒[2]好兮，又焉处而靡逞。寒风迈于黍谷兮[3]，父诲子而游鹊。申孺悲而母归兮，吴鸿哀而象生[4]。兹感激以达神，岂浩瀁而弗营[5]。志不觊而神正，心不荡而自诚[6]。固秉一而内修，堪粤止之匪倾[7]。惟清朝而夕晏兮，指蒙汜以永宁[8]。是时羲和既颓，玄夜始扃，

译文

倘若精神清净虚无、空廓旷远，就会招来神明之物；假使进入到飘飖隐约的状态中，那么无论多么深幽的地方都能畅行无阻；如果心境像冰雪一样洁白，像美玉那样纯净，思绪就会明朗，不含一丝杂质；假如对世事抱着淡泊宁静、无所欲求的态度，必定会心志泰然，无往而不适。这样，内在的思虑终归会平静下来，不再惶惑不知所之。刺骨的寒风咆哮着掠过黍谷，寸草不生，邹衍的呼吸吐纳功夫竟使气候回寒为暖，恰如阳春三月；父亲教导儿子戏弄鸥鸟，结果却一无所获。申喜听到乞人的哀歌，悲从中来，终于找到失散多年的母亲；吴鸿、扈稽悲愤郁积，无所宣泄，以至于打动了天地，一洗冤仇。这些都是因为精诚感应而通神的例子。尽管精神渺渺茫茫，无边无垠，真的就不能把握了吗？如果意志坚定专一，精神就会端正刚直；如果心境平定而不动摇，那么就能保证诚实无欺。故而要执着一念，提高内在的素养，懂得适可而止就不会倾侧、偏斜。在清晨和黄昏的时候，精神便飞向日出之地——蒙汜，从而获得永久的安宁。此时太阳已经下山了，暮色渐渐聚拢，月亮从东方徐徐升起，凉爽的秋风吹过来，薄

望舒整辔，素风来征，轻帷连扬，华茵肃清，彭蚌微吟，蝼蛄徐鸣[9]。望南山之崔巍兮，顾北林之葱青。太阴[10]潜乎后房兮，明月耀乎前庭。乃申[11]展而缺寐兮，忽一悟而自惊。

薄的帘帷轻轻飘扬，华丽的坐褥也显得端庄清冷，四周传来彭蚌低低的吟唱，还有蝼蛄的长鸣一声接着一声。遥望高耸入云的南山，回头凝视葱青蓊郁的北林。太阴星已经从屋后落下去了，只有一轮皎洁的明月照耀在庭院的上空，如水的月华倾泻下来，使人神清气爽。在这静谧的月色中，我舒展着肢体，难以入眠，不禁陷入了沉思冥想之中，忽然又惊悟过来，眼前依然是月华如水。

注释

1 **清虚：**清净虚无。 **寥廓：**旷远，空阔。 **恍惚：**隐约不清，难以捉摸和辨认。 **冥：**幽。 **皦**(jiǎo)**：**白。

2 **遒**(qiú)**：**终，尽。

3 **迈：**掠过。 **黍谷：**见《东平赋》注。又刘向《别录》："燕有黍谷。"亦名燕谷山，亦谓之寒谷。山有风洞，洞口风气凛冽，盛夏人不敢入。父诲子而游鹊，疑即海上鸥鸟事，详见《东平赋》注。

4 **申孺悲而母归：**《吕氏春秋·精通》："周有申喜者，亡其母，闻乞人歌于门下而悲之，动于颜色，谓门者内(纳)乞人之歌者，自觉而问焉，曰：'何故而乞？'与之语，盖其母也。"《淮南子·说山训》谓申喜为楚人。孺，小貌。**吴鸿哀而象生：**《吴越春秋·阖闾内传》："阖闾既宝莫耶，复命于国中作金钩，令曰：'能为善钩者，赏之百金。'吴作钩者甚众，而有人贪王之重赏也，杀其二子，以血衅金，遂成二钩，献于阖闾，诣宫门而求赏。王曰：'为钩者众，而子独求赏，何以异于众夫子之钩乎？'作钩者曰：'吾之作钩也，贪而杀二子，衅成二钩。'王乃举众钩以示之：'何者是也？'王钩甚多，形体相类，不知其所在。于是钩师向钩而呼二子之名：'吴鸿、扈稽，我在于此，王不知汝之神也。'声绝于口，两钩俱飞着父之胸。"象，谓两钩飞起之象。

5 **兹感激以达神**：指上面四件事，均为精诚感应而通于神者。 **营**：度。

6 **觊**(jì)：希冀，希图。 **荡**：动摇不安。

7 **秉**：执持。 **内修**：意谓内在的修养很好。 **堪**：可，能。 **粤**：审慎之词。

8 **晏**：天清。 **蒙汜**：《淮南子·览冥训》注蒙汜曰："日所出之地也。"参见五言咏怀其十八诗注。

9 **羲和**：见五言咏怀其十八诗注。 **玄**：清静。 **扃**(jiōng)：本意是指自外关闭门户用的门闩，这里作动词用。"玄夜始扃"，意思是说夜色四合。 **望舒**：神话传说中为月亮驾车的仙人。《楚辞·离骚》王逸注曰："望舒，月御也。" **辔**：马缰。 **素风**：秋风。 **扬**：飞扬。 **彭蚌**：疑即"彭蜞"，一种小蟹，生于海边泥中，食土。 **蝼蛄**：一名蟪蛄，能鸣。见五言咏怀其二十四诗注。

10 **太阴**：太岁的名称，乃是古代天文学中假设的星名，与岁星相应，又称岁阴。

11 **申**：舒。

原文

焉长灵以遂寂兮，将有歙乎所之[1]。意流荡而改虑兮，心震动而有思。若有来而可接兮，若有去而不辞。心恍忽而失度，情散越而靡治[2]。岂觉察而明真兮，诚云梦[3]其如兹。惊奇声之异造兮，鉴殊色之在斯[4]。开丹山之琴瑟兮，聆

译文

我那亡逸的神思怎会就此沉寂，它将继续飘游到它向往的地方去。意念反复波动，时时会改变初衷，心神震荡不安，若有所思，仿佛有什么东西飘忽而来可以把握，又像是有什么将要不辞而别，难以捉摸。心境恍恍惚惚，失去了平素的尺度，情绪闲散游离，始终理不清头绪。难道思想在被察觉之后就会变得明晰而真切吗？其实，它的本质像云、像梦，缥缈无定，若隐若现。它时而为奇妙的声音所能达到的境界而惊呼，时而留意左右特异的物色。是它发现了丹穴山上如琴瑟般和谐清越的凤鸣，聆听着风动崇陵草木发出的气势宏大的声响。它沉醉于

崇陵之参差[5]。始徐唱而微响兮，情悄慧以委蛇[6]。

开始时舒缓而轻柔的节拍，不由自主地融进了那片澄明、宁静的氛围之中。

注释

1 **长灵：**即指亡逸之神思。 **歙**（xī）**：**吸入、吸取，通"噏""吸"。 **之：**往，至。

2 **散越：**闲散，散漫。 **治：**理。

3 **云梦：**谓宛如云、梦一般难以捉摸。

4 **造：**诣，到，进。 **色：**指物色。

5 **丹山：**谓丹穴之山。 **琴瑟：**谓凤鸣。《山海经·南山经》："又东五百里曰丹穴之山。……有鸟焉，其状如鸡，五采而文，名曰凤皇。……是鸟也，饮食自然，自歌自舞，见则天下安宁。"参见《东平赋》注。 **聆崇陵之参差：**谓风吹动崇陵之草木，其声参差可闻。聆，听。

6 **悄慧：**谓内心安宁而澄明。 **委蛇**（wēi yí）**：**雍容自得貌。

原文

遂招云以致气兮，乃振[1]动而大骇。声飋飋以洋洋，若登昆仑而临西海，超遥茫渺，不能究其所在[2]。心瀇瀁而无所终薄兮，思悠悠而未半，邓林殪于大泽兮，钦邳悲于瑶岸[3]。徘徊夷由[4]兮，猗靡广衍。游平圃以长望兮，乘修水之华旂[5]。长思肃以永至兮，涤平衢之大夷[6]。循路旷以径通兮，

译文

然后招集云气，使之摩擦震动发出惊天动地的轰鸣。轰鸣声如飓风般从头顶滚过，声势浩大，仿佛登上昆仑山俯瞰西海，海水深广辽阔，没有人知道它的边际究竟在哪里。心神激荡起伏，找不到停泊之处，思虑悠长，那情形仿佛邓林已在大泽中枯萎，钦邳还在峨崖旁悲叹，孤苦无依。徘徊着，犹豫着，思绪飘飘忽忽，博大而广阔。攀上玄圃遨游，眺望四面的风景，然后顺着修水漂流，任那华美的旌旗随风招展。企盼着能快快抵达彼岸，那儿清净的道路四通八达，宽阔平坦。循着宽广的大道笔直向前，畅通无阻。美妙的飘游总是令人歆羡，乘着骀荡的

辟闺闼而洞闱。羡要眇之飘游兮，倚东风以扬晖[7]。沐洧渊以淑密兮，体清洁而靡讥[8]。厌[9]白玉以为面兮，披丹霞以为衣。袭九英之曜精兮，珮瑶光以发微[10]。服倏煜以缤纷兮，绰众采以相绥[11]。色熠熠以流烂兮，纷杂错以葳蕤[12]。象朝云之一合兮，似变化之相依；麾常仪使先好兮，命河女以胥归[13]。

东风徐徐播撒着光辉。在清清洧渊水中沐浴，洗去身上的尘垢之后觉得无比轻盈，从今往后不会再招来旁人讥讪的目光了。将光润的白玉附着在面颊上装扮起来，披上红色的云霞作为衣裳，让全身笼罩在北斗九星灿烂明亮的精光中，再把瑶光星佩戴在身上去照亮那昏昧的角落。尽管从头到脚已是一片绚烂的光华，还是忍不住添上更为繁复的色彩使之调和起来。色泽璀璨艳丽，光波流动闪烁，光与色交错混杂，迸发出出人意料的美。有如朝霞忽离忽合，变幻离奇，然后派遣常仪作为通好的使者，命令织女即刻返回。

注释

1 **振**：同“震”。

2 **飂飂**(liáo liáo)**：**风声。 **洋洋：**盛大貌。《山海经·大荒西经》：“西海之南，流沙之滨，赤水之后，黑水之前，有大山，名曰昆仑之丘。” **超遥：**遥远貌。 **茫渺：**辽阔。 **究：**穷，极。

3 **瀁瀁**(yàng yàng)**：**动荡貌，形容心神不宁。 **薄：**依附，止。 **悠悠：**思绪绵长的样子。 **邓林：**见五言咏怀其十诗注。 **殪：**死。 **钦邳：**见《东平赋》注。 **瑶岸：**即瑶崖，谓天帝戮钦邳之处，位于钟山之东。

4 **夷由：**同“夷犹”，意思是犹豫不前。

5 **平圃：**山名。《山海经·西山经》：“又西三百二十里，曰槐江之山，……其阳多丹粟，其阴多采黄金银，实惟帝之平圃。”郭璞注：“(平圃)即玄圃也。” **修水：**水名。《山海经·北山经》：“梁渠之山，无草木，多金玉，修水出焉。”即《汉书·地理志下》代郡且如县的于延水。 **旂**(qí)**：**上画龙形、竿头系铃的旗。

6 **涤:**洒。 **衢:**四通八达的道路。 **夷:**平。

7 **旷:**辽阔,宽大。 **径:**笔直。 **闺:**小门。 **闼**(tà):宫中小门。 **洞:**通透。 **闱**(wéi):古代宫室,前曰庙,后曰寝,寝侧两边的小门曰闱。 **要眇**(yāo miǎo):美好貌。

8 **沐:**洗发。 **洧**(wěi)**渊:**水名,在今河南省新郑市东。《水经注》卷二十二《洧水》:"洧水又东径新郑县故城中,……洧水又东,为洧渊水。" **淑:**清澈。 **密:**指水深而静。

9 **厌:**《楚辞·七谏·自悲》:"厌白玉以为面兮。"注:"厌,著也。"

10 **袭:**穿着。**九英:**不详。一说指北斗七星和辅佐二星。**曜:**光明照耀。**精:**谓日月清明。 **珮:**通"佩",此处作动词,佩戴。 **瑶光:**北斗七星中第七星名。 **微:**不明。

11 **倏煜**(shū yù):光彩夺目。 **缤纷:**盛貌。 **綷**(cuì):错杂,杂糅,这里是指将众多的色彩合在一起。 **相绥:**谓相安、相协调。

12 **熠熠**(yì yì):鲜明貌。 **流烂:**谓光华流动闪烁。 **葳蕤**(wēi ruí):鲜丽貌。

13 **朝云:**即指清晨的云霞,一说为宋玉《高唐赋》中的神女:"昔者先王尝游高唐,怠而昼寝,梦见一妇人曰:'……妾在巫山之阳,高丘之阻,旦为朝云,暮为行雨,朝朝暮暮,阳台之下。'" **一合:**会合。 **麾**(huī):指挥。 **常仪:**人名,《史记·五帝纪》索隐引《帝王纪》:"帝俈有四妃,卜其子皆有天下。……次妃娵訾氏女,曰常仪,生帝挚。" **河女:**即织女,《荆楚岁时记》:"天河之东有织女,天帝之子也。" **胥**(xū):语气词,无义。

原文

步容与而特进兮,眄两楹而升墀;振瑶溪而鸣玉兮,播陵阳之斐斐[1]。蹈消漱之危迹兮,蹑离散之轻微[2]。释安朝之朱履兮,践席假而集帷[3]。敷斯来之在室兮,

译文

步履从容、气宇轩昂地迈进,用余光扫视庙堂两侧的楹柱,而后缓缓登上台阶。瑶溪水叮叮咚咚地流淌,宛如玉佩相击的美妙声响,仙人陵阳曾经往来于这条溪上。踏上高洁而峻峭的路途,脚下是飘飞的尘埃。脱掉安期生朱红色的鞋,迈上席垫,将帷幕拉拢。织女已然归来,安处室中,如晨

乃飘忽之所晞[4]。馨香发而外扬兮，媚颜灼以显姿[5]。清言窃其如兰兮，辞婉娩而靡违[6]。托精灵之运会兮，浮日月之余晖[7]。假淳气之精微兮，幸备宴以自私。愿申爱于今夕兮，尚有访乎是非[8]。被[9]芬芳之夕阳兮，将暂往而永归。观悦怿而未静兮，言未究而心悲。嗟云霓之可凭兮，翻挥翼而俱飞[10]。

光熹微。芬芳的气息传遍四方，艳丽的容貌光彩照人；那像幽兰一样沁人心脾的清雅言谈，言词温和，语调舒缓，从不会出现顶触和冲撞。愿托神明运行会合的力量送我直上九霄，徜徉在日月温暖祥和的余晖中。愿借助精细隐微的淳厚之气，备下丰盛的筵席以自适；但愿能在今晚表达我深深的爱慕之情，至于是是非非的问题还需要从长计议。周身沐浴在夕阳温馨的光波中，思忖着将永远安顿于此，不再远离。看着这片令人愉悦的景致，心情久久不能平静。然而，没有倾吐衷肠毕竟叫我伤感不已。可叹那云霞与彩虹尚可凭依，挥动着羽翼我将再度展翅高飞。

注释

1 **容与**：放纵、从容。 **眄**：斜视。 **楹**：庙堂的前柱。 **墀**(chí)：指台阶。 **振**：动荡。 **溪**：山间的河沟。 **鸣玉**：指水声如玉撞击之声清脆、悦耳。 **播**：散布，传扬。 **陵阳**：指仙人陵阳子明。《列仙传》曰："陵阳子明者，铚乡人也。好钓鱼，于旋溪钓得白龙。子明惧，解钩，拜而放之。后得白鱼，腹中有书，教子明服食之法。子明遂上黄山，采五石脂，沸水而服之。三年，龙来迎去，止陵阳山上百余年。" **骓骓**(fēi fēi)：往来貌。

2 **蹈**：踏，踩。 **消**：消散，放诞。 **泱**：洁净。 **危**：高而险。 **蹑**：登，蹈。

3 **释**：此处是脱、置的意思。 **安朝**：疑当作"安期"。《列仙传》曰："安期先生者，琅琊阜乡人也。卖药于东海边，时人皆言千岁翁。秦始皇东游请见，与语三日三夜。赐金璧度数千万，出于阜乡亭，皆置去。留书，以赤玉舄一双为报曰：'后数年，求我于蓬莱山。'始皇即遣使者徐市、卢生等数百人入海。未至蓬莱山，辄逢风波而还。"《史记·封禅书》曰：

“(李)少君言上曰:‘臣常游海上,见安期生,安期生食巨枣,大如瓜。安期生仙者,通蓬莱中,合则见人,不合则隐。’” **践:**踏,临。 **席:**供坐卧铺垫的用具,其中用蒿秸织成的叫荐,以莞蒲织成的叫席。 **假:**因。

4 **敷:**散,布。 **斯来:**指胥归之河女。 **飘忽:**轻疾貌。 **晞:**指将要天明之时太阳的光气。

5 **馨香:**香美。馨,谓香气远闻。 **媚颜:**此处指娇美的容颜。 **灼:**明。

6 **清言:**清雅的言谈、议论。《周易·系辞上》:“二人同心,其利断金。同心之言,其臭如兰。” **婉娩**(wǎn):柔顺貌。婉,和顺、宛转;娩,柔顺。

7 **精灵:**此处指神明。 **运会:**运行会合。

8 **假:**借,凭借。 **淳:**淳厚。 **精微:**精细隐微。 **访:**谋,议。

9 **被**(pī):覆盖。

10 **怿**(yì):悦。 **究:**竟,完。 **云霓:**指云和虹。 **凭:**依。 **翻:**通“反”。

原文

弃中堂之局促兮,遗户牖之不处[1]。惟幕张而靡御兮,几筵设而莫拊[2]。载云舆之晻蔼兮,乘夏后之两龙,折丹木以蔽阳兮,竦芝盖之三重,翩翼翼以左右兮,纷悠悠以容容[3]。瞻朝霞之相承兮,似美人之怀忧[4]。采色杂以成文兮,忽离散而不留[5]。若将言之未发兮,又气变而飘浮。若垂髦而失鬌兮,饰未集而形消;目流盼而自别兮,心

译文

把狭小局促的中堂连同低矮的门窗一道弃置于身后,帷幕敞开着无人闭合,筵席刚刚摆好还没有动过。而我已乘上雾气缭绕的云舆,驾着夏启的一双虬龙起程了,攀折路旁的丹木枝来遮挡阳光,矗立的芝盖重重叠叠达三层之多,车驾飞快地奔驰着,眼前的景致迅捷地变化。瞻望东方,只见七彩的朝霞连绵不绝,那情态酷似忧心忡忡的美人。纷繁多变的色彩混合在一起组成一定的花纹,转眼间又烟消云散。好像正准备讲话还没有开口之际,有时候思想突然如一阵轻烟飘散。好像刘海下垂却鬓发全无,在精心修饰之前形体已然消逝。目光流转四顾,心绪已经归来,可外表上看

欲来而貌辽[6]。

去似乎还遥不可及。

注释

1 **中堂**:堂的正中。 **遗**:弃。

2 **张**:施,陈设。 **筵**:垫底的竹席。《周礼·春官·序官》:"司几筵下士二人。"郑玄注曰:"筵亦席也。铺陈曰筵,藉之曰席。然其言之筵席通矣。"疏:"设席之法,先设者皆言筵,后加者为席。" **拊**(fǔ):拍,轻击。

3 **云舆**:云车。 **晻**(ǎn)**霭**:昏暗的云气。 **夏后**:指夏启。后,古代天子及列国诸侯都称后。《山海经·海外西经》:"大乐之野,夏后启于此儛九代,乘两龙,云盖三层。" **丹木**:《山海经·西山经》:"西南三百六十里,曰崦嵫之山,其上多丹木,其叶如穀,其实大如瓜,赤符而黑理。" **竦**:执。**芝盖**:车盖,多指仙界之车。**重**(chóng):层。**翩**:犹翩翩,往来貌。**翼翼**:飞貌。 **悠悠**:行貌。 **容容**:变动之貌。

4 **承**:接,继。

5 **杂**:指五彩之色相互混合、掺揉。 **文**:彩色交错而显示出的花纹、纹理。

6 **髦**:古代幼儿下垂至眉的短头发曰髦。**鬋**(jiǎn):指女性鬓发下垂貌。**饰**:修饰。 **流盼**:目光流转观看。 **别**:分别,区分。 **辽**:远。

原文

纷绮靡而未静兮,先列宿之规矩[1]。时党莽而阴曀兮[2],忽不识乎旧宇。迈黄妖之崇台兮,雷师奋而下雨[3]。内英哲与长年兮,笞离伦与膺贾[4]。摧魍魉而折鬼神兮[5],直径登乎所期。历四方而纵

译文

华丽浮艳的世相纷纷扰扰,镶嵌在苍天上的众星宿则各有各的位置。此刻天色苍茫刮起了大风,在风沙中我忽然迷失了方向,认不出旧时的一切。登上黄妖的高台,只见雷师丰隆震动了霹雳,下起了瓢泼大雨。我要网罗天下的英才和老者,鞭笞作恶多端的离伦与膺贾,然后摧毁所有的鬼怪,径直通向自己期待已久的天

怀兮，谁云顾乎或疑。超高跃而疾骛兮，至北极而放之[6]。援间维以相示兮，临寒门而长辞[7]。既不以万物累心兮，岂一女子之足思[8]！

堂。遍游四方之后，胸怀日渐宽广博大，谁还会一味留恋往昔，疑虑重重。我将高高腾飞，迅疾地奔走，奔向那遥远的北极之地。一面攀缘着天地的间维，直至寒门，随后永远地离去。既然万事万物于我的本心都已无所妨碍了，那么纤纤一介女子又何足挂念呢？

注释

1 **绮靡**：华丽，浮艳。 **列宿**：众星宿。

2 **党莽**：宽广貌。 **曀**(yì)：天色阴沉而多风。

3 **黄妖**：《汉书·五行志》："思心之不睿，是谓不圣，……时则有黄眚黄祥……土色黄，故有黄眚黄祥。凡思心伤者病土气，……黄者，日上黄光不散，如火然，有黄浊气……。" **崇台**：高台。 **雷师**：神话中的司雷之神。《离骚》："鸾皇为余先戒兮，雷师告余以未具。"洪兴祖《楚辞补注》："轩辕主雷雨之神。一曰：雷师丰隆也。" **奋**：震动。

4 **内**：同"纳"。**英哲**：杰出而有识见之人。**长年**：指老年人。**笞**(chī)：用鞭、杖、竹板抽打。 **离伦**：未详。 **膺**：或当为赝，伪物。 **贾**(gǔ)：居货待售者，谓坐商。

5 **摧**：摧毁，挫败。 **魍魉**：物怪。 **折**：挫败，摧折。

6 **疾骛**(wù)：疾驰。骛，奔驰。《汉书音义》曰："直骋曰驰，乱驰曰骛。" **北极**：北方极远之地。《尔雅·释地》曰："东至于泰远，西至于邠国，南至于濮鈆，北至于祝栗，谓之四极。"

7 **间维**：见《东平赋》注。 **寒门**：传说中北方极寒冷的地方。《楚辞·远游》注："寒门，北极之门也。"《淮南子·地形训》："北方曰北极之山，曰寒门。"高诱注曰："积寒所在，故曰寒门。"

8 **累**：妨碍，烦劳。 **岂一女子之足思**：据《三国志·魏书·后妃传》，明帝赐毛皇后死，爱幸郭皇后。另据《三国志·魏书·辛毗杨阜高堂隆传》："时（明帝）初治宫室，发美女以充后庭，……阜上疏曰：'……顷所调送小女，远闻不令，宜为后图。'"有论者说这篇《清思赋》或许是为讽谏明帝而作,当然这也只是揣度之词。至于作者真实的用意,则不得而知了。

猕猴赋[1]

原文

昔禹平水土而使益驱禽,涤荡川谷兮栉梳山林,是以神奸形于九鼎而异物来臻[2]。故丰狐文豹释其表,间尾驺虞献其珍[3],夸父独鹿祓其豪[4],青马三骓弃其群[5]:此以其壮而残其生者也[6]。

译文

从前大禹治水的时候,曾经指派益去驱赶、管理飞禽走兽,从山林到河谷,每一个角落都细细地梳理了一遍。然后在神圣而威严的九鼎上铸出各种鬼神怪异的形象,使它们慑于显形,再也不敢恣意妄为了。像丰狐、文豹这样的野兽,人们贪恋它们柔软美丽的皮毛,总是不择手段地猎取;还有间尾、驺虞因为珍异而备受青睐,夸父和独鹿、青马及三骓都由于各自不同的特点成为人类捕杀的对象。上述种种珍奇的兽类恰恰都死在了自己引以为荣的优势上。

注释

1 《史记·项羽本纪》:"说者曰:'人言楚人沐猴而冠耳,果然!'"张晏曰:"沐猴,猕猴也。"索隐曰:"言猕猴不任久著冠带,以喻楚人性躁暴。"《汉书·西域传》颜师古注:"沐猴即猕猴也。"

2 **禹平水土**:《孟子·滕文公下》:"当尧之时,水逆行,泛滥于中国,蛇龙居之,民无所定,下者为巢,上者为营窟……使禹治之。禹掘地而注之海,驱蛇龙而放之菹。水由地中行,江、淮、河、汉是也。险阻既远,鸟兽之害人者消,然后人得平土而居之。" **益**:传说为皋陶之子,皋陶为舜臣,掌刑狱之事。《尚书·舜典》:“帝曰:‘畴若予上下草木鸟兽?’佥曰:‘益哉!’”《白虎通》曰:“禽,鸟兽总名,言为人禽制也。” **涤荡:**洗荡,清除。 **栉(zhì)梳:**清除,疏导。栉,梳篦的总称。 **神奸:**鬼神作怪为害。 **形:**显形。 **九鼎:**古代象征国家政权的传国之宝,《汉书·郊祀志》:“禹收九牧之金,铸九鼎,象九州。”《左传·宣公三年》:“定王使王孙满劳楚子,楚子问鼎之大小轻重焉。对曰:‘在德,不在鼎。昔夏之方有德也,远方图物,贡金九牧,铸鼎象物,百物而为之备,使民知神奸,故民入川泽山林,不逢不若,魑魅罔魉,莫能逢之,用能协于上下,以承天休。” **臻:**至,到达。

3 **丰狐:**大狐。 **文豹:**豹皮有文采,故称文豹。《庄子·山木》:“夫丰狐文豹栖于山林,伏于岩穴,静也。”《列女传·贤明传·陶荅子妻》:“(妇曰)妾闻南山有玄豹,雾雨七日而不下食者,何也?欲以泽其毛而成文章也。” **释:**解,脱。这一句是说人们猎获了丰狐文豹就剥去它们的皮毛。**间尾:**未详。《尔雅·释兽》:“蜼,印鼻而长尾。”郭璞注曰:“蜼似猕猴而大,黄黑色。尾长数尺,似獭尾,朱又岐。鼻露向上,雨即自悬于树,以尾塞鼻,或以两指。江东人亦取养之。为物捷健。”或疑“间尾”即“蜼”,仅供参考。 **驺(zōu)虞:**兽名,也作“驺吾”、“驺牙”。《诗经·召南·驺虞》:“于嗟乎驺虞。”传曰:“尾长于身,不履生草。”又:“驺虞,义兽也。白虎黑文,不食生物,有至信之德则应之。”《山海经·海外北经》:“林氏国有珍兽,大若虎,五采毕具,尾长于身,名曰驺吾。乘之日行千里。”这一句意谓:间尾、驺虞正因其珍异为人所爱,故而招致捕猎。

4 **夸父:**此处指一种神兽。《山海经·西山经》曰:“(崇吾之山)有兽焉,其状如禺而文臂,豹虎而善投,名曰举父。”郭璞注:“或作夸父。”《淮南子·地形训》:“夸父耽耳在其北方,夸父弃其策,是为邓林。”注:“夸父,神兽也。” **独鹿:**《山海经·北山经·北次二经》:“又北三百里曰北嚣之山,……有兽焉,其状如虎而白身,犬首,马尾,彘鬣,名曰独狢。”又《南山经》:“又东三百七十里曰杻阳之山,……有兽焉,其状如马而白首,其文如虎而赤尾,其音如谣,其名曰鹿蜀。佩之宜子孙。”独鹿大约即与此相类,故列于此供参考。 **祓(fú):**除。 **豪:**强,健。

5 《山海经·大荒东经》:“东荒之中有山,名曰壑明俊疾,日月所出。有中容之国。东北海外又有三青马、三骓(注:马苍白杂毛为骓)、甘华。爰有遗玉、三青鸟、三骓、视肉(注:聚肉有眼)、甘华、甘柤,百谷所在。”又《大荒南经》:“有盖犹之山者,……有青马,有赤马,名曰三骓。有视肉……。”

6 **壮:**强大,健壮。 **残:**杀。

原文

若夫熊狚之游临江兮,见厥巧以乘危;夔负渊以肆志兮,扬震声而衣皮[1]。处间旷而或昭兮,何幽隐之罔随[2]。鼷畏逼以潜身兮,穴神丘之重深,终惑饵以求食兮,乌凿之而能禁。诚有利而可欲兮,虽希觌而为禽[3]。故近者不弥岁,远者不历年,大则有称于万年,细者则为笑于目前[4]。

译文

熊狚在江边慢悠悠地游逛,步履蹒跚,却念念不忘显示自己轻巧的一面,于是朝着那高危处奋力攀缘。夔潜居在深渊中,安全而舒适,那是它纵情肆意的天下,一旦浮出水面便招来杀身之祸,用它的皮蒙鼓,鼓声如雷霆震撼。即便待在隐蔽的地方,有时也会被发现,深幽的屏障并非时时都起作用。鼷鼠因为畏惧才躲到神丘以下极深的洞穴里藏身,结果还是禁不住食饵的诱惑爬上地表。尽管这些动物平时很少露面,但是偶尔一次贪图小利探出头来,也足以葬送它们的性命。所以,有的活不了一年,稍长的能延续到数岁之大,真正长寿者千万年后还为人称道,至于那些微不足道之流则贻笑于目前了。

注释

1 **狚(dàn):**兽名。 **见:**现。 **厥(jué):**其。 **夔(kuí):**神话中的兽名。《释文》:“夔,求龟反。一足兽也。李(颐)云:黄帝在位,诸侯于东海流山得奇兽,其状如牛,苍色无角,一足能走,出入水即风雨,目光如日月,其音如雷,名曰夔。黄帝杀之,取皮以冒鼓,声闻五百里。” **负:**恃,倚仗。 **肆志:**纵情,放肆。

2 **间:**隔。 **旷:**辽阔,宽大。 **昭:**显明,彰明。 **罔:**副词,不、毋。

3 **鼷**(xī):一种小鼠,《尔雅·释兽》注“鼷鼠”:“有螫毒者。” **穴**(xué):此处作动词,打洞、钻洞。 **神丘:**社坛,是古代祭祀土地神所用的台子。 **乌:**疑问助词,何。 **凿:**穿通。 **禁:**止。 **希:**通“稀”,少、稀罕。 **觌**(dí):见。 **禽:**通“擒”。

4 **弥:**终,足。 **称:**颂扬之词。

原文

夫狝猴直其微者也,犹系累于下陈[1]。体多似而匪类,形乖殊而不纯[2]。外察慧而内无度兮,故人面而兽心[3]。性褊浅而干进兮,似韩非之囚秦;扬眉额而骤呻兮,似巧言之伪真[4]。藩从后之繁众兮,犹伐树而丧邻[5]。整衣冠而伟服兮,怀项王之思归[6]。耽嗜欲而盼视兮,有长卿之妍姿[7]。举头吻而作态兮,动可增而自新[8]。

译文

譬如狝猴就是其中卑微的一种,通常捆缚于堂下,没人拿正眼相看。它们的体格像人却奇丑无比,形貌乖异不善。外表看上去似乎很通灵性,其实骨子里冥顽不化,可谓是“人面兽心”的典范。狝猴性情急躁褊狭而又热衷于功利,宛若当年韩非囚禁于秦国;它们常常蹙着眉头急急地呻唤,好像要用花言巧语来混淆视听。既已离弃了众多的同类,却依然不忘剪除左右的辅弼之人。它们有时也会整肃衣冠,套上奇伟的袍服,模仿、缅怀项羽思乡的样子。有时又沉溺于嗜好和欲望当中,目光中满含期盼,还真有点司马相如当年的风姿。要么搔首弄姿,忸怩作态,自以为颇有新意,其实令人作呕。

注释

1 **直:**副词,只、仅仅。 **系累:**犹缚结、捆绑。 **下陈:**堂下,此处犹后列。

2 **类:**善。 **乖:**乖异。 **殊:**特别。 **纯:**美,善。

3 **察:**知晓,明了。 **慧:**聪慧,有才智。 **度**(duó):度量,考虑。

4 **褊**(biǎn):本指衣服狭小,这里是指性子急、器量小。 **浅:**狭,窄小。 **干进:**

谋求进身为官。**韩非之囚秦**:《史记·韩非列传》:"秦王见《孤愤》《五蠹》之书,曰:'嗟乎!寡人得见此人,与之游,死不恨矣。'李斯曰:'此韩非之所著书也。'秦因急攻韩,韩王始不用非,及急,乃遣非使秦。秦王悦之,未信用,李斯、姚贾害之,毁之曰:'韩非,韩之诸公子也,今王欲并诸侯,非终为韩不为秦,此人之情也。今王不用,久留而归之,此自遗患也。不如以过法诛之。'秦王以为然,下吏治非,李斯使人遗非药,使自杀。韩非欲自陈,不得见。秦王后悔之,使人赦之,非已死矣。" **呻**:呻吟。**巧言**:取悦于人的花言巧语。 **伪**:作动词用,做假、欺诈。

5 **藩**:本指篱笆、屏障,这里作动词用,屏退、疏离。 **犹**:还,尚。 **伐树而丧邻**:《史记 · 孔子世家》:"孔子去曹适宋,与弟子习礼大树下,宋司马桓魋欲杀孔子,拔其树。孔子去。弟子曰:'可以速矣。'……孔子适郑,与弟子相失,孔子独立郭东门。郑人或谓子贡曰:'东门有人……累累若丧家之狗。'"

6 **伟**:奇,特异。**项王之思归**:《史记 · 项羽本纪》:"项王见秦宫室皆以烧残破,又心怀思欲东归,曰:'富贵不归故乡,如衣绣夜行,谁知之者!'说者曰:'人言楚人沐猴而冠耳,果然!'"

7 **耽**:沉溺。 **嗜欲**:嗜好和欲望。 **盼**:企望。 **长卿**:司马相如的字,《史记 · 司马相如列传》:"相如之临邛,从车骑,雍容闲雅甚都。"注曰:"都犹姣也。" **妍姿**:美好的姿容。

8 **吻**:嘴唇的两边。 **作态**:故作姿态。 **增**:疑当作"憎"。

原文

沐兰汤而滋秽兮,匪宋朝之媚人[1]。终嗤弄而处绁兮,虽近习而不亲[2]。多才伎其何为兮,固受垢而貌侵[3]。姿便捷而好技兮,超趆

译文

即使在芬芳洁净的热水中洗浴,也是徒劳无益,相反只会衬出身上的臭秽污浊,因为它们根本不具备宋朝那样的丽质。总有一天会沦落为阶下囚,遭人耻笑,受尽捉弄和侮辱,即便是往日朝夕相伴的亲友也会形同陌路。就算多才多艺也于事无补,它们天生就是藏污纳垢之所,形貌丑陋可憎。它们身体轻捷,

腾跃乎岩岑[4]。既投林以东避兮，遂中冈而被寻。婴徽纆以拘制兮，顾西山而长吟；缘榱桷以容与兮，志岂忘乎邓林[5]。庶君子之嘉惠，设奇视以尽心，且须臾以永日，焉逸豫而自矜，斯伏死于堂下，长灭没乎形神[6]。

喜好各类技艺，纵身一跃就能置身于险峻的山巅。本来已经钻进了阴翳的密林向东逃跑，怎奈时乖运蹇，中途又被截获。浑身上下被绳索交错捆绑着，不能动弹，唯有频频回首望着西山发出悠长的啼声。我想：当它们在屋顶、檐角攀缘游戏的时候，恐怕不会忘记旧时的那片生机勃勃的邓林吧。幸亏有君子的怜悯与恩惠，才受到特殊的看顾而得以了却心愿，且把眼前的这一刻当作永远，再不会追求逸乐、自以为是了。此时此刻马上要伏死堂下，从今往后将彻底地销声匿迹了。

注释

1 **兰汤:**香汤,有香味的热水。 **滋:**增益。 **秽:**污浊,丑陋。 **宋朝之媚人:**《论语·雍也》:“子曰:‘不有祝鮀之佞,而有宋朝之美,难乎免于今之世矣。’”注曰:“宋朝,宋国之美人也,而善淫。”

2 **嗤弄:**这里是指受到讥笑和嘲弄。 **绁**(xiè):缰绳、绳索,用于捆缚罪人。 **近习:**亲近之人。

3 **垢:**污秽、肮脏之物。 **侵:**容貌丑陋,通“寝”。

4 **超:**跃上、越过。 **跕:**同“跕(tiē)”,足尖轻着地而行。 **岩:**高峻的山。

5 **婴:**环绕、羁绊。 **徽纆:**绳索。《释文》引刘表云:“三股曰徽,两股曰纆,皆索名。”引申为捆绑、囚禁。**缘:**循着,沿着。**榱桷:**椽子。《释文》:“桷,榱也。方曰桷,圆曰椽。” **容与:**这里是游戏之意。

6 **庶:**这里是幸亏的意思。**嘉惠:**恩惠。**须臾:**谓时间短暂,犹片刻。**永日:**尽日,消磨整天时间。 **逸豫:**安乐。 **自矜:**犹自夸。按:通观全文,显然这是一篇讽喻之作。根据《晋书·宣帝纪》的记载:“嘉平元年春正月甲午,天子(魏齐王芳)谒高平陵,(曹)爽兄弟皆从,……帝(司马懿)亲帅太尉蒋济等勒兵出迎天子,屯于洛水浮桥,……爽不通奏,留车驾宿伊水南,伐树为鹿角,发屯兵数千人以守。桓范果劝爽奉天子幸许昌,移檄征天下兵,爽不能用。……桓范等援引古今,谏说万端,终不能从,乃曰:'司马公正欲夺吾权耳。吾得以侯还第,不失为富家翁。'……乃收爽兄弟及其党与何晏、丁谧、邓飏、毕轨、李胜、桓范等诛之。"从这段文字可以看出曹爽是个目光短浅、见识浅陋的庸人,一味欣欣然于"不失作富家翁",这一点与项羽"富贵不归故乡"的看法异曲同工。不同的是,和项羽相比,曹爽完全没有那种创世英雄的气概与豪情,他本质上是个货真价实的懦夫。鉴于此,作者才会如此满怀激情地奚落、嘲弄这类"沐猴而冠"的猥琐小人,其描摹、讽刺都入木三分。不过,阮嗣宗这篇"有意为之"的赋,其落脚点究竟是何人何事,还有待于更加深入、细致的研究。

鸠　赋[1]

原文

嘉平中,得两鸠子,常食以黍稷之旨,后卒为狗所杀,故为作赋[2]。

伊嘉年之茂惠,洪肇恍惚以发蒙[3]。有期缘之奇鸟,以鸣鸠之攸同[4]。翔雕木以胎偶,寄增巢于裔松[5]。噏云雾以消息,游朝阳以相

译文

嘉平年间,我得到两只小小的鸤鸠,经常用谷子喂养它们,后来终于被狗咬死了。为此我写下了这篇赋。

正当母鸠年富力强的时候,隐约动了养育下一代的念头。这是一种通晓节气的奇鸟,和鸣鸠大致同属一类。它在枯败的树上飞飞停停,然后把鸟巢寄居在松枝上。呼吸着清新的空气,在明媚

从。旷逾旬而育类，嘉七子之修容[6]。

的阳光下忙忙碌碌，经过十多天的耐心孵化，终于看到了七个可爱的小宝贝。

注释

1 文中所说的鸠，乃是鸤鸠，即通常所指的布谷鸟。布谷鸟的鸣声似“布谷”，而且正当播种之时，故民间以布谷为劝耕之鸟。

2 **嘉平**：魏王曹芳的年号，从公元249年到254年。 **食**(sì)：作动词用，这里是喂养、饲养的意思。 **黍、稷**：见《东平赋》注。 **旨**：味美，美味。这一段是序。不过，作者写这篇赋并非单纯为了伤悼两只夭亡的布谷鸟，而是以隐喻、寄托的手法，表达了作者对风雨飘摇的时事的隐忧和爱莫能助的矛盾心情。

3 **伊**：彼，那。 **茂**：繁盛，美好。 **惠**：美好。 **洪**：大。 **肇**：开始。 **蒙**：萌生，通“萌”。

4 **期**：一定。 **鸣鸠**：即斑鸠。古人通常把鸠(布谷鸟)和鸣鸠混同为一类，故曰“攸同”。 **攸**：所。

5 **雕**：凋残、零落。 **偶**：一作“隅”。 **寄增巢于裔松**：《诗经·召南·鹊巢》：“维鹊有巢，维鸠居之。”《方言》云鸠：“蜀谓之拙鸟，不善营巢，取鸟巢居之，虽拙而安处也。” 裔，苗裔，此处指树的枝杈。

6 **消息**：谓一消一长，互为更替，此处指呼吸。 **旷**：耽误，花费。 **育**：生养。 **嘉七子之修容**：《诗经·曹风·鸤鸠》：“鸤鸠在桑，其子七兮。”《传》曰：“鸤鸠之养其子，朝从上下，暮从上下，平均如一。” 谓布谷在喂养幼鸟时，总是一视同仁，不偏不倚。修，修饰。

原文

始戢翼而树羽，遭金风之萧瑟[1]。既颠覆而靡救，又振落而莫弼[2]。陵桓山以徘徊，临旧

译文

幼鸟开始时总是敛翅而立，呆头呆脑，将要学飞之时，战战兢兢地，全身的羽毛都笔直地竖着。这正是秋风萧瑟的时候，它们在风中跌倒了又自己爬起来，没有谁在一旁扶助。渐渐地都能飞越桓山之巅了，从高空远远地望见了故土，

乡而思入[3];扬哀鸣以相送,悲一往而不集。终飘摇以流离,伤弱子之悼栗[4]。何依恃以育养?赖兄弟之亲昵[5]。背草莱以求仁,托君子之静室。甘黍稷之芳饎,安户牖之无疾[6]。洁文襟以交颈,玩华丽之艳逸。端妍姿以鉴饰,好威仪之如一[7]。聊俯仰以逍遥,求爱媚于今日。何飞翔之羡慕?愿投报而志毕[8]。值狂犬之暴怒,加楚害于微躯;欲残没以糜灭,遂捐弃而沦胥[9]。嗟薄贱[10]之可悼,岂有忘于须臾!

恨不能即刻就飞回。母鸠哀鸣着送自己的孩子上路,却不知何时才能看到它们齐齐归来,欢聚在一起;好端端一个家就这样各奔东西了,做母亲的时刻惦念着柔弱的孩子们,担心它们在风雨中孤苦无助。它们该怎样才能长大成熟呢?出门在外,也许只能靠兄弟之间的关心和勉励了。有两只小家伙从荒郊野外飞到人群聚居的地方,最后栖落在我那幽静的屋子里,它们很喜欢谷子的味道,觉出这是一个安全而舒适的家。它们胸前的羽毛带有白色的图案,一直环绕到颈部,轻盈漂亮的身姿令人喜爱。它俩有时候相互端详,为对方精心修饰一番,自始至终保持着端庄、凝重的举止。有时候又上下翻飞,叫着闹着,逍遥自在,然后不时地落下来调皮地撒撒娇。叫人羡慕和钦敬的并非是它们能高高飞翔的本领,而是那份知恩图报的眷眷深情。突然,一只狂暴的大狗闯到它们面前,撕咬着、践踏着两个弱小的生命,似乎一定要消灭而后快。这样,兄弟俩一道遭遇了不幸。我永远不会忘掉它们受蹂躏的一幕,那挣扎求生的惨象至今令人痛心不已。

注释

1 **戢(jí)翼:**敛翅,这是指小布谷初生羽毛之时。 **树:**通“竖”。树羽,谓学飞状。 **金风:**因西方为秋而主金,故秋风又名金风。 **萧瑟:**谓风速很快且风势猛烈。

2 **颠覆:**翻跌,跌倒。 **弼:**辅助,帮扶。

3 **陵:**升。超越。 **桓山:**即桓山之悲(或作桓山之泣,桓山鸟)的典故。《孔子家语·颜回》:"回闻桓山之鸟,生四子焉,羽翼既成,将分于四海,其母悲鸣而送之。"常比喻骨肉离散之悲。 **旧乡:**故土,故乡。

4 **飘摇:**飘荡无依。 **流离:**流转,离散而不得其所。 **悼栗:**恐惧战栗。

5 **恃:**依赖,凭借。 **亲昵:**亲近。

6 **草莱:**草茅、杂草之类,代指野外、荒野。 **饎**(chì)**:**炊熟。 **疾:**患害。

7 **文:**花纹。 **端:**端正。 **威仪:**庄严的容貌举止。

8 **聊:**姑且。 **投报:**报效。 **毕:**完,尽。

9 **楚害:**犹巨创,意思伤害得非常严重。 **微:**小。 **残:**残害,摧残。 **糜灭:**毁灭。 **捐:**弃。 **沦胥:**沦陷,沦丧。

10 **薄贱:**轻微、弱小而卑微,这里指布谷鸟的生命。

笺

为郑冲劝晋王笺[1]

原文

冲等死罪。伏见嘉命显至，窃闻明公固让，冲等眷眷，实有愚心，以为圣王作制，百代同风，褒德赏功，有自来矣[2]。昔伊尹，有莘氏之媵臣耳，一佐成汤，遂荷“阿衡”之号[3]；周公借已成之势，据既安之业，光宅曲阜，奄有龟蒙[4]；吕尚，磻溪之渔者，一朝指麾，乃封营丘[5]。自是以来，功薄而赏厚者不可胜数，然贤哲之士犹以为美谈。

译文

郑冲等人冒着死罪向明公上书。近来看到封明公为晋公的圣命，私下里却听说明公一再推辞、谦让，我等心怀眷眷，愚憨耿直，执意以为：圣王创下的典制，千古不易，百代之下风范犹同；褒扬德能，奖赏功勋，自古便是这样。从前，伊尹只是有莘氏的一名媵臣，地位卑下，一旦辅佐成汤，就获得了“阿衡”的名号。周公凭借着固有的势力和基业，分封曲阜，据有龟、蒙之地。吕尚本是磻溪旁的垂钓者，转眼间大权在握，封于营丘。从这以后，不知有多少庸庸碌碌之人获得了过于丰厚的奖赏，而那些贤哲之士还往往对此赞不绝口。

注释

1 **郑冲：**字文和，荥阳（今河南荥阳一带）人，官至司徒、太傅。 **晋王：**指司马昭，为司马懿次子。自兄司马师死后，司马昭继任魏大将军，总揽军政大权。魏帝曹髦愤愤不平，亲自率属下攻司马昭，结果寡不敌众，反为司马昭所杀害。魏元帝曹奂立，封司马昭为晋公，咸熙元年晋爵为晋王。司马昭死后，其子司马炎废魏称帝，建立了晋王朝，追尊司马昭为文帝。 **笺**(jiān):一种文体,乃是下级对上级或尊长者的书札。刘勰《文心雕龙·书记篇》:“笺者表也,识(通“志”)表其情也。”阮籍这篇文章的背景和写作经过,分别见于《晋书·文帝纪》及阮籍本传。《晋书·文帝纪》:“(高贵乡公曹髦)封帝(司马昭)为晋公,加九锡,进位相国,……又加公九锡,……帝以礼辞让。司空郑冲率群官劝进。”《晋书·阮籍传》:“会帝(司马昭)让九锡,公卿将劝进,使籍为其辞。籍沉醉忘作,临诣府,使取之,见籍方据案醉眠。使者以告,籍便书案,使写之,无所改窜。辞甚清壮,为时所重。”

2 **死罪**:这是奏章、书札一类文体中的套话,意谓“冒死”。 **伏**:俯伏,乃是下对上的敬辞。 **嘉命**:指册封司马昭为晋公,并加九锡的命令。 **显**:光显,荣耀。 **窃**:对自己、私下的一种谦称。 **眷眷**:依恋向往貌,形容情意深厚。 **愚心**:谓愚憨耿直之心。 **制**:指帝王的命令。**同风**:风格、风范相同。 **褒**:褒奖,显扬。 **有自来矣**:意谓由来已久。

3 **伊尹**:见四言咏怀其一诗注。 **有莘**(shēn)**氏**:古部族名,商汤曾娶有莘氏之女,即此,其地在今河南开封市陈留镇东,一说在今山东曹县北。**媵**(yìng)**臣**:诸侯嫁女,派大夫随行,称为媵臣。不过,据史书记载,伊尹乃成汤之妻陪嫁的奴隶,这里是一种委婉的说法。《史记·殷本纪》:“阿衡欲奸汤而无由,乃为有莘氏媵臣。” **成汤**:即商汤,商朝的开国君主。契的后代。子姓,名履,也称天乙。夏桀无道,成汤伐之,遂有天下,国号商,都城在亳(今河南商丘一带)。 **阿衡**:商代官名,即宰相。阿,倚;衡,平。郑玄笺注毛诗曰:“伊尹,汤所依倚而取平。”

4 **周公**:姬旦。为周文王之子,辅助武王伐纣,建立了周王朝。武王死后,成王年幼,周公摄政。管叔、蔡叔挟殷的后代武庚作乱,周公东征,平定了叛乱。七年,建成周雒邑。相传,周代的礼乐制度都是由周公亲手制订的。 **据**:靠,依托。 **光宅**:光大所居,指建都。 **曲阜**:县名。以城中有阜,委曲长七八里得名。《史记·周本纪》:“(周武王)封弟周公旦于曲阜,曰鲁。”为鲁国的国都。故城在今山东曲阜市西北,乃孔子故里。 **奄**:覆盖,包括。 **龟、蒙**:均为山名。龟山,在山东泗水县东北,接新泰界东南,与蒙阴县之蒙山相连。蒙山,在今山东蒙阴县南,绵亘一百二十多里。

5 **吕尚**:即姜太公,详见四言咏怀其七诗注。 **磻(pán)溪**:位于今陕西宝鸡市东南,源出南山,北流入渭。姜太公未遇文王时,传说即在此垂钓。 **乃封营丘**:《史记·周本纪》:"于是封功臣谋士,而师尚父(即姜太公)为首封,封尚父于营丘,曰齐。"《史记·齐·太公世家》正义引《括地志》云:"营丘在青州临淄北百步外城中。"

原文

况自先相国以来,世有明德,翼辅魏室,以绥天下,朝无阙政,人无谤言[1]。前者明公西征灵州,北临沙漠,榆中以西,望风震服,羌戎东驰,回首内向[2];东诛叛逆,全军独克,擒阖闾之将,斩轻锐之卒以万万计;威加南海,名慑三越[3]。宇内康宁,苛慝不作,是以殊俗畏威,东夷献舞[4]。故圣上览乃昔以来礼典旧章,开国光宅,显兹太原[5]。

译文

何况自先相国以来,司马氏累代都有贤明的德能,辅弼魏室,平定天下,政治清明,人民安居乐业。就在不久前,明公还亲自西征灵州,北临沙漠,榆中以西的地区,莫不望风拜服,羌、戎纷纷归附;而后,又向东诛讨叛逆,一举获得全胜,擒获了敌军的骁将,消灭的轻锐之卒不可胜数,威名甚至播扬到南海、三越等远方异域。全国上下一派和平安宁的气象,看不到任何邪恶与暴虐,因此那些中国之外的地方无不畏服称臣。在这种情况下,圣上援引往昔的惯例,封明公为晋公,非常荣耀地把太原周围的地域赐予明公。

注释

1 **先相国**:指司马懿。嘉平元年,齐王芳以司马懿为丞相,司马懿固让。嘉平三年春正月,又封为相国,封安平郡公,司马懿固辞不受。死后追赠相国、郡公。 **翼**:辅助。 **绥**:安,安抚。 **阙**:过失。 **谤**:指责别人的过失。

2 **明公**:对有名位者的敬称。汉魏南北朝时,有身份的文人或地位高的文职僚属,常以此尊称高级官僚,特别是与自己有关系的高级官僚。 **灵**

州:县名,今属宁夏。 **榆中**:县名,汉置榆中县,属金城郡,今属甘肃省。 **望风**:指观察风向、气势。 **羌**:我国古代西部少数民族之一。 **戎**:古代泛指我国西部的少数民族。李善曰:"王隐《晋书·文帝纪》曰:'姜维出陇右,上率轻兵到灵州,大破之,诸虏震服。'"

3 **阖闾**(hé lǘ):即春秋时代吴公子光,光派专诸刺杀吴王僚而自立为王,这就是吴王阖闾。阖闾善用兵,此处即以"阖闾之将"代指骁将,具体而言,是指诸葛诞。 **南海**:泛指我国南方,《汉书·地理志》的南海郡包括旧广州、韶州、潮州、惠州、肇庆、南雄诸府州及高州府北部,以及广西旧平乐府东部、梧州府东南部,三国时属于吴国的管辖范围。 **慑**:使恐惧,使慑服。 **三越**:吴越、南越、闽越,合称三越,指东南沿海一带。

4 **宇内**:指天下、国内。 **苛慝**(tè):暴虐邪恶。 **殊俗**:指那些与中国风俗迥异的国度。 **东夷**:古代华夏民族对东方各民族的称呼。范晔《后汉书·东夷列传》曰:"(东夷)自少康以后,世服王化,迎宾于王门,献其乐舞。"

5 **乃**:助词,无义。 **礼典**:按照礼制规定应行的典则。 **显兹太原**:《晋书·文帝纪》:"(天子)乃申前命曰:'……今以并州之太原、上党、西河、乐平、新兴、雁门,司州之河东、平阳、弘农,雍州之冯翊凡十郡,南至于华,北至于陉,东至于壶口,西逾于河,提封之数方七百里,皆晋之故壤,唐叔受之,世作盟主,实纪纲诸夏,用率旧职,爰胙兹土,封公为晋公。'"

原文

明公宜承圣旨,受兹介福,允当天人[1]。元功盛勋,光光如彼;国土嘉祚,巍巍如此。内外协同,靡愆靡违[2]。由斯征伐,则可朝服济江,扫除吴会;西塞江源,望祀岷山[3]。回戈弭节,以麾天下,远无不服,迩无

译文

明公应该接受圣上的旨意,连同这份洪福,这样才真正合乎天意、顺应民心。明公建立了辉煌的丰功伟绩,使我们的国家享有如此广大而长久的福祚,以致内外同心协力,没有任何失误和违拗。倘若以此来征伐,就能渡过长江天险,殄灭吴国,不战而胜;进而并吞蜀国,在长江的源头酬答神明,遥望岷山祭祀。须臾间,回戈驻车,指挥若定,远方之人无不俯服,近处的无不恭敬肃穆,使

不肃。大魏之德光于唐虞，明公盛勋超于桓文[4]。然后临沧洲而谢支伯，登箕山以揖许由，岂不盛乎[5]！至公至平，谁与为邻！何必勤勤小让也哉[6]！

冲等不通大体，敢以陈闻。

大魏的盛德与唐虞同光，与此同时，明公的功勋早已远远超过了齐桓公、晋文公。然后，驾临沧洲以谢支伯，登上箕山向许由致礼，这可真是前无古人的盛况啊！明公的功德至公至平，举世无双。明公又何必苦苦推让呢？

我等不识大体，斗胆向明公陈述自己的鄙陋之见。

注释

1 **介福**：大福。 **允当天人**：谓合乎天意、顺应民心。

2 **元功**：大功绩。 **光光**：光明显耀。 **祚**(zuò)：福。 **巍巍**：高大貌，文中带有长久、坚固的意思。 **愆**：过失。

3 **朝**(cháo)**服**：谓不战而胜。 **扫除吴会**：指灭吴。吴会，为吴郡和会稽郡的合称，文中用以指代吴地。塞(sài)：通“赛”，意谓，酬神。《文选》李善注：“《汉书》曰：‘江水祀蜀，塞特牲，亦牛犊。’塞，谓报神恩也。”**江源**：指长江的源头。 **望祀岷山**：指灭蜀。望，古代祭祀山川的专称，遥望而祭，故称。祀，祭。岷山，在四川松潘县北，为长江与黄河的分水岭。

4 **回**：返，掉头。 **弭**(mǐ)**节**：驻车，意谓不劳远出。弭，止。 **麾**：指挥。 **迩**：近。 **肃**：恭敬。 **大魏之德光于唐虞**：谓魏将禅让。唐虞，指尧、舜。 **明公盛勋超于桓文**：意谓司马昭将合诸侯以尊王室。桓文，谓齐桓公、晋文公。

5 **支伯**：即子州支伯，字支父。传说为尧舜时贤人。《庄子·让王》：舜让天下于子州支父，“子州支父曰：‘我适有幽忧之病，方且治之，未暇治天下也。’”**登箕山以揖许由**：许由为上古高士，隐于箕山。《史记·伯夷列传》正义引皇甫谧《高士传》云：“许由字武仲。尧闻，致天下而让焉。乃退而遁于中岳颍水之阳，箕山之下隐。……许由殁，葬此山，亦名许由山。”在洛州阳城县南十三里。揖，古时候的拱手礼。

6 **邻**：比。 **勤勤**：苦苦。 **小让**：指让晋公之位。

奏记

辞蒋太尉辟命奏记[1]

原文

籍死罪死罪。伏惟明公以含一之德，据上台之位，群英翘首，俊贤抗足[2]。开府之日，人人自以为掾属，辟书始下，下走为首[3]。

昔子夏处西河之上而文侯拥彗，邹子居黍谷之阴而昭王陪乘[4]。夫布衣韦带之士，孤居特立，王公大人所以礼下之者，为道存也[5]。今籍无邹卜之德而有其陋，猥烦大礼，何以当之[6]？方将耕于东皋之阳，输黍稷之税，以避当涂者之路[7]。负薪疲病，足力不强，补吏之召，非所克堪[8]。乞回谬恩，以光清举[9]。

译文

籍罪该万死。我从卑下的地位向明公上言：明公既有高尚淳美的品德，又居于显赫的高位上，以致英雄俊杰翘首企足，希望能到明公手下供职。明公开府选拔吏僚，人人都以为自己会入选；不曾想辟召的文书一下来，我这样卑下的人却居于榜首。

从前，子夏住在西河的时候，魏文侯亲自拿着扫帚为他清道，尊奉他为老师；燕昭王也曾担任邹衍的陪乘，以弟子的身份向邹衍请教。王公大人之所以礼贤下士，是因为这些在野的寒士们操行高迈，在他们身上有“道”的存在啊！而我却没有邹衍、子夏那样的德能，相反，学识浅陋，承蒙选擢，我实在担当不起。我正准备躬耕于东皋之阳，给国家完粮纳税。加之有“负薪”之劳，体弱多病，更不能为明公奔走效力了。明公的任命，我实在无法胜任，乞请明公收回成命，使这次清明的选拔更为光彩、荣耀。

注释

1 **蒋太尉**:指蒋济,字子通,楚国平阿(今河南开封东)人。曹丕即位后,为中郎将。后历任护国将军、领军将军,赐爵关内侯,晋爵陵亭侯,迁太尉。因助司马懿诛曹爽有功,进封都乡侯。蒋济乃曹氏之元老旧臣,在司马氏和曹魏的权力斗争中却背叛了曹氏集团,留下了极不光彩的一页。太尉,官名,秦至西汉沿置,与丞相、御史大夫并称三公,为全国军事首脑。汉武帝时改称大司马。东汉时,又与司徒、司空并称三公。历代多沿置,逐渐变为加官,无实权。**辟**:征召。按:阮籍在当时有"文学之誉",蒋济征召他为僚属,目的在于增加自己官署的威望。 **奏记**:把上陈的事写在简牍之上,相当于后代的说帖。后来,僚佐向上官、百姓向州郡上书,都称为奏记。

2 **死罪**:见《为郑冲劝晋王笺》注。 **伏惟**:下对上言事时的敬辞,常用于句首。 **明公**:见《为郑冲劝晋王笺》注。 **含一之德**:即纯一之德。含,咸;一,纯一。 **上台**:上司,高级官署。另:上台本为星名,借指三公。 **翘首**:抬头而望,形容盼望殷切。 **抗足**:企足,踮起脚来。

3 **开府**:指开建府署,辟置官吏与僚属。 **掾(yuàn)属**:佐治的官吏。汉代自三公至郡县,都有掾属,人员由主官自选,不由朝廷任命,主官与掾属之间有君臣的名分。魏晋以后,改由吏部任免。 **辟书**:指开府主官聘请僚属的文书。 **下走**:自称的谦辞,意谓供奔走驱使之人。

4 **子夏**:姓卜名商,字子夏。春秋时卫人(今河南滑县一带),孔子弟子。《史记·仲尼弟子列传》:"孔子既没,子夏居西河教授,为魏文侯师。" **西河**:战国时魏地(今黄河与北洛河之间)。 **文侯**:即魏文侯,战国时代魏的创建者,名斯。**拥彗**:拿着扫帚,为贵客清道,以示尊敬。**邹子**:即邹衍,战国时阴阳五行家的代表之一,齐国稷下(临淄稷门,今山东淄博东北)的学者。 **黍谷**:又名寒谷,燕地,位于今河北密云西南,邹衍曾居此地。**昭王**:即燕昭王,名职,战国时燕的国君。 **陪乘**:又称骖乘、车右,站在车的右厢,其身份高于御者,低于尊者,《史记·孟子荀卿列传》:"(邹衍)如燕,昭王拥彗先驱,请列弟子之座而受业,筑碣石宫,身亲往师之。"并未说"陪乘",但表示尊敬、隆重的意思却是一致的。

5 **布衣韦带:**指未仕或隐居之人的粗陋衣装。布衣,粗布衣服;韦带,软牛皮带。**孤居特立:**指严于操守,安于贫穷。 **王公大人:**泛指王侯公卿、达官贵人。**所以:**"所以……"与下面的动宾词组构成一个名词性结构,表示原因,这里是引出"礼下"的原因。 **礼下:**礼贤下士。 **道存:**指这些贤士有道。

6 **陋:**粗劣,丑陋。 **猥:**表示谦敬的副词。 **当:**承当,禁受。

7 **东皋:**泛指田野或高地,魏晋时期的文章中常用来特指高士、隐士躬耕之地。 **当涂:**当路,谓当权者。

8 **负薪疲病:**这是表示婉言拒绝的借代语,也作"负薪之忧""采薪之忧"。**足力不强:**意谓无法奔走效劳。 **补吏:**被选为官属。补,被任命。 **非所克堪:**谓不能胜任。

9 **乞回谬恩:**意谓乞请您收回不适当的恩惠。谬,差错,指蒋济的选用不当,是自己不该承受的。 **以光清举:**意谓以使这种清明、公正的举用变得更为光彩。

原文

又[1]:

违由鄙钝,学行固野,进无和俗崇誉之高,退无静默恬冲之操;猥见显饰,非所被荷[2]。旧素尫瘵,守病委劣,谒拜之命,未敢堪任[3]。昔荣期带索,仲尼不易其三乐[4];仲子守志,楚王不夺其灌园[5]。贪荣塞贤,昧进负讥,忧望交集,

译文

又:

我生性愚钝鄙陋,学问与操行都粗野而顽固不化,既不能与世俗之人一道崇尚名誉,又不具备宁静、空虚和淡泊的操守。明公所给予的荣光与显耀,我受之有愧。况且向来瘦弱委顿,明公的委任,我真是无力承当。过去,荣启期安于贫困,自得其乐,孔子也不去加以干涉;陈仲子坚守志节,楚王也就听凭他为人浇灌园圃。贪恋荣华富贵往往会阻塞进贤之路,冒昧进取则招致众人的讥讪,以致忧恨之情交集,羞愧难当。明公的业绩堪与鲁、卫并肩,明公的功勋比齐桓、晋文更为盛大,明公四处延

五情相愧[6]。明公侔踪鲁卫，勋隆桓文，广延俊杰，恢崇大业[7]。乞降期会[8]，以避清路。毕愿家巷，惟蒙放许。

纳贤能的英杰，使魏室的基业得到进一步发扬光大。乞请明公解除对我的任命，以便延纳更多的贤人。同时，也能让我了却心愿，守在自己的陋室中过一辈子。唯愿得到明公的准许。

注释

1 梅鼎祚本注："此篇无题。近刻阮集不载，据余家藏抄本补。"

2 **违由：**疑误。 **鄙钝：**鄙陋愚钝。 **固：**固执。 **野：**朴野。 **恬：**安然、淡然。 **冲：**虚、和。 **操：**操守、志行。 **被：**负。 **荷：**承担、承受。

3 **尫瘵**(wāng zhài)**：**指体弱多病。尫，指胫、背、胸部弯曲的病。瘵，病。 **委：**委顿，衰颓。 **劣：**弱。 **谒拜：**晋见。 **堪：**能，胜。

4 **荣期：**为春秋时，隐士荣启期的省称。《孔子家语·六本》："孔子游于泰山，见荣声期(声当作启)行乎郕之野，鹿裘带索，瑟瑟而歌。孔子问曰：'先生所以为乐者，何也？'期对曰：'吾乐甚多，而至者三：天生万物，唯人为贵，吾既得为人，是一乐也；男女之别，男尊女卑，故人以男为贵，吾既得为男，是二乐也；人生有不见日月，不免襁褓者，吾既以行年九十五矣，是三乐也。贫者士之常，死者人之终，处常得终，当何忧哉？'孔子曰：'善哉！能自宽者也。'" **带索：**谓衣带破败。 **不易：**谓不能更改。

5 **仲子守志，楚王不夺其灌园：**仲子即陈仲子，战国齐人。以兄食禄万钟为不义，适楚，居于於陵，号於陵仲子。楚王欲以为相，不就，与妻一道逃离，为人灌园。不夺，谓不能夺其志。

6 **昧：**贪冒。 **负：**背负，承担，引申为"招致"的意思。 **望：**怨恨，责怪。 **五情：**指喜、怒、哀、乐、怨。

7 **侔踪：**犹比迹，并驾。 **鲁：**周公旦封于鲁，故以鲁指代周公。**卫：**周文公之子康叔封于卫，故以卫指代康叔。 **隆：**盛，大。 **桓文：**见《为郑冲劝晋王笺》注。 **延：**延接，引进。 **恢崇：**发扬光大。 **大业：**指魏室之业。

8 **期会：**指谒拜之命。

书

与晋王荐卢播书[1]

原文

盖闻兴化济治，在于得人；收奇拔异，圣贤高致[2]。是以百士归周，周道以隆；虞舜登庸，元凯咸事[3]。

伏惟明公公侯，皇灵诞秀，九德光被，应期作辅，论道敷化，开辟四门，延纳羽翼贤士，以赞雍熙[4]。是以英俊之士愿排皇闼，策名委质，真荐之徒辐辏大府[5]。诚以邓林、昆吾，翔凤所栖；悬黎和肆，垂棘所集[6]。

译文

我听说推行教化、成就美政的关键，在于有得力的人手；搜罗选拔特异之才，乃是圣贤的极致。故而，成千上万的士子归附于周，周的国道便日渐昌隆；虞舜即位之后，八元八恺等众多的能人都各尽其用。

尊敬的阁下，在明公身上集中了上苍所有的灵气和精华，美德如阳光普照；明公顺应时势，身居宰辅之位，推行教化；敞开大门，延接天下的贤士；这一切为的是辅佐朝政。于是，四方的英雄俊杰纷纷前来，聚集在明公的身边，为明公效力。就像是飞翔的凤鸟终于找到了邓林、昆吾这样的栖身之地，又仿佛是美玉荟萃的所在。

注释

1 **晋王**：见《为郑冲劝晋王笺》注。 **荐**：推荐，举荐。 **卢播**：不详其人，从文中可知为陈留郡人，字景宣，当时为某州别驾。 **书**：书信。

2 **盖**：句首语气词，无义。 **兴化**：振兴教化。 **济治**：谓成就安定清明的政治。 **高致**：极致，极度。

3 **百士归周，周道以隆**：参见《诗经·大雅·文王》："王国克生，维周之桢。济济多士，文王以宁。"《论语·微子》："周有八士：伯达、伯适、仲突、仲忽、叔夜、叔夏、季随、季騧。" **登庸**：指皇帝登位。 **元凯**：即八元、八凯，见四言咏怀其三诗注。 **事**：使。

4 **明公公侯**：据《晋书·文帝纪》记载，司马昭于魏景初二年封新城乡侯，后因伐吴失利削去封爵；再以击败羌胡，复封新城乡侯。高贵乡公即位，进封高都侯。甘露元年夏六月进封高都公。景元四年封晋公。 **皇**：天。 **诞**：育。 **秀**：特异，杰出。 **九德**：九种品德。《逸周书·常训》："九德：忠、信、敬、刚、柔、和、固、贞、顺。" **应期**：谓顺应期运。 **辅**：宰辅。 **敷化**：推行教化。敷，布。 **开辟四门**：《尚书·舜典》："辟四门。"传："开辟四方之门未开者，广致众贤。" **延纳**：接纳。 **羽翼**：辅佐。 **赞**：佐。 **雍熙**：谓政治清明和乐。

5 **排**：推开。 **闼**：门。 **策名**：谓出仕。《左传·僖公二十三年》："策名委质，贰乃辟也。"疏："策，简策也。质，形体也。古之仕者，于所臣之人，书己名于策，以明系属之也。" **委质**：古人相见，必执贽为礼，称为委质。质，通"贽"。一说：质乃形体；委质，指人臣拜见君主时，屈膝而委体于地。 **真**：精诚之至。 **荐**：进。 **辐辏**：本指车辐条集中于轴心，这里比喻"真荐之徒"聚集于大将军司马昭的府内。

6 **邓林**：此处指大木之林。 **昆吾**：不详。 **悬黎**：美玉名。《战国策·秦策三》："臣闻周有砥砨，宋有结绿，梁有悬黎，楚有和璞。" **和**：指和璞美玉，即和氏璧。 **肆**：陈列。 **垂棘**：为春秋时候出产美玉之地，在晋国，后借以指称美玉。

原文

伏见鄙州别驾，同郡卢播，年三十二，字景宣[1]。少有才秀之异，长怀淑茂之量。耽道悦礼，仗义依仁；

译文

我认识一位偏远州邑的别驾，卢播，字景宣，与我同乡，也是陈留郡人，现年三十二岁。卢播年少的时候就聪明俊异，长大以后襟怀坦白，德行出众。他喜好正道，讲究礼仪，以仁义作为行动的准则；他不仅精通三坟研精坟典，升堂睹奥[2]；聪鉴物理[3]，心通玄妙。贞固足以干事，忠敬足以肃朝，明断足以质疑，机密足以应权，临烦不惑，在急弥明[4]。若得佐时理物，则政事之器；衔命聘享，则专对之才。潜心图籍，文学之宗；敷藻载述，良史之表[5]。然而学不为人，行不求达，故久沉沦，未阶太清[6]。诚后门之秀伟，当时之利器。宜蒙旌命，和味鼎铉[7]。孔子曰："如有所誉，必有所试。"播之所能，著在已效。[8]不敢虚饰，取谤大府[9]。

五典，具有很深的造诣；而且明察事物的常理，通晓玄妙之机。他固守正道，能圆满处理各种事务；忠诚恭敬，足以整肃朝仪；他明察善断，懂得随机应变；富有耐心，遇到烦难不慌乱，碰到危急的情况反而更有条理。倘若让他辅佐时政处理政事，一定能够胜任；奉命出使，必定是杰出的专对之才；假使让他潜心钻研图籍，他会成为文学上的一代宗师；如果专心于著述，则堪为良史之表率。不过，他的学问是用来身体力行的，从不张扬，他的言行不求闻达，因此才这么长久地沉沦于下位，无法晋升。他确实是位佼佼者，应当受到表扬征召，授予高官。孔子说过："如若有人赞誉的话，不妨通过办事来加以考察。"卢播的才干，早在他任别驾之时就明显地表露出来了，我丝毫也没有加以夸饰，以免将来受到您的责备。

注释

1 **鄙:**偏远之地。 **别驾:**官名。汉制，以别驾为州刺史的佐吏，也称别驾从事史。因随刺史出巡时别驾乘驿车而得名。 **同郡:**指与阮籍同郡，即陈留郡。

2 **淑茂:**善美。 **耽:**沉溺，引申为爱好之意。 **仗:**凭依。 **坟典:**即三坟五典。 **升堂睹奥:**谓造诣精深。

3 **物理:**事物的常理。

4 **贞固:**固守正道。 **干事:**指能圆满地办好事情。 **忠敬:**忠诚，恭敬。 **机密:**机要而秘密的事。 **应权:**应付，权变。

5 **物**:事。 **衔命**:奉命,受命。 **聘享**:聘问献纳。诸侯之间通问修好称聘,诸侯向天子进献方物为享。这里是指充当"聘问"的使者。 **专对**:遇事出使时,交涉应对,能见机行事。 **图籍**:图书和文籍。 **宗**:宗师。 **敷藻**:犹敷文,铺陈文藻之意,指写作。 **表**:表率。

6 **学不为人**:《论语·宪问》:"古之学者为己,今之学者为人。"孔安国曰:"为己,履而行之;为人,徒能言之。" **达**:显达。 **阶**:这里作动词,意思是升、登。

7 **诚**:确实。 **后门**:指寒微的门第。 **旌命**:表扬征召。 **和味鼎铉**:古人以和味比喻执政,以鼎铉喻宰辅之职。和味,调和滋味。铉,是用来贯鼎的器具,以便提举。

8 **如有所誉,必有所试**:《论语·卫灵公》:"子曰:'吾之于人也,谁毁谁誉?如有所誉者,其有所试矣。'"疏:"所誉辄试以事,不虚誉而已。" **著在已效**:意思是说卢播的才能在他还是别驾时就有明显的表露。

9 **谤**:此处谓指责、责备。 **大府**:这里指司马昭。

答伏义[1]书

原文

籍白:

承音览旨,有心翰迹。夫九苍之高,迅羽不能寻其巅;四溟之深,幽鳞不能测其底;矧无毛分所能论哉[2]!

译文

阮籍在此回复您:

您的来函,已经收阅,从中领教了您的意旨。九霄高远,即便迅羽也无力企及它的峰巅;四海深广,就连鱼龙也不能探知它的深度。至于身无羽毛、鳞介者,根本无权议论。何况玄云是变幻不定的,应龙也没有固且玄云无定体，应龙不常仪[3]：或朝济夕卷，翕忽代兴；或泥潜天飞，晨降宵升，舒体则八维不足以畅迹，促节则无间足以从容；是又瞽夫所不能瞻，琐虫所不能解也[4]。然则弘修渊邈者，非近力所能究矣；灵变神化者，非局器所能察矣[5]。何吾子之区区而吾真之务求乎[6]！人力势不能齐，好尚舛异[7]。鸾凤凌云汉以舞翼，鸠鷃悦蓬林以翱翔；螭浮八滨以濯鳞，鳖娱行潦而群逝[8]；斯用情各从其好以取乐焉。据此非彼，胡可齐乎？

定的形态：云舒云卷，朝夕无常，倏忽间又相代而起；应龙时而潜入地底，时而又升腾至天，忽升忽降，它伸展肢体至八方之维，也还是不能使它快意，一旦收缩骨节，即使在间不容发的空隙中亦可游刃有余。这些都是盲人所无法看到的，至于那些小虫子就更无从理解了。既然这样，那么广大深远的境界，就并非近力所能穷究了；灵异变化，也不是狭小的器度所能体察的。先生又何必苦苦追寻我们的真意呢。人的能力有大小，不能整齐划一；人的好尚有不同，无法统一起来。鸾凤之类的瑞鸟常常要飞越到天河之上才张开双翼，而鸠鷃却满足于在杂草和树丛间飞来飞去；螭龙往往浮游到八滨之遥的地方去洗濯身上的鳞甲，鳖则乐于在水沟中缓缓爬行。这都是各从所好、自得其乐而已。如果以“此”来否定“彼”，又岂能整齐一致呢？

注释

1 **伏义：**不详其人。

2 **音：**指来信。 **旨：**意。 **翰迹：**笔迹。指伏义的来信。 **九苍：**犹言九霄，指天的极高处。 **迅羽：**指鹰一类能疾飞至绝高处的鸟。 **四溟：**即四海。 **幽鳞：**指鱼龙一类动物。 **矧**(shěn)**：**况且。 **毛分：**疑当作“毛介”。毛，指羽毛。介，指鳞甲。古人常以毛介分别指代鸟类、鱼龙类。

3 **玄云：**本指黑云，文中即泛指云。 **应龙：**《广雅》：“有鳞曰蛟龙，有翼曰应龙，有角曰虬龙，无角曰螭龙。” **不常仪**：指随时变化，没有固定的形仪。

4 **济**：即霁，本指雨停，文中指云散。 **翕忽**：指一息之间，形容时间短暂。 **代兴**：相代而起。 **舒体**：肢体伸展。 **八维**：指八方之维。维，结物的大绳。 **促**：紧密。 **节**：骨节。 **间**：空隙。 **瞽夫**：盲人。瞽，目盲。 **琐虫**：小虫子。

5 **弘**：大。 **修**：长。 **渊**：深。 **邈**：远。 **近力**：指仅在近处起作用的能力。 **究**：穷尽。 **局**：局促，狭小。

6 **吾子**：对对方的敬称。 **区区**：心，犹言“方寸”。

7 **好尚**：喜好，爱好。 **舛**：相违背。

8 **云汉**：天河。 **鸠鹓**(yuān)：指在低矮的灌木丛间飞来飞去的小鸟。《庄子·逍遥游》：“蜩与学鸠笑之曰：‘我决起而飞，抢榆枋而止，时则不至而控于地而已矣。奚以之九万里而南为？’” **蓬**：杂草。 **螭**(chī)：传说中无角的龙。 **八滨**：不详。 **濯**：洗去污垢。 **行潦**：沟中积水。

原文

夫人之立节也，将舒网以笼世，岂樽樽以入罔；方开模以范俗，何暇毁质以适检[1]。若良运未协，神机无准，则腾精抗志，邈世高超，荡精举于玄区之表，摅妙节于九垓之外而翱翔之[2]。乘景跃踸，踔陵忽慌，从容与道化同逌，逍遥与日月并流，交名虚以齐变，及英祇以等化。上乎无上，下乎无下，居乎无室，出乎无门，齐万物之去留，随六气之虚盈，总玄网于太

译文

人之所以要树立节操，为的是能笼括世界，而不是要急急忙忙地给自己布下罗网。开创模式的目的在于规范世俗，哪是为了毁废本性以中规中矩呢？如果时运不济，那么不妨坚持自己一贯的志节，远离尘世，到九天之外去自由翱翔。在寥廓的时间、空间中腾跃，与道化、日月并肩而游，同名虚、英祇一齐变化。没有上下之别，没有内外之分，以万物的去留为去留，以六气的虚盈为虚盈。总揽天网于太极，在旷

极，抚天一于寥廓。飘埃不能扬其波，飞尘不能垢其洁，徒寄形躯于斯域，何精神之可察[3]。虽业无不闻，略无不称，而明有所逮，未可怪也[4]。

观吾子之趋：欲炫倾城之金，求百钱之售；制造天之礼，拟肤寸之检；劳玉躬以役物，守臊秽以自毕；沈牛迹之浥薄，愠河汉之无根[5]；其陋可愧，其事可悲。亮规略之悬逾，信大道之弘幽，且局步于常衢，无为思远以自愁[6]。

比连疹愦，力喻不多[7]。阮籍白。

远空阔中安抚天一星。飘扬的尘埃不能影响他，纷飞的尘土无法玷污他的高洁，他只是把形骸寄托在这个世界上，至于精神，旁人就无力觉察了。虽然其事业、功名无可称道，但神明自有所及，并不以此为怪。

我看您的趣味正是：在一心炫耀价值贵重的同时，打算廉价出售；一手炮制出至高无上的礼仪，却又把它视为草芥；亲自劳动贵体来役使外物，结果只惹得一身腥臊；沉浸在牛蹄踏出的浅坑中，恼怒天河的宽广无垠。这样的浅陋令人汗颜，这样的事情令人悲叹。规划谋略委实高远，大道的确深广，却丝毫也不妨碍您局限于世俗的常识中，从不会因为将来而苦恼。

我近来一直疾病缠身，心烦意乱，所能想到的仅此而已。

注释

1 **节**：节操。 **笼**：包举，笼罩。 **樽樽**：疑当作“撙撙”，趋赴。 **罔**：即网。 **开**：开创。 **模**：规矩，模式。 **范**：文中作动词，规范。 **质**：本性，本质。 **检**：法式。

2 **协**：协调，调和。 **机**：机会。 **准**：准则，定数。 **腾**：升，上。 **抗志**：坚持平素的志向，不动摇不屈服。**玄区**：天域。**表**：外。**攄**(shū)：舒展。**九垓**：天空极高远处，犹言九重天。

3 **景**：境。**跃踸**(chěn)：跳跃。**踔**(chuō)：腾跃。**陵**：即凌。**忽慌**：同“忽荒”，意思是寥廓。 **逌**(yōu)：气行貌。 **交**：合。 **玄网**：天网。 **天一**：星名。

寥廓:旷远,广阔。 **埃**:尘埃。 **垢**:文中作动词,弄脏。

4 **业**:泛指功业、事业。 **略**:道。 **称**:称道,称许。 **逮**:及。

5 **趋**:同“趣”,指趣味。 **炫**:夸耀,自我表现。 **倾城之金**:言其贵重。 **造**:到。 **拟**:肤寸,比喻微小。 **玉躬**:犹言贵体。 **役物**:役使外物。 **臊**:肉类及油脂的腥臭味。 **沈**:没。 **牛迹**:牛蹄踏出的印迹,言其浅。 **浥**(yì):下陷的低洼处。 **愠**:恨。 **根**:疑当作垠,岸、边际之意。

6 **亮**:同“谅”,确实、委实。 **规略**:经营谋划。 **悬逾**:谓高远。

7 **比**:近来。 **疹**:热病。 **愦**:心乱。 **喻**:晓。

附 伏义与阮籍书

义白:

盖闻建功立勋者,必以圣贤为本;乐真养性者,必以荣名为主。若弃圣背贤,则不离乎狂狷;凌荣超名,则不免乎穷辱。故自生民以来,同此图例,虽历百代,业不易纲。譬如大道,徒以奔趋迟疾定其驽良,举足向路,总趋一也。然流名震响,非实不著,而抱实之奇,非人不宝;贵德保身,非礼不成,伏礼之矩,非勤不辨。是使薄于实而争名者,或因饬虚以自矜;慎于礼而莫持者,或因倨怠以自外。其自矜也,必关阖晻暧以示之不测之量;其自外也,必排摧礼俗以见其不羁之达。又有滑稽之士糅于其间,浮沉不一,际畔相乱,或使时人莫能早分;推其大归,综之行事,徒可力极一噱,观尽崇朝。遭清世邪,则将吹其嘘以露其实;值其暗邪,则将矜其貌以疑其朴。从此观之,治大而见遗,不如资小而必集;出俗而见削,不如入检而必全。骤听论者洋溢之声,虽未倾盖,其情如旧。然重墙难极,管短幽密,观容相额,所执各异。或谓吾子英才秀发,邈与世玄,而经纬之气有蹇缺矣;或谓吾子智不出凡,器无隈奥,而陶变以眩流俗。善子者,欲斤斫以拒□朴;恶子者,欲抽键以骛空虚。每承此声,未尝不开精斥运,放思天渊,欲为吾子广推奥异,端求所安也。

盖自生民之性,受气之源,好恶大归,不得相远。君子拘名而不顾,亦有慕名以为显。夫名利者,总人之纲,集衢之门也。出此有为,于义未闻。吾子若欲逆取顺守,及时行志,则当矜而莫疑,以速民望;若欲娱情养神,不厚于俗，则当浩然恣意，惟乐是治。今观其规时，则行己无立德之身，报门无慕业之客；察其乐则食无方丈之肴，室无倾城之色；徒泄泄以疑世为奇，纵体为逸，执此不回，既以怪矣。且人非金石，不可剖练。设使至宝咸在子身，疑于国宝，为不得行。天官虽博，无偏驳之任；王道虽宽，无纵逸之流。苟无其分，则为身害教，贼怨布天下，以此备之，殆恐攻害其至无日，安坐难保。而吾闻子乃长啸慷慨，悲涕潺湲，又或抚腹大笑，腾目高视，形性侜张，动与世乖，抗风立候，蔑若无人。傥独奇变逸运，渐在于此，将以神接虚交，异物所乱，使之然也。夫智之清者，贵其知运而不忧；德之懿者，善其持冲以守满。就其怀忧，必发于见孤，孤不自孤而怨时也；就其持满，必起于自崇，崇不自崇而骄世也。

行来之议，又传吾子雅性博古，笃意文学，积书盈房，无不烛览，目厌义藻，口饱道润，俯咏仰叹，术可纯儒。然开阖之节不制于礼，动静之度不羁于俗。凡谘咏，善之则教慈于父兄，恶之则言丑于仇敌；未有慈其教而不修其事，丑其言而乐其业者也。古人称窃简写律，踞厕读书，诵之可悼。深怪达者之行，其象若庄周、淮南、东方之徒，皆投迹教外，放思太玄。其大言异旨，殆自谓能回天维，举地络，观持世之极，总得物之宗。仰天独唱，与世争党。乃谓生为劳役，而不能煞身以当论；谓财为秽累，而不能割贿以见讥。由是观之，其郁怨于不得，故假无欲以自通；怠惰于人检，故殊圣人以自大。凡此数者，尚皆奇才异略，命世踊起，徒以时昏俗乱，宝沉幽夜，而性放荡不一；萎致国宝之责，庶其不然。而况吾子志非遁世，世无所适，麟骥苟修，天云可据。动则不能龙摅虎超，同机伊霍；静则不能珠潜璧匿，连迹巢光。言无定端，行不纯轨，虚尽年时，以自疑外，岂异夫韩子所谓无施之马，骨体虽美懿，牵缩不随者哉？且桀士之志也，遇世险巇，则忧在将命；值世太清，则愤于匿颖。欲其世平而有骋足之场，时安而有役智之局。方今大魏兴隆，皇衢清敞，台府之门，割石索宝，以吴蜀二虏巢窟未破，长筹之士所当奋力，可谓器与运会，不卜而行，今其时矣。向使吾子才足盖世，思能横出，何能不因大师韬敌之变，陈孙子庙胜之策，使烽燧不起于四垂，羽檄不施于中夏。定勋立事，抚国宁民。而饱食安卧，囊悬室罄，力牵于役，财凋于赋，养生之具乱于细民，为壮士者岂能然乎？若居其劳而不知病其事，则经纬之气乏矣；若病其事而不能为其医，则针石之巧浅矣。今吾子擢才达德，则无毛遂颖脱之势；剪迹灭光，则无四皓岳立之高；丰家富屋，则无陶朱货殖之利；延年益寿，则无松乔蝉蜕之变。总论吾子所归，义无所出。然众论云扰，佥称大异，疑夫郁气之下必有秘伏，重奥之内必有积宝。虽无颜氏之妙，思睹恍惚之迹；虽无钟子之达，乐闻山水之音。想亦不隐才颖于肝膈而不扬之于清观，任贤智于骨气而不播之于高听。且明智之为物，犹泉流之吐润，固不于挹酌而为损，含伫而增益也。

张仪之志，激于见劫；季路晚悟，滞在持满。是以不嫌尽言，究其良苦，想必勃然，承声响发。若乃群能独踊，无以应唱，悬机待时，不能触物，则不达于谈者所谓：挟祖奕以守要际，闭虚门以示不测者也。昔轮扁不能言微于其弟，伯乐不能语妙于其子，此盖智术之曲挠，非道理之正例。自古有不可及之人，未有不可闻之业；有不可料之微，未有不可称之略。幸以竭示所志。若变通卓逸，行得天符，言发恍然，邈在世表，则将为吾子谢物输力。

因风自释，染笔附绅。豁所未悟，庶足存弟子之一隅。伏义白。

论

乐　论[1]

原文

刘子问曰："孔子云：'安上治民，莫善于礼；移风易俗，莫善于乐。'[2] 夫礼者，男女之所以别，父子之所以成，君臣之所以立，百姓之所以平也[3]。为政之具靡先于此，故安上治民莫善于礼也。夫金、石、丝、竹——钟鼓管弦之音[4]，干、戚、羽、旄——进退俯仰之容[5]，有之何益于政，无之何损于化，而曰移风易俗莫善于乐乎？"

译文

刘子问道："孔子说：'安上治民，莫善于礼；移风易俗，莫善于乐。'礼的作用在于：确定父子、君臣的上下尊卑关系，使男女有别，百姓安定。这是施政的首要环节，所以说没有什么措施能比'礼'更为有效地治国安民。至于金、石、丝、竹之类的音乐，以及干、戚、羽、旄之属的舞蹈，有它们，对于政治有何益处，缺了它们，对于教化也没什么损害。那么，为啥还认为'移风易俗莫善于乐'是至理名言呢？"

注释

1 **乐**(yuè)**：**在中国古代是一个非常宽泛的概念。所谓乐(yuè)者乐(luò)也，凡是能使人精神愉悦、心情开朗的东西，几乎都可以归纳到乐的门类中，诸如：音乐、诗歌、舞蹈、绘画、雕塑、建筑，乃至仪仗、田猎、肴馔等等。其中大概以音乐最具代表性（最能体现出艺术的本质特征，而且它的形式最为严整、规律），故而以"乐"来统称它们。　**论：**是一种文体。刘勰《文心雕龙·论说》："论也者，弥纶群言，而研精一理者也。"大致相当于今天的议论文、论说文。

2 **刘子:**不详。子,古代对男子的尊称。刘子引用的孔子这段话出自《孝经·广要道章》,不过次序有所不同。

3 **成:**成就,确定。 **平:**平定,安定。

4 **金、石、丝、竹:**这是以乐器的材质来指代音乐。《周礼·春官·大师》:"皆播之以八音:金、石、木、革、丝、木、匏、竹。"郑玄注曰:"金,钟、镈也。石,磬也。土,埙也。革,鼓、鼗也。丝,琴、瑟也。木,柷、敔也。匏,笙也。竹,箫、管也。"

5 **干:**盾。 **戚:**斧。 **羽:**乐舞所执的雉羽。 **旄:**舞者所执之旄牛尾,用以指挥。古时舞乐有文、武之分,文舞执羽旄,武舞执干戚。《礼记·乐记》:"比音而乐之,及干戚羽旄,谓之乐。"

原文

阮先生曰:"善哉!子之问也。昔者孔子著其都乎,且未举其略也。今将为子论其凡,而子自备详焉[1]。

"夫乐者,天地之体,万物之性也[2]。合其体,得其性,则和;离其体,失其性,则乖[3]。昔者圣人之作乐也,将以顺天地之体,成万物之性也。故定天地八方之音,以迎阴阳八风之声,均黄钟中和之律,开群生万物之情[4]。故律吕协则阴阳和,音声适而万物类,男女不易其所,君臣不犯其位,四海同其观,九州一其节[5]。奏之圜丘而天

译文

阮先生回答说:"您提的问题很好。以前孔子的说法是笼统言之,细微之处尚未涉及。今天我就给您大概地谈一谈,您再加以补充、完善。

"乐,是天地的本体,万物的天性。倘若与天地之体、万物之性相契合的话,音乐就是和谐完美的;否则,将悖谬乖离。以往圣人作乐总是要顺应天地的本体,同时成全万物的天性;于是制定了天地八方之音,用以配合阴阳八方之声,调和黄钟中和的乐律,用以开导万物众生的性情。所以,律吕协调则阴阳和洽,音声相适则万物各自依从其属类,看不到紊乱混杂的情况;同样,男和女、君与臣也不会错位;普天之下所见、所闻都整齐划一。这样

原文	译文
神下，奏之方丘而地祇上。天地合其德则万物合其生，刑赏不用而民自安矣[6]。	的音乐在圜丘演奏，天神会降临；在方丘演奏，地祇会显形。可见，天地之德相合则万物化生，欣欣向荣，刑罚和奖励纯属多余，完全可以弃置一旁了，而老百姓个个和乐安定。

注释

1 **都**：总，凡。 **略**：要略。 **凡**：大概，要旨。

2 **体**：本体，主体。 **性**：本性，天性。

3 **和**：和谐，协调。 **乖**：乖离，悖谬。

4 **迎**：迎合，契合。 **八风**：指八方之风。《说文解字》："风，八风也。东方曰明庶风，东南曰清明风，南方曰景风，西南曰凉风，西方曰阊阖风，西北曰不周风，北方曰广莫风，东北曰融风。"八风的名目在不同的典籍中各有不同。 **黄钟**：为古乐十二律之一，声调最为洪大响亮。《礼记·月令》注："黄钟者，律之始也。九寸，仲冬气至则黄钟之律应。"《汉书·律历志》："五声之本，生于黄钟之律。……律十有二：阳六为律，阴六为吕。……黄帝使伶伦自大夏之西，昆仑之阴，取竹之嶰谷，生其窍厚均者，断两节间而吹之，以为黄钟之宫。制十二筒以听凤之鸣，其雄鸣为六，雌鸣亦六，比黄钟之宫而皆可以生之，是为律本。"又曰："黄钟，黄者中之色，君之服也；钟者，种也。"

5 **律吕**：乐律的统称，古代乐律有阳律、阴律各六，共十二律。阳六曰律，为黄钟、太簇、姑洗、蕤宾、夷则、无射，阴六曰吕，为大吕、夹钟、中吕、林钟、南吕、应钟，一起合称律吕。 **类**：自成其类。 **观**：观赏。 **一**：统一、划一。 **节**：节奏。

6 **圜(yuán)丘**：古代祭天的圆形高台。《周礼·春官·大司乐》："凡乐……冬日至，于地上之圜丘奏之。"疏："土之高者曰丘……圜者，象天圜。"方丘，古代夏至日祭地之坛，古人以为天圆地方，故建方丘祭地时取地方之象。 **神、祇(qí)**：神谓天神，祇指地神。天神包括五帝以及日月星辰，地祇乃指神州之神及社稷。

原文

"乾坤易简，故雅乐不烦；道德平淡，故五声无味[1]。不烦则阴阳自通，无味则百物自乐，日迁善成化而不自知，风俗移易而同于是乐，此自然之道，乐之所始也。其后圣人不作，道德荒坏，政法不立，化废欲行，各有风俗。故造始之教谓之风，习而行之谓之俗[2]。楚越之风好勇，故其俗轻死；郑卫之风好淫，故其俗轻荡[3]。轻死，故有蹈火赴水之歌；轻荡，故有桑间濮上之典[4]。各歌其所好，各咏其所为，歌之者流涕，闻之者叹息，背而去之，无不慷慨[5]。怀永日之娱，抱长夜之叹，相聚而合之，群而习之，靡靡无已。弃父子之亲，弛君臣之制，匮室家之礼，废耕农之业。忘终身之乐，崇淫纵之俗[6]；故江淮之南其民好残，漳汝之间其

译文

"乾、坤简单易行，故而雅乐不烦琐、不累赘；道德平淡朴实，故而五声平和无味。既然雅乐不烦琐则阴阳自然通畅，既然五声平淡无味则万物自得其乐，这就是音乐的肇始——它完全出于自然，使一切事物不自觉地处于向善的教化之中，其乐融融，在不知不觉中改变了风俗习惯。到后来圣人不在了，道德沦丧，政治、法律败坏，教化荒废，物欲横流，不同的地域有不同的风俗。所以，最初的乐教称为风，对乐教学习、施行后形成的习惯就是俗。楚越之地民风好勇尚武，所以当地的习俗是蔑视死亡；郑卫的民风好色而淫乱，故而当地人轻浮放荡。蔑视死亡，就有赴汤蹈火之类雄壮的乐歌；轻浮放荡，则产生桑间濮上那样的郑卫之声。歌咏吟唱的都是各自的嗜好和作为，唱歌的人情不自禁，涕泪交流，听歌的人深为感动，转身离去时无不慨叹伤心。无论是整天的嬉游娱乐，还是长夜难眠时的叹息，一旦聚合在一起，相互观摩、学习和影响，渐渐沉迷于乐歌之中，忘却了父子的亲情、君臣的名分，夫妇之礼不要了，田地荒芜，无人耕种，大家都想着要及时行乐，对于淫逸放纵的生活醉心不已。所以，江淮以南的地区，人民喜好厮杀打斗，漳、汝之间是郑卫之地，那

民好奔[7]。吴有双剑之节，赵有扶琴之客[8]。气发于中，声入于耳，手足飞扬[9]，不觉其骇。好勇则犯上，淫放则弃亲；犯上则君臣逆，弃亲则父子乖；乖逆交争，则患生祸起。祸起而意愈异，患生而虑不同。故八方殊风，九州异俗，乖离分背，莫能相通，音异气别，曲节不齐。故圣人立调适之音，建平和之声，制便事之节，定顺从之容，使天下之为乐者莫不仪焉[10]。自上以下，降杀有等，至于庶人，咸皆闻之。歌谣者咏先王之德，俯仰者习先王之容，器具者象先王之式，度数者应先王之制[11]；入于心，沦于气，心气和洽，则风俗齐一。

儿的人经常私自奔从，不守礼法。吴地有干将、莫邪这样如剑的气节，而赵国却出了赵武灵王那样为美色而自取灭亡的乱子。这是因为内心有一股气在萌动，加之外界各种声音的影响，不禁手舞足蹈，心醉神迷，哪里还能觉察到它的可怕之处呢？好尚勇武就容易冒犯尊上，淫荡放纵则常常弃置双亲而不顾；冒犯尊上导致君臣相逆，抛弃双亲的结果是父子乖离；一旦乖谬不顺，祸患便随之产生了。祸患一起，于是心意、思虑更加相左。因而，各个地区的风俗相差甚远，彼此抵触相忤，无法沟通，表现在音乐上，无论是曲调、节奏，还是内在的气质都截然不同。所以，圣人建立了平和调适的声音，制定了顺从便易的节奏和阵容，使天下人在演奏和欣赏音乐时，都有一个可以依循的法式。自上而下，直到一般的平民，人人都能够聆听到。歌谣的内容是赞美先王的功德，舞者学习的是先王时候的形体动作，乐器完全模仿先王时期的样式，至于度数也跟先王制定的一模一样，这一切为的是：使音乐沁入人的心灵，浸润到呼吸的气息中，心气和洽，最终达到风俗齐一的目的。

注释

1 **乾坤易简**：《易·系辞上》："乾以易知，坤以简能。易则易知，简则易从。"易、简，都是简单、容易的意思。 **雅乐不烦**：《礼记·乐记》："大乐必易，大礼必简。” **五声**:谓古乐五声音阶的五个阶名——宫、商、角、徵、羽,也作五音。 **无味**:亦平淡之意。

2 **荒**:荒废,废弃。 **化**:指教化。 **欲**:这里指人本能的欲望,带有贬义。**风俗**:《汉书·地理志》:“凡民禀五常之性,而其刚柔缓急,音声不同,系水土之风气,故谓之风;好恶取舍,动静亡常,随君上之情欲,故谓之俗。”风侧重于风尚,俗偏重于习惯。 **造始**:开始,发端。

3 **轻死**:犹言轻生,不以死亡为意。《汉书·地理志》:“吴粤(即越)之君皆好勇,故其民至今好用剑,轻死易发。” **轻荡**:轻浮放浪。

4 **桑间濮上**:见《东平赋》注。 **典**:乐典。

5 **慷慨**:这里是感伤的意思。

6 **永日**:整日。 **靡靡**:相随顺。 **弛**:坏。 **匮**:缺乏。 **室家**:家庭,尤指夫妇。 **淫纵**:荒淫放荡。

7 **江淮之南**:即上文所说的楚越。江淮,长江淮河。 **残**:杀。 **漳汝之间**:指的是郑卫之地。漳,有浊漳、清漳两条河。汝,汝水。 **奔**:指男女不依礼法而私奔。

8 **吴有双剑之节**:《吴越春秋·阖闾内传》:“请干将铸作名剑二枚……一曰干将,二曰莫耶。莫耶,干将之妻也。干将作剑,采五山之铁精,六合之金英,候天伺地,阴阳同光,百神临观,天气下降,而金铁之精不销沦流。于是干将不知其由……莫耶曰:‘夫神物之化,须人而成。今夫子作剑,得无得其人而后成乎?’干将曰:‘昔吾师作冶,金铁之类不销,夫妻俱入冶炉中,然后成物……今吾作剑不变化者,其若斯耶?’莫耶曰:‘先师亲烁身以成物,吾何难哉?’于是干将妻乃断发剪爪投于炉中,使童女童男三百人鼓橐装炭,金铁乃濡,遂以成剑。阳曰干将,阴曰莫耶。” **赵有扶琴之客**:《史记·赵世家》:“王(指赵武灵王)游大陵。他日,王梦见处女鼓琴而歌诗曰:‘美人荧荧兮,颜若苕之荣。命乎!命乎!曾无我嬴。’异日,王饮酒乐,数言所梦,想见其状。吴广闻之,因夫人而纳其女娃嬴,孟姚也。孟姚甚有宠于王,是为惠后。……主父(赵武灵王)初以长子章为太子。后得吴娃,爱之,为不出者数岁,生子何,乃废太子章而立何为王。吴娃死,爱弛,怜故太子,欲两王之,犹豫未决,故乱起,以至父子俱死，为天下笑。岂不痛乎！”

9 **手足飞扬：**谓手舞足蹈。

10 **平和之声：**《国语·周语》：“夫政象乐，乐从和，和从平。声以和乐，律以平声。……声应相保曰和，细大不逾曰平。”注曰：“和，八音克谐也。平，细大不逾也，故可以平民。乐和则谐，政和则平也。” **容：**指乐舞之容。 **仪：**取法。

11 **降杀：**递减。 **歌谣：**古代以曲合乐伴奏者为歌，随口唱者为谣。 **式：**式样。**制：**准则，法式。

原文

“圣人之为进退俯仰之容也，将以屈形体，服心意，便所修，安所事也。歌咏诗曲，将以宣平和，著不逮也[1]。钟鼓所以节耳，羽旄所以制目，听之者不倾[2]，视之者不衰；耳目不倾不衰则风俗移易，故移风易俗莫善于乐也。故八音有本体，五声有自然，其同物者以大小相君[3]。有自然，故不可乱；大小相君，故可得而平也。若夫空桑之琴，云和之瑟，孤竹之管，泗滨之磬，其物皆调和淳均者，声相宜也，故必有常处；以大

译文

“圣人在确定乐舞中进退俯仰的阵容时，是想通过形体的屈曲，使人们逐渐变得顺从、平静。歌咏诗曲，是为了表现平和之美，使那些有所欠缺者显露出来，然后加以教导和纠正。钟鼓的作用在于节制听觉，羽旄的作用在于引导视觉，使聆听和观赏的人都不偏邪不倾颓。做到了这一点，就能改变既定的风俗习惯，所以说‘移风易俗莫善于乐’。八音各有各的材质，五声取法于自然，同一类型的则根据形体的大小确定依从关系。取法于自然，因而不能打乱已有的秩序；大小相从，因而各安其位。例如：空桑之琴、云和之瑟、孤竹之管、泗滨之磬，它们的材质调和均匀，声音适宜，都出自特定的产地；大小相从的乐器，都应和着黄钟之气，其形制均有严格的常数限制。出自

小相君，应黄钟之气，故必有常数[4]。有常处，故其器贵重；有常数，故其制不妄。贵重，故可得以事神；不妄，故可得以化人。其物系天地之象，故不可妄造；其凡[5]似远物之音，故不可妄易。雅颂有分[6]，故人神不杂；节会有数，故曲折不乱；周旋有度，故俯仰不惑；歌咏有主，故言语不悖[7]。导之以善，绥之以和，守之以衷，持之以久；散其群，比其文，扶其夭，助其寿[8]，使去风俗之偏习，归圣王之大化。

特定地点的乐器一般都十分贵重，受常数限制者则精确无妄。贵重的用于奉祀神明，精确无妄者用来教化普通人。因为它们取象于天地，所以不能随便制作；再者，它们大体上类似于某种自然之物的声音，故而不可任意改动。雅、颂都有各自适用的场合，弄清了这一点，才不会在人事、祭神时相互混用。节奏有定数即可有条不紊，进退有度才能从容自如，歌唱时有主心骨才不至于歌词悖乱。对于音乐，一定要以善来疏导，用和来安抚，做到持中、长久；然后再把密集复杂之处分散开来，需要修饰的地方加以连缀，补其不足，去其有余，唯其如此，方能彻底除掉偏侧的风俗习惯，归依于圣王博大的教化。

注释

1 **著不逮：**意思是说使那些尚未达到平和者逐渐显露出来，加以引导、纠正。著，使动用法，使……显露、暴露出来。逮，及。

2 **倾：**偏侧，邪斜。

3 **本体：**指金、石、土、革、丝、木、匏、竹等乐器。 **有自然：**指五声取法于自然。 **君：**主宰，统辖。

4 **空桑之琴：**空桑为古代传说中的山名，位于鲁地，产琴瑟之材。 **云和之瑟：**云和乃山名，以产琴瑟著称。 **孤竹：**独生的竹。《周礼·春官·大司乐》："孤竹之管，云和之琴瑟。"注："孤竹，竹特生者。" **泗滨之磬：**《尚书·禹贡》："泗滨浮磬。"传："泗水涯，水中见石可以为磬。" **必有常处：**

谓制作上述几种乐器的优良材质必定是出于那几个特定的产地。**必有常数:**谓制定乐律都要遵循严格的形制。《周礼·春官·大司乐》:"此十二者(指乐律),以铜为管,转而相生。黄钟为首,律长九寸,各因而三之,上生者三分益一分,下生者三分去一分焉。"

5 **凡:**大旨,要义。

6 **雅颂有分:**谓雅、颂都有各自适用的场合。雅,正,通常在内政外交等有关人事的场合演奏;颂,主要用于祭神。

7 **节:**节奏,节拍。 **会:**合。从"节会有数"到"故俯仰不惑"四句,都是针对乐舞而言。 **歌咏有主:**意谓有人主唱。 **言语:**指歌词。 **悖:**逆乱。

8 **绥:**靖,安。 **衷:**正中。 **散:**疏散。 **比:**排比。 **夭:**谓不及。 **寿:**谓过分。

原文

"先王之为乐也,将以定万物之情,一天下之意也,故使其声平,其容和。下不思上之声,君不欲臣之色[1],上下不争而忠义成。夫正乐者,所以屏[2]淫声也。故乐废则淫声作。汉哀帝不好音,罢省乐府,而不知制礼乐;正法不修,淫声遂起。张放、淳于长骄纵过度,丙彊、景武富溢于世。罢乐之后,下移逾肆。身不是好而淫乱愈甚者,礼不设也。[3]

译文

"先王为乐,目的是稳定万事万物的性情,统一天下人的心意,所以他总是致力于声音及舞容的平和。使下属和尊上各守其道,没有非分之想,于是上下无所争执,自然而然地成为忠义之人。正乐,为的是摒弃淫声;一旦废弃了正乐则淫声大作。汉哀帝不喜欢音乐,他解散了乐府,却不知道制定礼乐;只因不修正法,淫佚的乐声很快就兴盛起来,势不可挡。张放、淳于长一贯骄纵无度,丙彊、景武向来就富比王侯,自从哀帝罢乐以后,更是变本加厉,无恶不作。像哀帝这样,本人并未参与其中而时势却日渐淫乱侈靡,关键在于他忽略了礼,不闻不问。

注释

1 **下不思上之声，君不欲臣之色**：两句是互文，意谓下不欲上之声色，君不欲臣之声色，反之亦可。

2 **屏**：除去，排斥。

3 参见《汉书·礼乐志》："是时（成帝朝），郑声尤甚。黄门名倡丙彊、景武之属富显于世，贵戚五侯、定陵（即淳于长）、富平（即张放）外戚之家淫侈过度，至与人主争女乐。哀帝自为定陶王时疾之，又性不好音，及即位，下诏曰：'惟世俗奢泰文巧，而郑卫之声兴。……其罢乐府官。……'然百姓渐渍日久，又不制雅乐有以相变，豪富吏民湛沔自若，陵夷坏于王莽。"

原文

"刑教一体，礼乐外内也[1]。刑弛则教不独行[2]，礼废则乐无所立。尊卑有分，上下有等，谓之礼；人安其生，情意无哀，谓之乐。车服、旌旗、宫室、饮食，礼之具也；钟磬、鞞鼓、琴瑟、歌舞，乐之器也。礼逾其制则尊卑乖，乐失其序则亲疏乱。礼定其象，乐平其心；礼治其外，乐化其内[3]，礼乐正而天下平。昔卫人求繁缨、曲县而孔子叹息，盖惜礼坏而乐崩也[4]。夫钟者声之主[5]也，县者钟之制也。

译文

"刑罚与教化二位一体，礼法和音乐互为表里。一旦刑罚败坏，那么教化就孤立无援，很难再贯彻执行；同样，礼法荒废之后音乐也失去了存在的依据。尊卑各有名分，上下自有等级的差别，这些都是礼所包含的内容；人人安于现状，和乐无哀，则属于乐的范畴。车服、旌旗、宫室和饮食，是实施礼所必备的器具；钟磬、鞞鼓、琴瑟及歌舞，乃是乐的要素。在礼法方面，任何不合要求的举动最终都会导致尊卑等级的乖错；音乐上，如果破坏了既定的次序，必然会使亲疏关系混乱，后果不堪设想。所以，礼确定事物的表象，乐平息事物内在的精神，礼作用于外，乐变化于内，礼乐相辅相成才能使天下太平。过去卫人求取繁缨、曲县等物的时候，孔子叹息不已，惋惜卫国礼坏乐崩却不自知。钟是乐声的主宰，县则为钟之法度。钟失去法钟失其制则声失其主；主制无常则怪声并出。盛衰之代相及，古今之变若一，故圣教废毁则聪慧之人并造奇音。景王喜大钟之律，平王好师延之曲[6]，公卿大夫拊手嗟叹，庶人群生踊跃思闻。正乐遂废，郑声大兴，雅颂之诗不讲，而妖淫之曲是寻。延年造倾城之歌，而孝武思嫌嫚之色[7]；雍门作松柏之音，愍王念未寒之服[8]。故猗靡哀思之音发，愁怨偷薄之辞兴，则人后有纵欲奢侈之意，人后有内顾自奉之[9]；是以君子恶大陵之歌，憎北里之舞也[10]。

度的话，乐声也就失去了主宰，主宰与法度变化无常，自然出现怪声四起的情况。古往今来，强盛的王朝与衰弱的政权总是交替着一代接一代，但是过去和现在的变化却非常一致。所以，圣人的教化毁弃之后，总有许多聪慧之人创制出一些新奇的音乐形式。齐景公嗜好听大钟轰鸣的乐律，晋平公对师延的靡靡之音赞不绝口，推而广之，公卿大夫个个拍手嗟叹，平民百姓人人踊跃向前，先‘听’为快。于是正乐遭到废弃，郑声反倒兴盛起来，没有谁再悉心研究雅诗、颂诗了，那些妖艳淫荡的乐曲大行其道。李延年的倾城之歌，令汉武帝思慕不已，一心想着那柔美曼丽的绝代佳人；雍门奏一曲松柏之音，愍王听后动了恻隐之心。所以，柔婉悲哀的曲调加上愁怨浇薄的歌词，只会使人产生放纵私欲、奢侈靡费的意念，只会使人自私自利。因而，卓有见识的君子视大陵之歌、北里之舞如寇仇。

注释

1 《礼记·乐记》：“故礼以道其志，乐以和其声，政以一其行，刑以防其奸。礼、乐、刑、政，其极一也。”阮籍的看法与《礼记》一致，只是他用“教”的概念代替了《礼记》中的“政”，其实意思是一样的。

2 **弛**：松弛、废弛。 **教**：《释名》：“教，效也，下所法效也。”

3 **礼治其外，乐化其内**：以孔子为代表的儒家音乐理论认为：礼、乐相较，礼是人为制定的准则，故而是外在的；至于乐，则符合人的本性，它是内在的，因此以乐来感化民众也是一个潜移默化的过程。

4 **昔卫人求繁缨、曲县而孔子叹息：**见于《左传·成公二年》："新筑人仲叔于奚救孙桓子，桓子是以免。既，卫人赏之以邑，辞；请曲县、繁缨以朝，许之。仲尼闻之，曰：'惜也！不如多与之邑。惟器与名，不可以假人，君之所司也。名以出信，信以守器，器以藏礼，礼以行义，义以生利，利以平民：政之大节也。若以假人，与人政也。政亡，则国家从之，弗可止也已。'"繁缨，谓诸侯所用的马饰。曲县(xuán)，周礼，诸侯之乐，室内三面悬乐器，形曲，谓之曲县，亦即轩县。天子之乐则悬四面，曲县所缺一面为南面。 **崩：**毁坏。

5 **钟者声之主：**《国语·周语下》："单穆公曰：'……且夫钟不过以动声。'"注曰："动声，谓合乐以金奏而八音从之。"意思是说：在乐曲的演奏过程中，钟往往是灵魂与主导。

6 **景王喜大钟之律：**《淮南子·要略》："齐景公内好声色，外好狗马，猎射亡归，好色无辨。作为路寝之台，族铸大钟，撞之庭下，郊雉皆响，一朝用三千钟赣。" **平王好师延之曲：**《史记·乐书》："……即令师涓坐师旷旁，援琴鼓之。未终，师旷抚而止之曰：'此亡国之声也，不可遂。'平公曰：'何道出？'师旷曰：'师延所作也。与纣为靡靡之乐，武王伐纣，师延东走，自投濮水之中。故闻此声必于濮水之上。先闻此声者国削。'平公曰：'寡人所好者音也。愿遂闻之。'师涓鼓而终之。"

7 **延年造倾城之歌，而孝武思嬿嫚之色：**《汉书·外戚传》："孝武李夫人本以倡进。初，夫人兄延年性知音，善歌舞，武帝爱之。每为新声变曲，闻者莫不感动。延年侍上起舞，歌曰：'北方有佳人，绝世而独立，一顾倾人城，再顾倾人国。宁不知倾城与倾国，佳人难再得。'上叹息曰：'善！世岂有此人乎？'平阳主因言：延年有女弟。上乃召见之，实妙丽善舞，由是得幸。"嬿嫚，柔美。

8 **雍门作松柏之音，愍王念未寒之服：**此事具体所指不知出于何处。

9 **偷薄：**浇薄，不厚道。 **后：**作"然后"解。 **内顾：**顾念自己。 **自奉：**供养自己。

10 **大陵：**春秋时郑地，是郑卫之音盛行的地方。 **北里之舞：**《史记·殷本纪》："于是使师涓作新淫声，北里之舞，靡靡之乐。"北里为舞曲名。

原文

"昔先王制乐，非以纵耳目之观，崇曲房之嬿也[1]。必通天地之气，静万物之神也；固上下之位，定性命之真也。故清庙之歌咏成功之绩，宾响之诗称礼让之则，百姓化其善，异俗服其德；此淫声之所以薄[2]，正乐之所以贵也。然礼与变俱，乐与时化，故五帝不同制，三王各异造[3]，非其相反，应时变也。夫百姓安服淫乱之声，残坏先王之正。故后王必更作乐，各宣其功德于天下，通其变使民不倦。然但改其名目，变造歌咏，至于乐声，平和自若。故黄帝咏云门之神，少昊歌凤鸟之迹；《咸池》《六英》之名既变，而黄钟之宫不改易[4]。故达道之化者可与审乐，好音之声者不足与论律也。

译文

"以往先王制乐，并不是为了满足耳目的感官刺激和人们私下的需要，而是用来贯通天地之间的气息，平定万物之神，巩固上下之位，保持性命的真纯。所以，清庙之歌咏唱功德业绩，宾响之诗称颂互相礼让的行为准则，百姓从中受到善的感化，怪异的民情风俗也会从中受到美德的影响。这正是淫声为什么轻薄、正乐为什么贵重的原因。不过，礼乐总是随着时代的推移而有所变化，五帝、三王，他们就各有各的体制，这并不意味着他们的礼乐相互背离，只说明顺应时势变化是必然的规律。生于末世的百姓通常习惯了淫乱之乐，对先王的正乐反而抱着敌视的态度加以破坏。在这种情况下，后代贤明的君王必须改弦更张，向天下人宣扬自己的功德，通过适当的变化来满足人们喜新厌旧的心理。不过，这种变化只是在名目上稍作改动，填上新的歌词，至于乐声，其平和自然仍旧一如既往。因此，黄帝歌咏云门之神，少昊赞颂凤鸟之迹；尽管《咸池》《六英》的名称变动了，其乐律却终始不易。可见，只有通达道之变化者才真正懂得音乐，对于仅仅是爱好音乐的人，还没法跟他们讨论乐律，因为他们知道的过于肤浅。

注释

1 **曲房**:深邃幽隐的密室,此处尤指内室。 **嫵**:美好,顺。

2 **清庙之歌**:《诗经·周颂》第一篇为《清庙之什》,毛传曰:“周颂三十一篇,皆是周室太平德洽,著成功之乐歌也。” **宾响之诗**:《诗经·小雅·鹿鸣》小序:“鹿鸣,燕群臣嘉宾也。既饮食之,又实币帛筐篚以将其厚意,然后忠臣嘉宾得尽其心矣。”宾响之诗即指这样的诗篇。**薄**:轻薄,不厚道。

3 **五帝不同制,三王各异造**:《礼记·乐记》:“五帝殊时不相沿乐,三王异世不相袭礼。”

4 **黄帝咏云门之神**:即指流传至周代的六大乐舞之一——《云门》,相传为黄帝时制。少昊,黄帝子,名挚,字青阳,姬姓;也作少皞。《左传·昭公十七年》:“……曰:‘少皞氏鸟名官,何故也?’郯子曰:‘……我高祖少皞挚之立也,凤鸟适至,故纪于鸟,为鸟师而鸟名。’”**《咸池》**:古乐名,相传为黄帝之乐。**《六英》**:古乐名,据说为颛顼之乐。**宫**:《汉书·律历志》:“宫,中也。居中央,畅四方,唱始施生,为四声纲也。”

原文

“舜命夔龙典乐,教胄子以中和之德也[1]:‘诗言志,歌咏言,声依咏,律和声。八音克谐,无相夺伦,神人以和[2]。’又曰:‘予欲闻六律、五声、八音,在治忽,以出纳五言。女听[3]!’夫烦奏淫声,汩湮心耳[4],乃忘平和,君子弗听。言正乐通平易简,心澄气清,以闻音律,出纳

译文

“舜任命夔为典乐官,以中和之德教导王室、贵族的诸长子:‘诗言志,歌咏言,声依咏,律和声。八音克谐,无相夺伦,神人以和。’又说道:‘予欲闻六律、五声、八音,在治忽,以出纳五言。女听!’变化复杂的演奏手法和淫荡的乐声,只会令人意志消沉、心神迷乱,忘记了平和之乐,君子根本不会让这样的东西亵渎自己的耳朵。舜的意思是说:正乐往往通畅、平和、简单、稳重,使人内心澄静、神气清爽,以此来聆听音律,出纳五德之言。夔说:‘戛击鸣球,搏拊,琴瑟以咏,祖考来格;虞宾在位,群后德让,下管鼗鼓,

五言也。夔曰:'戛击鸣球,搏拊琴瑟以咏,祖考来格;虞宾在位,群后德让,下管鼗鼓,合止柷敔,笙镛以间,鸟兽跄跄;《箫韶》九成,凤凰来仪[5]。'夔曰:'於!予击石拊石,百兽率舞,庶尹允谐[6]。'诗言志,歌咏言,操磬鸣琴,以声依律,述先王之德,故祖考之神来格也。笙镛以间,正乐声希,治修无害,故繁毓跄跄然也;乐有节适,九成而已,阴阳调达,和气均通,故远鸟来仪也;质而不文[7],四海合同,故击石拊石,百兽率舞也。言天下治平,万物得所,音声不哗,漠然未兆,故众官皆和也[8]。故孔子在齐闻《韶》,三月不知肉味,言至乐使人无欲,心平气定,不以肉为滋味也[9]。以此观之,知圣人之乐和而已矣。

合止柷敔,笙镛以间,鸟兽跄跄;箫韶九成,凤凰来仪。'夔说:'於!予击石拊石,百兽率舞,庶尹允谐。'诗抒发、表达人的心志,歌则将言辞拉长加以咏唱,奏响磬、琴,使之符合乐律的要求,阐明先王之圣德,优美而淳雅,于是祖先们的神灵纷纷降临。笙管、大钟交替响起,正乐之声极其微细,这表明天下大治,故而鸟兽也翩翩起舞。音乐必须要节制而适度,一曲接一曲地演奏过后,应使阴阳协调畅达,和气均通,这样远方的瑞鸟也会飞来。音乐质朴而不华丽,在四海之内和合协同,那么弹奏起乐曲的时候,百兽都相率而舞。夔的后一段话是说:天下治平,万物各得其所,音乐声宁静祥和,几乎感受不到它的存在,所以百官之间也就非常融洽。如此看来,孔子在齐闻《韶》乐之后,三个月都不想吃肉,正说明:至乐使人心平气定,无欲无求,不再把口腹之适当作一种莫大的享受。因此,一言以蔽之——圣人之乐和,仅此而已。

注释

1 **夔龙:**此处实指夔。夔、龙分别为虞舜的两位大臣,夔为乐官,龙乃谏官。**典乐:**官名,掌管朝廷的音乐事务。 **胄子:**古代帝王与贵族的长子,都入国学学习,称胄子。

2 **咏:**曼声长吟、歌唱。 **声:**指宫、商、角、徵、羽五声。 **律:**指乐律。律和声,谓当依声律以和乐。 **八音克谐:**能使八音相互和谐。克,能。 **伦:**次序。

3 **于:**《尚书 · 益稷》作“予”。 **治忽:**治理及忽怠、怠慢。 **出:**向下宣告帝王的诏命。 **纳:**把下面的意见向帝王报告。 **五言:**指仁、义、礼、智、信五德之言。 **女:**同“汝”,你。这段话的大意是:我要聆听六律、五声、八音,体察天下治理、忽怠的情况,据此出纳仁、义、礼、智、信五德之言,用以教化百姓,你要仔细听着!

4 **烦奏:**变化复杂的弹奏。 **汩**(gǔ)**:**乱,扰乱。汩湮(yīn),埋没,迷惑。

5 **戛**(jiá)**击:**敲打。 **鸣球:**玉磬。《释器》:“球,玉也。乐器惟磬用玉,故球为玉磬。” **搏拊:**古乐器名,也叫“拊搏”。《尚书·益稷》孔氏传曰:“搏拊,以韦(去毛后熟治的皮革)为之,实之以糠,所以节乐。” **祖考:**祖先。考,生时曰父,死后曰考。 **来格:**降临。格,至。 **虞宾:**古史称舜接受尧的禅让,待尧子丹朱以宾礼,因而称丹朱为虞宾。 **群后:**众诸侯。 **下管:**古代举行大祭等仪式,在堂下吹奏管乐,谓之下管。 **鼗**(táo)**:**小鼓,类似于现在的拨浪鼓。 **祝:**当作“柷(zhù)”,打击乐器名,状如漆甭,中有椎,开始奏乐时,先击柷。 **敔**(yǔ)**:**古乐器名,在奏乐终止时要击敔表示结束。**笙:**管乐器名,大的有十九簧,小的有十三簧。**镛:**大钟。**间:**更迭,交替。 **跄跄:**起舞貌。《**箫韶**》**:**相传为舜时候的乐曲,《尚书·益稷》孔氏传:“《韶》,舜乐名。言箫,见细器之备。” **九成:**谓多次演奏;成,终,音乐奏完一曲叫一成。 **凤凰来仪:**谓凤凰飞来。

6 **石:**乐器,指石磬。 **拊:**轻击。 **庶尹:**百官之长。 **允谐:**和洽,和谐。

7 **正乐声希:**用老子“大音希声”之意。 **繁毓:**犹言蕃育,此处谓鸟兽。 **均:**平。 **质:**质朴,与“文”相对。

8 **哗:**喧哗,嘈杂。 **漠然:**无声。 **兆:**见于形状、表现。

9 **孔子在齐闻《韶》,三月不知肉味:**《论语 · 述而》:“子在齐闻《韶》,三月不知肉味,曰:‘不图为乐之至于斯也!’”《韶》,舜乐名,意谓舜能继绍尧之德。

原文

“自西陵[1]、青阳之乐皆取之竹，听凤凰之鸣，尊长风之象，采大林之□，当时之所不见，百姓之所希闻，故天下怀其德而化其神也。夫雅乐周[2]通则万物和，质静则听不淫，易简则节制全，静重则服人心：此先王造乐之意也。自后衰末之为乐也，其物不真，其器不固，其制不信，取于近物，同于人间，各求其好，恣意所存，闾里之声竞高，永巷之音争先，童儿相聚以咏富贵，蒭牧负戴以歌贱贫[3]。君臣之职未废，而一人怀万心也。

译文

“西陵、青阳之乐以竹作乐器，惟妙惟肖地表现出凤凰的鸣声以及长风的气象，这些在当时都鲜为人知，所以天下人无不感怀其德，自然而然地受到其内在精神的影响。雅乐完美流畅，于是万物平和，它的本质宁静安详，使得听者不敢放肆，它简单平易，故而节制面广，它肃穆庄重，使得人心悦诚服——这些正是先王造乐的本意。到后来衰朽末世为乐时，乐器的材质伪劣而不牢固，形制也不精确，往往是就地取材，向世间俗乐认同，各自随其所好，恣意妄为。于是，处处回荡着粗劣鄙陋的里巷之音，小孩子们聚在一起唱的是富贵，老百姓见面唱的是贫贱。尽管君臣的职分此时尚未彻底废止，却已是众人离异，各有各的谋算了。

注释

1 **西陵：**黄帝时国名，《史记·五帝本纪》：“黄帝居轩辕之丘，而娶于西陵之女，是为嫘祖。”

2 **周：**完善，完备。

3 **其物不真：**指各类乐器的材质不是出于特定产地（如空桑、泗水之滨等）的真货。 **固：**坚固。 **信：**谓毫厘不差、精确。 **取于近物：**犹言就地取材。 **人间：**这里指民间。 **闾里：**乡里，泛指民间、市井。 **永巷：**这里指里巷，亦即民间、市井。**蒭：**割草。 **负：**背负。 **戴：**以头顶物。

原文

“当夏后之末，舆女万人，衣以文绣，食以梁肉，端噪晨歌，闻之者忧戚[1]，天下苦其殃，百姓伤其毒。殷之季君，亦奏斯乐，酒池肉林，夜以继日；然咨嗟之音未绝，而敌国已收其琴瑟矣[2]。满堂而饮酒，乐奏而流涕，此非皆有忧者也，则此乐非乐[3]也。当王莽居臣之时，奏新乐于庙中，闻之者皆为之悲咽[4]。桓帝[5]闻楚琴，凄怆伤心，倚房而悲，慷慨长息曰：‘善哉乎！为琴若此，一而已足矣。’顺帝上恭陵，过樊衢，闻鸟鸣而悲，泣下横流，曰：‘善哉鸟声！’使左右吟之，曰：‘使丝声若是，岂不乐哉[6]！’夫是谓以悲为乐者也。诚以悲为乐，则天下何乐之有？天下无乐，而有阴阳调和，灾害不生，亦已难矣。乐者，使人精神平和，衰气不入，天地交泰[7]，远物来集，故谓之乐也。今

译文

“夏桀在位之时，有女乐三万人，她们穿的是上等的锦绣，吃的是美味佳肴，每天清晨开始咿咿呀呀的吟唱，听者无不忧戚，天下遭殃，百姓受害。到商末年纣王当政的时候，同样的乐曲又奏响了，以酒为池，悬肉为林，夜以继日地荒淫、享乐，然而人们为之叹惋的声音尚未消失，殷商的乐器已为敌国所有。宾朋满堂时，饮酒欢会，当乐声响起，听者纷纷落泪，倘使他们的内心不是真有忧伤的话，那么这样的音乐不能使人快乐。王莽尚为臣子时，曾献新乐于太庙，听到的人都为之悲伤哽咽。桓帝听到楚琴的演奏，凄怆伤心，倚房而悲，感慨万千地说道：‘真美呀！鼓琴能够达到这样的境地，一回就足够了。’顺帝登上恭陵，经过樊衢时，听到一阵鸟鸣，不禁悲从中来，感动流涕，说：‘鸟声真美呀！’还让左右侍从也学着吟唱，认为：‘如果乐声能像这样，怎不使人欣悦呢？’上述这些都可谓以悲为乐者。果真以悲为乐的话，那么天下还有什么真正的‘乐’可言呢？天下无乐，却要使阴阳调和，灾害不生，这是根本不可能的事情。音乐，使人精神平和，衰气不入，也使天地交泰，远方之物归附，

则流涕感动,嘘唏伤气,寒暑不适,庶物不遂[8],虽出丝竹,宜谓之哀,奈何俯仰叹息以此称乐乎!昔季流子向风而鼓琴,听之者泣下沾襟,弟子曰:‘善哉鼓琴!亦已妙矣!’季流子曰:‘乐谓之善,哀谓之伤。吾为哀伤,非为善乐也。’以此言之,丝竹不必为乐,歌咏不必为善也;故墨子之非乐也[9]。悲夫!以哀为乐者,胡亥耽哀不变,故愿为黔首[10];李斯[11]随哀不返,故思逐狡兔。呜乎!君子可不鉴之哉!”

所以才谓之乐。而今却令人感动流涕,叹息伤心,寒暑不调,万物不顺,这样的声音即便以丝竹演奏出来,也只能称作哀,怎能称其为乐呢?季流子曾经迎风鼓琴,听者无不泣下沾襟,他的弟子称许道:‘多么美妙的弹奏啊!’季流子应声说:‘乐谓之善,哀谓之伤。我所作的一切徒然使人哀伤,焉能称为善乐呢?’把这段话推而广之,那么丝竹发出的不必是乐声,歌唱吟咏的也不一定美善了,所以,墨子要否定音乐呀!唉,在以哀为乐的人当中,胡亥沉溺于哀怨之中不思变革,终于落得个愿为庶人却不可得的下场;李斯一味哀伤不知反正,最后想逐兔上蔡,为时已晚。呜呼!明智贤达的君子不能不从中有所借鉴啊!”

注释

1 **夏后之末:**指夏桀。 **舆:**众多。 **梁肉:**当作“粱肉”,指美食佳肴。 **戚:**悲戚,哀伤。

2 **殷之季君:**指商纣王。季君,谓最后一位君王。 **酒池肉林:**《史记·殷本纪》:“(帝纣)以酒为池,悬肉为林,使男女倮(同“裸”),相逐其间,为长夜之饮。” **咨嗟:**叹息。 **敌国已收其琴瑟:**《史记·殷本纪》:“殷之太师、少师乃持其祭乐器奔周。”

3 **此乐非乐:**第一个“乐”字指音乐之乐,第二个“乐”字乃快乐之乐。

4 《北堂书钞》卷一〇五:王莽献新乐而哀。注:“《汉书》:王莽初献新乐于明堂太庙,群臣始冠麟韦之弁。或闻其乐声,曰:厉而哀,非兴国之声也。’” **咽:**指声音哽咽。

5 **桓帝**:指汉桓帝刘志。文中所叙之事不详。

6 **顺帝**:指汉顺帝刘保。 **恭陵**:汉安帝刘祜的陵墓。 **丝声**:代指乐声。

7 **天地交泰**:《周易 · 泰卦》:“象曰:天地交,泰。”意思是说:天地之气相互交汇贯通,遂能生养万物,物得大通。

8 **嘘唏**:叹息,哽咽。 **庶物**:众物,万物。

9 **季流子**:其人其事不详。 **泣**:泪。 **非乐**:《墨子》有《非乐》篇,主张废弃儒家之乐,因为王公大人们在音乐方面的享受,需要消耗大量的社会财富,容易引起铺排、浪费,于老百姓的饥寒劳苦,天下的安宁祥和并无益处;而墨子这一派是力行节俭的,所以有“非乐”之说。非,诋毁、责难。

10 **胡亥**:秦始皇之子,即秦二世。《史记·秦始皇本纪》:“阎乐前即二世数曰:‘足下骄恣,诛杀无道,天下共畔足下。足下其自为计!’二世曰:‘丞相可得见否?’乐曰:‘不可。’二世曰:‘吾愿得一郡为王。’弗许。又曰:‘愿为万户侯。’弗许。曰:‘愿与妻子为黔首,比诸公子。’阎乐曰:‘臣受命于丞相,为天下诛足下。足下虽多言,臣不敢报。’麾其兵进,二世自杀。” **耽**:沉溺。 **黔首**:平民。

11 **李斯**:秦始皇统一六国,李斯为丞相。《史记 · 李斯列传》:“李由(李斯长子)告归咸阳,李斯置酒于家,百官长皆前为寿,门廷车骑以千数。李斯喟然而叹曰:‘嗟乎!……吾闻之荀卿曰:物禁大盛。夫斯乃上蔡布衣,闾巷之黔首,上不知其驽下,遂擢至此。当今人臣之位,无居臣上者,可谓富贵极矣。物极则衰,吾未知所税驾也。’”秦始皇死,李斯与赵高定计,矫诏杀长子扶苏,立少子胡亥为帝。后来,赵高意欲独专朝政,诬陷李斯谋反,二世二年七月,具斯五刑,论腰斩咸阳市。斯出狱,与其中子俱执,顾谓其中子曰:“吾欲与若复牵黄犬,俱出上蔡东门,逐狡兔,岂可得乎?”遂父子相哭而夷三族。

通易[1]论

原文

阮子曰：易者何也？乃昔之玄真，往古之变经也[2]。庖牺氏当天地一终，值人物憔悴，利用不存，法制夷昧，神明之德不通，万物之情不类，于是始作八卦[3]。引而伸之，触类而长之，分阴阳，序刚柔，积山泽[4]，连水火，杂而一之，变而通之，终于未济，六十四卦尽而不穷。是以天地象而万物形，吉凶著而悔吝生，事用有取[5]，变化有成。南面听断，向明而治；结绳而为网罟，致日中之货，修耒耜之利以教[6]，天下皆得其所。黄帝、尧、舜应时当务，各有攸取，穷神知化，述则天序[7]。庖牺氏

译文

阮子说：易是什么？易是往古之时流传下来的有关变易的经典，是道的真谛。庖牺氏生当天地一终、人民生灵憔悴之时，事物不能竭尽其用，法制昏昧荒废，神明之德不通，于是他创造出了八卦。然后，不断地加以引申和增补，区分、排列阴阳、刚柔，使山泽、水火沟通相连，再进行归纳、变通，终于演绎而成六十四卦。最后一卦为"未济"，它表示六十四卦的终结，却象征着永无穷尽、生生不息。于是，天地、万物清晰地显现出来了，得失之心、悔吝之意油然而生于心底，人们根据八卦之象制造器皿，也从中领悟变化之义。君王南面而坐，听政裁断，向明而治；结绳为网，日中为市，发明了耒耜以教天下，天下由是各得其所。黄帝、尧、舜都能顺应时势的变化，于"易"各取所需，穷究事物精微深奥的道理，取法天地自然的次序。庖牺氏陈列、演绎出六十四卦，后世的圣人

布演六十四卦之变，后世圣人观而因之[8]，象而用之。禹、汤之经皆在，而上古之文不存；至乎文王，故系其辞，于是归藏氏逝而周典经兴[9]。上下无常，刚柔相易，不可为典要，惟变所适，故谓之“易”[10]。

从中观摩、学习、效法和借用。夏禹、商汤的易经至今还保存着，但是，比他们更早的上古之文已不复存在了。到周文王的时代，他又进一步贯通连缀，这样就产生了《周易》。由于上下变化无常，刚柔变动不居，不能人为地定下一条固定的准则加以限制，而是任由变化所适，故而称之为“易”。

注释

1 **易**：即《易经》，是中国文化的典籍之一，乃群经之首。原本有《连山》《归藏》和《周易》共三种，今仅存《周易》。易有三种含义：变易、简易、不易；周是周遍、完备的意思，一说《周易》之“周”乃是为了与《殷易》相区别。内容包括经和传两部分：六十四卦、三百八十四爻，附加卦辞、爻辞为经；上彖、下彖、上象、下象、上系、下系、文言、说卦、序卦、杂卦合称十翼为传。《汉书·艺文志》曰：“昔仲尼没而微言绝，七十子丧而大义乖……《易》有数家之传。”“及秦燔书，而《易》为筮卜之事，传者不绝。汉兴，田何传之。讫于宣元，有施、孟、梁丘、京氏列于学官，而民间有费、高二家之说。”直至三国时魏国的王弼，始以义理解说《周易》。现在通行的有唐代孔颖达的《周易正义》以及李鼎祚的《周易集解》。

2 **玄真**：道之真谛。 **变经**：谓《周易》是解说变易的经典。

3 **庖牺氏**：即伏羲，亦即太昊，又称宓羲、宓戏、包牺，三皇之一，风姓。相传他始画八卦，教民结网渔猎，以充庖厨，故曰庖牺。他是继燧人氏之后又一个卓有贡献的部落首领。 **一终**：十二年为一终，相当于岁星（木星）绕太阳一周的时间。 **利用**：物尽其用。 **夷昧**：蒙昧不明。 **类**：相似。《易·系辞下》：“古者包牺氏之王天下也，仰则观象于天，俯则观法于地，观鸟兽之文与地之宜，近取诸身，远取诸物，于是始作八卦，以通神明之德，以类万物之情。” **八卦**：乃是《周易》中的八种符号——☰乾（天）、

☳震(雷)、☱兑(泽)、☲离(火)、☴巽(风)、☵坎(水)、☶艮(山)、☷坤(地)。八卦由阴(--)阳(—)两种线形的爻组成,阴阳乃八卦的根本。其中,乾与坤、震与巽、坎与离、艮与兑是彼此对立的,八卦两两重复排列而成六十四卦。

4 **触类而长之:**谓受到物类的触动,而后加以扩充、增补。触,触动,事物相互感应而有所动。 **序:**按次序排列,这里作动词。 **山泽:**艮卦为山,兑卦为泽。 水火:坎卦为水,离卦为火。 未济:乃六十四卦最后一卦的卦名,卦象为䷿,坎下离上,火在水上,火不能烧水,水不能灭火,不能相互发生作用,故称未济。《周易·序卦》:"物不可穷也,故受之以未济终焉。"

5 **吉凶:**利害,得失。 **悔吝:**悔恨。《周易·系辞上》:"是故吉凶者,失得之象也。悔吝者,忧虞之象也。" **事用有取:**谓观八卦之象以制作器物。

6 **南面听断:**《周易·说卦》:"离也者,明也。万物皆相见,南方之卦也。圣人南面而听天下,向明而治,盖取诸此也。"南面,即"面南",指面朝南,古代以坐北朝南为尊位,故而帝王临朝都是南面而坐,即根据离卦而来。 **网罟**(gǔ)**:**网的通称,用以捕猎鸟兽鱼类,捕鸟兽者谓之网,捕鱼者谓之罟。 **日中:**正午。 **耒耜**(sì)**:**上古时的翻土农具;耜用于翻土,位于耒的下端,形状似锹,耒为其柄。开始时耒耜是用木作的,后世改用铁。《周易·系辞下》:"古者包牺氏之王天下也,……作结绳而为网罟,以佃以渔,盖取诸离。包牺氏没,神农氏作,斫木为耜,揉木为耒,耒耨之利,以教天下,盖取诸益。日中为市,致天下之民,聚天下之货,交易而退,各得其所,盖取诸噬嗑(亦为卦名,䷔震下离上)。"

7 **应时:**适应时势的变化。 **务:**事务。 **攸:**所。 **穷神知化:**穷极微妙之神,通晓变化之道。 **述:**传承。 **则:**效法,此处作动词。 **天序:**天地自然之序。

8 **布演:**陈列演示。 **因:**因袭,承续。

9 **汤:**商汤,商朝的开国君主,亦称天乙、成汤。禹、汤之经,分别指连山和归藏二易;郑玄《易赞》及《易论》均称:"夏曰连山,殷曰归藏,周曰周易。"一说:神农氏曰连山氏,亦曰列山氏,黄帝一曰归藏氏。文中所云

“归藏氏”当指殷商。

10 **无常**:变化不定。 **典要**:经常不变的准则。 **易**:变易。《周易·系辞下》:“易之为书也不可远,为道也屡迁,变动不居,周流六虚,上下无常,刚柔相易,不可为典要(注:不可立定准也),唯变所适。”

原文

易之为书也,本天地,因阴阳,推盛衰,出自幽微以致明著[1]。故乾元初“潜龙勿用”[2],言大人之德隐而未彰,潜而未达,待时而兴,循变而发。天地既设,屯蒙始生,需以待时,讼以立义,师以聚众,比以安民,是以“先王以建万国,亲诸侯”,收其心也[3]。原而积之,畜而制之,是以上下和洽,“裁成天地之道,辅相天地之宜以左右民”,顺其理也[4]。先王既殁,德法乖易,上凌下替,君臣不制,刚柔不和,天地不交,是以君子一类求同,遏恶扬善,以致其大[5]。谦而光之,裒多益寡,崇圣善以命,雷出于地,于是大人得位,明圣又兴,故先王作乐

译文

易的成书,本于天地、因于阴阳,推究盛衰,从幽微到显明。所以乾元初有“潜龙勿用”的话,说的是大人的德能潜藏着不为人知,必须等待时机的出现,依循变化然后才能有所作为。天地已然确定,万物开始萌生,待之以时日,争辩以明义理,聚合众人,安抚百姓,于是“先王以建万国,亲诸侯”,大得民心。有所蓄积,才能有所裁断,上下和洽相应,于是“裁成天地之道,辅相天地之宜以左右民”,这是因为顺应了事理的缘故。先王过世以后,道德、礼法乖易,纪纲荒废,上下失序,君臣失位,刚柔不和,天地不交,于是君子统一物类,谋求物类之间的交流、贯通,压制邪恶,彰扬美善,以达到“大”的境界。保持谦虚谨慎,使之发扬光大,减损多余者以补不足,推崇圣德以命令四方,声威如惊雷震撼大地,此时大人复位,圣明再度兴起。因此先王作乐以进献天帝,为的是显扬其道来报答上天的恩赐。于是,万物驯服而顺从,儿子

荐上帝，昭明其道以答天贶[6]。于是万物服从，随而事之，子遵其父，臣承其君，临驭统一，大观天下，是以先王以省方、观民、设教，仪之以度也[7]。包而有之，合而含之，故先王用之以明罚敕法[8]。自上乃下，贵复其贱，美成亨尽，时极日至，先王闭关，商旅不行，后不省方，以静民也[9]。季叶既衰，非谋之获，应运顺天，不妄其作，故先王茂对时育万物，施仁布泽以树其德也[10]。万物归随，如法流承，养善反恶，利积生害，刚过失柄，习坎以位，上失其道，下丧其群，于是大人继明，照于四方，显其德也[11]。

依循父亲，臣子秉承君主；帝王君临驾驭天下，天下大化，于是先王视察四方，体察民情风俗，然后因时因地设教，这是为了制定法度以使百姓有所依从。"噬嗑"乃包罗、涵括之意，故而先王用它来晓谕刑罚整饬法律。从上到下，由贵而贱，一切美好的东西终归有穷尽的时候，在冬至、夏至这两天，先王锁闭了城门，商贾、旅客稍作休息，君王也不再省视四方，为的是使亿万黎民能得以静养。末世既已衰颓，毋庸谋算，只需应运顺天、老实本分即可。故而，先王顺应时世化育万物，万物各秉其性，繁茂昌盛；继而广布仁惠和恩德以树立威望。由是万物纷纷归附随顺，如法流承；不过，物极必反，善极必恶，利积而生害，阳刚过甚则有失其柄。接下来便是重重险阻——上失其道，下丧其群；大人于此时挽狂澜于既倒，继起续明，照彻四方，从而昭显他卓异特立的德行。

注释

1 从这一句开始的一大段(到"远作之由也"为止)是文章的主体部分，大体按六十四卦的顺序立论，循环一周始毕。阮籍认为六十四卦的排列次序有其内在的依据，有一定的规律可循。因此，他按照自己的理解，把时代的盛衰和卦之次第联系起来，同时结合卦辞、爻辞当中的词句，用以说明"先王""后""大人""君子"所以设政、施教和处身的道理。这一大段以后的文章，则是对主体的进一步补充、丰富。 **本天地，因阴**

阳：乾、坤二卦为六十四卦之首，乾为天、为阳，坤为地、为阴。《易·系辞上》："仰以观于天文，俯以察于地理，是故知幽明之故。"《易·系辞下》："夫易，彰往而察来，而微显阐幽。"

2 **乾元初"潜龙勿用"**：《易·乾卦》开宗明义写道："乾：元、亨、利、贞。初九，潜龙勿用。"疏："潜者，隐伏之名；龙者，变化之物。……此自然之象。圣人作法，言于此潜龙之时，小人道盛，圣人虽有龙德，于此时唯宜潜藏，勿可施用，故言勿用。"比喻圣人在下位，隐而未显。

3 **屯、蒙、需、讼、师、比**：均为卦名，依次列于乾、坤二卦之后。《易·序卦传》："屯者，盈也。屯者，物之始生也。""蒙者蒙也，物之稚也。"屯，谓物初生时的艰难。蒙，谓蒙昧而无所适从。需，须、等待。讼，争辩。师，众。比，亲化，辅助、顺从。

4 这几句话是阮籍自己对"比"卦下面"小畜""履""泰"三卦的解释，与《周易》的阐述基本一致。《易·小畜卦》："彖曰：小畜，柔得位而上下应之，曰小畜。"《易·履卦》："象曰：上天下泽，履。君子以辩上下，定民志。"《易·泰卦》："象曰：天地交，泰。后以财（同"裁"）成天地之道，辅相天地之宜，以左右民。"相，助。

5 这一小节作者解释了"泰"卦以后"否""同人""大有"三卦的含义。"先王既殁，德法乖易，上陵下替，君臣不制，刚柔不和，天地不交"，说的是"否"卦，《易·否卦》："彖曰：'否之匪人，不利君子贞，大往小来。'"则是天地不交而万物不通也，上下不交而天下无邦也，内阴而外阳，内柔而外刚，内小人而外君子，小人道长，君子道消也。" **陵、替**：谓纪纲废弛，上下失序。 **制**：正。 **一类求同**：谓"同人"卦。《易·同人卦》："彖曰：……文明以健，中正而应，君子正也。唯君子为能通天下之志。" **遏恶扬善，以致其大**：谓"大有"，《易·大有卦》："象曰：火在天上，大有。君子以遏恶扬善，顺天休命。"遏，阻止。扬，彰扬、显扬。

6 **谦而光之，裒**(póu)**多益寡**：谓"谦"。《易·谦卦》："彖曰：……谦尊而光，卑而不可逾，君子之终也。""象曰：地中有山，谦。君子以裒多益寡，称物平施。"谦，谓谦虚。裒，减少。裒多益寡，削减多余者以补不足。**崇圣善以命……昭明其道以答天贶**(kuàng)：谓"豫"卦，《易·豫卦》："彖曰:豫,刚应而志行,顺以动,豫。……象曰:雷出地奋,豫。先王以作乐崇德,殷荐之上帝,以配祖考。" **荐:**进献。 **贶:**赐予。

7 "豫"卦之下为"随""蛊""临""观"四卦,也就是这一小节的主要内容。《易·随卦》:"彖曰:随,刚来而下柔,动而说,随。大亨,贞,无咎,而天下随时(注:顺应时势)。随时之义大矣哉!"《易·序卦》:"蛊者,事也。"《易·临卦》:"象曰:泽上有地,临。君子以教思无穷,容保民无疆(亦即"临驭统一"之意)。"驭,驾驭。《易·观卦》:"彖曰:大观在上,顺而巽,中正以观天下。……象曰:风行地上,观。先王以省方观民设教。"省方观民设教,谓省视万方,观看、考察各地的民情风俗,然后制定相应的教化方案。 **仪:**取法。 **度:**标准,法度。

8 **包而有之,合而含之:**谓"噬嗑"卦。《易·噬嗑卦》:"彖曰:颐中有物曰噬嗑。……象曰:雷电,噬嗑。先王以明罚敕法。" **敕:**整饬。

9 该小节包括"贲""剥""复"三卦。《易·序卦》:"贲者,饰也。致饰然后亨则尽矣,故受之以剥。"剥为不利之卦,即所谓"美成亨尽"。亨,通达顺利。"时极日至"到"以静民也"谓"复"卦,《易·复卦》:"象曰:雷在地中,复。先王以至日闭关,商旅不行,后不省方。"至日,指冬至日和夏至日,即"时极日至"。 **后:**君王。

10 此小节谓"无妄"卦。"季叶既衰"是承上文的"复"卦而言。季叶,末世。《易·无妄卦》:"彖曰:……天命不祐,行矣哉!象曰:天下雷行,物与无妄。先王以茂对时育万物。"意思是说:天下雷行,震动万物,万物都惊恐而肃静,无敢虚妄,先王相时而动,使万物得以繁育滋长。

11 这一小段包含有"大畜""颐""大过""坎""离"五卦。"万物归随"谓"大畜"卦,《易·大畜卦》疏:"乾健上进,艮止在上,止而畜之。能畜止刚健,故曰大畜。"《易·序卦》:"颐者,养也。"《易·颐卦》:"六三,拂颐,贞,凶。十年勿用,无攸利。"《易·大过卦》:"大过,栋桡,利有攸往,亨。彖曰:大过,大者过也(即过甚)。栋桡,本末弱也。刚过而中……"《易·坎卦》:"彖曰:习坎,重险也。"即所谓"上失其道,下丧其群"。《易·离卦》:"象曰:明两作离,大人以继明照于四方。"《易·说卦》:"离也者,明也。"

原文

自乾元以来，施平而明，盛衰有时，刚柔无常，或得或失，一阴一阳，出入吉凶，由暗察彰；文明以止，有翼不飞，随之乃存，取之者归，施之以若，用之在微，贵变慎小，与物相追；非知来藏往者莫之能审也[1]。易之为书也，覆焘天地之道，囊括万物之情。道至而反，事极而改。“反”用应时，“改”用当务。应时，故天下仰其泽；当务，故万物恃其利。泽施而天下服，此天下之所以顺自然，惠生类也。富贵侔天地，功名充六合，莫之能倾，莫之能害者，道不逆也[2]。天地，易之主也；万物，易之心也；故虚以受之，感以和之。男下女上，通其气也；柔以承刚，久其类也；顺而持之，遁而退之[3]。上隆下积，刚动大壮；正大必用，力盛则望；明升惟进，光大则伤；聚以处身，异以成类[4]。乖

译文

自乾元以来，天下均齐而明朗，无论盛衰、阴阳、刚柔，或吉凶、得失，都变动不居、周流无定，总的趋势是逐渐从隐微走向明晰；至于它复杂多变、与物委蛇、反复无常的精髓，一般人恐怕只能望洋兴叹了，唯有洞察过去与未来的哲人才能通晓明了。《易》的成书，覆被天地之道，囊括万物之情。道至极就会走到它的反面去，事至极则会有所改动。“反”的目的在于顺应时势的变化，“改”的目的在于处理当前最重要的事务。“应时”，故而天下人都感恩戴德；“当务”，于是万物都从中分享益处。恩泽普施则天下诚服，这说明顺应自然、施惠于生灵是完全必要的。富贵与天地相齐，功名传遍上下四方，却无人能加害于他，关键是他没有违背大道。天地，乃是易的主宰；万物，则是易的中心；所以，要虚心地接受它，衷心地应和它。男在下女在上，则气息通畅；“刚”居上“柔”处下，则物类持久；如此下去，时间一长，自然就该收敛、遁退了。上隆下积，阳刚盛壮而强大；正大则必有所用，力盛则有所盼望。盼望的是上升和进取，一味地进取却造成了伤害；受到伤害后，才想到回家与家人团聚，聚合太久则相乖异，有了乖异才有万

离既解，缓以为失。损益有时，察以主使[5]。扬于王庭，乘五马败。刚既决柔，上索下合，令臣遭明君，以柔遇刚，品物咸亨[6]。刚据中正，天下大行，是以后用施命诰四国，贵离教也。

物各自的属类。既然乖离已经解除，那么必然有所损失。“损”和“益”都有特定的时限，这得由具体的情况来决定。奋发扬厉于王庭，虽乘五马而必败。刚已定柔，上求下应，贤臣遇上了明君；以柔遇刚，一切顺利通达。“刚”处于中正之位，天下大行，于是君主向四方发布诰命，为的是使每一个角落都受到光明的照耀。

注释

1 这一段与《易·序卦》的第一段相互呼应，是对上经“乾”卦到“离”卦（共计三十卦）的一个小结。

2 **覆焘：**一作“覆帱”，覆盖、覆被之意。 **囊括：**包罗。 **至：**极。 **用：**以。 **当务：**处理当前迫切的事务。 **泽：**德泽，恩泽。 **惠：**这里作动词用，施与恩惠。 **侔：**相等。 **六合：**天地四方曰六合。 **倾：**倾陷，陷害。 **逆：**乱。

3 从“天地，易之主”开始，文章继续阐明余下的下经三十四卦。这一小节包括“咸”“恒”“遁”三卦。《易·咸卦》：“彖曰：咸，感也。柔上而刚下，二气感应以相与，止而说。男下女，……天地感而万物化生，圣人感人心而天下和平。观其所感而天地万物之情可见矣。……君子以虚受人。”《易·恒卦》：“彖曰：恒，久也。刚上而柔下。”“彖曰：天地之道，恒久而不已也。”即“柔以承刚，久其类也。”《易·序卦》：“物不可以久居其所，故受之以遁。遁者退也。”

4 该小段含“大壮”“晋”“明夷”“家人”“睽”五卦。《易·大壮卦》：“彖曰：大壮，大者壮也。刚以动，故壮。大壮利贞。大者正也。正大而天地之情可见矣。”即所谓“上隆下积，刚动大壮，正大必用，力盛则望”。《易·序卦》：“物不可以终壮，故受之以晋。晋者，进也。”故曰“明升惟进”。《易·序卦》：“进必有所伤，故受之以明夷。夷者，伤也。”也就是“光大则伤”。《易·序卦》：“伤于外者必反于家，故受之以家人。”反于家与家人相聚，亦即“聚以处身”。《易·序卦》：“睽者，乖也。”《易·睽卦》：“彖曰……天地睽而其事同也，男女睽而其志通也，万物睽而其事类也。”亦即“异以成类”。

5 这几句包括了“蹇”“解”“损”“益”四卦。《易·序卦》：“乖必有难，故受之以蹇。”《易·蹇卦》：“彖曰：蹇，难也，险在前也。见险而能止，知矣哉！”《易·序卦》：“解者缓也。”《易·解卦》：“彖曰：解险以动，动而免乎险，解。”《易·序卦》：“缓必有所失，故受之以损。损而不已必益，故受之以益。”《易·损卦》：“彖曰：……损益盈虚，与时偕行。”《易·益卦》：“彖曰：……凡益之道，与时偕行。”

6 此数句解释了“夬”“姤”二卦。《序卦》：“夬者，决也。”《易·夬卦》：“夬，扬于王庭。……彖曰：……扬于王庭，柔乘五刚也。”《易·姤卦》：“彖曰：姤(gòu)，遇也。柔遇刚也。……天地相遇，品物咸章也。刚遇中正，天下大行也。……象曰：天下有风，姤。后以施命诰四方。”贵离教，谓“易·离”卦——“象曰：大人以继明照于四方”。

原文

于是天地萃聚，百姓合同，升而不已，届极及下，井养不穷，卑不能通，不可弗革[1]。改以成器，尊卑有分，长幼有序。主之以震，守之以威。动不可终，敌应而行，渐以进之，为人求位，君子之欲进者也。臣之求君，阴之从阳，委之归诚，乃得其所[2]。归而应之，专而一之，阳德受归，道丰位大也。贤人君子，有众以成其大

译文

于是，天地之间万物会聚，百姓和睦齐同，升而不已，终归会下落以至于困顿，困于上者返于下，置身于“井”，井之奉养无穷无尽，可是井底卑下不通，所以不能不有所变革。改而为“鼎”，用以分别尊卑、长幼之序。而后由长男主管鼎器，借其声威来守护宗庙社稷。动以静终，当行则行，当止即止；不断地进取，求取名位，君子正是奋发上进之人。臣下有求于君王，阴跟随于阳，终归于诚信，可谓适得其所了。找到了归宿就该顺应夫君，感情专一，阳刚之德受纳了这样的归依，便步入了“丰”的盛大之位。贤人君子，需要民众来成就伟大。一旦穷侈则必丧大夫之位，以至于无人收容、无处容纳。阴

也。穷侈丧大夫之位，群而靡容，容而无所。卑身下意，利见大人。巽以申命，柔顺乎刚。入而说之，说而教之，顺天应人。涣然成章，风行水上，有文有光，男行不穷，女位乎外，众阴承五，上同在中，从初更始，乘木有功，故先王以享于帝，立庙，奉天建国也[3]。刚柔分适得中，节之以制，其道不穷。信爱结内，刚得中位，诚发于心，庶物唯类。大德则亏，甚往则过，既应于远，默则不利，故君子是以行重乎恭，丧重乎哀，笃伪薄也。小过下泰，不宜于上，下止上动，有飞鸟之象焉。初六坎下，上六离体，飞鸟以凶，是以灾眚也[4]。柔处中，刚失位，利与时行，过而欲遂，小亨正象，阴皆乘阳，阳刚陵替，君臣易位，乱而不已，非中之谓，故君子思患而豫防之，虑其败也[5]。通变无穷，周则又始，刚未

柔俯伏于阳刚之下，这表明：低声下气地求见大人，总会有所收获。三令五申，使柔顺从于刚。入而悦之，悦而教之，依顺于天，应和于人。光彩夺目，风行于水上，文采与光华相得益彰，男行而不穷，女得位于外，众阴上承“九五”，君臣同德，君居于中，从头开始，乘舟行于水上，一帆风顺，所以先王立祖庙享祭先帝，奉天建国。刚柔分化而形成“九五”得中的态势，用规章制度加以约束、节制的话，就会兴旺发达。以诚信、友爱团结于内，阳刚得处中位，这表明发自内心的诚恳使万物依从于善道。凡事不能过头，既已有应于远方之人，那么保持沉默就会不利，故而君子之行，行为要谦恭，服丧要哀痛，要笃厚真诚，不要虚伪浇薄。“小过”宜下不宜上，向下则安泰得以栖止，往上则动荡不安，这就是所谓的“有飞鸟之象”。初六坎下，上六离体，飞鸟带来了凶兆，于是灾难出现了。柔处于中，刚失其位，利与时行，过而欲遂，这是小的通达、得正之象。“既济”阴皆处于阳之上，阳刚衰颓、废败，于是君臣易位，祸乱不已，即所谓未得中位，所以君子时时担心着忧患，提早防备，唯恐遭受挫败。变通无穷，周而复始，刚未出，阴在中，顺利地度过，无所遗漏，也不致穷尽，于是取象于《河

出，阴在中，柔济不遗，遂度不穷，则象河洛，神物设教而天下服。慎辨居方，阴阳相求，初兴之道，远作之由也[6]。

图》《洛书》，依神物设教，使天下归顺服从。谨慎地辨别事物所处的方位，使阴阳相聚合，这就是初兴之道理、远作之由头。

注释

1 这节含“萃”“升”“困”“井”“革”五卦。《易·萃卦》：“彖曰：萃，聚也。……观其所聚，而天下万物之情可见矣。”即文中所谓“天地萃聚，百姓合同”。《易·序卦》：“聚而上者谓之升，故受之以升。升而不已必困，故受之以困。”即“升而不已，届极及下”。《易·困卦》：“彖曰：入于幽谷。幽不明也。”《易·井卦》：“彖曰：巽乎水而上水，井。井养而不穷也。”《易·序卦》：“井道不可不革，故受之以革。”注：“井久则浊秽，宜革易其故。”

2 这一节论述了“革”以下的“鼎”“震”“艮”“渐”“归妹”五卦。《易·序卦》：“革物者莫若鼎，故受之以鼎。”《易·鼎卦》：“象曰：君子以正位凝命。”注：“正位者，明尊卑之序也。”亦即“改以成器，尊卑有分，长幼有序”。《易·序卦》：“主器者莫若长子(震为长男，详见后文)，故受之以震。震者动也。”《易·震卦》：“彖曰：……震惊百里，惊远而惧迩也。”即“主之以震，守之以威”。《易·艮卦》：“彖曰：艮，止也。时止则止，时行则行，动静不失其时，其道光明。艮其止，止其所也。上下敌应，不相与也。”即文中“动不可终，敌应而行”。《易·序卦》：“渐者进也。”《易·渐卦》：“彖曰：进得位，往有功也。”故文中谓“渐以进之，为人求位，君子之欲进者也”。《易·序卦》：“进必有所归，故受之以归妹。”《易·归妹卦》：“彖曰：归妹(兑下震上，少女嫁于长男，即嫁妹)，天地之大义也，天地不交而万物不兴。归妹，人之终始也。”故曰：“臣之求君，阴之从阳，委之归诚，乃得其所。”

3 该小节含“丰”“旅”“巽”“兑”“涣”五卦。《易·序卦》：“丰者大也。”《易·丰卦》：“丰之为义，阐弘微细，通夫隐滞者也。为天下之主，而令微隐者不亨，忧未已也。”《易·序卦》：“穷大者必失其居，故受之以旅。”旅，众也、群也。故曰“有众以成其大”。《易·序卦》：“旅而无所容，故受之以巽。巽者入也。”《易·巽卦》：“巽，小亨。利有攸往，利见大人。

彖曰：……刚巽乎中正而志行，柔皆顺乎刚，是以小亨，利有攸往，利见大人。”《易·兑卦》：“彖曰：兑，说也。刚中而柔外，说以利贞。是以顺乎天而应乎人。说以先民，民忘其劳；说以犯难，民忘其死。说之大，民劝矣哉。”《易·涣卦》：“彖曰：涣，亨。刚来而不穷，柔得位乎外而上同。王假有庙，王乃在中也。利涉大川，乘木有功也。象曰：风行水上，涣。先王以享于帝，立庙。” **申命：**一再命令。

4 此数句含“节”“中孚”“小过”三卦。《易·节卦》：“彖曰：节，亨。刚柔分而刚得中。”《易·中孚卦》（孚，信也）：“彖曰：中孚，柔在内而刚得中，说而巽；孚，乃化邦也。”注：“刚得中则直而正，柔在内则静而顺，说而以巽，则乖争不作。如此则物无巧竞，敦实之行著，而笃信发乎其中矣。”《易·小过卦》注曰：“飞鸟遗其音，声哀以求处，上愈无所适，下则得安，愈上则愈穷，莫若飞鸟也。”《易·小过卦》：“初六，飞鸟以凶。……上六，弗遇过之，飞鸟离之，凶，是谓灾眚。彖曰：……有飞鸟之象焉（注：不宜上，宜下，即飞鸟之象。）……象曰：山上有雷，小过。君子以行过乎恭，丧过乎哀，用过乎俭。” **眚**(shěng)**：**灾害。

5 这一小节阐明“既济”卦义。《易·既济卦》：“彖曰：既济，亨，小者亨也。利贞，刚柔正而位当也。初吉，柔得中也。终止则乱，其道穷也。象曰：君子以思患而豫防之。”豫，事先有所准备。

6 此数句谓“未济”卦。《序卦》：“物不可穷也，故受之以未济终焉。”《易·未济卦》：“彖曰：未济，亨，柔得中也。……象曰：火在水上，未济。君子以慎辨物，居方。” **河洛：**为《河图》《洛书》的简称。《周易·系辞上》：“河出图，洛出书，圣人则之。”《洛书》，孔安国认为即《尚书·洪范》中的“九畴”，《尚书·洪范》孔安国传：“天与禹洛出书。神龟负文而出，列于背，有数至于九。禹遂因而第之，以成九类，常道所以次叙。”

原文

卦体开阖，乾以一为开，坤以二为阖[1]。乾坤成体而刚柔有位，故木老于

译文

卦体开阖变化，乾以一为开辟，坤以二为闭阖。乾坤合成一体，刚柔各得其位，于是木老于未时，水生于申时，坤

未，水生于申，而坤在西南；火老于戌，木生于亥，而乾在西北；刚柔之际也，故谓之父母[2]。阳承震动，发而相承，专制遂行，万物以兴，故谓之长男[3]；水老于辰，金生于巳，一气存之，终而复起，故巽为长女；震发于风，阴德有纪，火中鵙鸣，母道将始，故离为中女；又在西北，健战将升，季阴幼昧，衰而不胜，故兑为少女[4]。仓中拔留，肇幽为阳，在中未达，含而未章，故坎为中男；周流接合，万物既终，造微更始，明而未融，故艮为少男[5]。乾圆坤方[6]，女柔男刚，健柔时推，而祸福是将，循化知生，从变见亡；故吉凶成败，不可乱也。

位于西南方；火老于戌时，木生于亥时，乾位在西北方；刚与柔分别对应着父和母。阳承于下而震动，震动不止，声威并行，于是万物蓬勃兴起，故而称为长男；水老于辰时，金生于巳时，存之以一气，终结之后再度兴起，因此“巽”为长女。震动始于风，则阴德有纪，伯劳鸣于火盛之时，意味着母道将始，故而“离”为中女。另外，在西北方，一场恶战即将开始，幼小者处于阴昧之地，微弱不胜，所以“兑”为少女。仓中拔留，阳刚从阴幽中肇始，处于中位尚未腾达，含而不露，于是“坎”为中男；周流接合，万物虽已终结，却又从头开始，光耀而不融和，故而“艮”为少男。乾圆坤方，女柔男刚，健与柔交相推移，祸和福相倚相从，遂于变化之中领会、体察了生死之道，故而吉凶成败是绝对不可混乱的。

注释

1 这一段（从“卦体开阖”到“故吉凶成败，不可乱也”）是按照八卦的方位，结合五行、十二辰，说明八卦由盛而衰、推移变化之过程，其内容与《易·说卦》大致相照应。八卦分属于八个方位，《广韵》：“八卦者，八方之卦也。”《易·系辞上》：“是故易有太极，是生两仪（上、下），两仪生四象（左、右、前、后四方），四象生八卦（四象中每一方与相邻方之间各成一隅，共四隅，四象加四隅即八卦方——东、南、西、北、东南、西南、西北、东北）。”五行，谓金、木、水、火、土。十二辰，指子、丑、寅、卯、辰、巳、午、未、申、酉、戌、亥十二时。阖,关、闭。《易 · 系辞上》“是,故阖户谓之坤,辟(开)户谓之乾,一阖一辟谓之变。”疏:“阖户,谓闭藏万物,若室之闭阖其户。故云‘阖户谓之坤’也。”“辟户,谓吐生万物也。若室之开辟其户,故云‘辟户谓之乾’也。”

2 **老:**即死。《淮南子·天文训》:“木生于亥,壮于卯,死于未,三辰皆木也。”又:“水生于申,壮于子,死于辰,三辰皆水也。”又:“火生于寅,壮于午,死于戌,三辰皆火也。”木、水、火分别对应东方、北方和南方。《易 · 说卦》:“乾,天也,故称乎父;坤,地也,故称乎母。”

3 《易 · 说卦》:“万物出乎震。震,东方也。”又:“震一索而得男,故谓之长男。”

4 **辰:**《说文》:“辰,震也。三月阳气动,雷电振,民农时也,物皆生。”《淮南子 · 天文训》:“金生于巳,壮于酉,死于丑,三辰皆金也。”金对应西方。《易 · 说卦》:“巽一索而得女,故谓之长女。” **鵙**(jú)**:**即鶗鴂,又名杜鹃、子规、伯劳。《易通卦验》:“博劳(即伯劳)夏至应阴而鸣,冬至而止。”古人以夏至为阳气至盛、阴气始生的转折点,阴对应坤、母。故云“母道将始”。《易 · 说卦》:“离再索而得女,故谓之中女。”《说文》:“兑,说(即悦)也。”《易 · 说卦》:“兑三索而得女,故谓之少女。”

5 《易 · 说卦》:“坎再索而得男,故谓之中男。” **融:**明之盛者。《易 · 说卦》:“艮三索而得男,故谓之少男。”

6 **乾圆坤方:**《淮南子 · 天文训》:“天道(乾)曰圆,地道(坤)曰方。方者主幽,圆者主明。”乾对应着刚、健,坤意味着柔、顺。《易 · 系辞下》:“刚柔杂居而吉凶可见矣。”

原文

大过何也?栋桡[1]莫辅,大者过也。先王之驭世也,刑设而不犯,罚著而不施,习坎刚中,惟以心亨,王正其德,

译文

大过是怎么一回事呢?屋梁曲折脆弱没有辅助之物,是因为太过分了。先王统驭天下的时候,设立了刑律却无人触犯,规定了处罚却无须施行,习坎“刚”居于中,惟其心可以亨通,君王端正德行,公卿大夫恪

公守厥职，上下不疑，臣主无惑，纳约自牖，非户何咎？车輢中门，剑戟在阃，虽置丛棘，凶已三岁，上六失道，刑决也[2]。故高宗伐鬼方，柔道中也；三年有赏，德乃丰也[3]。同人先号，思其终也；旅上之美，乐其穷也[4]。是以失刑者严而不检，丧德者高而不尊，故君子正义以守位，固法以威民，何衢则亨，灭耳而凶也[5]。小过何也？逾位凌上，害正危身，小者过也[6]。既济初六，终乱何也？水加日上，三阴乘阳，以力求济，不止必亡，故初吉终乱也[7]。未济上六，饮酒无咎，何也？过而莫改，危而弗间，谁咎之也[8]！无妄何也？无望而至，非会合阴阳之违行也。六三，无妄之灾，或系之牛，行人得之，邑人灾，何也？有国而不收其民，有众

守其职，上下不相猜疑，臣主不生困惑。樽酒簋饭从窗户中出入，这又与门户何干呢？战车停靠于中门，剑戟倚放于夹室，即使关押在丛荆环绕的牢狱之中长达三年之久，最后还是出了事，上六爻辞“失道”，象征着刑狱已决。所以，高宗出兵讨伐鬼方时，“柔”得中位；三年后才得胜回朝，功德可谓大。同人先哭后笑，因为始终思虑着结果；旅人身处高位而欣欣然，乐的是有这么个好收场。因而，刑罚失当者虽然表面严厉，实际却不检点、整饬，丧德之人貌似高贵却缺乏尊严，所以君子要正义守位，固法威民，才能蓄极而通，豁达无碍，消灭顽凶。“小过”的意思是什么？逾越了本位，高高凌驾于上，有害于正道，也殃及自身，这就是小的过失。“既济”初吉，终归于祸乱，这是什么原因呢？水位于日之上，三阴乘于“阳”之上，努力地度过，最后不是止步不前就是灭亡，故而说“初吉终乱”。“未济”上九，饮酒却没有过错，这是怎么一回事呢？有过错而不改正，危险也就不远了，这是谁造成的呢？“无妄”是什么意思？不期而来，并非是会合阴阳的轻举妄动。“六三”，并没有轻举妄动，结果仍然发生了意外的灾难，有人系牛于路旁，被过路人牵走了，邑人便倒了霉，这究竟是为什么？国家不收养、管理自己的百姓，人民众多却无人修缮手中的器

而不修其器，行人得之，不亦灾乎？九五之疾勿药，何也？非常之厚，离以为同，无妄之疾，灾以除凶，天时成败，何疾之功？勿药有喜，不成何试也[9]。

具，竟让过路人牵去了，这难道还不算灾难吗？“九五”之疾，不必用药，这是什么道理呢？超乎寻常的厚实，离之以为同，无妄之疾，乃是借灾害来消除凶祸，成败与否取决于天时，不能归功于疾病。不必吃药病情也会好转，只要不胡思乱想，又何必尝试药物呢？

注释

1 **栋**：屋的正梁。 **桡**(náo)：弱。栋桡，谓屋梁脆弱，房屋将要倾倒。

2 此数句是对“贲”“丰”“旅”“中孚”“习坎”诸卦义的综合论述，它们都与刑狱有关，借以说明先王对待刑狱的态度。《易・贲卦》：“……君子以明庶政，无敢折狱。”《易・丰卦》：“……君子以折狱致刑。”《易・旅卦》……君子以明慎用刑而不留狱。”《易・中孚卦》：“……君子以议狱缓死。”《易・坎卦》：“彖曰：习坎，重险也。……王公设险以守其国。”又：“上六，系用徽纆，置于丛棘，三岁不得，凶。象曰：上六失道，凶三岁也。” **约**：简约。**輢**(yǐ)：本指车旁人所凭依之木，此处作动词用，凭倚、靠近。

3 这几句论述了“既济”“未济”二卦。《易・既济卦》：“九三，高宗伐鬼方，三年克之，小人勿用。”“彖曰：……利贞，刚柔正而位当也。初吉，柔得中也。”《易・未济卦》：“……震用伐鬼方，三年有赏于大国。”

4《易・同人卦》：“九五，同人先号咷而后笑。”《易・旅卦》：“……旅人先笑后号咷。”注：“客而得上位，故先笑也。以旅而处于上极，众之所嫉也。以不亲之身而当嫉害之地，必凶之道也。故曰后号咷。”

5《易・大畜卦》：“上九，何天之衢，亨。”何，语助词。《易・噬嗑卦》：“上九，何校灭耳，凶。”灭，消灭、死。《易・系辞下》：“易曰‘何校灭耳，凶。’子曰：危者，安其位者也；亡者，保其存者也；乱者，有其治者也。是故君子安而不忘危，存而不忘亡，治而不忘乱，是以身安而国家可保也。”

6《易・小过卦》：“……象曰：弗过遇之，位不当也。往厉必戒，终不可长也。”

7 **六：**当为“吉”。既济卦无初六爻。《易·既济卦》：“既济，亨小，利贞。初吉终乱。”既济䷾，上三爻为坎卦，下三爻为离卦，离下坎上；坎为水，离为火为日，故云“水加日上”。每二爻均为一阴一阳(- - 为阴，—为阳)，故曰“三阴乘阳”。

8 **上六：**当作上九。《易·未济卦》：“上九，有孚于饮酒，无咎。濡其首，有孚失是。象曰：饮酒濡首，亦不知节也。”

9 《易·无妄卦》：“六三，无妄之灾，或系之牛，行人之得，邑人之灾。象曰：行人得牛，邑人灾也。”注：“以阴居阳，行违谦顺，是无妄之所以为灾也。牛者，稼穑之资也。二以不耕而获，利有攸往；而三为不顺之行，故或系之牛，是有司之所以为获，彼人之所以为灾也。故曰行人之得，邑人之灾也。”《易·无妄卦》：“九五，无妄之疾，勿药有喜。”注：“非妄之灾，不治自复；非妄而药之，则凶，故曰勿药有喜。”**成：**疑当作“妄”。

原文

龙者何也？阳健之类，盛德尊贵之喻也。配天之厚，盛德莫高之谓尊贵。大人受命，处中当阳，德之至也。亢龙有悔何也？继守承贵，有因而德不充者也。欲大而不顾其小，甘侈而不思其匮[1]，居正上位而无卑，有贵劳而无据，丧志危身，是以悔也。先王何也？大人之功也。故建万国，亲诸侯，树其义也；作乐荐上帝，正其命也；省方观民，施

译文

龙是什么？龙是阳健之物，通常用以比喻盛大之德、尊贵之位。堪与天相匹配，高不可及就称之为尊贵。大人受命于天，处中当阳，德操至高无上。“亢龙有悔”是何原因？继守先世的功业，秉承父辈的荣光，只知因袭而本身却无甚德能可言。一味追求洪大却忽视了细小之事，一心想着奢泰而不思量匮乏之时，居于上位却不知谦卑，身份显贵却无所凭依，不仅丧失了志气，而且危及自身的安危，所以会懊悔。“先王”怎样呢？那真是大人的功业，之所以建万国，亲诸侯，是为了树立信义；作乐以进奉天帝，是为了正命；省视四方，体察民情，为的是发布命令；晓谕刑罚，整顿法制，

其令也；明罚敕法，督其政也；闭关不行，静乱民也；茂时育德，应显其福也；享帝立庙，昭其禄也。称圣王所造，非承平之谓也[2]。后者何也？成君定位，据业修制，保教守法，畜履治安者也。故自然成功济用，已至大通，后成[3]天地之道以左右民也。成化理决，施令诰方，因统绍衰，中处将正之务，非应初受命之事也。上者何也？日月相易，盛衰相及，致饰则利之未捷受，故王后不称，君子不错[4]，上以厚下，道自然也。君子者何也？佐圣扶命，翼教明法，观时而行，有道而臣人者也。因正德以理其义，察危废以守其身，故经纶以正盈，果行以遂义，饮食以须时，辩义以作事，皆所以章先王之建国，辅圣人之神志也。见险虑难，思患预防，别物居方，慎初敬始，皆人臣之行，非大君之道也[5]。大

为的是监督朝政；锁闭关门，禁止通行，是为了平定纷扰的百姓；茂时育德，是为了显应福泽和恩惠；建立祖庙享祭先帝，只为昭明福禄。故而说圣王是因时创造，并非承平守旧之人。那么，“后”是怎样的？他继承已定的王位，遵照常例修明法制，保证教化、法规的施行，按部就班，政治清明，国家安定。也就是能自安的人。因此自然而然地获得成功，达到了大通的地步，“后”就是这种秉承天地之道来统领民众的人。平服、化育、治理、决断，向四方发布诰令，承袭纲纪，继绍衰微之业，公正地处理需要厘正的事务，而不仅仅是应初受命而已。“上”是怎样的呢？日月相易，盛衰更迭，故而君王帝后不显扬，君子无所措置，居于上者注意打下厚实的基础，这都是取法于自然之道。“君子”又如何呢？辅佐圣人，扶助天命，翼教明法，俟时而行，君子是辅佐君上的有道之人。端正品德以理顺其义，观察危废之鉴以保持节操，然后筹划治理以正盈，雷厉风行以遂义，饮食须时，明辩义理行事，这些都是为了彰明先王建国之道，辅弼圣人的精神和意志。他所做的一切——看到危险便思及患难，时时防备灾害，辨别事物及其所处的方位，谨慎小心地对待初始阶段，等等，都是臣下所做的事情，不属于大

人者何也？龙德潜达，贵贱通明，有位无称，大以行之，故大过灭示天下幽明，大人发辉重光，继明照于四方，万物仰生，合德天地，不为而成，故大人虎变，天德兴也[6]。

君之道的范畴。“大人”是怎样的人？他有如龙之德可以暗自通达，无论贵贱与否总会显扬于世，居于高位却不彰扬；行为正大，故而能于大过之时向天下人昭示幽昧与光明，大人所发出的光芒，将继续照亮四方，万物都仰仗他而生存，大人之德与天地相合，不用刻意而为即能成功，故而大人变化莫测，一切自然。

注释

1 《易·乾卦》六爻中有五爻说龙，唯九三不说龙。龙通常是至德至高至尊的象征，意味着乾、阳、刚、健。《易·乾卦》：“上九曰‘亢龙有悔’，何谓也？子曰：‘贵而无位，高而无民，贤人在下位而无辅，是以动而有悔也。’”又：“亢之为言也，知进而不知退，知存而不知亡，知得而不知丧。其唯圣人乎！知进退存亡而不失其正者，其唯圣人乎！” **亢：**至高。 **继守承贵：**谓继守先世之业，承续先世之贵。 **侈：**奢侈，浪费。 **匮：**缺乏，穷尽。

2 **功：**功绩，勋业。 **称圣王所造，非承平之谓也：**先王靠的是因时创造，而非单纯的继守承贵。参见“比”“豫”“观”“噬嗑”“复”“无妄”及“涣”卦注。

3 **后：**《说文解字》：“继体君也。” **成：**《说文解字》：“成，就也。”参见“泰”“姤”二卦注。

4 “致饰则利之未捷受”一句疑有误。 **错：**措置，通“措”。参见“剥”卦注。《易·剥卦》：“象曰：山附于地，剥。上以厚下安宅。”

5 **翼：**辅助。《易·巽卦》：“……君子以申命行事。”《易·坎卦》：“……君子以常德行，习教事。”《易·节卦》：“……君子以制数度，议德行。”《易·乾卦·文言》：“君子进德修业，欲及时也。”《易·大畜卦》：“……君子以多识前言往行以畜其德。”《易·晋卦》：“……君子以自昭明德。”《易·升卦》：“……君子以顺德，积小以高大。”《易·坤卦·文言》：“君子敬以直内，义以方外。”《易·否卦》：“……君子以俭德避难，不可荣以禄。”《易·大过卦》：“……君子以独立不惧，遁世无闷。”《易·屯卦》：“……君子以经纶。”《易·蒙卦》：“……君子以果行育德。”《易·需卦》：“……君子以饮食宴乐。”《易·乾卦·文言》：“君子……利物足以和义。”《易·萃卦》：“……君子以除戎器，戒不虞。”《易·震卦》：“……君子以恐惧修省。”《易·讼卦》：“……君子以作事谋始。” 另参见“既济”“未济”二卦注。

6《易·乾卦·文言》：“夫大人者，与天地合其德，与日月合其明，与四时合其序，与鬼神合其吉凶。先天而天弗违，后天而奉天时。”《易·离卦》：“……大人以继明照于四方。”《易·革卦》：“象曰：大人虎变，其文炳也。

原文

君子曰：易，顺天地，序万物，方圆有正体，四时有常位，事业有所丽，鸟兽有所萃[1]，故万物莫不一也。阴阳性生，性故有刚柔；刚柔情生，情故有爱恶。爱恶生得失，得失生悔吝，悔吝著而吉凶见。八卦居方以正性，蓍龟圆通以索情。情性交而利害出，故立仁义以定性，取蓍龟以制情。仁义有偶而祸福分[2]，是故圣人以建天下之位，定尊卑之制，序阴阳之适，别刚柔之节。

译文

君子说：易，顺从于天地，使万物井然有序，方圆有正体，四时有常位，使事功有所附丽，鸟兽有所归依、会聚，故而万物莫不整齐划一。性生自阴阳，因而有刚柔之分；情出于刚柔，于是有爱憎之别。从爱憎中产生得失，由得失而生悔吝，有了悔吝之心才会出现吉凶。八卦为方，用以正性，蓍龟圆通用以索情。情性相接触便出现利害冲突，所以需要建立仁义来平定“性”，靠蓍龟来节制“情”。仁义相合而祸福相离，所以圣人据此创建天下之位，确定尊卑之制，排列阴阳，分别刚柔。顺从此道就生存下去，违逆此道则自取灭亡；得之者身安，失之者身危。冒犯此道转而向别处寻求的人，即使一向吉利，最后必归于凶患；真正理解了它的精义且能笃守此道者，即便一直穷困，顺之者存，逆之者亡，得之者身安，失之者身危。故犯之以别求者，虽吉必凶；知之以守笃者，虽穷必通。故寂寞者德之主，恣睢者贼之原，进往者反之初，终尽者始之根也。是以未至不可拆也，已用不可越也[3]。纣有天下之号，而比匹夫之类邻；周处小侯之细，而享于西山之宾。外内之德已施，而贵贱之名未分，何也？天道未究，善恶未淳也[4]。是以明乎天之道者不欲，审乎人之德者不忧。在上而不凌乎下，处卑而不犯乎贵，故道不可逆，德不可拂也。是以圣人独立无闷，大群不益，释之而道存，用之而不可既[5]。

由此观之，易以通矣。

结果必会顺利亨通。所以，寂寞是善德的主宰，狂妄、凶暴是罪恶的根源，一味进取者必定要返回到最初的起点，完结之时便是新的开始。于是，尚未到达的不可割裂，已经运用的也不能越过不顾。商纣王虽然号称帝王，据有天下，其实只是孤家寡人一个；周尽管是小小的诸侯，却享有西山一带的地域。有时候，内外之德已广为推行，却未能分出贵贱之名，究竟是何缘由呢？因为天道尚未明晰，善恶还不分明。因此，通达天道之人没有非分之想，明察人德者没有杞人之忧。位于上位的时候不欺压下人，处在卑位的时候不冲撞贵人，可见，道是不能违背的，德也不可拂逆。所以，圣人独立于世却并不烦闷，朋侪群聚而不自矜；即便退避隐居，道依然存在着。如果加以具体的运用，那么道也不会有穷尽、枯竭的时候。

由此看来，便通晓易了。

注释

1 **丽：**附丽。 **萃：**聚合。

2 《易·系辞上》："蓍之德圆而神，卦之德方以知。"注："圆者运而不穷，方者止而有分。言蓍以圆象神，卦以方象知也。唯变所适，无数不周，故曰圆。卦列爻分，各有其体，故曰方也。" **蓍(shī)龟：**蓍草和龟甲，都是卜筮的用具，筮用蓍草，卜用龟甲。 **偶：**合。

3 **寂寞者德之主：**《易·系辞上》："易无思也，无为也。寂然不动，感而遂通天下之故，非天下之至神，其孰能与于此！” **恣睢**(zì suī)**：**狂妄、凶暴貌。 **原：**根本，根原。 **坼：**裂开。

4《易·系辞下》：“易之兴也，其于中古乎？作易者，其有忧患乎？”又：“易之兴也，其当殷之末世、周之盛德邪？当文王与纣之事邪？” **享：**宴享。**西山：**指当时文王所居之岐山。 **宾：**一作滨。 **究：**穷尽。 **淳：**清。

5 **审：**察。 **不忧：**《易·系辞上》：“乐天知命故不忧。” **拂：**违，逆。 **闷：**烦，《易·大过卦》：“……君子以独立不惧，遁世无闷。” **既：**尽。

达庄论

原文

伊单阏之辰，执徐之岁，万物权舆之时，季秋遥夜之月，先生徘徊翱翔，迎风而游，往遵乎赤水之上，来登乎隐坌之丘，临乎曲辕之道，顾乎泱漭之洲，恍然而止，忽然而休，不识曩之所以行，今之所以留；怅然而无乐，愀然而归白素焉。平昼闲居，隐几而弹琴[1]。

于是缙绅好事之徒相与闻之，共议撰辞合句，启所常疑[2]。乃窥鉴整饬，嚼

译文

正当卯、辰之岁，万物起始之时，那是一个秋高气爽的夜晚，月光清明如水，先生逍遥徜徉于风中，沿着赤水而上，登上了高高的隐坌山，俯临弯曲盘旋的曲辕路，回望宽广辽阔的陆地，猛然间停顿下来，一动不动，似乎弄不清楚——为什么从前会出行在外，而今却停留于此。于是，怅然不乐，忧心忡忡地回归于空无素朴之中。平日闲居的时候，常常独自一人凭几弹琴。

正当此时，在那些好事的仕宦之徒中间纷纷传说着先生这个人，并且意欲联合起来一道去质问先生，以此来开启

齿先引，推年蹑踵，相随俱进[3]。奕奕然步，瞲瞲然视，投迹蹈阶，趋而翔至[4]。差肩而坐，恭袖而检，犹豫相临，莫肯先占[5]。有一人，是其中雄桀[6]也，乃怒目击势而大言曰："吾生乎唐虞之后，长乎文武之裔，游乎成康之隆，盛乎今者之世，诵乎六经之教，习乎吾儒之迹，被裒衣，冠飞翮，垂曲裾，扬双鶡有日矣。而未闻至道之要，有以异之于斯乎！且大人称之，细人承之。愿闻至教，以发其疑[7]。"先生曰："何哉，子之所疑者？"客曰："天道贵生，地道贵贞，圣人修之，以建其名，吉凶有分，是非有经，务利高势，恶死重生，故天下安而大功成也[8]。今庄周乃齐祸福而一死生，以天地为一物，以万类为一指[9]，无乃激惑以失真，而自以为诚是也？"

他们所谓的疑惑。接下来，免不了对镜修饰一番，由年长者在前引领，其余的按长幼依次紧紧跟随着进了门。只见：一个个气宇轩昂，迈着阔步，直视前方，急匆匆地出现在先生面前。而后，错开肩膀落座，毕恭毕敬，小心谨慎，迟疑着谁也不肯先开口。其中有一位，一看便知是他们当中的豪杰，怒目击势，大声发问道："我生于唐虞之后，乃是周文王、武王的后裔，我经历过成康的太平盛世，如今的世道清明而繁荣，我爱的是正规的六经教育，苦学了儒家的正统思想，穿的是宽大的衣袍，戴的是高高的冠帽，衣襟低垂，双舄高翘，这样也已有些时日了。可我却从未听说世上还有与此不同的至道？况且您的高见，不仅有大人推崇备至，就连那些小人也附和不迭，希望您不吝赐教，解除这些疑惑。"先生说道："那么，你所要质疑的又是些什么问题呢？"客人回答说："天道贵生，地道贵贞，圣人不断地修明这一点，是为了建立自然的名目，使吉凶、是非各自都有分定，务利重势，恶死重生，于是天下安定，大功告成。可现在庄周却要使祸福等齐，使死生划一，以天地、万物为一体，难道不是偏激煽惑不顾事实真相的话吗？怎么反倒自以为是真理呢？"

注释

1 **伊**:那,彼。 **单阏**(chán è):卯年的别称。单,尽;阏,止。《尔雅·释天》:“太岁在卯曰单阏。”《淮南子·天文训》:“太阳在卯,岁名曰单阏。”注:“言阳气推万物而起,阴气尽止也。” **辰**:时。 **执徐**:辰年的别称。执,蛰;徐,舒。意谓:伏蛰之物渐渐舒展,出来活动了。 **权舆**:起始。 **季秋**:秋季第三个月,即农历九月。 **月**:此处指月光、月色。 **遵**:沿着。 **赤水**:神话中的水名。《博雅》:“昆仑虚,赤水出其东南陬。”《穆天子传》注:“赤水出(昆仑)东南隅而东北流。” **隐坌**(bèn):当作隐弅(yǎn)。《庄子·知北游》:“知北游于玄水之上,登隐弅之丘。”《释文》:“李(颐)云:隐出弅起,丘貌。”此用作山名。 **曲辕**:道路名,意谓曲折之路。 **泱漭**(mǎng):广大貌。 **洲**:沙洲、水中的陆地。 **恍然**:猛然。 **曩**(nǎng):往昔,从前。 **愀**(qiǎo)**然**:容色改变。 **白素**:《庄子·天地》:“夫明白入素,无为复朴。”犹言空无素朴。 **平昼**:犹言平日。 **隐**:倚。

2 **缙绅**:插笏于绅,代指士大夫。缙,同“搢”,插;绅,束腰的大带。此处缙绅泛指仕宦之人,即一般的官宦。 **撰**:集。 **启**:启发,开启。

3 **窥鉴**:照镜子。 **整饬**(chì):修整仪容、衣冠。 **嚼齿**:文中似指年长者。 **引**:引导,引领。 **推年**:按年纪的长幼依次相推。 **蹑踵**:谓紧紧跟随。

4 **奕奕**(yì yì)**然**:趾高气扬的样子。 **瞒瞒然**:疑有误。一说直勾勾地。 **趋**:快步走。 **翔**:行走时两臂张开。

5 **差肩而坐**:指坐下的时候,彼此肩膀错开而坐。 **恭**:肃敬、有礼貌。 **检**:约束。 **临**:视。 **占**:本意指视兆以知吉凶,此处谓开口询问。

6 **桀**:同杰,突出、杰出之人。

7 **唐虞**:即尧、舜。 **文武**:周文王和周武王。 **裔**:后代。 **成康之隆**:周成王、周康王在位期间的治世。 **六经**:即《诗》《书》《礼》《乐》《易》《春秋》。 **裒衣**:即褒衣,宽大的衣服。 **飞翮**(hé):喻高冠。 **裾**(jū):衣襟。 **鸮**:疑当作舄,鞋。 **称**:颂扬,称许。 **承**:接受。 **发**:本指启发、阐明,这里是解除、打消的意思。

8 **贞**:正、定,不动摇,不疑惑。 **名**:功业。 **分**:分定。 **经**:不变之常道。 **务**:致力于。

9 **以天地为一物，以万类为一指：**《庄子·齐物论》："天地一指也，万物一马也。"亦即阮文中"以天地为一地，以万物为一指"所本。意思是：天地同为一体，万物同一宗旨。 **激惑：**偏激蛊惑。

原文

于是先生乃抚琴容与，慨然而叹，俯而微笑，仰而流眄，嘘噏精神[1]，言其所见曰："昔人有欲观于阆峰之上者，资端冕，服骅骝，至乎昆仑之下，没而不反[2]。端冕者，常服之饰；骅骝者，凡乘之马；非所以矫腾增城之上，游玄圃之中也[3]。且烛龙之光，不照一堂之上；钟山之口，不谈曲室之内。今吾将堕崔巍之高，杜衍谩之流，言子之所由，几其寤而获及乎[4]！

译文

此时此刻，先生从容抚琴，慨然叹息，时而低头微笑，时而抬起头来，转目而视，吐纳嘘噏天地万物之精气，然后舒缓地说起他所看到的一切："从前，有这么一个人，他想登上阆峰之巅眺望，于是穿戴好端冕，骑着骏马，向昆仑山下进发，没曾想却一去不返。其实，端冕乃是平常的服饰，骅骝亦为凡俗所乘之马，这样的装束不适于攀援增城，游历玄圃。况且烛龙的光芒不会照耀于一堂之上，钟山之口岂能用于曲室之中的密谈。现在，且让我夷毁那上与天齐的高行，杜绝那四处弥漫的流俗，谈谈你的这些想法，希望你能从中有所觉悟、有所收获。

注释

1 **容与：**从容自适。 **流眄**(miǎn)**：**眼睛转动的样子。 **嘘噏：**吐纳。

2 **阆**(láng)**峰：**一作阆风，山名，相传为仙人所居，在昆仑之巅。 **资：**凭借、依托，这里指穿着。 **端冕：**古代的朝服。端，玄端，为缁布衣，古代诸侯、大夫和士的祭服，于冠礼、婚礼等场合也用到它；冕，大冠。 **服：**使用，驭使。 **骅骝：**赤色骏马，亦名枣骝。 **没：**通"殁"，死亡。

3 **常服：**平时常穿的便服。 **凡：**平常、平素。 **矫：**高举。 **腾：**上跃。 **增城：**见五言咏怀其四十五诗注。 **玄圃：**见《东平赋》注。

4 **烛龙**:神名。《山海经·大荒北经》:"西北海之外,赤水之北,有章尾山。有神,人面蛇身而赤,直目正乘,其瞑乃晦,其视乃明,不食不寝不息,风雨是谒。是烛九阴,是谓烛龙。" **钟山之口**:不详所指。 **隍**:通"隳(huī)",毁。 **崔巍**:极言其高。 **杜**:杜绝,杜塞。 **衍谩**:无边无际。"谩""曼"意同。**几**:谓希望。 **寤**:此处指觉悟。 **及**:至,到。

原文

"天地生于自然,万物生于天地。自然者无外,故天地名焉[1];天地者有内,故万物生焉。当其无外,谁谓异乎?当其有内,谁谓殊乎?地流其燥,天抗其湿。月东出,日西入,随以相从,解而后合。升谓之阳,降谓之阴。在地谓之理,在天谓之文[2]。蒸谓之雨,散谓之风;炎谓之火,凝谓之冰;形谓之石,象谓之星;朔谓之朝,晦谓之冥;通谓之川,回谓之渊;平谓之土,积谓之山[3]。男女同位,山泽通气,雷风不相射,水火不相薄。天地合其德,日月顺其光,自然一体,则万物经其常。入谓之幽,出谓之章,一气

译文

"天地产生于自然,万物产生于天地。除自然之外无有他物,故而天地与自然同名;天地有所包容,它包容的即是万物的生命。天地生于自然,处于自然,谁会认为二者殊异?万物同在天地之内,谁会以为它们有什么不同?燥气下沉流于地,湿气升腾抗于天,彼此感应相摩。月亮从东方升起,太阳由西天落下,彼此相随相从,分开之后重又会合。上升者称为阳,下降者称作阴。在地上的叫做地理,天上的叫做天文。蒸发以后成为雨,飘散之后就是风;炎阳谓之火,阴凝谓之冰;落到地上成形为石,运转于天成象为星;天明之后称为朝,晦暗即称冥;流通不息的叫做川,回旋汇集便成渊;那平坦的是土地,那堆积起来的乃是山。男女同其位,山泽通其气,雷与风互不相干,水和火难以相近。天地与之同德,日月与其同光,自然一体,则万物经由自然之常表现出来,入则为幽暗,出则为显明,但凭一气盛

盛衰，变化而不伤[4]。是以重阴雷电，非异出也；天地日月，非殊物也。故曰：自其异者视之，则肝胆楚越也；自其同者视之，则万物一体也[5]。

衰变化，于其本体毫无损伤。故而，密云雷电，并无差别；天地日月，也没有本质的不同。所以说：从相异处着眼，事物之间相距遥远；从相同之处来看，则万物同为一体。

注释

1 **自然者无外，故天地名焉：**天地生于自然，同于自然，除去自然之外再无他物。

2《易·乾卦·文言》："……水流湿，火就燥。"文中之意指：燥气下降归于地，湿气上升抗于天，彼此感应相摩。随、解均为《易》卦名。 **理：**因地有山川原隰，各有条理，故称理。

3 **形谓之石，象谓之星：**《易·系辞上》："在天成象，在地成形，变化见矣。" **朔：**初，始。 **朝：**旦，清晨。 **晦：**夜暗昧。 **冥：**夜晚，幽暗。 **通：**流动。 **回：**回旋而汇集。

4 **相射：**指相摩擦、相激。 **薄：**迫，接触。《易·乾卦·文言》："夫大人者，与天地合其德，与日月合其明。" **经：**经过，经由。 **幽：**晦暗不明。 **章：**显明。 **伤：**损伤。

5 **重阴：**密云。 **肝胆：**比喻距离很近。 **楚越：**一作胡越，比喻相隔遥远，彼此敌对或隔绝。

原文

"人生天地之中，体自然之形。身者，阴阳之积气也[1]。性者，五行之正性也；情者，游魂之变欲也；神者，天地之所以驭者也。以生言之，则物无不

译文

"人生于天地之间，体现了自然的各种形迹。身体乃是由阴阳之气聚合而成的，禀性本自五行之正性，感情则为游魂之变欲的反映，至于人的精神，那是天地用来驾驭人的所在。就生而言，没有哪一样事物的存在不长久；就死而言，任何生

寿；推之以死，则物无不夭[2]。自小视之，则万物莫不小；由大观之，则万物莫不大。殇子为寿，彭祖为夭；秋毫为大，泰山为小；故以死生为一贯，是非为一条也[3]。别而言之，则须眉异名；合而说之，则体之一毛也。彼六经之言，分处之教也；庄周之云，致意之辞也。大而临之，则至极无外；小而理之，则物有其制[4]。夫守什伍之数，审左右之名，一曲之说也；循自然，小天地者，寥廓之谈也[5]。凡耳目之任，名分之施，处官不易司，举奉其身，非以绝手足，裂肢体也[6]。然后世之好异者不顾[7]其本，各言我而已矣，何待于彼。残生害性，还为仇敌，断割肢体，不以为痛；目视色而不顾耳之所闻，耳所听而不待心之所思，心奔欲而不适性之所安，故疾瘺[8]萌则生意尽，祸乱作则万物残矣。

命的存在都极为短暂。从小处看，万物无不渺小精微；自大处看，全都洪大深广。由此可见，早夭之子可以算作长寿，彭祖也可视为短寿；秋毫非常粗大，泰山也可以说是细小了。所以，死生、是非是完全相通的，并没有什么不可逾越的障壁。区别而言，须髯和眉毛则有不同的名目；综合起来看，二者都同样是人体的毛发。六经，乃是分门别类并规定了各自不同功用的教谕；庄周所说的则为达意之辞。由大的方面来看，万物终究会殊途同归；从小处加以分析，则事物各有形制。那种拘泥于数字的精确、熟究于名分得当与否的，只是片面、偏颇的学说；而那依循于自然、小看天地者，则为空虚阔大的言辞。大凡耳目的官能及其名分的设定，虽然是为了使五官各有所司、互不易位，但总的目的都是为整体服务的，绝没有要隔绝手足、分裂肢体的意思。尽管道理如此，后世那些好谈差异之人却依然不顾根本，纷纷抓住自己的那一点，各言其是，哪里还顾及其他呢？残灭生命，伤害情性，以致彼此间成为仇敌，使肢体折断、割裂，却不以为痛苦、残忍；眼睛只管视觉却不顾耳朵所听到的声音，耳朵听到了却不管内心会有什么思想，而内心所向往的则不是禀性所乐意的，这样就产生了病患，同时生命力也渐渐消失殆尽，于是祸乱出现了，万物随之而残灭。

注释

1 **体**:体现。 **积气**:《庄子·知北游》:“人之生,气之聚也。聚则为生,散则为死。”

2 **驭**:驾驭。 **寿**:长久。 **夭**:此处指短暂。

3 **殇**(shāng):未成年而死。 **彭祖**:传说为颛顼帝玄孙陆终氏的第三子,姓篯名铿,尧封之于彭城,以其道可祖,故谓之彭祖。活到八百岁,后世以为长寿的象征。 **秋毫**:鸟兽到秋天的时候要换毛,刚生的毛细而锐,谓之秋毫。《庄子·齐物论》:“天下莫大于秋毫之末而太山为小,莫寿乎殇子而彭祖为夭。”《庄子·秋水》:“以差观之,因其所大而大之,则万物莫不大;因其所小而小之,则万物莫不小。” **贯**:联系贯通。 **条**:通达,条理。

4 **彼六经之言,分处之教也**:《庄子·天下》:“诗以道志,书以道事,礼以道行,乐以道和,易以道阴阳,春秋以道名分。” **致意**:尽意,即把意思表达得明了、完整。 **临**:视。 **制**:限制,制约。

5 **守**:拘泥。 **什**:通“十”。 **伍**:通“五”。 **审**:熟究。 **一曲**:一隅,片面。 **寥廓**:空虚而阔大。

6 **任**:职责,官能。 **分**:分际。 **处**:居。 **官**:器官。 **司**:主。 **举**:都,皆。 **绝**:隔绝。

7 **顾**:照管;注意。

8 **痡**:此处泛指疾病。

原文

“至人者,恬于生而静于死。生恬则情不惑,死静则神不离,故能与阴阳化而不易,从天地变而不移。生究其寿,死循其宜,心气平治,消息不亏[1]。

译文

“至人,他对于生和死皆能泰然处之。对于生淡泊无欲,那么情性就不会迷惑紊乱;对于死恬静安然,那么精神就不容易分散;故而能与天地、阴阳同一变化而不移易。无论生死,只要依循自然,就能达到它的极致;心平气和,就能在此消彼长的运化之中始终无损于天性。所以广成子置身于崆峒山巅跨入无是以广成子处崆峒之山以入无穷之门，轩辕登昆仑之阜而遗玄珠之根，此则潜身者易以为活，而离本者难以永存也[2]。

穷之门，轩辕氏登上了昆仑山，却遗失了道的本体；可见，潜藏隐匿自身者容易存活下去，而那些离弃了根本的人们恐怕就难以永存了。

注释

1 **恬：**安。 **究：**穷。 **寿：**年寿。 **治：**不乱。 **消息：**指一消一长，互为更替；消，灭；息，生、长。

2 **广成子：**传说为黄帝时候的人，一说为老子。《太平广记·神仙一·老子》："（老子）黄帝时为广成子，颛顼时为赤精子。"《庄子·在宥》："黄帝立为天子十九年，令行天下，闻广成子在于空同之山，故往见之，……广成子曰：'来！余语汝。彼其物无穷而人皆以为有终，彼其物无测而人皆以为有极。……今夫百昌（百物）皆生于土而反于土，故余将去汝，入无穷之门，以游无极之野。'" **崆峒之山：**山名，古人认为北极星位于天空的正中，斗极之下为崆峒（也作空同）。 **轩辕：**即黄帝，因居于轩辕之丘，故名。《庄子·天地》："黄帝游乎赤水之北，登乎昆仑之丘而南望，还归，遗其玄珠。" **玄珠：**比喻道的本体。 **潜：**藏。

原文

"冯夷不遇海若，则不以己为小[1]；云将不失问于鸿蒙，则无以知其少[2]。由斯言之，自是者不章，自建者不立，守其有者有据，持其无者无执。月弦则满，日朝则袭，咸池不留阳谷之上，而悬车之后将入也[3]。故求得者丧，争明者失，无

译文

"河伯冯夷在没有遭逢北海之神若以前，从不认为自己是渺小的；云将向鸿蒙请教过后，才发现自己的见识实在可怜。由此言之，自以为是者不会章明，自我建立者将一事无成，守其有者就会有所依据，持其无者无所执着。月亮半圆以后很快就会圆满，太阳一过早晨便开始西落；一旦日头升起星星就渐渐消隐了，而悬车过后黄昏缓缓降临。所以，一

欲者自足，空虚者受实。夫山静而谷深者，自然之道也；得之道而正者，君子之实也。是以作智造巧者害于物，明著是非者危其身，修饰以显洁者惑于生，畏死而荣生者失其真。故自然之理不得作，天地不泰而日月争随，朝夕失期而昼夜无分；竞逐趋利，舛倚横驰，父子不合，君臣乖离[4]。故复言以求信者，梁下之诚也；克已以为仁者，郭外之仁也[5]；窃其雉经者，亡家之子也[6]；刳腹割肌者，乱国之臣也[7]；曜菁华，被沆瀣者，昏世之士也；履霜露，蒙尘埃者，贪冒之民也[8]；洁已以尤世，修身以明污者，诽谤之属也；繁称是非，背质追文者，迷罔之伦也[9]；成非媚悦，以容求孚，故被珠玉以赴水火者，桀纣之终也[10]；含菽采薇，交饿而死，颜夷之穷也[11]。

心一意有所求取者往往一无所有，执着于争夺尊位者大多会有所失，没有欲望、野心的人常常能使自己得到满足，心胸空虚者方能有所容纳而充实。山静而谷深是自然之道，能获得正道乃是君子的本质。所以，卖弄才智投机取巧者反而受到外物的妨害，斤斤计较于是非之人则会危及自身，注重外表的修饰喜好自我表现者往往为生所迷惑，畏惧死亡而以生为荣耀之人则丧失了他的本真。于是，自然之理被埋没了，天地不交，日月争随，早晚失期，昼夜不分；人人追名逐利，谬误、迷乱和偏颇横行于世，父子不合，君臣乖离。故而，反复申言以求信的，是尾生那样的诚笃之人；约束、克制自己以成仁的，是颜回这样的贤人；自缢而死者乃亡家之子，剖腹割肌者，乃是身处乱世却无力救助国家的臣子；光华耀目，置身于沆瀣之中的，那是昏世之士；脚踏霜露尘埃满面的，是那贪得无厌之人；标榜自身的清洁、修明，却怨尤世道，故意反衬世间之污浊者，都是些暗地里说人坏话的家伙；对于是非问题喋喋不休，追求文饰而背弃本质者，则是些糊涂虫；由于受到美色的媚惑，最终导致怀抱珠玉投水火而死者，那是桀、纣之类暴君的下场；生活清苦而困顿，为了节操宁可饿死的，是颜回、伯夷的结局。

注释

1 **冯夷**:河神名。《经典释文》:"司马(彪)云:《清泠传》曰:华阴潼乡堤首人也。服八石,得水仙,是为河伯。"一说为河伯之妻。海若,传说中北海之神,也作若。《庄子·秋水》:"秋水时至,百川灌河,泾流之大,两涘渚崖之间不辨牛马。于是焉河伯欣然自喜,以天下之美为尽在己。顺流而东行,至于北海,东面而视,不见水端。于是焉河伯始旋其面目,望洋向若而叹曰:'野语有之曰:闻道百以为莫己若者,我之谓也。'"

2 **云将**:云之主将,即指云,"云将"乃是拟人的手法。 **鸿蒙**:元气,指宇宙形成前的混沌状态,文中将其比拟为人。《庄子·在宥》:"云将东游,过扶摇之枝而适遭鸿蒙。……云将曰:'朕愿有问也。'……鸿蒙拊髀雀跃掉头曰:'吾弗知,吾弗知。'云将不得问。又三年,东游,过有宋之野而适遭鸿蒙,云将大喜,行趋而进曰:'天忘朕邪?天忘朕邪?'再拜稽首,愿闻于鸿蒙。鸿蒙曰:'……朕又何知。'……云将曰:'吾遇天难,愿闻一言。'鸿蒙曰:'意!心养。汝徒处无为,而物自化。堕尔形体,吐尔聪明,伦与物忘,大同乎涬溟,解心释神,莫然无魂。万物云云,各复其根,各复其根而不知,浑浑沌沌,终身不离。若彼知之,乃是离之。无问其名,无窥其情,物故自生。'云将曰:'天降朕以德,示朕以默。躬身求之,乃今也得。'"

3 **据**:凭依,依据。**执**:持,拿。**弦**:月半圆时状如弓弦,故名。**袭**:入。**咸池**:神话中的日浴之处,一说星名。《史记·天官书》:"西宫咸池。"《正义》:"咸池三星在五车中,天潢南,鱼鸟之所托也。"**阳谷**:日出之处。 **悬车**:指黄昏前的一段时间。《淮南子·天文训》:"(日)至于悲泉,爰止其女,爰息其马,是谓悬车。至于虞渊,是谓黄昏。"

4 **作**:作为。 **泰**:通,交。 **随**:从。 **舛**(chuǎn):错乱。**倚**:偏颇。

5 **梁**:桥梁。《庄子·盗跖》:"(盗跖大怒曰)……尾生与女子期于梁下,女子不来,抱梁柱而死。……尾生溺死,信之患也。"**克己**:约束克制自身的言行、私欲等。《论语·颜渊》:"子曰:克己复礼为仁。"《庄子·让王》:"孔子谓颜回曰:'回,来!家贫居卑,胡不仕乎?'颜回对曰:'不愿仕。回有郭外之田五十亩,足以给𫗴粥;郭内之田十亩,足以为丝麻;鼓琴足以自娱，所学夫子之道者足以自乐也。回不愿仕。”

6 **雉经**：自缢。雉鸟性耿介，为人所获，则屈折其颈而死，故名雉经。《国语·晋语第八》：“申生乃雉经于新城之庙。”文中“窃其雉经者”疑有误。**亡家之子**：即指申生。据《左传》记载：晋献公与骊姬生奚齐，骊姬欲立奚齐为太子，于是设计陷害太子申生，离间晋献公与申生的关系，太子申生逃奔新城，最后自缢而死。

7 **刳**(kū)：剖开，挖空。《史记·殷本纪》：“比干曰：‘为人臣者，不得不以死争。’乃强谏纣。纣怒曰：‘吾闻圣人心有七窍。’剖比干，观其心。”**乱国之臣**：指居于乱世，无救国家之亡者。

8 **曜**：光华照耀。 **菁华**：精华。 **沆瀣**(hàng xiè)：北方夜半之气，又说指海气、露气。 **冒**：贪蔽。

9 **尤**：怨尤。 **诽谤**：说人坏话。 **属**：类。 **质**：本质。 **文**：文饰，浮华。 **伦**：类。

10 **成非媚悦，以容求孚**：谓如夏桀的宠妃妹喜、商纣之妃妲己者之流。孚，信。《史记·殷本纪》：“周武王于是遂率诸侯伐纣，纣亦发兵距之牧野。甲子日，纣兵败。纣走入，登鹿台，衣其宝玉衣，赴火而死。”夏桀本以放逐死，文中以桀纣并举，是笼统之言。

11 **含菽采薇**：谓生活清苦困顿。菽，豆类的通称。 **颜夷**：颜回、伯夷，都是古代的贤人。

原文

“是以名利之途开，则忠信之诚薄；是非之辞著，则醇厚之情烁[1]也。故至道之极，混一不分，同为一体，得失无闻。伏羲氏结绳，神农教耕[2]，逆之者死，顺之者生。

译文

“因此，一旦敞开名利之途，那么，忠诚、笃信之类的美德就会荡然无存；一旦人人都把是非挂在嘴边，那么，淳朴敦厚的情义就化为乌有。故而，至道的极致是统一而不分离，同为一体，不计得失。当初，伏羲氏教人们结绳，神农氏发明了耒耜，教百姓耕种，人人都只知道：顺从他们就能够生存下去，如果与他们背道而驰，便意味着自取灭亡。谁知道贪污会导致惩又安知贪污之为罚，而贞白之为名乎！使至德之要，无外而已。大均淳固，不贰其纪，清净寂寞，空豁以俟[3]，善恶莫之分，是非无所争，故万物反其所而得其情也。

罚、贞洁清白会带来美名究竟是怎么一回事。这才是真正做到了身外无德。倘使人人都能依从于事物的本性，专一执着于至德，清净寂寞，空虚以待万物，不硬性地区分善恶、是非，唯其如此，方能使万物返回到各自的本体，从而保持各自的性情。

注释

1 **烁**：销熔、损毁，通"铄"。

2 **混一**：犹言统一。《庄子·缮性》："古之人在混茫之中与一世而得淡漠焉。当是时也，阴阳和静，鬼神不挠，四时得节，万物不伤，群生不夭，人虽有知，无所用之，此之谓'至一'。" **伏羲氏结绳，神农教耕**：见《通易论》注。

3 **外**：《庄子・秋水》："天在内，人在外，德在乎天。"《庄子・胠箧》："彼曾、史、杨、墨、师旷、工倕、离朱，皆外立其德而以爚乱天下者也。" **大均**：谓因循于事物的本性，使之各得其所，则为大均。参见《庄子・徐无鬼》。 **不贰**：专一。 **纪**：《庄子・天地》："故执德之谓纪。" **空豁**：空虚。 **俟**：得。

原文

"儒墨之后，坚白[1]并起，吉凶连物，得失在心，结徒聚党，辩说相侵。昔大齐之雄，三晋之士，尝相与瞋目张胆，分别此矣。咸以为百年之生难致，而日月之蹉无常[2]，皆盛仆马，

译文

"自从儒、墨两家兴起之后，坚白同异之说并起，以为：吉凶在物，得失在心。纠结一帮徒众，终日以辩争为事。想从前有苏秦、张仪之类的雄杰之士，曾经为争论分辨这样的问题而彼此怒目圆睁。他们都认为人难以达到百岁高寿，相反岁月流逝，变化无常，于是都配备了众多的仆从、车马，修饰仪容，佩戴珠玉以为装饰，修整帷墙，出外则向君王、上

修衣裳，美珠玉，饰帷墙，出媚君上，入欺父兄，矫厉才智，竞逐纵横，家以慧子残，国以才臣亡，故不终其天年而夭，自割系其于世俗也。是以山中之木，本[3]大而莫相伤。吹万数窍相和，忽焉自己[4]，夫雁之不存，无其质而浊其文；死生无变，而龟之见宝，知吉凶也[5]。故至人清其质而浊其文，死生无变而未始有云。

司献媚，入内则欺骗父兄，各自都绞尽脑汁来算计对方，相互竞逐争强，不甘示弱；家里因为出了这么个聪慧的儿子而残破，国家也因为有这样才华超群的臣子而败亡；因此，往往很早就夭折了，不能尽其天年，而同时又受到世俗的抨击，自作自受。所以，山里的大树只因为太大、不中绳墨而得以保全，成千上万的孔窍能够相互应和，是因为它们能顺其自然。大雁之所以被杀，就在于它依违于质与文之间；神龟以死生无变作为至宝，故而能预知吉凶。由此可见，至人以本质为清淳，以文饰为污浊，死生无变，始终如一。

注释

1 **坚白：**坚白同异的简称。战国时名家学说的一个重要命题——公孙龙的“离坚白”与惠施的“合同异”之说；对“坚白石”这一命题，公孙龙认为“坚”与“白”是脱离“石”而存在的实体，从而夸大了事物的差异性，抹杀了其统一性。惠施的“合同异”则与“离坚白”之说相对，强调事物差异中的同一，合异于同。《庄子·天下》：“相里勤之弟子，五侯之徒，南方之墨者苦获、己齿、邓陵子之属，俱诵墨经而倍谲不同，相谓别墨。以坚白同异之辩相訾，以觭偶不仵之辞相应，以巨子为圣人，皆愿为之尸，冀得为其后世，至今不决。”

2 **大齐之雄，三晋之士：**谓战国时代的纵横家苏秦、张仪等人，以才智倾动天下。 **瞋(chēn)目：**怒目。 **张胆：**放胆，鼓足勇气。 **日月之蹉：**谓光阴流逝。《庄子·人间世》：“夫柤梨橘柚果蓏之属，实熟则剥，剥则辱，大枝折，小枝泄，此以其能苦其生者也，故不终其天年而中道夭，自掊击于世俗者也。物莫不若是。”

3 **本**:根。《庄子·逍遥游》:"惠子谓庄子曰:'吾有大树,人谓之樗。其大本拥肿而不中绳墨,其小枝卷曲而不中规矩,立之涂,匠者不顾。'"《庄子·人间世》:"匠石之齐,至于曲辕,见栎社树(神社旁的栎树)。其大蔽数千牛,絜之百围;其高临山十仞而后有枝,其可以为舟者旁十数。观者如市。匠伯不顾,遂行不辍。弟子厌观之,走及匠石,曰:'自吾执斧斤以随夫子,未尝见材如此其美也。先生不肯视,行不辍,何邪?'曰:'已矣!勿言之矣!散木也。以为舟,则沉;以为棺椁,则速腐;以为器,则速毁;以为门户,则液樠;以为柱则蠹;是不材之木也。无所可用,故能若是之寿。'"

4《庄子·齐物论》:"子游曰:'地籁则众窍是已,人籁则比竹是已,敢问天籁?'子綦曰:'夫吹万不同,而使其自已也,咸其自取,怒者其谁邪?'"郭象注:"自已而然,则谓之天然。天然耳,非为也。"

5《庄子·山木》:"夫子(庄子)出于山,舍于故人之家。故人喜,命竖子杀雁而烹之。竖子请曰:'其一能鸣,其一不能鸣,请奚杀?'主人曰:'杀不能鸣者。'明日,弟子问于庄子曰:'昨日山中之木以不材得终其天年,今主人之雁以不材死,先生将何处?'庄子笑曰:'周将处乎材与不材之间。材与不材之间,似之而非也,故未免乎累。'"《庄子·德充符》:"仲尼曰:'死生亦大矣,而不得与之变。'"郭象注:"彼与变俱,故生死不变于彼。"**见**:一作是。

原文

"夫别言者,坏道之谈也;折辩者,毁德之端也;气分者[1],一身之疾也;二心者,万物之患也。故夫装束冯轼者,行以离支;虑在成则者,坐而求敌;逾阻攻险者,赵氏之

译文

"分解之言徒然坏道,曲辩之辞只会使道德毁灭;对分位耿耿于怀者,落下一身的病痛;三心二意之人,往往疾患缠身。所以,那些倚靠着轼木,整装待发之人,总是结果与初衷背道而驰;对既定的规章律例则亦步亦趋者,等于是坐而求敌;跨越险阻攻克难关的,乃赵国的历代君主;举山填

人也[2]；举山填海者，燕楚之人也。庄周见其若此，故述道德之妙，叙无为之本，寓言以广之，假物以延之，聊以娱无为之心而逍遥于一世。岂将以希咸阳之门而与稷下争辩也哉[3]？

海者，为燕楚之人。庄周看到世道如此，这才讲述道德之妙，叙说无为之本，用寄托、比喻的方式加以推广，假托外物借以延伸，暂且使无为之心欢乐，逍遥自得于世间。哪里是希图什么咸阳之门、稷下之辩一类的虚名浮利呀！

注释

1 **别：**分解，离析。 **折：**曲折，折合。 **气：**愤怒，当作“忾”。 **分：**分位。

2 **冯(píng)：**凭借，依靠。 **轼：**车箱前用以扶手的横木。 **离支：**支离，分散。 **阻：**险。 **赵氏之人：**谓赵国的历代君主，南北征战，扩充疆域。

3 **寓言：**此处为动宾结构，意谓寓诸言说。 **假：**借。 **延：**延伸。 **咸阳：**秦国的都城。**稷下：**古地名，在战国齐都城临淄稷门。据《史记·田敬仲完世家》，齐宣王喜好文学游说之士，于稷门设馆，招驺衍、淳于髡、田骈、接予、慎到、环渊等七十六人，赐第。为上大夫，不治事而议论。

原文

“夫善接人者，导焉而已，无所逆之。故公孟季子衣绣而见，墨子弗攻[1]；中山子牟心在魏阙，而詹子不距[2]。因其所以来，用其所以至，循而泰之，使自居之，发而开之，使自舒之[3]。且庄周之书何足道哉！犹未闻夫太始之论、玄古之微言乎[4]！直[5]能

译文

“凡是善于与人交谈、接洽者，大多采取因势利导的方式，从不与对方发生争执。所以当公孟子穿着锦绣之衣出现在面前时，墨子并不加以指斥；当中山子牟心存魏阙、有意于仕宦之际，詹子也不反驳他。顺着他的来势，弄清他的目的，然而一步一步加以诱导、疏通、启发，使他自然而然地开窍，并且乐于接受。况且庄周的书有什么值得称道的！还有那真正精微的太始、玄古之论，你们恐怕闻所未闻

不害于物而形以生，物无所毁而神以清，形神在我而道德成，忠信不离而上下平。兹客今谈而同古，齐说而意殊，是心能守其本，而口发不相须也[6]。”

于是二三子者，风摇波荡，相视腩脉，乱次而退，蹜跌失迹。随而望之，耳后颇亦以是，知其无实丧气而惭愧于衰僻也[7]。

吧。只求能够做到：不为外物所妨害而存活下去，万物不受损伤而精神清爽，形、神皆备于我，而道德成就、忠信不相分离而上下均平。这位尊贵的客人，在谈话之中抹杀了古今的时代差异，嘴里说的与心中所想相去甚远，这只能说明您心口不一。”

就在这个时候，这几位客人心神动荡，左右摇摆，难以自持。他们相对一阵之后，乱纷纷地退下堂来，趺趺撞撞，脚步趔趄。然后，彼此相随地凝望着先生，顿时感到上面那席话乃是真知灼见，而且意识到自己华而不实，不免垂头丧气，为自己见识的浅陋而愧悔交加。

注释

1 **接**：言谈交往。 **导**：引导，启迪。 **攻**：指责他人的过失。《墨子·公孟》：“公孟子戴章甫，搢忽，儒服而以见子墨子。……曰：‘行不在服。’公孟子曰：‘何以知其然也？’子墨子曰：‘昔者，齐桓公高冠博带，金剑木盾，以治其国，其国治。昔者，晋文公大布之衣，牂羊之裘，韦以带剑，以治其国，其国治。昔者，楚庄王鲜冠组缨，绛衣博袍，以治其国，其国治。昔者，越王勾践剪发文身，以治其国，其国治。此四君者，其服不同，其行犹一也。翟以是知行之不在服也。’”

2 **公子牟**：魏之公子，封中山，名牟。《庄子·让王》：“中山公子牟谓瞻子曰：‘身在江海之上，心居乎魏阙之下，奈何？’瞻子曰：‘重生。重生则利轻。’中山公子牟曰：‘虽知之，未能自胜也。’瞻子曰：‘不能自胜则从，神无恶乎？不能自胜而强不从者，此之谓重伤。重伤之人，无寿类矣。’魏牟，万乘之公子也，其隐岩穴也，难为于布衣之士，虽未至乎道，可谓有其意矣。” **心存魏阙**：意思是说心里尚有荣华富贵的念头，有意于功名。魏阙，古代宫门外的阙门，是古代宣布法令的地方，后来用作朝廷的代称。 **瞻子：**贤人。 **距：**违拒。

3 **泰：**通。 **舒：**伸。

4 **太始：**指形成物质的原始状态。《列子·天瑞》："太始者，形之始也。"**玄古：**远古，淳古。 **微言：**精微之言。

5 **直：**但。

6 **今谈而同古：**谓：不知道古今时代的差异。 **齐：**正。 **心能守其本，而口发不相须：**谓心口不一。

7 **风摇波荡：**谓心神动摇，不能自持。与当初趾高气扬的架势形成强烈对比。 **脉(mò)：**通"眽"，视。 **蹪：**俗"踢"字，跌倒。 **跌：**失足倒下。 **以是：**以为是，认为正确。 **衰：**衰朽。 **僻：**僻陋，见识浅陋。

通老论[1]

原文

圣人明于天人之理，达于自然之分，通于治化之体，审于大慎之训，故君臣垂拱，完太素之朴，百姓熙怡，保性命之和[2]。

道者，法自然而为化，侯王能守之，万物将自化。《易》谓之"太极"，《春秋》谓之"元"，老子谓之"道"[3]。

译文

圣人明了天人之理，通达自然之分，精通治化之体，熟究大慎之训，故而君臣垂拱，无为而治，保全了太素之本真，时世清明，百姓和乐而融洽。

道，它取法于自然而自成一体，倘使侯王能谨守"道"，万物将自为变化。《易经》称之为"太极"，《春秋》称之为"元"，老子称它为"道"。

三皇尊奉"道"，五帝仰仗"德"，三

三皇依道，五帝仗德，三王施仁，五霸行义，强国任智：盖优劣之异，薄厚之降也[4]。

王实施"仁"，五霸执行"义"，强国用聪明才智来富国强民，从他们治理的优劣差别，可以见出厚、薄的不同。

注释

1 该文全文仅存此三小段，而且各段之间文意不相连属，兹录于此，以备参考。

2 **天人之理**：有关天道与人事之理。 **达**：通，通达。 **治化**：治理国家、教化人民。 **体**：法式，规格。 **审**：熟究。 **训**：教诲，法则。 **垂拱**：垂衣拱手，谓无所事事，不费气力，多用以颂扬帝王无为而治。 **完**：完成，成就。 **太素**：古代指构成宇宙的元素。《列子·天瑞》："太素者，质之始也。" **朴**：本真，本性。 **熙怡**：谓时世清明和乐。

3 **法**：此处作动词，取法。《道德经·为政第三十七》："道常无为而无不为，侯王若能守之，万物将自化。" **太极**：指原始混沌之气。 **元**：《春秋公羊传》何休注："变一为元。元者，气也。无形以起，有形以分，造起天地，天地之始也，故上无所系而使春系之也。" **道**：老子《道德经·象元第二十五》："有物混成，先天地生，寂兮寥兮，独立而不改，周行而不殆，可以为天下母；吾不知其名，字之曰道。"

4 三皇、五帝的名目，在不同的典籍中说法不同，《世本》、孔安国《尚书序》等以伏羲、神农、黄帝为三皇；《风俗通·皇霸》则以伏羲、女娲、神农为三皇；其他说法尚多，兹不具列。 **五帝**：一说为伏羲（太皞）、神农（炎帝）、黄帝、尧、舜，见《易·系辞下》；一说为黄帝、颛顼、帝喾、尧、舜，见《史记·五帝本纪》；一说为少昊、颛顼、高辛、尧、舜，见《帝王世纪》。 **三王**：夏禹、商汤和周文王。 **五霸**：即春秋五霸——齐桓公、晋文公、秦穆公、宋襄公和楚庄王。 **任**：放纵，听任。《道德经·论德第三十八》："故失道而后德，失德而后仁，失仁而后义，失义而后礼。"《道德经·淳德第六十五》："民之难治，以其智多。故以智治国，国之贼；不以智治国，国之福。" **降**：落，下。

传

大人先生传[1]

原文

大人先生[2]盖老人也。不知姓字。陈天地之始，言神农、黄帝之事，昭然也。莫知其生年之数。尝居苏门之山，故世或谓之。[3]问养性延寿，与自然齐光，其视尧舜之所事若手中耳。以万里为一步，以千岁为一朝，行不赴而居不处，求乎大道而无所寓[4]。先生以应变顺和，天地为家，运去势隤，魁然独存，[5]自以为能足与造化推移，故默探道德，不与世同。自好者非之、无识者怪之，不知其变化神微也；而先生不以世之非怪而易其务也。[6]先生以为中区之在天下，曾不若蝇蚊之

译文

大人先生乃是一位老人，没人知道他姓甚名谁。他说起天地的创始，说到神农、黄帝的事情，全都清楚明白，却没有谁知道他有多大年岁了。他曾经在苏门山住过一段时间，所以有人就称他为苏门先生。他注意休养情性，延长年寿，堪与自然争光。在他眼里，有关尧舜的事情也不过尔尔。他以万里为一步，千岁为一日，无论行走或居留都漫无目的，随心所欲，他追求大道却又不以此为满足。先生顺应时势的变化，以天地为家，即便世道倾颓毁灭，他仍旧魁然独存；他认定自己能和造化一道变迁移易，故而总是独自一人探究着道德的本体，从不与世人苟同。于是，招致自好者的非议和无知者的责难，这些人根本无法测知先生变化的玄妙与精微；当然，先生也从不因为世人的非难而改变自己的志趣。他认为中原之于天下，还不如蚊蝇落在帷幕上，所以始终不

着帷[7]，故终不以为事，而极意乎异方奇域，游览观乐，非世所见，徘徊无所终极。遗其书于苏门之山而去，天下莫知其所如往也[8]。

以为事，而极力把目光投向异域，游览观赏，关注那些不同寻常的事物，为此徘徊不知所终。先生把著作留在苏门山上便离去了，天下没有人知道他去往何处了。

注释

1 关于《大人先生传》成文的缘由，《晋书·阮籍传》有一段记载："籍尝于苏门山遇孙登，与商略终古及栖神导气之术，登皆不应，籍因长啸而退。至半岭，闻有声若鸾凤之音，响乎岩谷，乃登之啸也。遂归著《大人先生传》，其略曰：……此亦籍之胸怀本趣也。"《竹林七贤论》："籍归，遂著《大人先生论》，所言皆胸怀间本趣，大意谓先生与己不异也，观其长啸相和，亦近乎目击道存矣。"

2 **大人：**不同的学派对"大人"的阐释各有侧重，《易·乾》："夫大人者，与天地合其德，与日月合其明，与四时合其序。"《庄子·徐无鬼》："圣人并包天地，泽及天下，而不知其谁氏，是故生无爵，死无谥，实不聚，名不立，此之谓大人。"《荀子·解蔽》："明参日月，大满八极，夫是之谓大人。"其共同点是：大人乃德行高尚，智慧圆满之人。 **先生：**年长有学问者。《孟子·告子下》注："学士年长者，故谓之先生。"《韩诗外传》卷六："问者曰：古之谓知道者曰先生，何也？""犹言先醒也。"

3 **陈：**陈述，述说。 **昭：**明，著。 **苏门之山：**一名苏岭，在河南省辉县市，为太行山的支脉。

4 **赴：**趋，往。 **处：**留，定。 **寓：**寄，托。

5 **运：**气数。 **隤**(tuí)**：**通"颓"，败坏、衰落。 **魁**(kuài)**：**通"块"，孤独貌。

6 **自好：**自爱。 **务：**指兴趣所在。

7 **中区：**犹言中原。 **曾：**乃。 **着：**附着。

8 **遗：**留下。 **如：**往，到。

原文

或遗大人先生书曰："天下之贵，莫贵于君子：服有常色，貌有常则，言有常度，行有常式；立则磬折，拱若抱鼓，动静有节，趋步商羽，进退周旋，咸有规矩[1]。心若怀冰，战战栗栗，束身修行，日慎一日，择地而行，唯恐遗失，诵周孔之遗训，叹唐虞之道德，唯法是修，唯礼是克，手执珪璧，足履绳墨，行欲为目前检，言欲为无穷则[2]；少称乡闾，长闻邦国，上欲图三公，下不失九州牧[3]；故挟金玉，垂文组，享尊位，取茅土，扬声名于后世，齐功德于往古；奉事君上，牧养百姓，退营私家，育长妻子，卜吉而宅，虑乃亿祉，远祸近福，永坚固已：此诚士君子之高致，古今不易之美行也[4]。今先生乃被发而居巨海

译文

有人投书给大人先生，说道："天下最可贵的莫过于君子了，你看他们：无论服饰、容貌，还是言谈举止，都合乎法度，规规矩矩；站立时恭敬肃穆，曲折如磬，垂手拱立好似抱鼓，行动和静处都有一定的准则，急趋与慢步均配合着音乐的节拍，进退周旋，都有规矩。他们小心谨慎，仿佛寒冰在怀；修身励志，一天比一天慎重；一切行动也都经过了认真的抉择，以免出现失误；他们读的是周文王和孔老夫子的遗训，每天赞美着尧舜的至德，一心一意地遵礼守法，手里握着珪璧，每迈一步都符合规范，他们希望自己的举止成为当今社会的法式，言辞更为将来的人们树立榜样。年少时为乡里街坊所称许，长大以后声名四处播扬，举国皆知；向上可以谋求三公这样的高位，退一万步讲，至少也能担任九州的长官；因此，他们手里掌握着国家的重器，享有尊贵的地位，甚至受封为王侯，美名传扬于后世，其功德堪与古人媲美。他们一方面敬奉君上，牧养百姓；另一方面还要照料自己的小家，负担妻室、子女的生活，选一块风水宝地造屋，经过深思熟虑之后，再拿出一个最佳的方案——尽量做到远祸近福，安享福禄，以致永远。这可真算得上是士君子的极致了，不愧为千古不变的美行。如今，先生您披头散发，端坐于

之中，与若君子者远，吾恐世之叹先生而非之也。行为世所笑，身无由自达，则可谓耻辱矣[5]。身处困苦之地，而行为世俗之所笑，吾为先生不取也。”

大海之中，远离这些君子们，我担心世人会对先生产生非议啊。行为受到世人的讥笑，却又无法辩白，这才是真正的耻辱哩。您处在如此困苦不堪的境地中，还遭到世俗的耻笑，我认为先生您实在不值得。”

注释

1 **或:**有人。 **遗(wèi):**投赠。 **服有常色:**指着装必须遵从一定的规矩。 **常则:**固定的法则。 **常度:**常规，一定的法度。 **常式:**固定的法式。 **磬折:**见五言咏怀其八诗注。《礼记·曲礼下》:“立则磬折垂佩。” **拱:**两手相合以示敬意。 **节:**节度，法度。 **商羽:**分别为五声之一。 **周旋:**运转，旋转。《礼记·玉藻》:“周还(亦作旋)中规，折还中矩。”

2 **战战栗栗:**本意是恐惧发抖，此处比喻小心戒惧。 **束:**约束。 **遗失:**指失误。 **叹:**吟，赞叹。 **唐虞:**尧(陶唐氏)舜(有虞氏)。 **克:**胜也，能也，克制私欲使之合乎理性。 **珪:**为帝王诸侯等所执的长形玉版，上圆或尖，下方，表示信符。 **璧:**平圆形中心有孔的玉器。**绳墨:**本指匠人以绳染墨打直线的工具，此处喻指规矩、法度。**检:**法式，准绳。**则:**法则，准则。

3 **少称乡闾:**谓年少时为乡里所称许。乡闾，乡里。 **邦国:**国家，这里尤指遍及全国范围。 **三公:**辅助国君执掌军政大权的最高长官，西汉以大司马、大司徒、大司空为三公，东汉以太尉、司徒、司空为三公，不过，到唐宋以后三公仅为加衔，已无实权。 **九州牧:**九州的长官。《礼记·曲礼下》:“九州之长，入天子之国，曰牧。”

4 **挟:**夹持，持有。 **文:**彩色交错。 **组:**丝带，用以系玉、佩印。 **享:**享有，拥有。 **茅土:**指受封为王侯，古代帝王社祭之坛以五色土建成，分封诸侯时，按封地所在方向取坛上一色土，用茅包裹，称为茅土，给受封者在封邑内立社。 **牧:**养。 **营:**经营，筹划。 **长:**抚养，与“育”同义。**卜**

吉而宅:通过占卜选定吉处居住。《释名》:“宅,择也,择吉处而营之也。” **虑**:思考,考虑。 **祉**:福泽。 **士君子**:旧指有志操、有学问的人。 **高致**:极致,极度。

5 **被发**:散发。 **巨海**:大海。 **若君子**:即上文所说的君子。 **叹**:惋惜。 **非**:非议,责难。 **笑**:耻笑。 **无由**:无从。 **达**:显达。

原文

于是大人先生乃逌然而叹,假云霓而应之曰:“若之云尚何通哉!夫大人者,乃与造物同体,天地并生,逍遥浮世,与道俱成,变化散聚,不常其形。天地制域于内,而浮明开达于外,天地之永固,非世俗之所及也。吾将为汝言之[1]。往者,天尝在下,地尝在上,反覆颠倒,未之安固,焉得不失度式而常之[2]?天因地动,山陷川起,云散震坏,六合失理,汝又焉得择地而行,趋步商羽[3]?往者群气争存,万物死虑,支体不从,身为泥土,根拔枝殊,咸失其所,汝又焉得束身修行,磬折抱鼓[4]?

译文

此时,先生长长地叹了一口气,然后,借云霓来回答他:“您所说的简直一窍不通!大人乃是与造物同体、与天地并生的,他悠闲自得地飘游于世上,他同‘道’一起生成、变化,时而分开,时而又聚拢,没有固定的形体。在他的体内有天地的制约,在体外则是浮明的舒展开通。至于天地的坚固不变,是世俗的人无法想象的。下面我就给您说明一下。远古的时候,曾经是一派颠倒反覆的景象,天在下,地在上,摇摇晃晃,很不安稳,在这种情况下,怎样做到举止不失法度呢?天还比较稳定,可大地却频繁震动,高山下陷,江河隆起,云雾飘散,雷霆震撼,天地四方陷入一片混乱中,此刻您又怎能择地而行,进退有节呢?而后,各种气体涌起,万物死气沉沉,肢体不听使唤,身躯化作了泥土,根断枝折,完全失去了本来的面目,试问:您将如何修身养性,遵礼守法呢?李牧战功累累,结果却身首异处;耿恭赤胆忠心,最后落得个老死牖下的下场;积极进取求利而终于丧身,努力李牧功而身死，伯宗忠而世绝，进求利以丧身，营爵赏而家灭，汝又焉得挟金玉万亿，祇奉君上而全妻子乎[5]？且汝独不见夫虱之处乎裈中，〔逃乎〕深缝，匿夫坏絮，自以为吉宅也。行不敢离缝际，动不敢出裈裆，自以为得绳墨也。饥则啮人，自以为无穷食也。然炎丘火流，焦邑灭都，群虱死于裈中而不能出[6]。汝君子之处区内[7]，亦何异夫虱之处裈中乎？悲乎！而乃自以为远祸近福，坚无穷已；亦观夫阳鸟游于尘外而鹪鹩戏于蓬艾，小火固不相及，汝又何以为若君子闻于余乎[8]？且近者夏丧于商，周播之刘，耿薄为墟，丰镐成丘，至人未一顾而世代相酬，厥居未定，他人已有，汝之茅土，谁将与久[9]？是以至人不处而居，不修而治，日月为正，阴阳为期，岂吝情于世，系累于一时[10]。

钻营求取功名反而招致家破人亡，那么，您又怎能在执掌大权的同时安享天年，恭奉君上的同时保全妻小呢？况且，您就没有见过那些待在裤子里的虱子吗？它们躲在裤缝里，藏在败絮之中，自以为十分安全。行动不敢离开深缝、裤裆半步，自认为中规中矩；饿了就吸食人血，自觉饮食还很丰富。然而，一旦大火熊熊，烧毁了城镇，待在裤子里的虱子们没有一只能逃脱出来。您所说的那些世俗的君子们与裤中的群虱又有什么区别呢？却满以为自己远祸近福、坚如磐石。还有，那鸿雁一类的候鸟翱翔于世外，鹪鹩却始终只能在蓬艾之间飞来飞去，固然不会被火烧到，您又怎能据此推断：我就非得听说过您的那些君子们呢？就看看距今较近的时代吧。夏朝被商朝灭掉了，周传到了公刘这一代，他们的都城全都变成一片废墟；至人尚未回头，就在这短短的一瞬间，朝代已几经更迭，前者的住所还没安定下来，转眼已为后者所有，您那封侯的茅土，谁能替您长久保管呢？因此，至人用不着止息就能安定，用不着修行却很完美，以天地为准正，与阴阳相吻合，又怎会顾惜世俗，为眼前的这点小事所牵累呢？至人乘着东方的云霞，驾着西风，阴阳兼顾，主观的心志和欲望都得到了满足，客观的万乘东云，驾西风，与阴守雌，据阳为雄，志得欲从，物莫之穷，又何不能自达而畏夫世笑哉！

物于是变得无法穷尽了，既能如此，难道还不能无所不宜却畏惧世俗的几声耻笑吗？

注释

1 **逌(yóu)然：**宽缓，从容。 **假：**借，托。 **若：**你。 **造物：**谓创造万物者，犹天帝。 **常：**一定，不变。 **制域：**制约，限制。域，局限。

2 **尝：**曾经。 **天尝在下，地尝在上：**一说谓天地未分之时。 **常：**恒久，经常。

3 **因：**因袭，文中与“动”相对。 **震：**指雷。 **六合：**天地四方谓之六合。 **理：**条理。

4 **群气：**各种气体。《尚书·洪范》：“曰雨(水气)、曰旸(金气)、曰燠(火气)、曰寒(木气)、曰风(土气)。”《左传·昭公元年》：“六气曰阴、阳、风、雨、晦、明也。” **虑：**忧。 **殊：**断折。

5 **李牧：**战国时候赵国的良将，负责赵国北疆的防御，习骑射，谨烽火，多间谍，于是匈奴不敢近赵边城。赵王迁三年，以战胜秦军封武安君。七年，秦派王翦攻赵，赵使李牧、司马尚御敌。秦用反间计，言李牧、司马尚欲反，赵王改派赵葱、颜聚代替李牧，李牧不肯受命，被杀。见《史记·廉颇蔺相如列传》。 **伯宗：**耿恭的字，耿恭为东汉扶风茂陵人。东汉开国名将耿弇之侄。明帝时任西域戊己校尉，屯车师后王部金蒲城，后移驻疏勒城。为北匈奴所围攻，恭率汉卒数百人坚守半载，城中水尽粮绝，单于遣使招降，恭誓死不屈。后援兵至，存者仅二十六人，归至玉门，唯余十三人。时人称其“节过苏武”，还朝拜骑都尉。后因忤车骑将军马防，下狱，放归乡里。见《后汉书·耿弇列传》。 **亿：**此处为数词，极言其多。 **祇(zhī)奉：**敬奉。**全：**保全。

6 **虱(shī)：**即虱子，寄生于人畜身上吸血的昆虫。 **裈(kūn)：**有裆的裤子。**宅：**这里指地方、处所。 **啮(niè)：**咬。 **炎丘火流：**谓一片火海。丘，同“区”。 **焦：**烧焦。 **灭：**烧毁。

7 **区内：**此处指人世间。

8 **阳鸟：**指鸿雁一类的候鸟：《尚书·禹贡》疏：“鸿雁之属，九月而南，正月而北。……此鸟南北与日进退,随阳之鸟,故称阳鸟。” **尘外:**世外。 **鷦鷯:**俗称黄脰鸟,又名黄雀、巧妇、桑飞。全身灰色,有斑,常取茅苇毛毳为巢,大如鸡卵,系以麻发,甚为精巧。《庄子·逍遥游》:“鷦鷯巢于深林,不过一枝。” **蓬艾:**蓬草、艾草,泛指杂草。

9 **播:**迁。 **之:**往,至。 **刘:**谓公刘,为古代周部族的祖先,相传是后稷的曾孙。《诗经 · 大雅 · 公刘》传:“公刘者,后稷之曾孙也。夏之始衰,见迫逐,迁于豳而有居民之道。” **耿:**《左传 · 闵公元年》注:“平阳皮氏县东南有耿乡,永安县东北有霍大山,三国(耿、霍、魏)皆姬姓。” 周人的祖先是后稷,因姓姬,通常以姬指代周王朝。 **薄:**《史记·殷本纪》:“汤始居亳。” 亳,也作薄,为商汤的国都,故址在今河南商丘市北。 **墟:**故城,废址。 **丰:**地名,周文王灭崇,自岐迁都于丰,在今陕西西安市鄠邑区。 **镐:**即镐京,周武王灭商以后,自丰迁都于此,谓之宗周,又称西都,位于今陕西西安西南、沣水东岸。 **丘:**废墟。 **世代相酬:**谓世代更迭,如主人之递相更易。 **厥:**其。 **有:**占据,据有。

10 **处:**留,定。 **居:**安。 **期:**邀约,会合。 **吝情:**顾惜、舍不得之意。 **系累:**拘系,连累。

原文

“昔者天地开辟,万物并生。大者恬其性,细者静其形。阴藏其气,阳发其精。害无所避,利无所争。放之不失,收之不盈。亡不为夭,存不为寿。福无所得,祸无所咎。各从其命,以度相守。明者不以智胜,暗者不以愚败;弱者不以迫畏,强者不以

译文

“从前天地开辟的时候,万物一起萌生了,无论大小,都安于自己已有的形体和物性;阴气收敛,阳气勃发;不避害,不争利;分散开来不会丧失,汇聚拢来也不盈满。即便死去也不算夭折,活下来并不是长寿;祸、福都不强求;万物各自依从既定的命运,恪守应有的限度。聪明人不以自己的才智取胜,愚钝者也不会因为笨拙而失败;弱者没有因为他人的威胁而害怕,强者从不欺压别人。这个时代,虽然没有

力尽。盖无君而庶物定，无臣而万事理，保身修性，不违其纪。惟兹若然，故能长久[1]。今汝造音以乱声，作色以诡形；外易其貌，内隐其情，怀欲以求多，诈伪以要名。君立而虐兴，臣设而贼生，坐制礼法，束缚下民，欺愚诳拙，藏智自神。强者睽眠而凌暴，弱者憔悴而事人。假廉以成贪，内险而外仁。罪至不悔过，幸遇则自矜。驰此以奏除，故循滞而不振[2]。夫无贵则贱者不怨，无富则贫者不争，各足于身而无所求也。恩泽无所归，则死败无所仇；奇声不作则耳不易听，淫色不显则目不改视，耳目不相易改则无以乱其神矣；此先世之所至止也[3]。今汝尊贤以相高，竞能以相尚，争势以相君，宠贵以相加，驱天下以趣之，此所以上下相残也。竭天地万物之至以

君王却万物安定，没有臣僚却秩序井然，个个保身修性，不违背自然之理。唯其如此，故而能够长久。现在，您人为地制造声音来扰乱听觉，调配色彩以强行改变事物的外观；不仅使形貌发生了变化，而且内情也越来越捉摸不定，各自心怀私欲而求多，弄虚作假以博取美名。有了君王，暴虐也相伴而来，设立了百官，于是坏人也出现了；一方面，制定了种种礼法用来约束老百姓，欺压、愚弄老实人，另一方面，自己却卖弄聪明、伺机钻营，以至于强者仗势欺人，弱者只能低声下气，困顿萎靡，受制于人。于是，人人假借清白高洁之名，干着贪得无厌的勾当；外表上看是仁义君子，骨子里却歹毒险恶；有了罪过不忏悔，一旦侥幸则自夸自大；所以，最终导致因循守旧、停滞不前的局面。没有尊贵的话，卑贱者就毫无怨言；没有富裕之人，那么贫穷者也不会抗争；各人都满足于现状，别无他求。如果无人享受到恩惠与德泽，那么死者就不致仇恨生者，失败之人也不会和胜利者敌对；新奇变异的乐声和光怪陆离的色彩尚未问世之时，耳目从不要求更换视听的内容，耳目不求变易就不会扰乱人的精神。这些正是先代适可而止的地方。而您故意尊贤竞能以相互攀比、争逐，追求权势、宠贵以凌驾于

奉声色无穷之欲，此非所以养百姓也[4]。于是惧民之知其然，故重赏以喜之，严刑以威之；财匮而赏不供，刑尽而罚不行，乃始有亡国戮君溃败之祸[5]。此非汝君子之为乎？汝君子之礼法，诚天下残贼、乱危、死亡之术耳；而乃目以为美行不易之道，不亦过乎[6]！今吾乃飘飖于天地之外，与造化为友，朝餐汤谷，夕饮西海，将变化迁易，与道周始，此之于万物岂不厚哉？故不通于自然者不足以言道，暗于昭昭者不足与达明，子之谓也。”[7]

人，驱使普天下的人们都以此为生存的目标，故而导致上下彼此残杀。竭尽天下万物的极限来满足永无穷尽的声色之欲，这恐怕不是养育百姓的正确之道吧。在这种情形之下，担心黎民庶众知悉其中的因由，于是设下了重赏来讨好他们，定下了严刑来恐吓他们；以致钱财都耗尽了还不够赏赐之用，刑罚用滥了犯罪还没有止息，亡国弑君溃败之祸就这样出现了。这难道不是您这些君子们的所作所为吗？您那些贤明君子的礼法，不过是导致天下残害、危乱和死亡的祸根；竟自视为千古不易的美行至道，不是太过分了吗？如今我飘飖于天地之外，与造化为友，清晨在汤谷畔进餐，傍晚时分畅饮于西海之滨，将变化移易，与至道相终始、相周流，这对于万物来说岂不是宽厚仁慈？所以，对自然一窍不通的人无法和他谈道，从未见过光明的人不能使他了解光明的含义，这些说的正是你哩。”

注释

1 **静**：安。 **放**：散。 **收**：聚。 **咎**：追究过错。 **以度相守**：谓恪守其限度。 **暗**：隐蔽晦暗，指不聪明者。 **迫**：逼迫，威胁。 **强者不以力尽**：谓强者不竭尽其力以欺压人。 **庶物**：万物。 **理**：谓井井有条。 **纪**：自然的秩序。

2 **诡**：诡异，怪异。《道德经·第十二》：“五色令人目盲，五音令人耳聋。” **要**：求，取。 **诳**：欺骗，诳惑。 **拙**：笨。 **藏智自神**：谓自作聪明。**睽眠**：乖异独处。**凌暴:**欺凌残暴。**憔悴:**瘦弱萎靡貌。**廉:**清白高洁。**自矜:**自夸。**驰:**疾驱。**奏除:**进退。**循滞:**谓停滞不前。**振:**振奋。

3 **恩泽:**恩惠与德泽。**奇声:**犹变声,谓新奇变异的乐声,诸如靡靡之音。**止:**息,处。

4 **相:**共,交互。**趣:**趋向。**残:**谓践踏以致残坏。**至:**极。**奉:**供奉,满足。

5 **喜之:**使之欢喜。**匮:**空乏,枯竭。**供:**供给。**戮:**戕杀。

6 **残贼:**《孟子·梁惠王下》:"(孟子)曰:'贼(伤害)仁者谓之贼,贼义者谓之残。"**目:**视,看作。**过:**过分。

7 **飘飖:**顺风而行。**造化:**指自然。**汤谷:**即旸谷,传说中日出之处。**西海:**指西极之海。**周始:**即周而复始。**昭昭:**明白。

原文

先生既申若言,天下之喜奇者异之,慷忾者高之。其不知其体,不见其情,猜耳其道,虚伪之名,莫识其真,弗达其情,虽异而高之,与向之非怪者,蔑如也[1]。至人者,不知乃贵,不见乃神,神贵之道存乎内,而万物运于外矣;故天下终而不知其用也[2]。

译文

先生的这些话,使天下喜好猎奇者诧异不已,也引起慷慨之士的赞叹。不过,他们不明了先生的体要与情性,对于先生的"道"只是道听途说而已,至于那些强加在先生身上的虚名,他们不了解情况,也无法识别真假。因此,尽管感到惊奇、认为高明,他们在本质上与以前那些责备、非难之徒没什么两样。至人,从来不知道自己的宝贵、神妙之处,而神贵之道却存在于他的体内,在他的外面则是万物的运转变化;所以,天下人始终不清楚他的作用。

注释

1 **申:**申述,表明。**若言:**指上面那番话。**异之:**以之为奇异。**慷忾**(kāng kài)**:**同"慷慨",情绪、意气激动不平。**高之:**以之为高明。**体:**体要。**情:**详情。**猜:**猜疑。**耳:**耳闻。**非怪:**非议和责怪。**蔑如:**没什么,表示轻视。蔑，无、没有。如，助词，然。

2 **天下**：谓天下之人。 **用**：作用，功用。

原文

逌乎有宗扶摇之野有隐士焉见之而喜，自以为均志同行也，曰：“善哉！吾得之见而舒愤也。上古质朴淳厚之道已废，而末枝遗叶并兴[1]。豺虎贪虐，群物无辜，以害为利，殒性亡躯，吾不忍见也，故去而处兹。人不可与为俦，不若与木石为邻[2]。安期逃乎蓬山，甪里潜乎丹水，鲍焦立以枯槁，莱维去而逌死，亦由兹夫[3]！吾将抗志显高，遂终于斯，禽生而兽死，埋形而遗骨，不复反余之生乎！夫志均者相求，好合者齐颜，与夫子同之[4]。”于是先生乃舒虹霓以蕃尘，倾雪盖以蔽明，倚瑶厢而徘徊，总众辔而安行[5]，顾而谓之曰：“太初真人，唯天之根，专气一志，万

译文

在宗国的原野上有位隐士见到了先生，他欣喜若狂，自以为找到了志同道合的朋友，说道：“真是太好了！从此我可以一吐胸中的愤懑了。上古时候那些质朴淳厚之道到今天已是土崩瓦解，只留下些残枝败叶。遍地是豺虎横行，众生无辜而遭摧残，到处以害为利，残灭性情，毁坏躯体，我实在不忍看下去了，所以才远远地离开，隐居在这里。既然人类已经不能友好相处了，还不如就与木石为伴。安期生躲避到蓬莱仙岛上，甪里先生潜身于丹水之际，鲍焦抱木而死，莱维远遁而亡，他们也是出于同样的原因才这样的啊！我将坚持自己高远的志向，决不动摇，终老于此，哪怕像禽兽那样活着或死去，哪怕把遗骸抛在这野地里，我也不再返回人世了！同声相应，同气相求，志趣相投者往往拥有共同的语言，我愿和先生您一道同行。”就在他说话的当口，先生张开了虹霓遮尘，倾下车盖以挡住强光，他斜倚着瑶厢神色悠闲，然后，握拢马缰缓缓驱车前行，顺便回过头来对隐士说道：“太初真人，乃是天的根本所在，他气志专一，万物借

物以存，退不见后，进不睹先，发西北而造制，启东南以为门，微道而以德久娱乐，跨天地而处尊。夫然成吾体也，是以不避物而处，所睹则宁；不以物为累，所逌则成；彷徉足以舒其意，浮腾足以逞其情[6]。故至人无宅，天地为客；至人无主，天地为所；至人无事，天地为故；无是非之别，无善恶之异，故天下被其泽而万物所以炽也[7]。若夫恶彼而好我，自是而非人，忿激以争求，贵志而贱身，伊禽生而兽死，尚何显而获荣。悲夫！子之用心也！薄安利以忘生，要求名以丧体，诚与彼其无诡，何枯槁而逌死[8]。子之所好何足言哉！吾将去子矣。”乃扬眉而荡目，振袖而抚裳，令缓辔而纵策，遂风起而云翔。彼人者瞻之而垂泣，自痛其志，衣草木之皮，伏于岩石之下，惧不终夕而死[9]。

此而生存；前无古人，后无来者，唯有他一人在西北开始了创造鸿蒙的大业，又在东南方开启了门户；他终日与道、德相娱乐，和天地并肩而处尊位。这样便形成了我的躯体，因此，不必避开外物独处，所看到的全都安宁祥和；也不用把外物看成一种累赘，自然而然地事事成功。终日徘徊游荡足以让自己心满意足，腾跃飞升使情志畅快。故而，至人没有定所，客居于天地之间；至人无主，以天地为寄托；至人无所用心，以天地为事；他从不把是非、善恶对立起来，区别对待，所以天下人都能享受到他赐予的恩泽，万物于是生长繁茂。像那些恶彼好我、自是非人，乃至愤愤不平以求取名利、以志向为贵、以身躯为贱如禽兽般或生或死的勾当，又怎能显达而获得无上荣光呢？你的用心实在可悲啊！为了竞逐名利不惜舍弃生命，这和你鄙视的那些没什么两样，又何必默然死去呢？你所好尚的一切不值一提，我就要离你而去了。”于是，扬一扬眉毛，眨一眨眼睛，举起宽大的袍袖，抚平身上的衣裳，缓缓地驱动车马，而后挥动着鞭子，借着风力乘云而翔，渐渐远去了。只留下那位隐士站在原地，呆呆地瞻望着，垂泪不已；他痛悼自己的志向，身上覆盖着草木，匍匐于岩石之下，恐惧战栗，在天亮之前就死去了。

注释

1 **逌**:《玉篇》:“气行貌。” **有宗**:即宗,“有”为助词,多置于名词、形容词之前,用以加长音节,无实际意义。宗,周时国名,其地在今安徽省庐江县境。 **野**:原野,郊原。 **均志同行**:志相均、行相同,犹言志同道合。 **舒**:舒展,舒张。 **末枝遗叶**:谓根本(“上古质朴淳厚之德”)已亡,仅存残枝败叶而已。

2 **辜**:罪。 **殒**:死亡。 **去**:离开。 **俦**:同类。

3 **安期**:见《清思赋》注。 **蓬山**:即蓬莱山。 **甪(lù)里**:汉初隐士,为商山四皓之一,参见五言咏怀其四十二诗注。 **丹水**:源于陕西商洛市冢岭山,东经河南省,注入均水。 **鲍焦**:古之廉士,据说为周末人。耕田而食,穿井而饮,非妻所织不服,子贡讥之曰:“污时君不食其禄,恶其政不践其土。今子恶其君,处其土,食其蔬,何志行之相违乎?”鲍焦于是抱木而死。 **枯槁**:枯萎,干竭。 **莱维**:其人不详。刘向《列女传·楚老莱妻》:春秋楚人老莱子隐耕于蒙山之南,楚王亲至其门恭请出仕,老莱子妻曰:“可食以酒肉者,可随以鞭捶;可授以官禄者,可随以铁钺(刑戮之具)。今先生食人酒肉,受人官禄,为人所制也。能免于患乎?”于是夫妻离去,迁至江南。仅供参考。

4 **抗志**:坚持一贯的志向,不动摇,不屈服。 **好合者**:谓志趣相投者。 **齐颜**:谓同一副面孔。 **夫子**:隐士对大人先生的尊称。

5 **舒**:舒张,伸展。 **虹霓**:据说虹有雌雄之别,色泽鲜盛者为雄,雄曰“虹”,色泽暗淡者为雌,雌曰“蜺”,亦作“霓”。 **蕃**:通“藩”,屏障,此处用作动词,遮挡。 **雪盖**:雪制的车盖,意谓高洁、一尘不染。 **瑶厢**:以美玉做的车厢。 **总**:汇集,聚合。 **辔**:马缰。

6 **退不见后,进不睹先**:犹“前不见古人,后不见来者”之意。 **逌**:古“由”字。 **彷徉**:徘徊游荡。

7 **宅**:定所。 **被**:覆被。 **炽**:盛。

8 **自是**:以自己为是。 **非人**:以他人为非。 **伊**:发语词,无义。 **薄**:通“泊”,停止。 **诡**:异。 **逌**:助词,所,同“攸”。

9 **荡**:动,转动。 **振**:举。 **策**:马鞭。 **彼人**:指上文的隐士。 **惧**:谓惊惶失措、神不守舍。

原文

先生过神宫而息，漱吴泉而行，回乎逌而游览焉[1]。见薪于阜者，叹曰："汝将焉以是终乎哉？"薪者曰："是终我乎，不以是终我乎，且圣人无怀，何其哀？夫盛衰变化，常不于兹，藏器于身，伏以俟时[2]。孙刖足以擒庞[3]，睢折胁而得位[4]，百里困而相嬴[5]，牙既老而弼周，既颠倒而后收[6]。秦破六国，并兼其地，夷灭诸侯，南面称帝，姱盛色，崇靡丽，凿南山以为阙，表东海以为门，辟万室而不绝，图无穷而永存，美宫室而盛帷帟，击钟鼓而扬其章，广苑囿而深池沼，兴渭北逮咸阳，巃木曾未及成林，而荆棘已丛乎阿房[7]。时代存而迭处，故先得而后亡，山东之

译文

先生经过神宫的时候稍微歇息了一阵，然后含漱着清冽的吴泉水继续前行，驾着车四处游览。他看见土山上有位采薪者，叹息道："你就打算以此了却一生吗？"采薪者回答说："究竟是否以此终了一生，这完全取决于我。况且无论什么，圣人都不会放在心上，您又何必为此哀叹呢？世间一切都有盛有衰，变化无常，只要有才能，何妨暂时隐匿等待时机呢？孙膑为报刖足之仇，终于打败了庞统；范雎在魏国被打折了肋骨，却在秦地封为应侯；百里奚困顿为奴，最后竟成为秦国的卿相；姜尚年纪老大，尚能辅佐文王；他们不都是始于穷困而终于显达的吗？秦消灭六国，兼并了各国的土地，夷灭诸侯，南面称帝，穷奢极欲，声色盛极一时，开凿南山以为宫阙，立石东海以为门户的标记，宫室成千上万，连绵不绝，一心只想着能够永远存在下去，修筑了无数华丽的宫殿，谱写了许多歌功颂德的乐章，拓宽苑囿，深挖池沼，把渭北和咸阳连成了一片，可是，欐木尚未成林啊，阿房宫已化作了废墟，荆棘丛生。时代一代代向前推进，先得到天下者终归会灭亡，于是山东一带的徒虏风起云涌，各自称王。由

徒虏遂起而王天下。由此视之，穷达讵可知耶[8]？且圣人以道德为心，不以富贵为志，以无为为用，不以人物为事，尊显不加重，贫贱不自轻，失不自以为辱，得不自以为荣。木根挺而枝远，叶繁茂而华零，无穷之死犹一朝之生，身之多少，又何足营[9]？”因叹而歌曰：“日没不周西，月出丹渊中。阳精蔽不见，阴光代为雄。亭亭在须臾，厌厌将复东。离合云雾兮，往来如飘风。富贵俯仰间，贫贱何必终。留侯起亡虏，威武赫荒夷；召平封东陵，一旦为布衣。枝叶托根柢，死生同盛衰。得志从命升，失势与时隤。寒暑代征迈，变化更相推。祸福无常主，何忧身无

此看来，困窘与显达又安能测知？况且圣人以道德为本心，视富贵如草芥；以无为为治，不拿人和物来烦扰自己；即便地位尊显，也不以为意；身份贫贱，却从不轻视自己；不把失败看作耻辱，不以获得作为光荣。如果树木的根本顽强坚挺，枝干便蓬勃伸展，一旦树叶过于繁茂，花朵就会因为缺少养分而枯萎凋零。既然无穷无尽的死亡与短短一瞬的生存一样，那么，又何必对琐屑之事斤斤计较呢？”于是感慨万千地唱道：“日头从不周山西麓落下去了，月儿自丹渊的碧波中冉冉升起。阳光伴着白昼的结束而消失，夜里仅余下月光这唯一的光亮。太阳当空高照时的辉煌毕竟只有一瞬，更多的时候则是在渐渐微弱黯淡的颓势中等待着东山再起。日月在苍茫的云雾中骤离骤合，运行如风。人生一世，富贵如烟云聚散，转眼即空；贫穷与卑微只是一时，终有拨云见日的时候。你看张良一度因为是逃犯而四处流亡藏匿，结果却拜将封侯，威名远震。邵平在秦朝被封为东陵侯，气势煊赫，突然间一无所有，沦为一介平民。繁茂的枝叶与泥土中的根系虽然相去悬远，却休戚相关，生死与共。得志或失势完全取决于个人的命运，要么平步青云，要么一落千丈。试问谁能拦阻？寒暑交替往复，在和谐生化的过程中，新生命催促、推拥着旧的前行。灾祸与福禄原本就没有定数，何必担忧此身会没有归宿？从这里看开去，那

归？推兹由斯理，负薪又何哀！”先生闻之，笑曰：“虽不及大，庶免小矣。”乃歌曰：“天地解兮六合开，星辰霄兮日月隤，我腾而上将何怀！

么，负薪生涯又有什么值得悲哀的呢？”先生听过之后，微笑着说道：“你所说的道理虽然还算不上‘大’，可也免于一般的小家子气了。”于是唱道：“天地分解啊，六合崩裂；星辰坠落啊，日月倾颓；我纵身腾跃，置身苍穹，心中会有何怀想？

注释

1 **息**：歇止，休息。 **漱**：含漱。 **吴泉**：不详。

2 **薪**：此处作动词，采薪、伐木。 **皐**：土山。 **以是终乎哉**：谓以此了却一生吗？ **圣人无怀，何其哀**：圣人无所容于心，故而不喜也不忧。 **常不于兹**：不停留于此。 **器**：能。 **伏**：隐匿。 **俟**：待。

3 **孙刖**(yuè)**足以擒庞**：《史记·孙子吴起列传》：“孙膑尝与庞涓俱学兵法。庞涓既事魏，得为惠王将军，而自以为能不及孙膑，乃阴使召孙膑。膑至，庞涓恐其贤于己，疾之，则以法刑断其两足而黥之，欲隐勿见。齐使者如梁，孙膑以刑徒阴见，说齐使。齐使以为奇，窃载与之齐，齐将田忌善而客待之。……于是忌进孙子于威王，威王问兵法，遂以为师。……后十三岁，魏与赵攻韩，韩告急于齐，齐使田忌将而往，直走大梁。魏将庞涓闻之，去韩而归，……孙子度其行，暮当至马陵。马陵道狭，而旁多阻隘，可伏兵……齐军万弩俱发，魏军大乱相失。庞涓自知智穷兵败，乃自刭，曰：‘遂成竖子之名。’齐因乘胜尽破其军，虏魏太子申以归。”刖，砍、断，古代砍掉脚的酷刑叫“跀”，也作“刖”。

4 **雎**(jū)**折胁而得位**：《史记·范雎蔡泽列传》：“范雎者，魏人也，字叔。游说诸侯。欲事魏王，家贫无以自资，乃先事魏中大夫须贾。须贾为魏昭王使于齐，范雎从，留数月，未得报。齐襄王闻雎辩口，乃使人赐雎金十斤及牛酒，雎辞谢不敢受。须贾知之，大怒，以为雎持魏国阴事告齐，故得此馈。……既归，心怒雎，以告魏相，……，使舍人笞击雎，折胁摺齿……秦昭王使谒者王稽于魏，……王稽辞魏去，过载范雎入秦。……（秦昭王）乃拜范雎为客卿，谋兵事，卒听范雎谋，……秦王乃拜范雎为相，……秦封范雎以应，号为应侯。”

5 **百里困而相嬴**：《史记·秦本纪》：“舜赐姓嬴氏。……晋献公灭虞、虢，虏虞君与其大夫百里奚，……既虏百里奚，以为秦缪公夫人媵（陪嫁的人）于秦。百里奚亡秦走宛，楚鄙人执之。缪公闻百里奚贤，欲重赎之，恐楚人不与，乃使人谓楚曰：‘吾媵臣百里奚在焉，请以五羖羊皮赎之。’楚人遂许与之。当是时，百里奚年已七十余。缪公释其囚，与语国事……语三日，缪公大说，授之国政，号曰五羖大夫。”

6 **牙既老而弼周**：《史记·齐太公世家》：“本姓姜氏，从其封姓，故曰吕尚。吕尚盖尝穷困。年老矣，以鱼钓奸周西伯……（西伯）载与俱归，立为师。”吕尚，姓姜，名尚，字牙。弼，辅弼，辅佐。 **既颠倒而后收**：谓先穷困后显达。收，振。

7 **夷灭**：削除，消灭。 **夸**（kuā）：美，好。 **靡**（mǐ）**丽**：谓奢华。 **南山**：指终南山。 **阙**（què）：宫阙，楼观。 **帟**（yì）：小帐幕，座上承尘的帐子。**苑囿**：畜养禽兽的圈地。 **逮**：至，达。 **巃**：疑当作“欐”。木名。 **阿房**（ē páng）：秦宫殿名，故址在今陕西省西安市长安区。《史记·秦始皇本纪》：“于是始皇以为咸阳人多，先王之宫廷小，‘吾闻周文王都丰，武王都镐，丰镐之间，帝王之都也’。乃营作朝宫渭南上林苑中。先作前殿阿房，东西五百步，南北五十丈，上可以坐万人，下可以建五丈旗，周驰为阁道，自殿下直抵南山，表南山之巅以为阙，为复道，自阿房渡渭，属之咸阳。……于是立石东海上朐界中，以为秦东门。……于是始皇曰：‘吾慕真人。’自谓‘真人’，不称‘朕’。乃令咸阳之旁二百里内，宫观二百七十，复道甬道相连，帷帐、钟鼓、美人充之。”

8 **代存**：相代而存。 **迭处**：更迭而处。**山东之徒虏遂起而王天下**：贾谊《过秦论》：“然陈涉瓮牖绳枢之子，氓隶之人，而迁徙之徒也，……率疲弊之卒，将数百之众，转而攻秦，斩木为兵，揭竿为旗，天下云集响应，嬴粮而景从。山东豪俊遂并起而亡秦族矣。”《史记·陈涉世家》：“陈涉乃立为王，号为张楚，……武臣到邯郸，自立为赵王，……（韩广）乃自立为燕王，……陈王乃立宁陵君咎为魏王，……项梁立怀王孙心为楚王。”王（wàng），文中作动词，称王。 **讵**（jù）：副词，岂、安。

9 **华**:同“花”。 **营**:算计,计较。

10 **霄**:一本作“霣”,通“陨”。这两首诗已列于四言咏怀诗后,注释已详,此处不再赘述。只有个别字句略为不同,如:诗中“奄奄”,此处作“厌厌”,意思都是气息微弱的样子。另:此处“大人先生歌”较诗多出三句,据其辞意,则显然和下文文意相连,不在歌辞之内,因此把它归属到下一段。

原文

“衣弗袭而服美,佩弗饰而自章,上下徘徊兮谁识吾常。遂去而遐浮,肆云轝,兴气盖,徜徉回翔兮漭瀁之外。建长星以为旗兮,击雷霆之磏礚,开不周而出车兮,步九野之夷泰[1]。坐中州而一顾兮,望崇山而回迈,端余节而飞旍兮,纵心虑乎荒裔[2]。释前者而弗修兮,驰蒙[3]间而远迈,弃世务之众为兮,何细事之足赖。虚形体而轻举兮,精微妙而神丰。命夷羿使宽日兮,召忻来使缓风。攀扶桑之长枝兮,登扶摇之隆崇[4]。跃潜飘之冥昧兮,

译文

“衣衫不整却端庄秀丽,没有佩戴之物的装扮也能光彩炫目,我上下徘徊良久,可是又有谁能了解我的‘常道’呢?还是抽身离去、远游他方吧,驾着云车,张开气盖,我将徜徉回翔于天地之外。将彗星连缀成旗帜,撞击雷霆发出巨大的轰鸣,开凿不周山,为我的车马辟出一条道路,再徐徐登上平坦辽阔的九野。置身于神州大地回头反顾,眺望那迂回绵延的崇山峻岭,符节端正,旗帜飞扬,任凭我的思绪驰骋纵横。我摆脱前者不再理睬,驱驰在女萝间渐渐远行,我将抛开人人关注的世务,把这些琐碎无聊的事情统统抛诸脑后。我将保持形体的空虚以轻举,保持精神的微妙使之日渐丰盈。命令后羿射掉九个太阳,让风伯飞廉送来阵阵凉意。攀上扶桑树高高的枝干,登上扶摇木挺拔的树巅。纵身一跃,潜入昏昧晦暗的旋风中,再沐浴于灿烂明媚的阳光里。抛弃那些破旧的衣裳,腾云驾雾

洗光曜之昭明。遗衣裳而弗服兮,服云气而遂行[5]。朝造驾乎汤谷兮,夕息马乎长泉,时晻暧而易气兮,辉若华以照冥[6]。左朱阳以举麾兮,右玄阴以建旗,变容饰而改度,遂腾窃以修正[7]。

继续远行。清早从太阳升起的汤谷边起程,黄昏时歇马于长泉之畔,此时晻暧山上暮霭渐渐聚拢,夕阳的余晖无比绚烂地照耀着,夜幕缓缓降临。我左手高举太阳示意,右手托着月亮作为旗帜,我变换了容貌和服饰,同时也改变了法度,在升腾中始终遵行正道。

注释

1 **袭:**服,穿。 **章:**指光彩焕然。 **常:**谓常道。 **遐浮:**犹远游;浮,指乘云气而行。 **盖:**车盖。 **徜徉:**徘徊,来回地走。 **翔:**回飞。 **漭瀁:**广大貌,文中借指天地。 **长星:**彗星。 **磏磕**(kāng kē)**:**象声词,形容声响很大。 **不周:**见《采薪者歌》注。 **九野:**《吕氏春秋·有始》谓天有九野:中央曰钧天,东方曰苍天,东北曰变天,北方曰玄天,西北曰幽天,西方曰颢天,西南曰朱天,南方曰炎天,东南曰阳天。 **夷:**平。 **泰:**极大。

2 **中州:**指中国。 **回:**迂回难行。 **余:**末。 **节:**符节,通常为使臣执持示信之物。 **旃**(zhān)**:**指赤色曲柄的旗。 **荒裔:**边远之地。荒,边远、远方;裔,边远的地方。

3 **蒙:**草名,女萝的别称。

4 **丰:**盈,满。 **夷羿:**此处即后羿。为上古夷族的首领,善射。《楚辞·天问》注:"尧命羿仰射十日,中其九日,日中九乌皆死,堕其羽翼,故留其一日也。" **宽:**舒缓,缓解。 **忻来:**未详,疑为飞廉(风神)。 **扶桑:**见五言咏怀其二十五诗注。 **扶摇:**神话传说中的神木,据说生于东海之中。 **隆崇:**极言其高。隆,高;崇,高。

5 **飘:**旋风。 **冥昧:**晦暗昏昧。 **洗:**沐浴,笼罩。 **光曜:**闪烁耀目的光芒。 **遗:**留下,弃。 **服:**乘,驾。

6 **造驾:**起程。 **汤谷:**即"旸谷",日出之处。 **长泉:**指悲泉,传说中的水名。《淮南子·天文训》:"(日)至于悲泉,爰止其女,爰息其马,是谓悬车。” **崦嵫：**山名，神话传说中的日入之处，山在甘肃天水西。 **辉若华以照冥：**这是指若木的光华照耀着幽暗处。若木，神话中谓生长在日入处的一种树木。《淮南子·地形训》：“若木在建木西，末有十日，其华照下地。”注：“若木端有十日，状如莲华，华犹光也，光照其下也。”

7 **朱阳：**火红的太阳。 **麾：**旌旗之属，用以指挥。 **玄阴：**此处指月亮。 **腾：**升，上。 **修正：**遵行正道。正，一本作“征”。

原文

“阴阳更而代迈，四时奔而相逌。惟仙化之倏忽兮，心不乐乎久留。惊风奋而遗乐兮，虽云起而忘忧。忽电消而神逌兮，历寥廓而遐游[1]。佩日月以舒光兮，登徜徉而上浮。压前进于彼逌兮，将步足乎虚州。扫紫宫而陈席兮，坐帝室而忽会酬。萃众音而奏乐兮，声惊渺而悠悠。五帝舞而再属兮，六神歌而伐周[2]。乐啾啾肃肃，洞心达神，超遥遥茫茫，心往而忘反，虑大而志矜[3]。粤大人微而弗复兮，扬云气而上陈。召大幽之玉女兮，接上王之美人。体云气之逌畅兮，服太清之淑真。合

译文

“阴阳交替着迈进，春、夏、秋、冬四季紧紧相随。变迁与转化是如此迅疾，我的心不愿久留于此地。狂风呼啸，我把欢乐寄存在这里，看云气升腾顿时忘却了所有的烦忧。忽然间，闪电划破长空，于是我的神思又开始向着那广袤的天宇进发。我以日月为佩，浑身闪耀着精光，安闲自在地向更高处漫游，一步步走上了虚州。把紫宫清扫一遍，摆好席位，端坐在帝室中与众人酬酢应答，听音乐缓缓演奏，乐声清越悠扬，五帝之乐舞一曲连着一曲，六神的歌唱纷纷赞颂着周的功德。在舒缓轻柔的音乐声中，内心洞彻，精神通透，悠悠忽忽地，我的心随乐声而去不思回还，思绪和心志都从中获得了一次完满的体验。大人将隐行，一去不返，高高地扬起云气向上陈述，召来大幽的玉女，请下上王的美人，身体如云气般舒展流畅，穿着清湛纯净的太清元气做成的衣裳，情意

欢情而微授兮，光艳溢其若神，华姿烨以俱发兮，采色焕其并振，倾玄髦而垂鬓兮，曜红颜而自新[4]。

欢洽不比寻常，光华艳丽流溢宛若神人，姿态如花儿开放般娇美，缤纷的色彩令人眼花缭乱，乌黑的秀发挽成一个偏侧的发髻，红润的面容时时焕发出崭新的光彩。

注释

1 **迈**：往，进。 **四时**：指春、夏、秋、冬四季。 **遒**：迫。 **仙**：迁。仙化，犹变迁、变化。 **倏忽**：疾速，迅捷。 **奋**：扬。 **寥廓**：旷远，广阔。

2 **压**：合。 **虚州**：空虚之地。 **紫宫**：星座名，古代天文学家分天体恒星为三垣，中垣有紫微十五星，亦称紫宫。 **陈**：陈列。 **萃**：聚。 **五帝舞**：《汉书·礼乐志》："昔黄帝作咸池，颛顼作六茎，帝喾作五英，尧作大章，舜作招。" **属**：连。 **六神歌**：《周礼·春官·大司乐》："乃奏黄钟，歌大吕，舞云门，以祀天神；乃奏太蔟，歌应钟，舞咸池，以祭地祇（地神）；乃奏姑洗，歌南吕，舞大磬，以祀四望；乃奏蕤宾，歌函钟，舞大夏，以祭山川；乃奏夷则，歌小吕，舞大濩，以享先妣；乃奏无射，歌夹钟，舞大武，以享先祖。" **伐**：此处指赞颂功德。

3 **啾啾肃肃**：均为象声词，此处都用以比拟乐声。 **洞**：通透。 **遥遥茫茫**：辽远，旷远。 **矜**：高。

4 **粤**：助词，此处用于句首，通"曰"。 **微**：隐行。 **幽**：深微。 **玉女**：神女。 **上王**：上界之王。 **体**：领会，体会。 **逌畅**：流畅。 **太清**：三清之一。《淮南子·道应训》注："太清，元气之清者也，无穷，无形也。" **淑真**：清湛纯净。 **烨**：盛。 **发**：盛开。 **焕**：光亮，鲜明。 **玄髦**：黑发。

原文

"时暧晻而将逝兮，风飘飖而振衣，云气解而雾离兮，霭奔散而永归。心惝恍而遥思兮，眇回目而弗晞[1]。扬清风以为旃兮，

译文

"天色渐渐昏暗，白日即将消逝，晚风习习吹拂着衣襟，看天上云卷云舒，飘散之后重又聚合，内心空空荡荡，怅然若失，眯缝着眼睛转身回望，结果什么也没看到。就以那飘扬的清风为旗，迅速地掉转

翼旋轸而反衍[2]。腾炎阳而出疆兮，命祝融而使遣。驱玄冥以摄坚兮，蓐收秉而先戈，勾芒奉毂，浮惊朝霞[3]。寥廓茫茫而靡都兮，邈无俦而独立。倚瑶厢而一顾兮，哀下土之憔悴。分是非以为行兮，又何足与比类。霓旌飘兮云旂霭，乐游兮出天外[4]。”

车头飞奔回去。让烈日腾空，越出平常的轨道，命令火神祝融整装待发，驱使着玄冥前去攻坚，蓐收持戈侧立一旁，春神勾芒急急地赶着车，浩浩荡荡的队伍向着朝霞进发。天空苍茫辽阔，无边无际，在这广大的空间里只有我一个人巍然屹立，没有一个可以相依的朋伴。我倚靠着瑶厢向下张望，可叹大地上的生灵憔悴萎靡。那些死板得一定要分出是非的人们，我是不会与他们为伍的。云霓之旗随风飘扬，我将继续这快乐的行程，驶向天外。”

注释

1 **暧曃**(ài dài)**:**昏暗不明貌。 **霭:**云气。 **惝**(chǎng)**恍:**失意貌。 **眇**(miǎo)**:**细小。 **睎:**望。

2 **旟**(yú)**:**绘有鸟隼图像的旗，此处泛指一般的旗帜。 **翼:**文中作动词用，飞。 **旋轸**(zhěn)**:**即回车。轸，本指车厢底部后面的横木，后用以代指车。**反:**返。 **衍:**行。

3 **炎阳:**烈日。 **出疆:**本指越出疆界，前往他国。文中指越出平常的轨道。**祝融:**本指高辛氏火正，传说他死后为火神，同时也是夏神和南方之神。**玄冥:**指水神，同时又是冬神和北方之神。 **摄:**通“蹑”，踏、蹈。 **坚:**指冰。 **蓐**(rù)**收:**指秋神和西方之神，对应的是金。 **秉:**执，持。 **戈:**一种古兵器。 **勾芒:**春神和东方之神，对应着木。 **毂**(gǔ)**:**本指车轮中间车轴贯入的圆木，代指车。

4 **都:**居。 **邈:**久远，渺茫。 **下土:**指大地，与“上天”相对。 **比:**并，相近，相连。 **旌、旂**(qí)**:**都是旗的通称。

原文

大人先生被发飞鬓，衣方

译文

大人先生披散着头发，穿着乱蓬

离之衣，绕绂阳之带，含奇芝，嚼甘华，噏浮雾，餐霄霞，兴朝云，扬春风，奋乎太极之东，游乎昆仑之西，遗辔隤策，流盼乎唐虞之都，惘然而思，怅尔若忘，慨然而叹曰[1]："呜乎！时不若岁，岁不若天，天不若道，道不若神。神者，自然之根也。彼勾勾者自以为贵夫世矣，而恶知夫世之贱乎兹哉！故与世争贵，贵不足尊；与世争富，富不足先。必超世而绝群，遗俗而独往，登乎太始之前，览乎沕漠之初，虑周流于无外，志浩荡而自舒，飘飖于四运，翻翱翔乎八隅[2]。欲纵而仿佛，洸瀁而靡拘，细行不足以为毁，圣贤不足以为誉，变化移易，与神明扶。廓无外以为宅，周宇宙以为庐，强八维而处安，据制物以永居：夫如是则可谓富贵矣[3]。是故不与尧舜齐德，不与汤武并功；王许不足以为匹，阳丘岂能与比踪；天地且不能越其寿，广成子曾

蓬的衣裳，腰间缠着一根色彩亮丽的丝带，口含奇异的灵芝，咀嚼芬芳的花朵，吸食雾气，吞吃云霞，让朝云升起，使春风吹拂，他忽而高飞到太极之东，忽而又在昆仑以西的地域游历，马缰和马鞭都遗弃一旁，沉思着仿佛失落了什么，又好似忘记了什么，感慨万千地叹道："呜呼！季不如年，年不如天，天不如道，道不如神。神，乃是自然的根本所在。那些鬼鬼祟祟自以为显贵于世的人们，又怎会知道这正是世人所鄙夷的呢？因此，万万不可与世人竞逐富贵。而要远离人群，超然物外，忘却尘俗，独自一人出游，去到那太始之前的洪荒时代，周览世界最初的状态，让思绪和心志自由飘摇，在四时的运行中逍遥自在，在天地八方之间往返遨游。放纵自己的欲望，任由它膨胀，不必加以限制，因为小事小节不足以毁谤，圣贤之德也不足以称誉，一切都处于不断变化的过程之中，全都与神明相依为伴。笼括无外作为屋宇，包容宇宙以为房屋，再辅以八维、制物，使房屋进一步牢固坚实，唯有这样才算是真正的富贵了。所以，不必和尧舜齐德，不用跟汤武比功；王倪、许由这样的高士对他来说算不得什么，即便老子、孔子之类的圣人都无法

何足与并容[4]。激八风以扬声，蹑元吉之高踪；被九天以开除兮，来云气以驭飞龙，专上下以制统兮，殊古今而靡同；夫世之名利胡足以累之哉！故提齐而踧楚，掣赵而蹈秦，不满一朝而天下无人，东西南北莫之与邻[5]。悲夫！子之修饰，以余观之，将焉存乎？"

企及。就连天地也不如他长寿，那么，广成子又怎能与他并肩而立呢？他鼓动着八方之风以扬声，每一步都大吉大利，合乎大道；他分开九天，唤来云气，然后乘着飞龙上天入地，驾驭统领，运筹帷幄。世间的名利岂能妨害于他呢？因此，他能在提挈齐赵的同时，脚踢秦楚，东南西北，每一个方位都在他的掌握之中，不到一天的短短时间里，世上已无人存在了，而他还是依然如故。可悲啊！在我看来，你的那些修饰马上就会荡然无存。"

注释

1 **方离**：犹蒙茏，本指草木茂密的样子，文中形容衣服乱而蓬松。 **绂**(fú)：丝带。 **阳**：鲜明。 **噏**：吸。 **餐**：吃。 **奋**：奋飞，高飞。**唐虞之都**：本指尧的都城平阳，舜的都城蒲坂，此处是虚指。 **惘然**：失意貌，不知所以。

2 **时不若岁，岁不若天**：就存在的长短而言。时，指一季。岁，指一年。**勾**：弯曲。 **恶**(wū)：疑问代词，怎、如何。 **太始**：《列子·天瑞》："太始者，形之始也。"指形成物质的原始状态。 **沕**(wù)**漠**：深微貌。 **四运**：四时运行。 **翻**：飞。 **八隅**：八方。

3 **仿佛**：相似。**洸瀁**(huàng yàng)：浩大。**拘**：限制。**细行**：小事小节。**扶**：相扶，相持。 **廓**：动词，开拓。 **周**：动词，环绕、包围。 **庐**：房屋。 **八维**：天地的极限，犹八极。

4 **王许**：指王倪和许由。王倪，为尧时的贤人。许由，上古高士，隐于箕山，相传尧让之以天下，不受，遁耕于箕山之下，尧又召之为九州长，许由不欲闻之，洗耳于颍水之滨。 **阳丘**：指老子(或阳子居)和孔子。老子，姓李，名耳，字伯阳。《庄子·寓言》："阳子居南之沛，老聃西游于秦，邀于郊，至于梁而遇老子。”孔子，名丘，字仲尼。 **广成子：**见《达庄论》注。

5 **八风：**见《乐论》注。 **元吉：**大福，大吉利。 **统：**统领。 **蹴(cù)：**通“蹴”，踩、踏。 **挈(qiè)：**悬持，提起。

原文

于兹先生乃去之纷泱，莽軮沕洋，流衍溢历，度重渊，跨青天，顾而逌览焉[1]。则有逍遥以永年，无存忽合，散而上臻霍。分离荡，瀁瀁洋洋，飙涌云浮，达于摇光，直驰骛乎太初之中，而休息乎无为之宫[2]。太初何如？无后无先，莫究其极，谁识其根。邈渺绵绵，乃反复乎大道之所存，莫畅其究，谁晓其根。辟九灵而求索，曾何足以自隆[3]。登其万天而通观，浴大始之和风。灖逍遥以远逌，遵大路之无穷。遗太乙而弗使，陵天地而径行[4]。超鸿蒙而远迹，左荡莽而无涯，右幽悠而无方，上遥听而无声，下修视而无章，施无有而宅神，永太清乎敖翔[5]。

译文

于是，先生便去向那深微广大、浩瀚无边的无穷之境，渡过了深渊，跨越了青天，而后回过头来细细观览，接下来便逍遥以永生，看云气骤离骤合，飘忽无定，浩浩荡荡，奔涌翻腾，先生纵身一跃，直上摇光，随即迅疾地奔入了太初之中，在无为宫中安心休息，无忧无虑。太初是怎样的呢？它不存在先后次序，也无法探究它的极限在哪里，没有人知道它的根本所在。它杳远而漫长，能够回复到大道所在的地方，却无人知晓它的究竟与根柢。他开辟九灵来求索，却不以此自大；他登上万天纵览，沐浴在太始之初的和风之中。他悠闲自得地远游，沿着大路而行，似乎没有止境。他留下太一不予役使，独自一人凌越于天地之上，径直地走了。他远超鸿蒙，舍弃一切尘迹，左面是浩大无边，右边是悠远无极，向上听不到一丝声响，往下看不见一线光明，他就在这无有之乡落脚扎营，徜徉于太清之中长久地遨游、飞翔。

注释

1 **纷泱**:弘大而深广貌。**莽軏沕洋**:广大弥漫,无边无际。軏,疑当作“轧”。**流衍溢历**:广布充溢。

2 **永年**:长寿,永生。**臻**:至,聚。**霍**:迅疾。**瀁瀁**:无边无际。**洋洋**:广远无涯貌。**飙**:暴风。**摇光**:星名,北斗的第七星,也作瑶光、招遥。**驰骛**:奔走。

3 **究**:穷尽。**根**:始。**邈渺**:杳远。**绵绵**:漫长而不绝的样子。**反复**:返回。**畅**:达。**究**:极。**辟**:开辟。**九灵**:不详,或指九天之灵。**隆**:此处含义比较丰富,兼有高、盛多、丰厚、尊崇诸义。

4 **万天**:不详。**通观**:即纵观、四面瞭望。**大始**:即太始。**漂**:《集韵》:“漂,或作剽。”**太乙**:同“太一”。《礼记·礼运》疏:“太一者,谓天地未分,混沌之元气也。”**陵**:历。**径**:笔直。

5 **鸿蒙**:天地未分之前的混沌状态。一说东方之野,谓日出之处。**荡莽**:广大。**涯**:水边。**幽悠**:远。**无方**:没有极限。**修**:长久。**施**:着,落。**宅**:寄托。**敖翔**:遨游,飞翔。

原文

崔巍高山勃玄云,朔风横厉白云纷,积水若凌寒伤人。阴阳失位日月陨,地坼石裂林木摧,火冷阳凝寒伤怀[1]。阳和微弱隆阴竭,海冻不流绵絮折,呼吸不通寒伤裂。气并代动变如神,寒倡热随害伤人,熙与真人怀太清。精

译文

高峻的大山被乌云重重围裹着,看不见往日的雄姿,凛冽的北风横扫过旷野,白雪纷纷飘落,积水凝结为冰凌,寒冷刺骨。天地间阴阳颠倒了位置,因此日月倾颓,地裂山崩,树木摧折,阳气越发退缩收敛,寒意袭人。春日里阳和之气开始萌动,这时候阴气也越过了盛极一时的顶点,慢慢走向衰竭,海水凝冻不流,绵絮败坏零乱,就连呼吸也觉得不很顺畅。各种气体交汇在一起,变幻莫测;寒气涌动,热气相随,寒热不调和,就会伤害身体;唯有真人才能秉持太清,平和安泰。他精神专一,意念平

神专一用意平，寒暑勿伤莫不惊，忧患靡由素气宁。浮雾凌天恣所经，往来微妙路无倾，好乐非世又何争，人且皆死我独生[2]。

稳，寒暑之变根本无法伤害他；他从来不会无缘无故地忧患，时时保持着心境的安宁清静，即使是大雾弥漫的日子，他也能任性而行，不致迷失方向；既然他的好尚与世人迥异，那还有什么可争执的。人人都会死去，唯有真人是永生不死的。

注释

1 **勃：**排。 **玄云：**黑云。 **朔风：**北风。 **厉：**猛烈。 **凌：**积冰曰凌。 **隤：**下坠。 **摧：**折。

2 **阳和：**春天的暖气。 **绵絮：**指弹松的丝绵或棉花。 **并：**合。 **熙：**和洽。 **忧患靡由：**指无缘无故而生忧患。 **恣：**放纵，听任。 **好乐非世：**言己所好乐者与世人格格不入。 **且：**将要。

原文

真人游，驾八龙，曜日月，载云旗，徘徊逌，乐所之[1]。真人游，太阶夷，原□辟，天门开，雨蒙蒙，风飉飉，登黄山，出栖迟，江河清，洛无埃。云气消，真人来。真人来，惟乐哉！时世易，好乐隤。真人去，与天回。反未央，延年寿。独敖世，望我□，何时反。超漫漫，路日远[2]。

先生从此去矣，天下

译文

真人出游，驾着八条惊龙，日月闪耀，云旗飞舞，徘徊不定，不论去向何方心里都很欢喜。真人出游，太阶夷为坦途，天门敞开；风雨飘摇中，真人登临黄山，隐者纷纷走出自己的茅庐、洞穴，瞻望真人的风采，江河为之清澈，道路为之一尘不染。当云气消散的时候，真人就出现了；真人出现的时候，欢乐满怀。时世不断地变化移易，世俗的好乐渐渐衰颓，真人与天一道返回；一同回到未央，延年益寿，傲然独立，不知何时还能回来。前头的路还很遥远漫长。

先生从此离去了，无人知道他的行踪，因为他超越于天地之外，与浮明一道遨游，莫知其所终极，盖陵天地而与浮明遨游无始终，自然之至真也。鸜鹆不逾济，貉不渡汶，世之常人，亦由此矣。曾不通区域，又况四海之表，天地之外哉。若先生者，以天地为卵耳。如小物细人欲论其长短，议其是非，其不哀也哉[3]！

不知何时开始，也不知几时终结，他拥有自然的至真之道。八哥从不飞越济水，貉不会渡过汶河，这是由地气造成的。世间的普通人其实也是如此。他们未曾到过别的地方，更何况四海之外、天地之外呢！像先生，不过把天地看成一枚小小的鸡蛋而已。至于那些小人意欲讨论先生的是非、长短，这不是太可悲了么？

注释

1 **真人**：谓存养本性的得道之人。 **八龙**：谓八节之气，八节为立春、春分、立夏、夏至、立秋、秋分、立冬，冬至。 **逌**：《玉篇》："气行貌。"

2 **太阶**：同"泰阶"，即三台，上台、中台、下台共六星，两两并排而斜上，如阶梯状，故名。 **夷**：平。 **蒙蒙**：密布貌。 **颸**：此字不见于诸字书。 **栖迟**：游息，居住。 **洛**：一本作"路"。 **回**：回转。 **未央**：未尽，无穷。 **敖世**：傲世，高傲而轻视世人。 **踮**：同"跕"，足尖着地而行。 **漫漫**：长远无际貌。

3 **陵**：升，登上。 **浮明**：疑指云气，不详。 **鸜鹆**(qú yù)：即八哥。 **貉**(hé)：哺乳动物，似狸，锐头尖鼻，昼伏夜出。济、汶两条河均在今山东省境内。《周礼 · 冬官 · 考工记》："橘逾淮而北为枳，鸜鹆不逾济，貉逾汶则死，此地气然也。" **曾不通区域**：谓不曾到过其他地区。 **四海之表**：指四海之外。 **以天地为卵**：谓视天地甚小。 **细人**：小人。

赞

老子赞[1]

原文

阴阳不测，
变化无伦，
飘飖太素，
归虚反真[2]。

译文

阴阳难以预料，
变化不循常轨，
飘荡在天地之初的太素之中，
精神回归它的本真。

注释

1 **老子**：即老聃，姓李，名耳，字伯阳，春秋战国时楚国苦县（今河南鹿邑东）人。曾为周藏书室史官，相传撰著《老子》（又名《道德经》）五千言，主张自然无为。 **赞**：文体的一种。刘勰《文心雕龙·颂赞》："赞者，明也，助也。昔虞舜之祀，乐正重赞，盖唱发之辞也。及益赞于禹，伊陟赞于巫咸，并扬言以明事，嗟叹以助辞也。……约文以总录，颂体以论辞。……义兼美恶，亦犹颂之变耳。"

2 **伦**：常。 **太素**：古代指构成宇宙的元素。《列子·天瑞》："太素者，质之始也。" **归虚反真**：犹"返璞归真""反本归真"。《相和歌》："嗟来桑户乎！嗟来桑户乎！而（尔）已反其真而我犹为人，猗！"《列子·天瑞》："精神离形，各归其真，故谓之鬼。鬼，归也，归其真宅。"张湛注："真宅，太虚之境。"

谏

孔子诔[1]

原文

养徒三千，
升堂七十。[2]
潜神演思，
因史作书。[3]
考混元于无形，
本造化于太初。[4]

译文

孔子教养门徒三千，其中造诣精深者七十有余。他凝神默想，潜心于学问，根据史料编撰了种种典籍——删《诗》《书》，定《礼》《乐》，赞《周易》，修《春秋》。他徜徉于无形的空虚之境，考究混元的生成，又从太初之际揣摩造化的神奇微妙。

注释

1 **孔子**：公元前551年—前479年，名丘，字仲尼。春秋时鲁国陬邑（今山东曲阜）人。在鲁国曾担任乘田（管畜牧）、委吏（司会计）等小官，后因不满鲁国执政季桓子所为，离开鲁而周游列国，他的学说不为当时所用，六十八岁时返鲁。孔子开私家讲学之风气，据说他有弟子三千，贤人七十余。古文学家说他曾经删《诗》《书》，定《礼》《乐》，赞《周易》，修《春秋》。 **诔**(lěi)：一种用以哀悼死者的文体，即今之悼词。《周礼·春官·大祝》注："诔，谓积累生时德行以锡之命，主为其辞也。"《礼记·曾子问》："贱不诔贵，幼不诔长，礼也。"陆机《文赋》："碑披文以相质，诔缠绵而凄怆。"此文疑非全文。

2 **徒**：弟子，门徒。**升堂**：为"升堂入室"的省称，谓学问造诣精深。《史记·孔子世家》："孔子以诗、书、礼、乐教，弟子盖三千焉，身通六艺者七十有二人。”又《史记·仲尼弟子列传》:“孔子曰:‘受业身通者七十有七人。’”文中的“七十”乃是大概的说法。

3 **潜神:**谓凝神默想。 **演:**推衍,推广。 **因史作书:**《史记·孔子世家》:“孔子之时,周室微而礼乐废,诗书缺。追迹三代之礼,序书传,上纪唐虞之际,下至秦缪,编次其事。……故书传礼记自孔氏。……古者诗三千余篇,及至孔子,去其重,取可施于礼义,上采契、后稷,中述殷周之盛,至幽厉之缺。……三百五篇,孔子皆弦歌之,以求合韶、武、雅、颂之音,礼乐自此可得而述,以备王道,成六艺。……孔子晚而喜易,序彖、系、象、说卦、文言。……乃因史记作春秋,上至隐公,下讫哀公十四年,十二公,据鲁,亲周,故殷,运之三代,约其文辞而指博。”

4 **混元:**指万物形成之初的原始状态。班固《幽通赋》曹大家注:“浑,大也。元气运转也。” **造化:**指阴阳、天地、自然、道,此处兼而有之。 **太初:**见《大人先生传》注。

帖

搏赤猿帖[1]

原文

仆不想欻尔梦搏赤猿，其力甚于貔虎，良久反覆。[2]余乃观天、背地、睹穹，亦当不爽[3]。但仆之不达，安得不忧。吉乎？报我。凶乎？详告。三日，阮籍白繇君[4]。

译文

没承想我突然梦见与赤猿搏斗，它的力量远远超过了貔虎，我们相持了很长时间。我于是面天背地，仰视苍穹，并不觉得有什么差错。只是当时的无力，怎能令我不担忧。如果这个梦吉利的话，请马上通知我。倘若预示着凶险，也请详细地告诉我。三日，阮籍敬禀繇君。

注释

1 《搏赤猿帖》出自唐人李怀琳的《七贤帖》。梅鼎祚本注："七贤帖。米芾《书史》云：'(七贤帖)乃胄曹参军李怀琳伪作。'此帖比今刻石字多，乃怀琳所撰语。"帖，用简短言词写成的小柬，帖子。

2 **仆：**自称的谦辞。 **欻(xū)：**忽然。 **搏：**对打，相斗。 **貔(pí)：**猛兽，豹属。《释文》引《草木疏》云："似虎，或曰似熊，辽东人谓之白罴。" **良久：**很久。 **反覆：**重复，再三。

3 **爽：**差失。

4 **繇君：**人名，大约是当时善于占梦之人。

文

吊某公文[1]

原文

沈渐荼酷，仁义同违[2]。如何不吊，玉碎冰摧[3]。

译文

您一生受尽苦难的折磨，而今却离我们远去了，怎不叫人怀想、追念？

注释

1 **吊文：**文体的一种，用于追悼死者，表示感慨。吊，追悼、悼念。此文疑非全文。

2 **沈渐：**也作“沉潜”，浸润之意。沈，同“沉”，沉没。 **荼酷：**谓苦难深重。**违：**背离。

3 **玉碎冰摧：**比喻死，是一种隐讳、委婉的说法。

岳麓書社
读名著　选岳麓

古典名著普及文库

周易
尚书
诗经
礼记
左传
论语
大学·中庸
孟子
春秋繁露
国语
史记
汉书
吴越春秋
战国策
晏子春秋
贞观政要
资治通鉴
孔子家语
老子
庄子
列子
荀子
韩非子
鬼谷子
商君书
吕氏春秋
孙子兵法·孙膑兵法
山海经
黄帝内经
潜夫论
人物志
搜神记
世说新语
了凡四训
颜氏家训
近思录
传习录
明夷待访录
坛经·心经·金刚经
聊斋志异
阅微草堂笔记
子不语
浮生六记
幼学琼林
三字经·百家姓·千字文
增广贤文（附 弟子规·孝经）
楚辞
文选
文心雕龙
古文辞类纂
古文观止
千家诗
唐诗三百首
宋词三百首
元曲三百首
曹操集
嵇康集
阮籍集
陶渊明集
苏轼集
欧阳修集
柳宗元集
鸣原堂论文